Weitere Bücher auf Deutsch von Grace Callaway

MIEDER IN MAYFAIR

Lehrling der Lust

Ihre waghalsige Wette

Ihr begieriger Beschützer

Ihre lasterhafte Leidenschaft

DETEKTIVE AUS LEIDENSCHAFT

Der Herzog, der zu viel wusste

M wie Marquess

Die Lady, die aus der Kälte kam

Der Vicomte klopft immer zweimal

Sag niemals nie zu einem Grafen

Der Kavalier, der mich liebte

GAME OF DUKES – GEFÄHRLICHES SPIEL

Der Undercover-Herzog

Der verlorene Schatz des Herzogs

Die Rache des Herzogs (Kommt bald)

IHRE *lasterhafte* LEIDENSCHAFT

IN MAYFAIR

BUCH 4

GRACE CALLAWAY

USA TODAY BESTSELLER AUTORIN

Aus dem Englischen von
AMALIE HOFFMAN

* * *

Einbandgestaltung: EDH Graphics

Buchdesign: KM Graphics

Fotonachweis: Period Images

Kapitel 1

Spitalfields, London

Es war das Schlimmste und zugleich das Beste, was sie je getan hatte.

Miss Charity Sparkler pflegte üblicherweise keine Regeln zu brechen, und dennoch stand sie nun hier, in den heruntergekommenen Gassen von Spitalfields, wo eine anständige Miss der Mittelschicht nichts zu suchen hatte. Sie bezahlte den gleichgültigen Droschkenfahrer und ging mit klopfendem Herzen auf die elende Behausung zu. Ausnahmsweise einmal war sie dankbar dafür, dass sie so unscheinbar war. Von Natur aus hausbacken, klein und ruhig, konnte sie sich unbemerkt in fast jedes beliebige Umfeld mischen, und so war es auch jetzt.

So wenig sie auch an diesen Ort passte, schenkte ihr doch niemand Beachtung. Sie ging an den verhärmten Frauen vorbei, die auf einer Hüfte Wäsche und auf der anderen ihre Kleinkinder balancierten. Sie zwängte sich an weinseligen Männern vorbei, die auf einer umgedrehten Kiste Karten spielten. Ihr Gesicht war unter der Krempe ihrer Haube verborgen, sie hielt ihren kleinen Korb fest umklammert und erklomm die baufälligen Stufen. Sie entsann sich der Anweisungen ihrer Busenfreundin Persephone Fines:

Mein Bruder wohnt in dem Zimmer im obersten Stock ganz am Ende des Flures. Du kannst es nicht verpassen—wenn du auch nur einen Schritt weiter gingest, würdest du geradewegs vom Gebäude purzeln, weil dort das Geländer weggefault ist. Aber Charity,—Sorge war in Percys blauen Augen aufgeblitzt—*bist du dir auch sicher, dass du das machen willst? Ich würde ja selbst nach Paul sehen, doch der Schurke, der seinen Schuldschein hat, lässt mich beschatten. Ich kann das Versteck meines Bruders nicht preisgeben.*

Charity hatte darauf bestanden, die Mission anzunehmen, denn Percy war ihre beste Freundin auf der ganzen Welt. Trotz der Unterschiede zwischen ihnen—Percy war ein ungewöhnlich hübsches und lebhaftes Mädchen, während Charity eher unansehnlich und vernünftig war—hielten die beiden seit ihren gemeinsamen Tagen an der Benimmschule von Mrs. Southbridge zusammen wie Pech und Schwefel. Dennoch musste sich Charity eingestehen, dass Freundschaft nicht der einzige Grund war, weshalb sie sich zu solch einem gewagten Unterfangen bereit erklärt hatte.

Die Wahrheit flatterte in ihrer Brust herum wie ein Vogel im Käfig. Und dort, fand Charity, sollte sie auch auf immer und ewig eingeschlossen bleiben, denn es nutzte ja nichts, diese törichte Kreatur freizulassen. Warum das Vögelchen fliegen lassen, nur damit ihm gleich beim ersten Flug die Flügel gestutzt würden?

Hübsch bist du ja nicht gerade, erinnerte sie die strenge Stimme ihres Vaters, *aber wir Sparklers sind nicht eitel. Was zählt, ist Besonnenheit und Selbstdisziplin. Halt den Kopf gesenkt und tu, wie dir geheißen—so kommst du durchs Leben, Tochter.*

Und zum ersten Mal in ihren zweiundzwanzig Jahren trotzte Charity den Regeln ihres Herrn Papa. Schuldgefühle und Angst durchschauderten sie. Sie wusste: Was sie da gerade tat, war unbesonnen und höchst ungehörig, und wenn ihr Vater je davon erführe, würde er es ihr niemals verzeihen. Uriah Sparkler hatte für derlei Possen keine Geduld, und jedermann—von den Angestellten seines Juwelierladens bis zu seiner einzigen Tochter— wusste, dass man seinen Zorn lieber nicht auf sich zog.

Doch jetzt gab es kein Zurück mehr—und sie wollte auch gar nicht umkehren.

Denn sie liebte Paul Fines. Sie würde alles tun, um ihm zu helfen.

Zumindest war sie klug genug gewesen, ihre unerwiderten Gefühle tief in ihrem Herzen wegzusperren. Sie hatte sich keiner Menschenseele anvertraut—noch nicht einmal Percy, obwohl sie sicher war, dass ihre Freundin ihre törichte Vernarrtheit schon ahnte. Es war Charity viel zu peinlich, eine derart unmögliche

Schwäche offen zuzugeben: Das Objekt ihrer Sehnsucht war so schneidig und männlich wie Apollo selbst, der helle, strahlende Gott, nach dem er so passend benannt worden war, wohingegen sie ...

Sie stieg die Stufen hinauf. Die Dielen blieben unter ihrem Federgewicht stumm. *Ich bin unsichtbar. Oder zumindest äußerst leicht zu übersehen.*

Sie blieb vor der betreffenden Tür stehen und sagte sich, dass sie sich damit begnügen würde, Mr. Fines aus der Ferne zu bewundern. Und wenn sie ihm ab und zu behilflich sein konnte, ihm eine Freundin sein konnte, wenn er sie brauchte ... Mit zugeschnürter Kehle stampfte sie ihre tieferen Wünsche nieder.

Sei nicht töricht. Freundschaft ist alles, was du dir erhoffen kannst.

Sie strich sich die robusten grauen Röcke glatt, atmete durch und klopfte an. Als keine Erwiderung kam, sah sie sich nach beiden Seiten um und griff dann nach dem Türknauf. Die Tür schwang auf, die rostigen Angeln kündigten sie quietschend an.

Sie wagte sich in die fensterlose Kammer vor und flüsterte: „Mr. Fines? Sind Sie da? Ich bin es, Charity Sparkler—die Freundin von Percy."

In der anderen Ecke der Kammer raschelte es. Sowie sich ihre Augen an die Finsternis gewöhnten, machte sie auf dem Boden ein Lager aus und ... mit zitterndem Herzschlag schloss sie rasch die Tür hinter sich und ging geradewegs auf die behelfsmäßige Bettstatt zu. Paul Fines lag unter seinen Mantel gekauert auf der Seite, mit dem Gesicht zur Wand. Sie kniete sich neben seine liegende Gestalt, und ihr Herz machte einen Satz.

Ein Bluterguss verfärbte eine seiner vollkommenen Wangen. Auf seiner Oberlippe klebte vertrocknetes Blut.

„Mr. Fines", wisperte sie, „geht es Ihnen gut?"

Er murmelte etwas Unverständliches. Sie zog sich die Handschuhe aus, strich ihm eine goldene Locke aus der Stirn und fand diese feucht, doch zum Glück nicht fiebrig. Seine langen Wimpern lagen in schattigen Halbmonden auf seiner bleichen Haut. Auf seinem Kiefer sprossen tiefgoldene Bartstoppeln. Er war hemdsärmelig eingeschlafen, die Kragenkordeln hatten sich gelöst und sein Hals war entblößt. Ein leicht süßlicher Geruch stieg von ihm auf.

Es bedurfte keines Arztes, um das Leiden von Mr. Fines festzustellen: Er war sturzbetrunken.

„Ach du liebe Zeit. Na, Sie müssen wir erst wieder herstellen", murmelte sie.

Sie stand auf, um sich die rechten Gerätschaften zu suchen. Mit einem Handtuch und Wasser aus einer gesprungenen Kanne säuberte sie ihn so gut es ging. Sein elender Zustand stach ihr ins Herz, er war nur noch ein Schatten seiner selbst. In ihren Augen blieb er dennoch das herrlichste Wesen Gottes großer Schöpfung. Sie wusch das getrocknete Blut ab und stellte erleichtert fest, dass sich darunter keine Wunde befand. Sie mutmaßte, dass er in eine Schlägerei geraten war und sich dabei ein Nasenbluten sowie den Bluterguss im Gesicht eingehandelt hatte. Behutsam wischte sie mit dem Handtuch über seine verletzte Wange, die edle Nase und den schmalen Kiefer und empfand dabei ein Schaudern schuldbewusster Wollust.

Zugleich flutete sie die Sorge: Ließ sich denn der Strudel von Mr. Fines' Selbstzerstörung nicht mehr aufhalten? Laut Percy hatte er sein Vermögen verspielt und versteckte sich nun vor dem Spielhöllenbesitzer, dem er Geld schuldete. Wie lange konnte er sich seinem Gläubiger noch entziehen? Er konnte nicht ewig vor seinen Problemen fortlaufen, und das Trinken half dabei gewiss auch nicht. Es musste doch eine bessere Lösung geben.

„Durst ... Wasser."

Bei dieser heiseren Bitte zuckte ihr Herz. „Natürlich", sagte sie eilig.

Sie griff in ihren Korb und fand die Flasche mit Malztee, den sie vorher zubereitet hatte. Mit Zitrone, Minze und ein wenig Honig versetzt, half dieses Getränk gegen alle möglichen Zipperlein, von Magendrücken bis hin zu Schwermut. Sie schenkte ihm einen Becher davon ein. Mr. Fines schien allerdings schon wieder umnachtet zu sein, und als er sich nicht rührte, legte sie sachte seinen Kopf auf ihren Schoß.

„Bitte sehr." Sie hielt ihm den Becher an die Lippen. „Nippen Sie ganz vorsichtig. Schön langsam."

Er trank gierig, mit geschlossenen Augen. „Noch mehr", raspelte er.

Sie schenkte nach und er trank wieder aus. Als er fertig war, hoben sich seine Wimpern, und sogar die Finsternis konnte den Glanz seines Blicks nicht trüben. Seine Augen waren blauer als der Himmel, eine lebhafte Reine, umrahmt von nachtschwarzen Rändern. Aus langen Jahren verstohlener Beobachtung hatte sie gelernt, seine Stimmung an dem Spiel von hell und dunkel und den Schattierungen seiner Augen abzulesen. Klares Azurblau bedeutete, dass er amüsiert und verspielt war. Tiefere, dämmrige Töne verhießen düstere Gefühle. Im Augenblick schmorte sein Blick rauchig und eindringlich.

„Du bist zu mir gekommen", sagte er belegt.

Seine volltönende, geschmeidige Stimme bewegte sie jedes Mal. Ihre Haut kribbelte, als ob eine seidige Feder sie liebkoste. Ihr Herz pochte schneller, als er eine Hand ausstreckte. Seine Handfläche, hornhäutig vom stundenlangem Boxkampf bei Gentleman Jackson's, berührte ihre Wange in erschreckender Vertrautheit.

„Ihre Schwester ... hat mich geschickt, Sir",
brach es aus Charity heraus. „Ich bin hier, um
mich zu vergewissern, dass Sie wohlauf sind."

„Mein Schutzengel", murmelte er.

Sein Blick unter den schweren Augenlidern ließ
ihren Puls rasseln, als hätte man eine Kiste voller
Knöpfe ausgekippt. Eigentlich war er ihr
gegenüber ja stets gütig und charmant gewesen,
vor allem in den Jahren, als sie mit Pusteln zu
kämpfen hatte. Einmal, als sie wie gewohnt mit
dem Rücken zur Wand in irgendeinem Ballsaal
herumstand, die Hände in ihre fliederfarbenen
Röcke verkrampft, während die verhassten
Pusteln ihre Wangen versengten, war er auf sie
zugekommen und hatte sich galant verneigt.

*„Ein Veilchen, das durch einen Stein voll Moos
dem Aug' verborgen."* Sein Lächeln hatte ihr
Herz in wildes, hemmungsloses Rasen versetzt.
„Meine liebe Miss Sparkler, gewähren Sie mir
die Ehre eines Tanzes?"

Sie war sich damals sicher gewesen, dass Percy
ihn darauf angesetzt hatte. Doch das war ihr
einerlei gewesen, Charity war mit ihm durch
diesen Tanz geschwebt und hatte gleich am
nächsten Morgen einen Gedichtband von Mr.

Wordsworth gekauft. Sie hatte die von Mr. Fines zitierte Ballade so oft gelesen, bis sich ihr die Verse in die Seele eingebrannt hatten. Bis zum heutigen Tag blieb „Wo man begangenen Weg verließ" ihr Lieblingsgedicht.

Doch trotz seiner vielen Aufmerksamkeiten hatte Paul Fines sie nie so angesehen, wie er es nun gerade tat. Als ob er sie wirklich .... sehen konnte.

„Barmherziger Engel", flüsterte er. „Ich habe so lange auf diesen Moment gewartet, Geliebte."

Schreck und Freude prallten aufeinander, barsten so prächtig wie die berühmten Feuerwerke von Vauxhall. Es war, als ob ihre geheimsten Träume erhellt und zu regem Leben erweckt worden wären. Sie war verwirrt, benommen, konnte nicht denken, konnte nicht atmen, während ihre unterdrückte Sehnsucht die Flügel ausbreitete. Ehe sie etwas erwidern konnte, hatte sich Mr. Fines aufgesetzt und seinen Mund auf ihren gelegt.

Diese erschütternde Empfindung lähmte sie. Sie hatte vage Vorstellungen davon gehabt, wie sich ein erster Kuss vielleicht anfühlen mochte, und er war völlig anders als der Schmatz, den sie erwartet hatte. Zum einen blieben seine Lippen auf ihren verweilen, warm und fest, mit sanftem und doch berauschendem Druck. Zum anderen stellte sie fest, dass sie den Kuss erwiderte. Ihr Mund schmolz, passte sich seinem an wie Wachs unter einer Flamme. Ihre Lunge rang nach Luft, ihr innerster Kern blühte heiß auf.

Himmel, was geschieht bloß mit mir?

Sie bemerkte vage, dass ihre Haube auf den Boden fiel, der Kuss ging weiter und umnebelte ihre Gedanken noch mehr. Er war so süß, so phantastisch, dass alles ganz bestimmt ein Traum sein musste. Und in dem Fall wollte sie *nie wieder* aufwachen. Ihr seliger Seufzer wurde ein Japsen, als sie etwas an ihre Unterlippe stupsen fühlte. Du liebe Güte, gewiss hatte er seine Zunge nicht absichtlich *dorthin* ... doch er tat es wieder, leckte am Saum ihrer Lippen, forderte sie auf, sich ihm zu öffnen. Es entwischte ihr noch ein weiteres Geräusch, als seine Zunge kühn in ihren Mund fuhr. Er schmeckte nach Honig, Minze und Mann, und ihre Sinne drehten sich im Kreis.

„Verflucht, ich will dich schon seit so langer Zeit", sagte er rau.

Feuer breitete sich in ihr aus, machte ihre Gedanken zu Asche, ließ ihr nichts als den heißen, eindringlichen Zauber des Augenblicks. *Er will mich*, frohlockte ihr Herz. Seine Hände fuhren in ihr Haar, hielten sie fest, neigten ihren Kopf so, dass er seine Erkundung noch tiefer fortführen konnte. Sie erwiderte seinen Kuss mit all ihrer aufgestauten Sehnsucht, mit bebendem Herzen und schaudernder Seele. Er stöhnte, die Welt kippte aus den Angeln und riss sie mit. Ihr Rückgrat bäumte sich von seinem Nachtlager auf, während seine Küsse ihren Hals entlang brannten.

Ihr Blut wurde zähflüssig wie Honig, ihr ganzes Wesen ertrank in Süße und Hitze. Sie klammerte sich hilflos an seine Schultern, wimmerte vor heftigen Empfindungen. Es waren so viele, eine Stufe der Glückseligkeit nach der anderen. Er nahm ihr Ohrläppchen zwischen die Zähne und saugte daran, und sie wand sich, keuchte. Ihr stockte der Atem, als seine Hand ihre Brust fasste und seine Finger unter den Schichten von Stoff den schmerzenden Gipfel fanden. Er spielte mit ihrer Brustwarze, und sie sah Sterne aufblitzen.

„Bitte", hörte sie sich wimmern.

„Ja, Liebste." Er rollte und zwickte die empfindliche Knospe. Dabei hauchte er: „Du bringst einen Mann zum Brennen."

Sie war diejenige, die hier brannte, ihre Haut juckte vor verzweifelter Hitze. So lange hatte sie ihn aus der Ferne beobachtet; nun konnte sie ihm nicht nahe genug kommen. Er flüsterte ein Kosewort und dann fuhr sein Schenkel unerhört zwischen ihre Beine. Sogar durch all die Kleidung hindurch schlugen seine Hitze, seine Härte Funken in ihrem innersten Kern. In plötzlicher Panik wurde ihr bewusst, wie weit sie gegangen waren, doch als sein Bein an sie rieb, löschte die verruchte, köstliche Empfindung all ihre Vernunft und Gedanken aus, bis auf einen … *mehr davon*.

„Kommst du für mich, mein Schatz?"

Was bedeutet das…?

Sein Bein ließ von ihr ab, und sie wollte weinen. Stoff raschelte, Schichten wurden hoch und beiseite geschoben. Sie kam gar nicht dazu, zu widersprechen, als seine Hand schon ihr Bein hinauffuhr, an ihrem Strumpfband vorbei, über ihren nackten Schenkel und dann—guter Gott, und *dann*.

Ein Stöhnen entkam ihr; ihre Schenkel schlossen sich unwillkürlich.

„Das arme kleine Kätzchen weint", flüsterte er. „Ich weiß, was es braucht, damit es ihm wieder besser geht."

Erst jetzt wurde ihr bewusst, wie nass sie war … da *unten*. Beschämt versuchte sie, die Beine wieder zu schließen, doch er streichelte sie mit geschickten Fingern weiter, überschüttete sie mit gurrendem Lob.

„Versteck dich niemals vor mir, mein Schatz. Ich liebe es, wie feucht und satt du bist—da will ich dein süßes Geschlecht nur noch mehr liebkosen. Und ganz besonders hier …"

Feurige Lust durchströmte sie, als er sie an einer himmlischen Stelle berührte. Ihre Lippen öffneten sich zu einem stummen Aufschrei. Ihre Hüften bäumten sich hilflos auf.

„Das *gefällt* dir", hauchte er. „Und wie findest du das hier?"

Gütiger Himmel. Sie kniff die Augen zu, als die ungewohnten Schauder mit jedem kreiselnden Strich, mit jeder schnalzenden Liebkosung seiner Hand heftiger wurden. *Zu viel.*

„Oh, bitte, ich kann nicht", keuchte sie.

„Doch, das kannst du wohl." Sein Blick war vor Leidenschaft finster und glasig. „Lass dich gehen, Liebste. Flieg für mich fort."

Die Ketten der Vorsicht und der Selbstzweifel fielen von ihr ab. Sie stieg empor, immer höher, während sie zusammenhangloses Zeug stammelte. *Ich liebe dich. Ich liebe dich schon immer und werde dich ewig lieben.* Sie stieß an die Sonne und die blendenden Strahlen brachten sie zum Schreien. Hitze loderte durch jeden Nerv in ihr, versengte und läuterte sie zugleich, ließ nichts zurück als strahlende Anbetung—

„Rosalind, du Liebe meines Lebens, verlass mich nie wieder", stöhnte er.

Charity lag benommen da. Die Schauder der Freude strömten noch durch ihren Körper, während ihr Herz kläglich zerfiel. Nicht in Brocken, sondern in Asche. Eine erdrückende Schwere legte sich auf ihre Brust. Als das Gemisch aus Schmerz und Lust zu unerträglich wurde, breitete sich Taubheit in ihr aus. Eine unheimliche Ruhe. In der Stille hörte sie ihren eigenen unruhigen Atem und fühlte seine stetigeren Atemzüge rhythmisch an ihren Hals wehen.

Rosalind Drummond, dachte sie dumpf. *Freilich liebt er sie—das hat er schon immer. Wie konnte ich nur so töricht sein?*

Augenblicke verstrichen—sie wusste nicht, wie lange—ehe sie wieder zu Sinnen kam. Ihr Verstand stellte fest, dass sie liederlich unter dem Mann ihrer zertrümmerten Träume lag, während dieser ... das leichte Schnarchen brachte sie wieder ganz in die Wirklichkeit zurück.

Ach du lieber Gott ... war er denn *eingeschlafen?*

Erniedrigung und Panik verliehen ihr Geschick. Sachte entzog sie sich ihm. Er blieb auf dem Bauch liegen, als wäre er die ganze Zeit über bewusstlos und sie nie da gewesen. Als ob alles nur ein schrecklicher Traum gewesen wäre... Mit zittrigen Händen versuchte sie, ihr zerknittertes Kleid zu richten. Sie las ihre Sachen auf und ging auf Zehenspitzen zur Tür. Beim Klang seiner Stimme erstarrte sie.

„Bin es leid, mich zu verstecken."

Sie wandte sich um und stellte zu ihrer Erleichterung fest, dass seine Augen noch geschlossen waren—er murmelte im Rausch vor sich hin. Doch was er als nächstes sagte, ließ ihr das Blut in den Adern gefrieren.

„Soll der Bastard meinen Schuldschein eben haben." Sein Kopf fiel auf sein Lager hinab, sein Gesicht war verzerrt. „Mir egal. Mir ist alles egal. Bin doch nur ... ein Versager. Gleich morgen marschier ich da rüber und geb ihn ihm eigenhändig."

Charity hielt den Atem an und wartete ab, bis er sich wieder beruhigte. Erst dann schlüpfte sie zur Tür hinaus. Sie hastete die Stufen hinab und ging, wie sie gekommen war ... unbemerkt.

Kapitel 2

Auf dem Landsitz des Marquis von Harteford

Neun Monate später

Paul Fines lag im Gästezimmer in die Kissen gelehnt und sann darüber nach, was für eine verflixt eintönige Angelegenheit diese Landpartien doch waren. Dann wiederum war ja das Leben insgesamt schrecklich fade, und das Einzige, was die öde Leere einigermaßen schmackhaft machte, war die Alternative zum Leben. *Lieber gelangweilt als tot ...* das könnte sein Lebensmotto sein. Es war eine pragmatische Philosophie, denn während er gegen das süße Jenseits kein Gegenmittel kannte, wusste er nur zu genau, wie man dem *Ennui* des Diesseits Abhilfe schaffte.

„Du warst *göttlich*", hauchte eine weibliche Stimme in sein Ohr.

Seine Aufmerksamkeit kehrte zurück zu Lady Auguste Beaumont, die nackt neben ihm im Bett lag. Alles an ihr war übermäßig üppig, von der Fülle ihrer roten Locken bis zu ihren ausschweifenden Rundungen. Für zurückhaltende Feinheit hatte er noch nie viel übrig gehabt.

„Das Kompliment muss ich erwidern", sagte er.

Sie malte mit dem Finger einen koketten Kreis auf seine Brust. „Ich wage zu behaupten, dass dein Geschick im Bett sogar dein Können im Boxring übertrifft."

Im vergangenen Monat hatte Paul an einer Reihe von Schaukämpfen der Boxschule von Gentleman Jackson teilgenommen. Bei diesem Turnier waren Schüler der Boxkunst gegen erfahrene Preiskämpfer angetreten. Damit sollte unter Beweis gestellt werden, dass es Gentlemen sowohl körperlich als auch geistig förderlich war, sich in der „süßen Wissenschaft" zu ertüchtigen. Und obwohl Paul ein Gentleman und ein Schüler der Boxkunst war, hatte er alle fünf Kämpfe gewonnen. Die Zeitungen hatten sich nur so überschlagen, hatten ihn, den Publikumsliebling, zum Inbegriff des „kampftüchtigen britischen Mannes" hochgelobt (was im Grunde nur bestätigte, dass sie rein gar nichts über ihn wussten). Über Nacht war er zur Sensation und zum Gesprächsthema der feinen Gesellschaft geworden.

Und zwar ganz besonders unter den Damen der Oberschicht. Es hatte ihm zwar an weiblicher Gesellschaft nie gemangelt. Nun aber wurde Paul von den Damen von Welt geradezu heimgesucht. Nicht, dass er sich darüber beschwerte. Einer geschenkten Stute schaute er nie ins Maul, und ebenso wenig einer schmucken Bettgefährtin in die ... nun, *diese* Analogie brauchte er nicht zu weit treiben. Wie dem auch war, Sex brachte ihm zeitweise Erleichterung, danach schlich sich wieder die Ruhelosigkeit in ihn ein.

Als ob sie seine Geistesabwesenheit spüren konnte, schmiegte Anna ihre Brüste mit den kirschroten Nippeln an seinen Arm. „Noch eine Runde, Geliebter?"

„Du hast mich völlig erschöpft, Häschen." Seine Hand drückte ihren üppigen Hintern, sein Verstand suchte fieberhaft nach einem eleganten Abgang.

„Nun, es *war* eine Herausforderung." Sie ließ die Wimpern flattern. „Ich glaube, ich habe mich noch nie zuvor mit einem derart gut ausgestatteten Partner vergnügt."

Obwohl die abgestumpfte Seite in ihm die Schmeichelei bezweifelte—sie hatte nicht die geringsten Schwierigkeiten mit ihm oder der Größe seines Glieds gehabt—lächelte er sie entspannt an. „Du schmeichelst mir."

„Und das Warten auf dich hat sich wahrhaft gelohnt", schnurrte sie. „Es wetteifern ja so viele Damen darum, einmal mit dir zu vögeln. Ich hatte die Hoffnung bereits aufgegeben, jemals an die Reihe zu kommen."

„Geteilt hast du ja noch nie gerne, Schwesterherz", meldete sich eine weitere Stimme zu Wort.

Paul wandte den Kopf auf dem Kissen zur anderen Seite, wo er dem wachen Blick von Lady Louisa Parkington begegnete. Sie war die Gemahlin eines Earls, der günstiger Weise abwesend war, die Zwillingsschwester von Augusta, und wohl die begierigere der beiden.

„Das stimmt nicht", widersprach Augusta. „Du warst schließlich auch dran."

Louisas volle Lippen machten eine Schnute. „Aber du warst im *Mittelpunkt* seiner Aufmerksamkeit gestanden. Wie immer werde ich auf die billigen Plätze abgestellt."

Billige Plätze? Pauls Augenbrauen hoben sich. Er war schließlich ein Gentleman und achtete stets darauf, dass zuerst seine Partnerinnen und dann erst er selbst befriedigt wurden. Zwei Ladies gleichzeitig zu vergnügen war nicht einfach gewesen; er hatte sich mehr anstrengen müssen als gewöhnlich. Und wenn er sich nicht täuschte —und das glaubte er nicht, denn er war ja in dieser Sache schließlich ein ausgewiesener Fachmann—waren die Geräusche, die Louisa über ihm gemacht hatte, wohl kaum Beschwerden gewesen.

„Nun sei doch keine Spielverderberin. Schau ihn dir doch an." Augustas Blick tastete ihn von oben nach unten ab, dabei leckte sie sich die Lippen. Er fühlte sich unangenehm wie ein saftiger Knochen, der von einer hungrigen Promenadenmischung beäugt wird. „Es ist doch ganz eindeutig *genug* für uns beide da."

„Mir egal. Ich sollte zuerst dran sein", sagte Louisa, „denn ich muss ja die Abwesenheit meines Lords ausnutzen. Ich habe die Absicht, mich zu vergnügen, während Parkington mit seinem Aufmarsch von Huren zugange ist."

„Zumindest bekommt *dein* Lord noch andere Körperteile als die Zehen hoch", schoss Augusta zurück. „Der einzige Ständer, den der alte Beaumont noch verwenden kann, ist sein Gehstock. Das nächste Mal steht mir ganz gewiss die erste Wahl zu."

Während sich die Schwestern so zankten, empfand Paul eine gewisse Beunruhigung: das *nächste* Mal? Verflixt und zugenäht, er hatte doch schon mehrere Runden mit diesen unersättlichen Weibern bestritten. Ehrlich gesagt tat es ihm schon leid, sich für das Liebesspiel und gegen einen ehrlichen Faustkampf entschieden zu haben. Sein Gastgeber und enger Freund Nicholas Morgan, der Marquis von Harteford, hatte neben seinem Arbeitszimmer einen ausgezeichneten Boxraum, und ein paar Runden hätten die Eintönigkeit genauso gut vertrieben wie Sex.

Er war ein Mann mit beachtlichen Trieben, recht ansehnlichem Vermögen und rein gar keinem Daseinszweck. Sein größter Feind im Leben war die Unruhe. Sich gegen die Langeweile zu wehren war, wie die Hydra der Legende zu bekämpfen: Jedes Mal, wenn er ihr einen Kopf abschlug, sprossen sogleich zwei neue nach. Nichts half gegen dieses monströse Gefühl der … Leere.

Obwohl sein Vater Jeremiah schon einige Jahre nicht mehr lebte, sah Paul immer noch den Ausdruck bestürzter Enttäuschung auf dem Gesicht des alten Mannes. Auch die Standpauke seines alten Herrn konnte er noch leiern hören.

Was ist nur los mit dir, Apollo? Uns Fines hat es doch noch nie an Stärke und Tatkraft gemangelt. Wenn du an etwas scheiterst, dann steh auf und versuch es noch einmal.

Jeremiah, der ehrwürdige Gründer von Fines & Company Shipping, war zweifellos der fleißigste und entschlossenste Mensch gewesen, der jemals gelebt hatte. Er hatte aus nichts als Blut, Schweiß und Ehrgeiz ein Reich aufgebaut. Dennoch hatte der arme Kerl es irgendwie zustande gebracht, den sprichwörtlichen verlorenen Sohn zu zeugen.

Paul zog sich vor Scham der Magen zusammen. Er dankte den Göttern, dass sein Vater seine größte Schmach nicht mehr hatte erleben müssen. Vor einem Jahr hatte Paul sich nämlich von seinem Verstand verabschiedet, oder besser gesagt, ihn in Schnaps eingelegt. Sein Zechen und Spielen war außer Rand und Band geraten, und an seinem tiefsten Punkt hatte er seinen Anteil an Fines & Company—das *Vermächtnis* seines Herrn Papa—bei einer Runde Faro verwettet.

Und das war noch nicht einmal das Schlimmste gewesen. Betrunken und verzweifelt hatte er sich wie ein elender Feigling vor dem Halsabschneider versteckt, der seinen Schuldschein hatte. Nur das Eingreifen seiner Schwester Percy und Nicholas hatte ihn vor dem tiefsten Abgrund der Schande bewahrt.

Paul konnte sich eigentlich nur einer Tugend brüsten: Er war sich seiner eigenen Unzulänglichkeiten deutlich bewusst. Wie die Kassandra konnte er sein eigenes Verhängnis vorhersagen, und seine größte Schwäche war sein Draufgängertum. Er war völlig außerstande, irgendetwas halbherzig zu tun. Entweder rührte er noch nicht einmal einen Finger für etwas—wie zum Beispiel im Fall des väterlichen Unternehmens—oder er stürzte sich so kopflos in eine Angelegenheit, dass er sich völlig darin verlor.

So war es mit Rosalind Drummond gewesen.

Liebeskummer war für ihn der Anfang vom Ende gewesen; sogar jetzt, zwei Jahre nachdem er Rosalind an einen anderen Mann verloren hatte, schmeckte er noch die bittere Niederlage. Der Schmerz war nicht mehr so stechend, sodass er ihn nicht länger mit Trunk oder Spiel betäuben musste, jenen Lastern, die ihn vom Regen in die Traufe gebracht hatten. Auch das schändliche aller Laster, mangelnde Selbstdisziplin, gehörte zu seinen Schwächen. Um das zu wahren, was von seinem Selbstwertgefühl noch übrig war— und das war nicht viel—war ihm nichts anderes übrig geblieben, als sich die Versuchungen des

27

Herzens, der Flasche und der Geldbörse völlig zu entsagen.

Und damit blieben ihm leider nur wenige Dinge übrig, mit denen er sich die Zeit vertreiben konnte. Also hatte er sich dem Faustkampf zugewandt und brachte seine Tage damit zu, im Salon von Gentleman Jackson zu üben. Und seit seinem unerwarteten Triumph beim Schaukampf hatte sich ihm neulich eine Gelegenheit eröffnet. Zum ersten Mal seit Langem regte sich in ihm beim Gedanken an die Zukunft eine gewisse Vorfreude.

Wenn er es richtig anstellte, würde sich sein Schicksal wenden und sein Vermögen wiederhergestellt. Denn obwohl er seinen Anteil an Fines & Co. wiedererlangt hatte, hatte er seine Ersparnisse verspielt. Nun hatte er eine Aussicht auf Wiedergutmachung. Nicht nur, weil er so sein Geld wiederbekam, sondern weil er auch ein für alle Mal beweisen konnte, dass er etwas richtig machen konnte. Dass er ein *Sieger* war.

Zuerst jedoch wollte er diese neue Entwicklung mit Nicholas besprechen. Vielleicht sollte er ihn gleich jetzt aufsuchen, mit ihm reden und ein paar Runden boxen. Doch Nick war nun Gatte und Familienvater—und beidem auf fast schon komische Weise ergeben—und hatte Besseres zu tun, als bis in die frühen Morgenstunden hinein zu plaudern und kämpfen.

„Dann sind wir also einverstanden, Augusta?", tönte Louisa. „Wir würfeln darum, wer wo reiten darf."

Paul unterdrückte ein Seufzen. Der Reiz des Neuen, was die Zwillinge anbetraf, war bereits verflogen wie ein billiges Parfüm. Außerdem hatte er den Verdacht, dass er vielleicht gar nicht mehr lebend davonkommen würde, wenn er sich nicht schleunigst aus dem Staub machte.

Er sagte also mit angemessenem Bedauern: „Meine Damen, so reizend ihr auch beide seid, ich muss zugeben, dass ihr mich in meine Schranken verwiesen habt. Wie kann ein normal Sterblicher es mit Göttinnen aufnehmen ... und gleich zwei davon?" Er tätschelte die üppigen Hüften zu beiden Seiten und setzte sich auf. „Es war mir wahrhaft ein Vergnügen, doch nun muss ich mich verabschieden."

Er blinzelte, als ihn zwei Paar Hände zurück in die Kissen stießen.

„Wir sind aber noch nicht fertig mit Ihnen, Sir", sagte Louisa.

Großer Gott. „Ich fürchte aber leider, *ich* bin fertig. Völlig fertig. Ausgelaugt sozusagen."

„Das bezweifle ich. Deine Ausdauer ist doch legendär", sagte Augusta. „Lady Eugenie behauptet, dass du ihr Schlafgemach bei der Jagdpartie der Yardleys das *ganze* Wochenende über nicht verlassen hast."

Er verfluchte seine eigene Liederlichkeit. Die Sache war einfach die—er mochte Frauen, ihre parfümierte Gegenwart und weichen Umarmungen. Er hatte gelernt, Liebhaberinnen auszuwählen, die das Gleiche wollten wie er: Frauen, die auf Lust aus waren, auf ein paar selbstvergessene Momente.

Liebe war ein Laster, das er sich nicht leisten konnte.

„Von Lady Eugenie gab es aber nur eine"—er befreite seine Brust von Augustas klammernden Fingern—„und ich war damals auch noch jünger, Häschen."

„Aber die Jagdpartie der Yardleys ist doch erst einige Wochen her", widersprach Louisa stirnrunzelnd.

Er schwang die Beine über die Bettkante. „Nichtsdestotrotz braucht ein Mann Zeit, sich wieder zu erholen. Zusammen mit all den anderen Schwächen meines Geschlechts", sagte er, „fehlt uns außerdem auch die Ausdauer der Damen—"

Entschlossene Hände legten sich auf seine Schultern und zerrten ihn zurück aufs Bett. Sein Rücken prallte auf die Matratze und die Frauenzimmer hielten ihn kichernd nieder, jede saß auf einem seiner Arme. Leicht belustigt von ihren Possen ließ er sie gewähren.

„Unsinn. Was dir fehlt, ist Stärkung." Mit diesen Worten machte sich Augusta mit dem Mund an seinem Oberkörper zu schaffen. Obwohl sein Verstand nicht mehr so recht bei der Sache war, spannten sich seine Bauchmuskeln unter ihrer geübten Zunge an. „Und ich mag doch Herausforderungen so sehr."

„Und ich erst", sagte Louisa.

Ihre Busen schmiegten sich an seine Schenkel, während ihre Erkundungen sie weiter abwärts führten. Bei Gott, sie hatte einen geschickten Mund. Paul atmete langsam aus.

„Wie fein. Du bist der Lage ja schon wieder gewachsen." Augusta stupste ihre Schwester an, mit der Wonne einer Katze, die an ein Töpfchen Sahne geraten war. „Lass mich auch mal ran, Louisa. Mit vereinten Kräften können wir die Sache vielleicht beschleunigen."

Louisa machte ein Geräusch, das Zustimmung anzuzeigen schien—ganz sicher war er sich da nicht, weil ihr Mund recht beschäftigt war. Augusta stürzte sich ins Geschehen und seine Gedanken begannen zu verschwimmen. Süßes Vergessen lockte ihn ... und er hatte ja gegenwärtig ohnehin nichts Besseres zu tun.

Er starrte zur Decke hoch, legte sich zurück und versuchte, vaterländische Gedanken zu denken.

Kapitel 3

Etwas später verließ Paul das nun befriedigte Paar. Um ein Uhr morgens war der im Finstern liegende Flur so betriebsam wie die Rotten Row an einem Werktagnachmittag. Er nickte den Gentlemen zu, die von einer Nacht der Vergnügung zurückkehrten, und vermied die unverhohlen einladenden Blicke mehrerer Ladies, die in die neuesten Boudoirmoden gehüllt waren. Verflixt und zugenäht, was gäbe er nicht für einen Brandy. Doch er hatte dem Alkohol ja abgeschworen, und sich nun zu betrinken würde seiner Verfassung am nächsten Morgen kaum zuträglich sein.

Er seufzte tief. Am besten holte er sich ein Buch und versuchte, sich in den Schlaf zu langweilen.

Zu faul, um in die Bibliothek im Erdgeschoss zu gehen, machte er im Salon auf demselben Stockwerk Halt. Seine Gastgeberin war ein Blaustrumpf, weswegen man in fast allen öffentlichen Bereichen des Anwesens Bücher vorfand. Er trat ein und sah, dass in dem großen Steinkamin in der Mitte des Raumes ein Feuer brannte, und ein paar schwache Lampen Licht spendeten. Sessel und Sofas standen gemütlich im Raum verteilt.

Ah, ausgezeichnet. Die gesamte Wand hinten war voller Bücherregale.

Paul studierte gleichgültig die Regale. Sokrates, Plato, Aristoteles... die ganzen alten Jungs von seinen Tagen in Cambridge waren vertreten und waren auch heute nicht viel lebhaftere Zeitgenossen als damals. Er unterdrückte ein Gähnen. Ja, das mit dem Einschläfern ließ sich ganz gut an.

Ein leises Rascheln ließ ihn herumfahren. Er blinzelte: Ein weibliches Wesen war wie aus dem Nichts erschienen. Es verging eine Sekunde, ehe er sie erkannte. Charity Sparkler, die

Busenfreundin seiner Schwester aus der Benimmschule.

Er verneigte sich tief. „Ich bitte um Verzeihung. Ich habe Sie gar nicht bemerkt, Miss Sparkler."

„Ich weiß", sagte sie.

Er musste sich den trockenen Ton in ihrer Antwort wohl eingebildet haben. Aus ihren früheren Begegnungen wusste er, dass sie eine zurückhaltende graue Maus war, in starkem Gegensatz zu dem Wildfang, der seine Schwester war. Und dennoch hielten die beiden zusammen wie Pech und Schwefel. Vor ein paar Jahren erst hatte Percy ihn angefleht, mit Miss Sparkler zu tanzen, als diese unter einem ganz unglücklichen Ausbruch der Pusteln litt. Das Gör tat ihm leid, also war er seiner Pflicht nachgekommen und hatte ein paar Tänze mit ihr getanzt. Ehrlich gesagt konnte er sich nur vage an diese Augenblicke erinnern: Seine Gedanken waren damals ganz woanders gewesen.

Damals hatten sich alle seine Gedanken nur um Rosalind gedreht. Sogar jetzt noch bedrängte ihn ein Bild von glänzendem, nachtschwarzem Haar und fliederblauen Augen. Die schöne, leidenschaftliche Rosalind. Vor sich sah er noch

35

immer dieses lebhafte Lächeln, das sie all ihren Verehrern geschenkt hatte, sogar noch, als ihr Blick nur noch für ihn schwelte. Es schnürte sich ihm die Kehle zu, als er sich an ihre Stelldicheins und gestohlenen Augenblicke erinnerte—wenn er doch nur seinem Herz gefolgt wäre, statt nur Spielchen damit zu treiben. Bis er endlich Mut gefasst hatte, war es schon zu spät gewesen.

Er hatte die Liebe seines Lebens verloren. Und was noch schlimmer war, er wusste, dass sie sich für den besseren Mann entschieden hatte. Es war nur noch eine weitere Niederlage, die er zu den anderen hinzufügen konnte.

Er schob die bittere Reue beiseite und sah Miss Sparkler dabei zu, wie sie seine Höflichkeit erwiderte. Etwas überrascht stellte er fest, dass sie sich... verändert hatte. Das vergangene Jahr hatte ihr gut getan. Im Lampenschein glühte ihre Haut nun makellos wie Porzellan und sie war dezent aufgeblüht. Obwohl sie nie eine klassische Schönheit sein würde, besaßen ihre feinen ebenmäßigen Züge und ungewöhnlich großen Augen einen sanften Charme. Sie erinnerte ihn an eine Waldnymphe—wenn auch eine recht sittsame und gestrenge.

Wenn es Miss Sparkler jetzt noch an Verehrern mangelte, dann lag das nicht an ihrem Aussehen, sondern an ihrem Stil. Oder besser gesagt, am Mangel daran. Ihre streng nach hinten gestriegelte Frisur wäre in einem Kloster durchgegangen. Ihr fader brauner Dutt war so streng gebunden, dass ihm beim bloßen Anblick die *eigenen* Schläfen schmerzhaft pochten. Ihre kindliche Figur ertrank schier in ihrem schlecht passenden Kleid, und dass sie Juwelierstochter war, merkte man ihr nicht gerade an. Ihr einziges Schmuckstück schien eine schlichte Silberkette zu sein.

Was allerdings am Seltsamsten an ihr war, war nicht ihre Erscheinung, sondern ihr Auftreten. Ihre Stille und ihr durchdringender Blick würden wohl jeden Mann unangenehm berühren. Es kam ihm der verstörende Gedanke, dass Miss Sparkler vielleicht anderen Menschen nicht auffiel... dass sie aber ihrerseits ihre Umwelt durchaus scharf beobachtete.

Es wurde ihm deutlich bewusst, wie verlottert er vor ihr stand; denn nachdem er die Gesellschaft der Zwillinge verlassen hatte, hatte er sich weder eine Krawatte umgebunden noch eine Jacke übergezogen. Über den Kordeln seines Hemds war seine Brust nackt, sein Haar zerzaust, und das schwache Aroma von Sex hing noch an seiner Haut. In der ruhigen Gegenwart von Miss Sparkler fühlte er sich plötzlich... schmutzig. Beschämt, obwohl er das als heißblütiger und ungebundener Mann doch nicht sein sollte. Außerdem würden der biederen Miss die Anzeichen des eben erfolgten Geschlechtsverkehrs wohl kaum auffallen. Sie wusste wahrscheinlich noch nicht einmal, was das überhaupt war.

Zur Hölle, sie war vermutlich noch nicht einmal geküsst worden.

Was ihm bewusst machte, dass sie ein unschuldiges Mädchen war—genau die Art von Mädchen, die er vermied—und dass sie beide nun unbeaufsichtigt nach Mitternacht zusammen im Salon standen. Er sollte tunlichst ein paar Höflichkeiten austauschen und sich dann im Namen von Anstand und Sitte aus dem Staub machen.

Weil er nichts Besseres zu sagen hatte, fragte er: „ Sind Sie nach dem Abendessen angekommen?" Dann kam ihm siedend heiß der

Gedanke, dass sie ja vielleicht da gewesen war— und er sie nur wieder übersehen hatte.

„Meine Anreise hat sich verzögert. Ich bin erst vor einer Stunde angekommen", sagte sie.

Gott sei Dank.

„Da müssen Sie ja sehr erschöpft sein." Er hoffte, sie würde den Wink mit dem Zaunpfahl verstehen.

„Ich habe meine Zofe zu Bett geschickt", erwiderte sie. „Aber dann konnte ich nicht einschlafen, also dachte ich, ich suche mir etwas zum Lesen."

„Haben Sie etwas Gutes gefunden?" Er blickte höflich auf den Band, den sie in den Händen hielt.

Sie blinzelte... und dann tat sie etwas höchst *Seltsames.* Sie verbarg das Buch hastig hinter ihrem Rücken.

„Nein", sagte sie. „Nicht wirklich."

Oh ho. Warum wich das Mädchen ihm denn aus?

Überrascht und ein klein wenig interessiert musterte er sie näher, versuchte den Grund für ihre Geheimniskrämerei herauszubekommen. Sie starrte zurück, wobei ihre langen, geschwungenen Wimpern hektisch flatterten. Ihre Augen waren jadegrün und schiefergrau, was eigentlich fade wirken sollte... jedoch seltsam zu ihm hinauf schillerte. Der Lampenschein flackerte, und Funken von Bernstein und Smaragden blitzten plötzlich auf.

Verdutzt fragte er sich, warum ihm Miss Sparklers außergewöhnliche Augen noch nie zuvor aufgefallen waren. Wahrscheinlich, weil sie sie in der Vergangenheit immer nur auf ihre Brust oder ihre winzigen Schuhe gesenkt gehalten hatte. Und er selbst war, offen gestanden, mit anderen Dingen beschäftigt gewesen. Aber nun galt seine Aufmerksamkeit ihr, denn *nichts auf der Welt* erregte seine Neugier mehr als ein Geheimnis.

„Wenn ich Ihnen verspreche, dass ich Ihnen Ihre Abendunterhaltung nicht streitig mache", sagte er leutselig, „sagen Sie mir dann, was Sie da haben?"

„Es ist nichts, wirklich, es ist..." Sie schluckte. „Es würde Sie nicht interessieren."

Erschrocken stellte er fest, dass es ihn durchaus interessierte.

„Nun, das kann ich nur herausfinden, wenn Sie es mir zeigen", lockte er sie.

Ihre geraden, feinen Augenbrauen zogen sich zusammen. „Das möchte ich lieber nicht."

Sie hatte mehr Schneid, als er erwartet hatte. Eine neue Taktik war vonnöten. „Wenn Sie es nicht sagen", sagte er stirnrunzelnd, „dann muss ich annehmen, dass Sie da etwas Unanständiges haben. Stoff, der einer jungen Miss nicht zur Lektüre taugt."

„Wie was denn genau, bitte sehr?" Ihr graugrüner Blick verriet nichts.

Verflixt und zugenäht, sie hatte ihn ausgespielt. Hatte sie das absichtlich getan oder war sie so unschuldig, dass sie gar nicht bemerkte, dass er sie neckte? Wie auch immer, er konnte ihr ja nicht vorwerfen, dass sie sich ein unanständiges Buch unter den Nagel gerissen hatte.

Er fuhr sich mit der Hand durch das Haar und sah sie amüsiert an. „Ich gebe auf, Miss Sparkler, mir bleibt kein Argument übrig außer unserer Freundschaft. Wir sind doch alte Freunde, oder

41

nicht? Und als solche würden sie doch einen Mann nicht vor Neugier sterben lassen?"

„Ich glaube nicht, dass man an Neugier sterben kann, Mr. Fines."

„Ich könnte der Erste sein", sagte er, „und dann müssten Sie mit der Schuld leben."

„Das überlebe ich schon."

Er nahm wahr, wie trocken ihr Ton war und wurde sich bewusst, dass Charity Sparkler nicht so gefällig war, wie sie ihm zunächst erschienen war. Unter dieser ruhigen Oberfläche schimmerte ein wendiger Verstand. Und wenn er an irgendetwas Gefallen fand, dann war es ein gewitztes Wortgefecht.

„Tun Sie mir doch den Gefallen"—dazu setzte er den Blick auf, mit dem er schon zahllosen Frauen Gefälligkeiten entlockt hatte (welche allesamt wesentlich intimer gewesen waren als die gegenwärtige Bitte)—„Sagen Sie mir bitte, was Sie da hinter dem Rücken haben?"

Das war zu viel, und das wusste er auch. Aber in der Zwischenzeit *brannte* er nur so darauf, es zu erfahren.

Sie schürzte die Lippen, und es fiel ihm auf, wie entzückend ihr Mund war. Die Oberlippe war geformt wie eine hübsche Schleife, erinnerte ihn an Herzen und Engel; die Unterlippe hingegen war schmollend und üppig und weckte ganz andere Gedanken. Als ob diese zu Kopfe steigende Mischung aus Unschuld und Sünde noch nicht verlockend genug wäre, schien es, als wollte die Natur die Waage zum Kippen bringen: Ein winziger Schönheitsfleck schwebte gerade unter ihrer Unterlippe, ein verruchtes kleines Pünktchen...

Er fasste sich wieder, was zum Teufel tat er denn da? Lechzte er denn wirklich nach *Miss Sparklers* Mund? Es schauderte ihn. Offenbar schadete der übermäßige fleischliche Genuss seinem Gehirn, denn er sah nur noch Sex, wohin er auch blickte. Doch je mehr er hinsah, desto mehr entdeckte er an diesem seltsamen Mauerblümchen.

Dann sieh gefälligst nicht mehr hin, du Trottel.

Gerade als er sie gehen lassen wollte, zog sie ihre Hände hinter dem Rücken hervor.

„Also gut." Ihre Finger umklammerten den Lederband, als wäre er ein wertvoller Schatz. Sie hielt ihn ihm hin. „Wenn Sie darauf bestehen."

Er warf einen Blick auf den Einband.

„Die lyrischen Balladen von Wordsworth", las er amüsiert.

„Jawohl." Sie hob das Kinn, ihr Blick erforschte seinen.

Warum zum Teufel lag ihr so viel daran, einen harmlosen Gedichtband zu verbergen? Und warum sah sie ihn so... *erwartungsvoll* an? Als ob sie ihm gerade etwas Außergewöhnliches offenbart hätte —als wäre er ein Spion für Bonaparte oder so etwas Ähnliches—und sie nun darauf wartete, dass er ihr etwas Entsprechendes erwiderte.

Ein seltsames Mädchen fürwahr.

Zwischen den beiden spannte sich das Schweigen. Das Ticken der Standuhr schien ihm lauter zu werden.

„Das habe ich selbst schon gelesen", sagte er heiter, um die unangenehme Stimmung zu überspielen. „Wenn Sie mich fragen, wird seine

Dichtung überbewertet. Als Schlafmittel wirken seine Gedichte allerdings hervorragend. Wenn Sie einschlafen möchten, hilft Wordsworth genauso gut wie Laudanum."

Auf seine Witzelei folgte Schweigen. Die Spannung wuchs, er lachte leise, um zu unterstreichen, dass er es lustig gemeint hatte. Doch ihr Ausdruck war niedergeschlagen—wie ein Riss, der sich durch eine Fliese aus Limoges zog—und das Geräusch erstickte in seiner Kehle. Er empfand jenes unbestreitbare Gefühl, das man bekam, wenn man mit dem Stiefel auf der Straße in einen dampfenden Haufen steigt. Er fühlte das überwältigende Bedürfnis sich... zu entschuldigen? Ehe er den Mund öffnen konnte —wozu, wusste er gar nicht—atmete sie scharf ein.

„Ich muss gehen. Es ist spät." Sie hatte ihre Fassung wieder errungen, und das einzige Anzeichen, dass sie sie je verloren hatte, war ein leichtes Zittern ihrer Unterlippe. „Gute Nacht, Mr. Fines."

Ihre Augen blieben auf den Teppich geheftet.

„Es war mir ein Vergnügen, Miss Sparkler." Verdattert und peinlich berührt verneigte er sich tief.

Als er den Kopf wieder hob, war sie schon verschwunden.

Kapitel 4

Charity unterdrückte ihre Ungeduld, während Sarah auf dem Kiesweg zum Picknick schon wieder stehen blieb. Sarah war die Haushälterin der Sparklers, aber weil Charity keine eigene Zofe hatte und eine Anstandsdame für die Einladung gebraucht hatte, hatte Sarah sie begleitet. Die Haushälterin genoss ihre zeitweilige Rolle sichtlich. Sie spähte über eine gepflegte Hecke und quietschte aufgeregt.

„Gütiger Herrgott, Miss! Wissen Sie, wer das ist?"

Es war eine rhetorische Frage. Denn während Sarah ganz offensichtlich ihre gesamte Freizeit damit zubrachte, die Gesellschaftsseiten der

Zeitungen auswendig zu lernen, tat Charity dies überhaupt nicht. Daher hatte sie von all den Menschen, die Sarah auf dem Weg begaffte, keinen einzigen erkannt. Und das war auch gut so. Denn sie war ja nur aus einem einzigen Grund hier: Um ihre Busenfreundin Percy zu sehen.

Mach dir nichts vor: Ihn *hattest du auch sehen wollen.*

Sie atmete aus. Und sie hatte ihn auch gesehen. Sie hatte Mr. Fines gesehen, mit ihm gesprochen, und ihr Austausch hatte den letzten Nagel in den Sarg mit ihren Träumen geschlagen. Wenn sie noch einen Beweis gebraucht hatte, dass sie ihm nichts bedeutete, so hatte sie ihn gestern erhalten. Aus ihren früheren Begegnungen wusste sie schon, dass er sich an den Vorfall in Spitalfields nicht erinnerte; dafür hatte sein trunkener Zustand gesorgt. Aber nun zu erfahren, dass er sich nicht einmal daran erinnerte, dass er ihr Wordsworth zitiert hatte...

Das hatte den letzten Tropfen Hoffnung aus ihrem Herzen gewrungen.

Sie hatte dieses Gedicht aufbewahrt, als wäre es ein Kleinod, wo es doch in Wirklichkeit nur ein hölzernes Kompliment gewesen war. Bedeutungslos, wertlos... die Art von Unsinn, die ein Gentleman dahinschwatzt, um ein bedauernswertes Mädchen aufzumuntern. Ihre Kehle schnürte sich zu.

„Schauen Sie schnell, Miss Charity, oder Sie verpassen sie noch!", rief Sarah.

Seufzend wandte Charity ihren Blick in die Richtung, in die der Finger der Haushälterin deutete. Sie sah einen makellosen Rasen, auf dem gelbe Baldachine standen. Aufgetakelte Gäste spazierten herum oder verweilten müßig auf Decken. Schwitzende Lakaien schwärmten wie eine Heerschar von Ameisen herum, servierten Erfrischungen, bewegten sich trotz der Hitze des Tages effizient und rastlos. Ein Streichquartett spielte, die Klänge vermischten sich mit fröhlichem Kinderlachen.

Charity überblickte die Menge und sagte: „Soll ich hier jemanden Bestimmten sehen?"

„Sehen Sie denn nicht, die Lady in dem Kleid mit der lavendelfarbenen Spitze?"

„Das beschreibt die Hälfte der Anwesenden", sagte Charity verzweifelt.

„Mit dem reizenden rotbraunen Haar und der Kette mit dem Rubin, der so groß ist wie ein Ei? Mit den drei schneidigen Lakaien? Die, die *jeder* in ein Gespräch zu verwickeln versucht?"

Ah. Charity entdeckte das Objekt von Sarahs Interesse einige Meter entfernt. Eine schöne, schlanke Frau, die sich verhielt, als wäre sie eine Königin. Was auch durchaus möglich war, angesichts der Tatsache, dass die Gästeliste die Crème de la Crème der Gesellschaft darstellte, von Aristokraten über ausländische Würdenträger bis hin zu den gefeierten Künstlern der Zeit.

„Wer ist sie?", sagte Charity.

„Ihr Herr Vater sollte Sie wirklich mehr ausgehen lassen, Miss." Sarah seufzte. „Das ist Marietta Stone. Die berühmte Schauspielerin?"

Sogar Charity hatte bereits von Mrs. Stone gehört. Sie hatte sich ihren Ruf mit Rollen gemacht, in denen sich die Heldinnen als Männer verkleideten. Man sagte, ihre Darbietung der Viola in ‚*Was ihr wollt*' war legendär; andere behaupteten, dass der Anblick der Beine der Schauspielerin in Männerhosen Nacht für Nacht die Theater füllte.

Charity selbst war noch nie im Theater gewesen, weil ihr Vater ihr frivoles Treiben untersagte. Sie war auch noch nie auf einer Landpartie gewesen, doch sie hatte so unermüdlich gebettelt, bis ihr Herr Papa endlich nachgegeben und sie hatte gehen lassen. Sie war durch Percy eingeladen worden, weil deren Familie eine lange und enge Freundschaft mit den Gastgebern verband, dem Marquis und der Marquise von Harteford.

Charity wollte unbedingt ihre Freundin sehen. Jetzt, wo sie verheiratet und mit ihrem neuen Leben beschäftigt war, sahen sich die Mädchen nur noch selten. Percy sollte frisch von ihrer sechs Wochen langen Hochzeitsreise mit ihrem neuen Gemahl zu der Landpartie stoßen, und Charity wollte wissen, wie es der anderen ging.

Auch sie hatte Neuigkeiten mitzuteilen. Ihre Anspannung stieg, als sie an ihr Gespräch mit ihrem Vater dachte.

„Ich zähle auf dich, Tochter", hatte er gesagt, und die Sorge hatte sein hageres Gesicht noch älter wirken lassen. „Du brauchst einen Mann, und ich brauche einen Schwiegersohn, der mir bei den Geschäften hilft. Der Laden geht nicht mehr so gut wie früher. Wenn unser Geschäft überleben soll, dann musst du deine Pflicht tun."

„Gewiss gibt es doch andere Arten, wie ich helfen kann—", hatte sie verzweifelt gesagt.

„Es geht nur so. Es tut mir leid, Charity." Ihr Vater hatte ihr unbeholfen auf die Schulter getätschelt, doch sein Ton duldete keine Widerrede. „Während deiner Abwesenheit werde ich alles in die Wege leiten."

So war Charitys Schicksal also besiegelt worden. Der Laden bedeutete ihrem Vater die Welt und sie würde ihn nie enttäuschen. Wenn sie also nach London zurückkehrte, würde sie sich der Zukunft fügen, die er für sie geplant hatte. Sie atmete aus. Wenn ihr nun also nur noch einige wenige Tage Freiheit vergönnt waren, würde sie diese nicht vergeuden. Sie wollte die Zeit mit ihrer besten Freundin auf der ganzen Welt verbringen.

„Miss Sparkler, hier drüben! Gesellen Sie sich doch zu uns."

Die melodischen Töne rissen sie aus ihrer Träumerei. Sie blickte hinüber und sah ihre Gastgeberin Lady Helena Harteford. Sie winkte von einem Tisch herüber, der unter einem Baldachin stand. Neben ihr saß Mrs. Anna Fines, die Mama von Percy und Mr. Fines. Sie ging hinüber, knickste und setzte sich auf einen der freien Stühle. Sarah ging und gesellte sich zu den anderen Zofen, die gemeinsam auf die Kinder aufpassten.

„Sie sehen heute ganz reizend aus, Miss Charity", sagte Lady Helena mit einem Lächeln.

„Danke, Milady."

Charity schätzte zwar die Güte der anderen, wusste aber wohl, dass sie in ihrem hochgeschlossenen fahlbraunen Musselinkleid unscheinbar wirkte. *Eine Lilie braucht man nicht zu vergolden—und Unkraut erst recht nicht*, pflegte ihr Vater zu sagen. *Unkraut, das Aufmerksamkeit auf sich zieht, wird ausgerissen. Wir Sparklers sind zwar nicht schön, aber weise genug, uns bescheiden zu geben.*

Aus alter Gewohnheit berührte sie den silbernen Kettenanhänger, den er ihr zu ihrem zwölften Geburtstag geschenkt hatte. Obwohl er klein und schlicht war—wie es ihm für sie passend erschien—lag ihr viel an diesem Geschenk. Sie nahm sich den väterlichen Rat auch zu Herzen, hielt sich an simple Moden in unauffälligen Farbtönen. Das einzige Kosmetikum, das sie benutzte, war etwas Pomade, um ihr störrisches Haar zu bändigen. Sie hatte keinerlei Bedürfnis, Aufmerksamkeit auf sich oder ihre Mäkel zu lenken.

Wenn sie allerdings schön wäre, dachte Charity wehmütig, dann trüge sie vielleicht auch auffallende Kleider wie die Marquise. Die warme, kastanienfarbene Schönheit der Lady harmonierte vollkommen mit der gelben, mit Primeln besetzten Seide.

„Sie sind diejenige, die gut aussieht, Milady", sagte Charity aufrichtig.

„Nichts schmeichelt mehr als eine ruhevolle Nacht." Lady Helena blickte liebevoll auf die Strohwiege neben sich. Charity sah das niedliche, in eine weiße Decke gewickelte Paket, das neugeborene Kindlein der Hartefords. „Ganz im Gegensatz zu seinen älteren Brüdern schläft der kleine George doch tatsächlich. Die Amme weiß gar nicht, was sie mit ihrer ganzen Freizeit anfangen soll."

„Jüngere Geschwister sind oft sanftmütiger... so hat man mir jedenfalls gesagt. Ich persönlich weiß davon natürlich nichts", sagte Mrs. Fines und schüttelte dazu ihre weichen grauen Locken, „weil meine *beiden* Kinder Teufelsbraten waren und so gut wie niemals geschlafen haben."

Charity verbarg ein Grinsen. Trotz der schiefen (und auch recht zutreffenden) Beschwerden der guten Dame war Anna Fines eine hingebungsvolle Mutter. Die nur allzu vertrauten Sehnsüchte krochen über Charity. Mutterliebe hatte sie nie gekannt, weil ihre eigene Mama kurz nach ihrer Geburt dem Kindbettfieber erlegen war.

„Es gefällt Ihnen, Charity, hoffe ich?", fragte Lady Helena. „Es tut mir leid, dass Sie die Vorstellung von Mrs. Stone gestern Abend verpasst haben. Ihre Darbietungen aus ‚Zwei Herren aus Verona' war hinreißend. Aber machen Sie sich keine Sorgen: Wir haben für diese Woche eine Reihe hervorragender Künstler auf dem Programm."

„Sie sind zu gütig, Milady." Die Unterhaltung wäre ganz gewiss beeindruckend, doch was Charity wirklich wollte, war mit ihrer besten Freundin alleine zu sein. „Haben Sie von Percy gehört, Mrs. Fines?", brach es aus ihr heraus.

„Ich dachte, sie und Mr. Hunt sollten bis Mittag ankommen."

„Guter Gott, Sie kennen ja Percy. Sie lässt sich immer von dem einen oder anderen Abenteuer ablenken. Jetzt wo sie als Schriftstellerin veröffentlicht ist",— hinter ihrer Brille verdrehte Mrs. Fines die Augen himmelwärts—„erfindet sie nur noch mehr Ausreden für ihre Sperenzchen. Sie stellt Nachforschungen für ihre Romane an, sagt sie. Zum Glück hat sie einen vernünftigen Mann geheiratet." Sie seufzte. „Wenn nun nur mein anderes Kind das Gleiche tun würde."

„Mr. Fines scheint guter Dinge zu sein", bemerkte Lady Helena. „Und er hat sich bei den Schaukämpfen so wacker geschlagen. Man redet von nichts anderem."

„Ich bin erleichtert, dass Paul etwas gefunden hat, was ihn beschäftigt—und vom Trinken und Spielen ablenkt. Wie ich schon immer sage, führt Muße nur zu Unfug. Wenn er nun noch aufhören könnte, den Röcken nachzustellen", sagte Mrs. Fines, „dann wäre er auf dem richtigen Weg."

„Anna", lachte Lady Helena erstickt, „du bringst unsere arme Charity noch ganz in Verlegenheit."

„Ich bin nicht verlegen", sagte Charity.

Wie könnte sie auch, wenn sie einen kurzen glorreichen Augenblick lang geglaubt hatte, sie sei einer der Röcke gewesen, denen er nicht nur nachgestellt, sondern den er auch gefangen hatte? Die Erinnerung an Spitalfields überschwemmte sie sowohl mit Sehnsucht als auch mit Schmerz. Wie ein erschöpfter Wanderer in der Wüste, der auf eine Oase stößt, hatte sie sich am funkelnden Wasser gelabt, nur um dann an Sand zu ersticken. Denn die Begierde, die Mr. Fines für sie an den Tag gelegt hatte, war nichts weiter als eine Fata Morgana gewesen.

Und deswegen musst du ihn vergessen, ihm unbedingt aus dem Weg gehen.

„Da seid ihr ja alle. Wir suchen euch überall!"

Charity wirbelte im Stuhl herum und sah ihre Busenfreundin mit großen, geschäftigen Schritten nahen. Freude vertrieb ihr die düsteren Gedanken. Das andere Mädchen sah *so gut* aus. Auf ihren sonnigen Locken saß ein Hut mit einer breiten, mit Kornblumen besetzten Krempe. Ihre schlanke Gestalt steckte in einem eleganten, mit Spitzen besetzten Musselinkleid. Dazu trug sie einen passenden Sonnenschirm, auch wenn sie

57

den kaum brauchte: Ihr Gemahl, Mr. Hunt, spendete ihr Schatten genug.

Gavin war ein Mann wie eine Eiche, und die gezackte Narbe auf seiner rechten Wange war Zeuge seiner früheren Tage als berüchtigter Spielhöllenbesitzer. Nach seiner Heirat hatte er seinen Club veräußert und sich bei Fines & Co. eingekauft. Er arbeitete nun mit dem Marquis von Harteford, der das Geschäft leitete.

Einst hatte Charity bezweifelt, ob Mr. Hunt der Richtige für Percy war, aber zum Glück war sie falsch gelegen. Sie strahlte nur so vor Glück. Der ruhige Einfluss von Mr. Hunt schien genau das zu sein, was das lebhafte Mädchen brauchte, und das galt auch umgekehrt: Percys Temperament lichtete den brütenden Trübsinn ihres Gemahls ein wenig.

Mr. Hunt verneigte sich vor den versammelten Anwesenden. „Guten Tag, die Damen", sagte er in seiner tiefen Stimme.

„Ebenfalls, Mr. Hunt." Während Percy ihre Mutter auf die Wange küsste, sah diese ihren Schwiegersohn wohlwollend an. „Du hast also eine Reise mit meinem Mädchen überstanden? Und siehst noch nicht einmal erschöpft aus."

Ein Lächeln wie Quecksilber ging über die Züge von Mr. Hunt. „Ich trage meine Narben im Verborgenen, Madam."

„Harteford sagt, Sie sind der tapferste Mann, den er kennt", sagte Lady Helena mit einem Augenzwinkern.

Percy rümpfte die Nase. „Wir sind keine drei Tage zurück in England und schon werden wir aufgezogen. Zumindest weiß ich, dass ich unter euch allen *eine* Freundin habe." Ihre großen blauen Augen fanden Charity, die beiseite gestanden war und sich dem trauten Augenblick der Familie nicht aufdrängen wollte. Sie streckte die Arme aus. „Liebe Charity, es ist ewig her!"

Charity konnte ihr zittriges Lächeln nicht zurückhalten. „Oh, Percy",—sie erwiderte die stürmische Umarmung ihrer Freundin—„wie habe ich dich vermisst."

„Und ich dich erst. Wir haben viel zu plaudern, nur wir zwei." Percy löste sich aus der Umarmung und warf einen seltsam verschämten Blick in die Runde. „Aber ehe wir das tun, müssen Mr. Hunt und ich euch allen eine Mitteilung machen."

Charitys Herz schlug schneller.

Mrs. Fines schlug die Hände vor dem Mund zusammen. „Oh, meine Liebsten, seid ihr etwa...?"

Percy nickte mit rosigen Wangen. „Im kommenden Herbst wirst du Großmutter."

Die Ankündigung zog Glückwünsche und eine weitere Runde Umarmungen nach sich. Charity ergriff die Hände ihrer Freundin. „Oh, Percy, ich freue mich so für dich. Du wirst die allerbeste Mutter sein, das weiß ich."

„Da wäre ich mir nicht so sicher." Percy warf ihrem Gemahl einen spitzbübischen Blick zu. „Mr. Hunt hier ist davon überzeugt, dass wenn wir eine Tochter bekommen, sie ein Wildfang wird wie ich."

„Machen Sie sich Sorgen, Sir?", sagte Mrs. Fines, die sich mit einem Taschentuch die Augen abtupfte.

„Mitnichten. Ich mag Herausforderungen", erwiderte Mr. Hunt.

„Hast du denn eine Vorahnung, was es wird, Percy?", fragte Lady Helena. „Nicht, dass der

Muttersinn unbedingt richtig liegen muss. Ich war mir sicher, dass unser letztes Kind ein Mädchen wäre." Die Marquise warf einen verzweifelnden Blick auf ihre tobenden Zwillinge, die gerade einen Dreibeinlauf gewonnen hatten und sich nun gegenüber den anderen Teilnehmern ihres Triumphes brüsteten. „Augenscheinlich", sagte sie trocken, „war da der Wunsch Vater des Gedankens gewesen."

„Ich glaube, es wird ein Junge", sagte Percy. „Mr. Hunt meint aber, dass es eine Tochter wird. Wir haben darauf gewettet."

Ihr Gemahl sah sie mit glänzenden Augen an. „Eine deine besseren Qualitäten, Schätzchen, ist, dass du eine gute Verliererin bist."

Diese recht verschlüsselte Bemerkung ließ Percys Wangen nur noch rosiger werden. „Ich habe überhaupt nicht verlo—ach, es ist sinnlos, zu streiten. Du bist so stur wie ein Bulle, wenn du dich erst einmal entschieden hast."

„Deswegen sind wir so ein perfektes Paar." Mit einem Lächeln, das seine harschen Gesichtszüge weicher werden ließ, sagte Mr. Hunt: „Soll ich mich verziehen, damit ihr Ladies ungestört schwatzen könnt?"

„Wir schwatzen nicht. Wir führen wichtige Gespräche unter Frauen", berichtigte ihn Percy. „Aber nur zu, mach dich auf die Suche nach Nick und Paul und teile ihnen die Neuigkeit mit. Und dann darfst du dich so wichtigen Männergeschäften widmen wie aufeinander einprügeln und stinkige Zigarren rauchen."

„Wenn du es so sagst, wie kann ich da widerstehen?" Mr. Hunt fasste die Wange seiner Gemahlin und streichelte mit dem Daumen ihre Unterlippe mit einer Zärtlichkeit, die Charity die Kehle zuschnürte und Mrs. Fines die Tränen in die Augen trieb. „Denk daran, was der Doktor gesagt hat und überanstreng dich nicht, einverstanden?"

„Wir behalten ein Auge auf Percy", versicherte ihm Lady Helena.

Mit einer Verneigung marschierte Mr. Hunt von dannen.

„Komm, Percy, setz dich. Du in deinem Zustand —", hob Mrs. Fines an.

„Oh Mama, du bist ja schlimmer als Mr. Hunt." Percy ging hinüber zur Wiege, um den Säugling zu bewundern, während Lady Helena strahlend zusah. „Ich hatte ja schon immer die Verfassung eines Ochsen, und die Schwangerschaft ändert daran nichts. Nun, was habe ich verpasst?"

„Wir sprachen gerade über deinen Bruder", sagte Mrs. Fines.

Percys Kopf fuhr nach oben. „Stimmt etwas nicht mit Paul?"

„Nichts Neues. Er treibt nur vor sich hin", sagte ihre Mutter. „Er tut nichts anderes als Boxen und sich mit Frauenzimmern herumzutreiben."

„Nun, er ist eben ein Lebemann", sagte Percy. „Und Lebemänner tun das eben."

„Dein Bruder ist *kein* Lebemann."

Lady Helena räusperte sich. „Bist du dir da ganz sicher, Anna?"

„Paul *verhält* sich vielleicht wie einer, ist aber keiner", beharrte Mrs. Fines.

„Äh, wo besteht da der Unterschied?", fragte Percy.

Mrs. Fines zog die Augenbrauen hoch. „Anderen kann er vielleicht mit seiner fahrlässigen Art etwas vormachen, aber ich kenne meinen

Jungen. Er treibt nur Unfug, weil er nichts Besseres gefunden hat."

„Paul ist gelangweilt. Das geht den meisten Lebemännern so", sagte Percy. „Ich sehe immer noch keinen Unterschied."

„Der Unterschied liegt im Charakter", sagte Charity ruhig.

Mrs. Fines nickte triumphierend. „Ich sage ja schon immer, dass du ein kluges Mädchen bist, Charity."

„Dann muss ich recht töricht sein, denn ich verstehe den Unterschied immer noch nicht", murmelte Percy.

Unter dem drängenden Blick von Mrs. Fines sagte Charity zögerlich: „Mr. Fines ist... tief im Herzen kein gedankenloser Mensch. Ganz im Gegenteil, er hat ein empfindsames, mitfühlendes Gemüt. Im Gegensatz zu einem echten Lebemann liegt ihm viel an anderen Menschen—sehr viel sogar, will ich behaupten. Und an seiner Familie am allermeisten."

Sie fühlte eine bittersüße Sehnsucht an ihr ziehen. Eine der Tugenden, die sie an Mr. Fines am meisten bewunderte, war seine tiefe Treue zu denen, die er liebte. Zu seiner Familie... und Rosalind Drummond.

„Ganz genau." Mrs. Fines lehnte sich zu ihr herüber und tätschelte ihre Hand. „Sie verstehen das Wesen meines Sohnes völlig. Als kleiner Knabe brachte er seiner Mama Blumen, beschützte seine Schwester, und hatte für jedermann ein nettes Wort und eine helfende Hand übrig. Ich kenne keinen anderen Menschen, der solche Freude im Herzen trug wie er. Er hält sich im Moment vielleicht für eine Enttäuschung",—Wehmut huschte durch ihre fahlblauen Augen—„doch in ihm steckt noch ein Held."

„Ein Held braucht etwas, wofür er kämpfen kann", murmelte Lady Helena. „Hier sind so viele passende junge Damen anwesend, Anna. Soll ich sie ihm vorstellen?"

Mrs. Fines seufzte. „Man kann ein Ross zum Wasser führen, aber trinken muss es selbst."

Die beiden Damen begannen eine Liste heiratsfähiger Kandidatinnen zu besprechen. Charity wollte ihnen sagen, dass es ein sinnloses Unterfangen war: Mr. Fines hatte sein Herz an die einzige Lady verschenkt, die er nicht haben konnte, und trotz seiner draufgängerischen Fassade hatte er in der Tat ein treues Herz. Wer auch immer seine Braut wäre, ihr stünde eine traurige Zukunft bevor, wenn sie auf seine Liebe hoffte.

Sie sagte sich selbst, dass es ihr Glück war, dass er sie nicht bemerkte. Sie war vielleicht nicht schön oder charmant, aber gesunden Menschenverstand hatte sie allemal. Sie musste Mr. Fines aus ihrem Hirn verbannen und sich auf die Zukunft besinnen, die vor ihr lag. Alles andere würde unvermeidlich zu Liebeskummer führen, und das eine Mal war ihr schon genug gewesen.

Kapitel 5

Der Hieb traf Paul mitten in die Magengrube. Obwohl er stöhnte, begrüßte er den läuternden Schmerz und zog sich zurück, tänzelte leichtfüßig auf den Fußballen, hob die Arme wieder in Abwehrhaltung. Gentleman Jackson hatte ihm eingebläut, wie wichtig es war, die Fäuste immer in der richtigen Haltung zu haben, bereit zum Angriff oder zur Verteidigung, je nachdem, was die Lage erforderte. Es sah so aus, als wäre Pauls nächster Zug der Angriff. Obwohl Nicholas Morgan der wuchtigere Mann war, zeigte er bereits Zeichen von Müdigkeit, sein dunkles Haar war nass geschwitzt, seine breite Brust hob und senkte sich angestrengt, während er und Paul sich im Ring umkreisten.

Paul nahm seine Gelegenheit wahr. Er war der schnellere der beiden, ging zum Angriff über, ließ die Fäuste in schnellen Haken fliegen. Er blieb leichtfüßig, wich schnell aus und landete seine eigenen Schläge in wildem, rhythmischem Stakkato. Er schlug mit jeder Faser seines Wesens zu, die süße Vergessenheit leerte seinen Verstand. Er war nur noch Muskel; sein Blut surrte.

Schlagen. Ducken. Links antäuschen.

Rechter Haken. Rechter Haken.

Aufwärtshaken links.

„Verfluchte Hölle, Fines. Hör auf. Ich ergebe mich."

Es dauerte einen Augenblick, bis die Worte seines Gegners bei ihm ankamen. Paul wischte sich den Schweiß aus den Augen und sah, dass Nicholas in den Seilen hing. Der Marquis streifte sich die Boxhandschuhe ab und fasste winselnd an seinen Kiefer.

„Alles in Ordnung, alter Junge?", fragte Paul.

„Der hat gesessen. Kein Wunder, dass du die Schaukämpfe gewonnen hast", klagte Nicholas.

„Und du bist noch nicht einmal außer Atem, verflucht."

„Der Gentleman hält seine Schüler in Bestform. Wenn du auch ab und zu in den Salon kämst, wärst du selbst auch in besserer Verfassung."

„Ich habe keine Zeit." Nicholas stieg durch die Seile und sagte pikiert: „Fines & Co. verwaltet sich nicht von selbst, weißt du."

„Mit dir am Steuer tut es das fast", sagte Paul geschmeidig.

Er wusste nur allzu gut, wohin dieses Gespräch führte. Seit Jahren schon versuchten seine Mutter und Nicholas, ihn dazu zu bringen, seine rechtmäßige Stelle in der väterlichen Firma einzunehmen. Nicholas war Jeremiahs Schützling gewesen und hatte sich zu einer Teilhaberschaft hinaufgearbeitet. Nach dem Ableben seines Mentors hatte Nick die Geschäftsführung übernommen.

Als Knabe hatte Paul Nick anfangs nicht leiden können. In Wahrheit war Nick der Sohn gewesen, den sich Jeremiah immer gewünscht hatte—der Sohn, der Paul niemals sein könnte. Gleichzeitig war er aber auch zu ehrlich gewesen, um jemand anderen dafür zu beneiden, worum er sich nicht bemühen wollte. Hatte er sich nach der Billigung seines Vaters gesehnt? Ja. Wünschte er, dass er und sein Vater mehr gemeinsam gehabt hätten? Gewiss. Doch hatte er vor, sich in der Firma abzumühen und alles andere in seinem Leben zu opfern?

Nein. Auf gar keinen Fall.

Als Kind hatte er erfahren, wohin die Arbeitsmoral seines Vaters geführt hatte. Nacht für Nacht hatte er die einsamen Tränen gesehen, die seine Mutter zu verbergen versuchte. Er hatte zugesehen, wie sein kleines Schwesterchen am Fenster saß und die Hoffnung aus ihren Augen schwand, wenn die Gestalt, auf die sie wartete, nicht kam. Obwohl Paul bezweifelte, dass sein alter Herr eine Mätresse unterhielt, hatte Jeremiah seine Frauen dennoch betrogen. Das Lagerhaus war so anspruchsvoll gewesen wie ein ganzer Harem von Freudenmädchen.

Paul hatte auch nicht mehr Erfolg dabei gehabt, die Aufmerksamkeit von Jeremiah zu erlangen. Für Zahlen oder Geschäfte hatte er noch nie einen rechten Sinn gehabt, und die ständigen

Predigten seines Vaters hatten dafür gesorgt, dass er auch nicht gerade erpicht darauf war, sich diese Fähigkeiten anzueignen. Die Dinge, für die Paul eine natürliche Ader hatte—die Zeitvertreibe eines Gentleman, wie die Künste und Sport—verstörten und verdrossen Jeremiah maßlos.

Wozu taugt denn Boxen, mein Junge? Du vergeudest nur deine Zeit und Kräfte, die du ernsthafteren Dingen widmen könntest. Wann wirst du endlich erwachsen und stellst dich deiner Verantwortung?

Wenn erwachsen sein bedeutete, dass er alles und alle aufgeben musste, die er liebte, dann lautete die Antwort auf diese Frage seines Vaters wohl... *niemals*. Er kämpfte gegen die vertraute Mischung aus Groll und Scham an.

„Annas sehnlichster Wunsch ist, dass du eine Stellung im Unternehmen einnimmst", hob Nicholas an.

Paul streifte grimmig sein Hemd ab und rieb sich mit einem Handtuch ab. „Inzwischen ist es Mutter gewöhnt, von mir enttäuscht zu werden. Warum sollte ich sie nun verwirren?"

Stirnrunzelnd zog Nicholas ein frisches Hemd und eine Weste an. Er kleidete sich mit einer Leichtigkeit an, die den meisten Gentlemen fehlte, denn er hatte nicht immer wie ein Lord gelebt. Vor vielen Jahren, als sie sich nach einem ihrer ersten Faustkämpfe umzogen, hatte Paul unabsichtlich die grotesken Narben gesehen, die sich über Nicks Rücken zogen: Erinnerungen an eine in der Gosse überstandene Kindheit. Jeglicher Neid, den Paul vielleicht empfunden hatte, hatte sich in Luft aufgelöst und in... Mitgefühl verwandelt.

Von jenem Augenblick an war er der Meinung gewesen, dass Nicholas Morgan alle Zuneigung verdiente, die die Familie Fines ihm zuteilwerden lassen konnte—und das schloss seine eigene mit ein.

Nick hatte ihnen ihre Treue mannigfach vergolten. Er hatte Jeremiah geholfen, das Unternehmen auf sein gegenwärtiges riesiges Ausmaß zu erweitern. Nach dem Tod des Gründers hatte er die Geschäfte weitergeführt und für die Fines gesorgt. Pauls Jahreseinkommen von fünftausend Pfund stammte aus seiner Gewinnbeteiligung. Und als Nick völlig unerwartet einen Adelstitel erbte, hatte er sich nicht von ihnen abgewandt; er hatte die Fines, die der Mittelschicht angehörten, weiterhin wie sein eigen Fleisch und Blut behandelt. Er war Paul und Percy in der Tat wie ein älterer Bruder gewesen.

Und wie jeder ältere Bruder hatte er die lästige Angewohnheit, immer alles besser wissen zu wollen. Er begann, das Boxzimmer entlang zu schreiten. Das war ein schlechtes Zeichen, denn es bedeutete, dass er eine längere Standpauke halten wollte.

„Das ist nicht zum Lachen, Fines. Deine Mutter macht sich Sorgen um deine Zukunft, und offen gestanden, ich auch. Dein..."—Nick räusperte sich—„Rückschlag ist nun fast ein Jahr her. Und jetzt, wo du dich davon erholt hast, ist es höchste Zeit, dass du deine Bestimmung im Leben findest."

Nun, nur Nick würde es als *Rückschlag* bezeichnen, wenn jemand beinahe sein ganzes Vermögen verlor und um ein Haar als elender Trunkenbold endete.

„Du bist siebenundzwanzig und hast glänzende Aussichten. Was dir fehlt ist Struktur und Disziplin. Du musst dir über deine Ziele klar

werden und dann beharrlich darauf hinarbeiten",
fuhr Nick so herrisch fort, wie es einem Marquis
gebührte.

Paul fand, dass er nun auch gleich seinen Plan
mitteilen konnte. Er war an diesem Nachmittag
erschöpft und dumpf von einem weiteren Abend
voller Ausschweifungen erwacht. Die seltsame
Begebenheit mit Charity Sparkler war auch nicht
gerade hilfreich gewesen: Er hatte sich gefühlt
wie ein gemeiner Unhold... und wusste noch
nicht einmal, *weshalb*. Wenn ihn schon eine
Begegnung mit einer kleinen grauen Maus derart
aus dem Gleichgewicht bringen konnte, dann
brauchte er ganz offensichtlich etwas—
irgendetwas—um seine driftende Existenz zu
verankern.

Er durchdachte, wie er sein neues Ziel am
besten verkünden konnte. Er redete sich selbst
ein, dass er einen gediegenen Plan hatte, doch
die jämmerliche Wahrheit war, dass ihn die
Fehler seiner Vergangenheit an seinem eigenen
Urteilsvermögen zweifeln ließen. Er musste
seine Gedanken aussprechen, Rat einholen—und
wenn man sich auf irgendetwas verlassen
konnte, dann dass Nick mit Ratschlägen
aufwarten würde.

„Wie es der Zufall so will, stimme ich dir zu", sagte Paul.

Nicks dunkle Augenbrauen zogen sich zusammen. „Das... tust du?"

„Mir ist klar geworden, dass es an der Zeit ist, dass ich mich einem bestimmten Daseinszweck widme."

„Genau. Das nenne ich klare Gedanken, Fines."

„Dazu muss man allerdings zunächst ein Gleichgewicht zwischen, äh, seinen Leidenschaften und seinen gewinnbringenden Tätigkeiten finden."

„Sprichst du von Heirat? Eine Gemahlin kann dem Leben eines Mannes gewiss Gleichgewicht verleihen." Nicholas' graue Augen wurden wärmer, und der Grund dafür war nicht schwer zu erraten. Seine Marquise war eine Frau allererster Güte, wenn auch Paul wahrscheinlich eine blutige Lippe riskierte, falls er das jemals laut sagte. „Willst du dich also endlich auf dem Heiratsmarkt umsehen, Fines? Das würde deine Mama unsäglich glücklich machen."

„Eigentlich meinte ich das gar—"

Die Tür öffnete sich und schnitt Paul das Wort
ab. Zwei Männer traten ein, die so
unterschiedlich waren wie Tag und Nacht.
Ambrose Kent, der größere und schlaksigere der
beiden, war ein ehrbares Mitglied der Thames
River Police. Er brachte seine Tage damit zu,
Verbrechern nachzustellen und hatte vor einigen
Monaten den ganz großen Fang gemacht. Paul
begriff beim besten Willen nicht, wie ein
unverblümter, bettelarmer Polizist es geschafft
hatte, das Herz der umwerfenden—und
umwerfend reichen—Lady Marianne Draven zu
erobern.

Was nur bewies, dachte Paul, wie wenig er von
der Liebe verstand.

Und da war dann noch der andere Kerl. Der
rassige Mann mit der auffallenden Narbe und
der ruchlosen Aura, in dessen bloßer Gegenwart
sich Pauls Muskeln unwillkürlich anspannten. Vor
nicht allzu langer Zeit war Gavin Hunt der
Halsabschneider gewesen, der Pauls
Schuldschein in seiner Gewalt hatte. Doch das
Schicksal hatte einen unerwarteten Haken
geschlagen und nun war der Schurke sein
verfluchter Schwager.

Die Schicksalsgöttinnen hatten in der Tat einen seltsamen Sinn für Humor. Doch Paul musste widerwillig eingestehen, dass er Percy noch nie glücklicher erlebt hatte—und es schien, dass Hunt ihr ergeben war wie ein Wolfshund. Es war doch ein kleiner Trost, fand Paul, dass sein ehemaliger Widersacher und Herr über die Underworld wie ein Köter nach seiner Schwester hechelte. Das hieß aber noch nicht, dass er den Mann mögen musste.

Er stand auf und neigte steif den Kopf. „Guten Tag, Gentlemen."

„Fines." Hunts Mund krümmte sich spöttisch. „Lässt dich ein wenig verprügeln, wie?"

„Steig in den Ring, und wir wollen doch mal sehen, wer verprügelt wird", forderte Paul ihn heraus.

„Ich würde an Ihrer Stelle passen, Hunt", sagte Nicholas. „Es hat einen guten Grund, warum der Junge diese Preiskämpfer bezwungen hat. Gerade eben bin ich in den zweifelhaften Genuss seiner Künste gekommen."

Hunt gab sich unbeeindruckt. „Es gibt das Boxen der Bond Street und dann gibt es richtiges Kämpfen. Ich komme ganz gut zurecht."

„Ehe hier Blut vergossen wird", sagte Ambrose Kent milde, „hatte man mir doch eine Zigarre versprochen. Mrs. Kent hat mich hergeschickt, hier mit Ihnen zu rauchen, damit sie mit ihren Ladies schwatzen kann."

„Laut Percy handelt es sich nicht um Geschwätz", sagte Hunt mit wissendem Blick. „Vielmehr besprechen sie wichtige Angelegenheiten unter Frauen."

„Sagt der Jungvermählte. Ich schlage vor, wir ziehen uns ins Arbeitszimmer zurück, solange wir noch können", sagte Nick trocken.

Bald darauf saßen sie alle in den Ohrensesseln des Männerrefugiums versunken. In der Luft hing das schwere Aroma von Leder und Zigarrenrauch. Hinter den hohen Fenstern konnten sie das Picknick sehen. Paul stellte verlegen und erleichtert zugleich fest, dass die anderen in stillschweigender Übereinkunft keine Spirituosen tranken, sondern sich stattdessen an die stärkenden Kannen Kaffee und Tee hielten.

„Eines muss man Ihnen lassen, Harteford"—Hunt blies dazu einen Rauchring—„Sie verstehen die Kunst, zu leben."

„Lassen Sie sich nicht irreführen. Einen solchen Frieden genießen wir in diesem Haushalt nur bei Neumond, und vielleicht bei Vollmond", sagte Nick. „Die Zwillinge werden jeden Augenblick hier hereinstürmen und dabei ihr neues Brüderchen wie einen Ball hin- und herwerfen."

Wenn man die lebhaften Jungen der Hartefords kannte, klang dieses Szenario gar nicht so weit hergeholt.

„Hat dir dein Herzblatt denn verziehen, dass du ihr noch ein männliches Wesen aufgehalst hast?", fragte Paul.

Nicks Grinsen blitzte weiß gegen seinen dunklen Teint auf. „Ich arbeite daran."

„Man kann es ja nochmal versuchen", sagte Paul gedehnt.

„Vorerst einmal nicht. Wir haben mit den Bälgern alle Hände voll zu tun", sagte der Marquis. „Das mit dem Nachwuchs überlassen wir nun einmal den anderen verheirateten Anwesenden."

Schweigen legte sich über das Arbeitszimmer. Hunt rieb sich den Nacken und drückte übermäßig sorgfältig seine Zigarre aus. Das Gesicht von Kent wurde rot.

„Guter Gott, Sie *beide*?", fragte Paul.

„Percy wollte, dass ich es ankündige." Hunts schroffer Ton konnte den Stolz in seiner Stimme nicht überspielen. „Sie soll im Herbst entbinden."

Seine Schwester, der Wildfang, wurde *Mutter*. Paul konnte es kaum fassen. Trotz der aufrichtigen Freude, die er für Percy empfand, wehte ihm der Wind der Veränderung im Nacken. Einen Augenblick lang packte ihn die Panik—wie ein Kind, das in der Menge verloren geht. Jeder und alles um ihn herum veränderte sich; wenn er nicht bald seinen eigenen Weg fände, stünde er allein auf verlorenem Posten.

„Und unser Kind kommt bald darauf", sagte Kent.

„Willkommen im Club, Gentlemen." Grinsend erhob sich Nicholas, um herzliche Schulterklopfer auszuteilen.

Paul ging zu einem Schwager und bot ihm die Hand: „Glückwunsch, Hunt."

Hunt erwiderte seinen kräftigen Händedruck und murmelte: „Wenn das Kind ein Junge wird, hat Percy sich in den Kopf gesetzt, ihn nach dir zu benennen."

„*Apollo* Hunt—ist sie denn von Sinnen?", fragte Paul entsetzt. „Mit so einem Namen macht der Kopf meines armen Neffen Bekanntschaft mit jedem Nachttopf in Eton—vorausgesetzt, er überlebt überhaupt bis zum Schulalter. Ich werde ihm allein deswegen das Boxen beibringen müssen, damit er sich zur Wehr setzen kann."

Hunt grunzte zustimmend.

Als sie wieder in den Sesseln saßen, sagte Nicholas: „Wir Alten sollten nicht die ganze Aufmerksamkeit horten. Wir müssen auch von den jüngeren unter uns hören." Er blickte Paul erwartungsvoll an. „Ehe Sie Gentlemen dazu gestoßen sind, wollte Fines mir gerade gute Neuigkeiten verkünden."

Kents dunkle Augenbrauen fuhren hoch. „Hat denn unseren jungen Lebemann endlich der Floh der Ehe gebissen?"

„Percy hat davon ja gar nichts erzählt." Hunt blickte verwirrt drein, als fände er es schlichtweg unmöglich, dass seine Gemahlin ihm irgendetwas vorenthalten konnte. „Hast du ihr oder deiner Mutter schon etwas gesagt?"

„Allmächtiger, ich hänge mir *keinen* Klotz ans Bein. Die Gesellschaft von euch liebestollen Narren ist ja genug, einem den Gedanken an Heirat ein für alle Mal zu vergällen." Paul schüttelte verzweifelt den Kopf. „Was ich seiner Lordschaft sagen will, ist, dass ich meine eigene Unternehmung aufbauen werde."

„Unternehmung?" Nick runzelte die Stirn. „Welcher Art denn?"

Nun nur raus damit.

„Preisboxen", sagte Paul nachdrücklich.

Eine Pause.

Nicholas sagte: „Nun mal im Ernst. Du sagtest doch, du hättest einen Daseinszweck im Sinn."

„Das ist mein Ernst. Ich habe vor, mein Vermögen durch Boxen wiederzuerlangen." Als auf seine Worte Schweigen folgte, atmete Paul tief durch und fuhr beherzt fort: „Nach den

Schaukämpfen ist der Viscount Traymore auf mich zugekommen. Er meinte, ich hätte das Zeug zum Meister. Er will bei einem Turnier der Fancy mein Unterstützer sein."

Die Fancy war eine mächtige Gruppe von Männern, die Sportereignisse finanzierten, veranstalteten und dabei Wettgeschäfte machten. Die Mitglieder der Fancy waren Mannsbilder durch und durch, stammten aus allen Gesellschaftsschichten und hatten ein gemeinsames Ziel: Sie blühten bei Gefahr und Wagnis auf. Die von ihnen veranstalteten Preiskämpfe waren eigentlich verboten, wurden klammheimlich vorbereitet, und zogen doch Tausende von Zuschauern an. Hundertausende Pfund wechselten bei jedem einzelnen Kampf die Besitzer. Die Unruhen und das Blutvergießen, die die Kämpfe oft begleiteten, gehörten zu dem Erlebnis dazu.

„Ich weiß, dass sich Preiskämpfen für einen Gentleman nicht geziemt, aber ich habe meinen Ruf ja schon dermaßen besudelt, dass ich nichts mehr zu verlieren habe, nicht wahr?" Paul zuckte selbstironisch mit den Schultern. „Und womöglich viel zu gewinnen. In zwei Monaten werden in ganz England Kämpfe veranstaltet, um den nächsten Vorkämpfer der Fancy zu bestimmen. Traymore will mein Förderer sein. Er hat schon einen Wasserreicher und einen Kniemann", sagte Paul und meinte dabei das Paar, das einem Boxer während der Kämpfe assistierte. „Und er übernimmt alle Unkosten für die Vorbereitung und Unterkunft. Ich muss nur noch meinen Fleiß beisteuern. Also, was hältst du davon?"

„Du willst gar nicht wissen, was ich davon halte", sagte Nick grimmig.

Paul fühlte, wie der Ärger ihm die Nackenhaare aufstellte. „Du könntest schon länger als eine Sekunde darüber nachdenken."

„Ich brauche nicht mehr als eine Sekunde, um zu wissen, dass dies ein törichter, närrischer Einfall ist."

„Weil er nicht deiner engstirnigen Vorstellung von gewinnbringender Arbeit entspricht?" Warum konnte man ihn denn nicht *einmal* ernst nehmen? Verbissen sagte Paul: „So mancher mag behaupten, dass es sich für einen Marquis nicht geziemt, Handel zu betreiben, und dennoch trabst du jeden Morgen fröhlich zu deinem Lagerhaus."

Nicholas' Stirn verfinsterte sich. „Das kann man ja wohl kaum vergleichen—"

„Worauf bist du denn aus, Vergnügung oder Unternehmertum?", mischte Hunt sich ein. „Denn was du zu deiner Unterhaltung tust, schert keinen, Fines. Gott weiß, Ihr Gentlemen auf euren hohen Rössern habt Freizeit genug."

„Ich *sagte* Unternehmung, und das meinte ich auch", schnappte Paul.

„Und woher soll denn bitte der Zaster kommen? Denn zum Unternehmertum braucht es nämlich Geld." Hunt sprach überdeutlich, als erklärte er einem kleinen, etwas dümmlichen Kind etwas. „Bislang habe ich noch kein Wort darüber gehört, wie du Profit daraus schlagen willst, hübsch im Ring herumzutänzeln."

Dieser herablassende Esel. „Das Preisgeld für das Turnier beträgt fünftausend Pfund und ich teile den Gewinn mit Traymore", sagte Paul mit zusammengebissenen Zähnen. „Was nur fair ist, weil er ja den Vorschuss leistet."

„Fünftausend Pfund scheinen mir kaum genug Anreiz für Traymore, seine Zeit und Mühe zu verschwenden. Ich war schon bei Kämpfen, die von der Fancy gegeben wurden; der wahre Gewinn kommt von den ganzen Wetten. Und ich hatte den Eindruck, dass du dem Spielen abgeschworen hast", sagte Hunt spitz, "nachdem dabei ja fast dein ganzes Vermögen vor die Hunde gegangen ist."

"Nur, weil du mir eine Falle gestellt hattest, du scheinheiliger Bastard!" Pauls Gesicht wurde heiß, die Weste wurde ihm eng. "Das ist etwas völlig anderes!"

"Die Lage ist vielleicht gar nicht so anders, als Sie denken." Bisher hatte Ambrose Kent geschwiegen, doch jetzt fingen seine maßvollen Worte die Aufmerksamkeit ein. "Diese Kämpfe ziehen allen möglichen Abschaum an—äh, nehmen Sie es mir nicht übel, Hunt."

"Tu ich nicht", sagte der.

"...einschließlich Halsabschneidern, Schmarotzern und Buchmachern, die auf leichtes Geld aus sind. Mit diesen Leuten wollen Sie lieber nichts zu tun haben."

"Auf das Wetten lasse ich mich ja gar nicht ein", widersprach Paul. "Was Traymore mit seinem Geld anstellt, geht mich nichts an. *Mein*

Ziel ist es, den Titel zu gewinnen. Wenn ich erst einmal Meister bin, kann ich meinen eigenen Boxsalon eröffnen wie Jackson oder einst Richmond. *So* will ich mein Vermögen wieder aufbauen."

„Und wenn du nicht gewinnst, was dann?", fragte Nicholas.

Wut verätzte Pauls Brust wie eine Säure. „Warum musst du immer davon ausgehen, dass ich scheitern werde? Warum kann mir denn nicht einmal einer auf die Schulter klopfen und meine Entscheidung befürworten?"

„Weil es ein törichtes Unterfangen ist", schnappte der andere, „und ich nicht will, dass du noch mehr Fehler machst, als du schon begangen hast."

Viel tiefer unter der Gürtellinie hätte Nicholas nicht zuschlagen können. Paul hatte dem nichts entgegenzusetzen; wie denn auch, wenn er im Grunde seine gesamte Vergangenheit vergeigt hatte und durch und durch ein Versager war? Jeremiahs Stimme hallte heiser und schwach in Pauls Ohren wider:

Du hättest mehr aus dir machen können, mein lieber Junge. So viel mehr. Das ist meine größte Enttäuschung.

Er verdrängte die Worte, die letzten, die er am Sterbebett seines Vaters vernommen hatte. Doch all die Dämonen in ihm rochen Blut und regten die Köpfe. Rosalinds tränenüberströmtes Gesicht. *Es ist zu spät, Paul. Mein Vater hat mich dem Lord Monteith versprochen.* Er sah sich selbst, wie er Flasche um Flasche Fusel soff, um den Schmerz damit auszuschwemmen. Und in den Clubs, wie er sein Geld verprasste, bei jeder noch so geringsten Herausforderung einen Streit vom Zaun brach... wie er sich verzweifelt und ehrlos in diesem Verhau in Spitalfields versteckte...

Paul stand abrupt auf; er musste seinem Versagen, dem brodelnden Knistern seiner verteufelten Vergangenheit entkommen. „Nachdem ein Gespräch ja nicht zustande kommt", sagte er knapp, „verabschiede ich mich hiermit."

„Verflucht Fines, nun sei doch vernünftig—", hob Nicholas an.

„Das bin ich. Und du hast recht—ich *bin tatsächlich* ein leichtsinniger Narr." Er hielt mit verzogenem Mund bei der Tür inne. „Verflucht sei ich, dass ich mir jemals eingebildet habe, ich könnte mehr sein."

Kapitel 6

„Das kann nicht dein Ernst sein. Du hast nicht ernsthaft vor, einen Mann zu heiraten, den du nicht liebst!"

„Bitte nicht so laut, Percy. Ich möchte nicht, dass jeder auf diesem Picknick von meinen privaten Angelegenheiten erfährt", sagte Charity.

Sie sah sich um und stellte erleichtert fest, dass keiner der anderen Gäste zu ihnen herübersah. Sie und Percy hatten sich entschuldigt und waren um den Garten herum spaziert. Als sie endlich mit ihrer Freundin alleine war, hatte Charity ihr von ihrer Heirat erzählt, die bald in die Wege geleitet würde.

„Aber das ist doch *Irrsinn*. Du kennst diesen Mann noch nicht einmal", flüsterte Percy aufgebracht.

„Mr. Garrity ist ein Geschäftspartner meines Vaters. Er war schon einige Male im Laden." Dreimal, um genau zu sein. „Vater schätzt ihn sehr."

Percy kniff die Augen zusammen. „Und was hältst *du* von ihm?"

Charity biss sich auf die Lippe. Mr. Garrity war groß, dunkelhaarig und elegant, ein Gentleman um die dreißig. Viele würden ihn als gut aussehend bezeichnen. Doch etwas an seinen Augen—schwarz und kalt wie Quarz—beunruhigte sie. Während sie im Laden ihrer Arbeit nachgegangen war, hatte er sie beobachtet wie ein Raubtier sein kleines, pelziges Abendessen beäugt.

„Ich glaube, er wird dem Geschäft sehr nützen", sagte sie wahrheitsgemäß.

„Dann sollte Mr. Sparkler ihn als Geschäftspartner einbringen und nicht als Schwiegersohn!"

„Du weißt doch, wie Papa mit dem Laden ist. Er traut nur Angehörigen."

„Nun, er redet sich leicht. Er muss sich ja nicht mit einem... Oh *Gott*." Percy blieb plötzlich mit schmerzhaftem Schrecken im Gesicht stehen.

„Was ist los?", fragte Charity erschrocken. „Ist es das Kind? Hast du—?"

„*Mir* geht es gut. Aber großer Gott, mir ist gerade etwas in den Sinn gekommen. Wenn du diesen Mann heiratest, dann heißt du..." Percys blaue Augen wurden groß—„*Charity Garrity.*"

Zugegeben ein absonderlicher Name.

Charity räusperte sich. „In der Ehe geht es um mehr als einen Namen."

„Meine Rede. Es geht um Liebe und Leidenschaft." Percys Röcke rauschten über den Rasen, ihr Schritt stapfte im Takt mit ihrem reißenden Redefluss. „In einer Ehe sollten sich zwei *Seelen* vereinen—und nicht Geschäftsinteressen."

Charity lächelte schief über den unverbesserlichen Optimismus ihrer Freundin.

„Die meisten Ehen *sind* Zweckehen. Deine ist die Ausnahme, meine Liebe."

„Lieber eine Ausnahme als die traurige Norm", sagte Percy entschieden.

„Wir können aber nicht alle Ausnahmen sein, nicht wahr?", sagte Charity vernünftig. „Außerdem bin ich schon zufrieden zu wissen, dass ich meine Pflicht tue. Vater wird älter, seine Verfassung schwächelt."

Ein Schauder kroch über sie. In den vergangenen Monaten war ihr Vater immer mehr ergraut und ermattet. Er hatte mehrere Anfälle erlitten; der Arzt hatte ihm eine Herzschwäche attestiert. Doch weder der gute Doktor noch sie konnten ihrem Vater ausreden, unentwegt seine schwere Arbeit zu verrichten.

„Unter uns gesagt, die Umsätze sind eingebrochen. Papa braucht Hilfe, um das Ruder herumzureißen", sagte sie beklommen. „Er kann nicht mehr alles alleine machen."

„Warum lässt er nicht *dich* den Laden übernehmen? Gott weiß, dass du das Geschäft führen könntest, wenn du es nur willst." Die

Kornblumen auf Percys Hut flatterten, als sie nachdrücklich sagte: „Du kennst Sparkler's in- und auswendig, und du bist der geschickteste, wendigste Mensch, den ich kenne."

Percys Worte rührten in Charity ein paar gefährliche Saiten. Insgeheim meinte nämlich der übermütige Teil von ihr tatsächlich, dass sie den Laden führen könnte—wenn Vater ihr nur zutrauen würde, Aufgaben zu übernehmen, die sich seiner Meinung nach für eine junge Frau nicht ziemten. Es machte ihr nichts aus, den Laden sauber zu halten, und sie bediente gerne Kunden; sie glaubte nur, dass sie zu weitaus mehr in der Lage war.

Als sie sich einmal den Mut gefasst hatte, ihrem Vater diesen Vorschlag zu machen, hatte er sie ungläubig angesehen. *Ein Mädchen soll bei Sparkler's die Geschäfte führen? Nun sei nicht lachhaft. Geh wieder an die Arbeit, Charity, und vergeude keine Zeit mehr mit solchem Unsinn.*

In Charitys Brust wogte es heiß auf; sie bändigte das Gefühl, redete sich ein, es wäre anmaßend zu glauben, dass sie den Laden führen könnte. Solche Eitelkeit würde ihren Vater nur erzürnen, und er würde sie vielleicht ganz vom Laden verbannen. Und wo käme sie dann hin? Sie konnte ihre Rolle bei Sparkler's nicht aufs Spiel setzen; sie hatte sich ihren Platz dort *verdient*.

Ihr ganzes Leben hatte sie sich mühsam das Recht erworben, ihren Papa in die Arbeit begleiten zu dürfen. Denn dann gehörten ihr ein paar Augenblicke mit ihm allein, nur sie beide. Nach Ladenschluss half sie ihm immer, die neuen Waren auszupacken, und er nahm sich die Zeit, ihr die Schönheit jedes einzelnen Stückes vor Augen zu führen.

Sieh dir diese Perle an. Sie funkelt nicht wie ein Diamant, doch ihr Wert liegt in ihrer Reinheit und ihrem Gehalt. Dann richteten sich seine grauen Augen auf sie. *Sei weise, mein Mädchen, und lass dich nicht vom Funkeln blenden.*

Sie empfand einen schmerzhaften Stich. Sie könnte es nicht ertragen, ihren Vater zu enttäuschen.

Sie räusperte sich und sagte: „Eine Frau, die ein Geschäft in der Größe von Sparkler's führt? Wo hat man denn so etwas je gehört? Das gehört sich einfach nicht."

„Du könntest die Erste sein", erwiderte ihre Freundin bestimmt. „Erinnerst du dich an all die Nächte, die wir über deine tiefsten, innersten Träume gesprochen haben? Du sagtest, du willst deinen eigenen Laden haben—und jetzt hast du die Gelegenheit dazu."

„Träume und Wirklichkeit sind zweierlei Dinge."

„Du hast mich immer in *meinen* Träumen bekräftigt." Percys blonde Locken wippten zur Seite. „Und nun bin ich mit Mr. Hunt verheiratet und schreibe Romane. Wenn ich das große Glück finden kann, warum du dann nicht auch?"

Weil Percy hübsch und lebhaft war, und alles Gute nur verdiente. Während Charity hingegen... *Eine Lilie braucht man nicht zu vergolden—und Unkraut erst recht nicht. Halt den Kopf gesenkt. Tu, wie dir geheißen.* Sie stieß mit der Stiefelspitze ein Steinchen fort.

„Stell dir ein neues Schild über dem Ladeneingang vor." Percy fuchtelte theatralisch mit den Händen, als enthüllte sie ein großes Meisterwerk. „*Sparkler & Sparkler. Ihr Lieferant für das Außergewöhnliche.* Das klingt doch gut, oder nicht?"

„Nur, weil du eine blühende Fantasie hast." Charity steckte ihre Sehnsüchte fort und sagte: „Die Wirklichkeit sieht so aus: Ich habe es schon einmal vorgeschlagen, und Vater wollte davon überhaupt nichts hören. Mr. Garrity zu heiraten ist der einzige Weg, das Geschäft zu fördern *und* meinen Papa glücklich zu machen. "

„Und was ist mit *deinem* Glück?"

„Ich werde froh sein zu wissen, dass ich mich vernünftig verhalten und dem Interesse aller gedient habe."

Sie gingen in ungewöhnlichem Schweigen weiter. Charity wurde es mulmig zumute, und das Gefühl bestätigte sich, als Percy fragte: „Und was ist mit... Paul?"

Die Klänge des Gartens verschmolzen zu einem lauten Surren, Charitys Herz raste, ihre Haut kribbelte. Und alles nur, weil sein Name gefallen war.

„Ich weiß doch um deine Gefühle für meinen Bruder", sagte Percy ruhig. „Und wenn er nicht so ein Strohkopf wäre, würde er das auch erkennen. Aber ich glaube, er ist nun endlich bereit für die Liebe, Charity. Wenn du mir gestattest, dass ich ihm erzähle, was du für ihn getan hast—"

„*Nein*." Charity packte den Arm ihrer Freundin. „Du hast mir *dein Wort* gegeben, Percy. Bei unserer Freundschaft hast du mir versprochen, dass du ihm niemals sagst, dass ich in Spitalfields war."

„Ja, das habe ich, und deswegen habe ich auch nie jemandem ein Sterbenswörtchen davon gesagt. Aber Charity", sagte Percy, sichtlich verdrossen, „glaubst du nicht, dass mein trotteliger Bruder die Wahrheit wissen sollte? Du hast deinen Ruf, ja sogar dein *Leben* aufs Spiel gesetzt, um ihn zu pflegen, als ich es nicht konnte. Du warst tapfer wie eine Romanheldin, und ich wünschte, du ließest mich ihm das sagen."

Charity schüttelte den Kopf, voller Verzweiflung und... Schuldgefühle. Denn sie hatte sogar ihrer besten Freundin verheimlicht, was zwischen ihr und Mr. Fines vorgefallen war. Die Erniedrigung, irrtümlich geküsst zu werden, war ohnehin schon zu viel; sie konnte nicht ertragen, dass Mr. Fines davon erführe und sich ihr dann aus

Pflichtgefühl anerbot. Aus *Mitleid*, um Gottes Willen.

In ihrer Brust schmorte die Glut. Sie konnte vieles ertragen—doch das niemals.

„Was würde das denn bringen?", sagte Charity, so ruhig sie konnte. „Ehrlich gesagt ist es ein Glück, dass Mr. Fines zu betrunken war, um meine Anwesenheit zu bemerken. Mein Besuch dort war keine Heldentat, sondern Aberwitz, und was meine Gefühle für ihn betrifft…" Im Geiste kreuzte sie die Finger—„so war das nur eine vorübergehende Vernarrtheit. Ich bin nun erwachsen, Percy, und habe für derlei Possen nichts mehr übrig."

„Aber das war doch erst vor neun Monaten. Und du bist die beständigste Person, die ich kenne."

„Aus und vorbei", wiederholte Charity.

„Ich meine nur, wenn Paul auch nur die geringste Ahnung hätte—"

„Wenn du jetzt verrätst, was ich getan habe, verdirbst du nur meinen Ruf und meine Aussichten, Mr. Garrity zu heiraten. Er wird Papa helfen, er wird das Geschäft retten. Ergo ist er der Mann, den ich heiraten muss."

Das war genau die vernünftige, praktische Meinung, die sie vertreten sollte. Und dennoch fühlten sich die Worte in Charitys Mund so trocken wie Sägespäne an.

„Meinem Bruder fehlt vielleicht jeglicher Geschäftssinn, doch ich kann dir versichern, dass er alles bewerkstelligen kann, was er sich in den Kopf setzt." Mit sorgevollem Gesichtsausdruck fügte Percy hinzu: „Rückblickend glaube ich, Papa hat einen Fehler gemacht, Paul zu einer Mitarbeit bei Fines & Co. nötigen zu wollen. Mein Bruder ist so stur wie ein Esel; je mehr man ihn drängt, desto starrköpfiger weigert er sich. Er und mein Vater haben unaufhörlich darüber gestritten."

Charity erinnerte sich an einige dieser Streitigkeiten. Mehrmals, als sie bei Percy zu Besuch war, hatte sie im Arbeitszimmer von Jeremiah Fines die Stimmen lauter werden hören. Worte wie „verantwortungslos" und „leichtsinnig" waren durch die Wände gedrungen.

Und Mitleid hatte sie erfüllt. Den Erwartungen eines Elternteils gerecht zu werden, war nie leicht. Sie hatte ihr ganzes Leben lang versucht, es ihrem Vater recht zu machen.

Mr. Fines allerdings schien genau das Gegenteil erreichen zu wollen.

„Mein Bruder ist aber dennoch ein *fähiger* Bursche", fuhr Percy fort, „und wenn er sich etwas in den Kopf setzt, dann verfolgt er es aus ganzer Seele. Sieh nur, wie erfolgreich er boxt. Und treu ist er auch: Sogar als er letztes Jahr so tief gefallen war, hat er Leib und Leben aufs Spiel gesetzt, um meine Ehre zu verteidigen." Ihre Augen schimmerten feucht. „Ich habe immer zu ihm aufgeblickt."

„Ich weiß", sagte Charity sanft. „Und dennoch, Mr. Fines hätte an Sparkler's kein Interesse. Und erst recht nicht an mir. Ich bin nicht die Art von Mädchen, die deinem Bruder gefällt."

Ich bin keine Rosalind Drummond.

„Du bist ein *Juwel*, und mein Bruder könnte sich glücklich schätzen, dich zu haben." Percy kaute auf ihrer Unterlippe. „Oh, ich wünschte nur, er könnte erwachsen werden!"

„Halt dein Versprechen. Du sagst deinem Bruder—keiner Menschenseele—etwas von meinem Ausflug nach Spitalfields. Schwör es, Percy."

Charity hielt ihr ihren behandschuhten kleinen Finger hin. Ihre Freundin zögerte, ehe sie es ihr gleichtat. Sie hakten zum feierlichen Schwur die Finger ein.

„Für ein Mädchen, das angeblich still und zurückhaltend ist, verhandelst du wie ein verfluchter Advokat, weißt du das?", brummelte Percy.

Eine halbe Stunde später trennte Charity sich von Percy, die endlich für einen Mittagsschlaf bereit war. Charity wollte den herrlichen Nachmittag nicht vergeuden und ging allein weiter. In der Ferne sah sie Sarah, die mit den anderen Zofen schwatzte, und sie entschied sich, ihr Gespräch nicht zu stören. Eigentlich wollte sie ein wenig mit ihren Gedanken alleine sein. Sie erspähte in dem an den Garten angrenzenden Wald einen Pfad und machte sich auf den Weg dorthin. Sie seufzte froh, als das kühle Laub sie umfing.

Hier verflogen ihre Sorgen. Die Landidylle war eine seltene Flucht aus dem betriebsamen, vor Ruß erstickenden Schoß von London. Statt ratternder Kutschräder und lauthals feilschender Straßenhändler hörte sie hier die Libellen surren und die Vögel zwitschern. Sogar die Pracht von Hyde Park verblasste im Vergleich zu diesem grünen, unberührten Paradies.

Inmitten großer Eichen, überwucherter Sträucher und glitzernder Sonnenstrahlen fühlte sich Charity fern von den Sorgen der Welt. Es gab nur noch das weiche Schmatzen ihrer Ziegenlederstiefel im Waldboden und die schwüle Luft, die ihre Sinne umfing. Ein paar Eichhörnchen huschten ihr über den Weg, ihre buschigen grauen Schwänze wedelten, während ihr wildes Spiel sie hoch in die grünen Äste trieb. Durch die Löcher im Blätterbaldachin erspähte sie Vögel, die sich durch die Lüfte schwangen.

Wie es wohl wäre, so... frei zu sein?

Sie war es nicht gewohnt, ihre Gedanken so müßig schweifen zu lassen. In ihrem Alltag drehte sich alles nur um den Broterwerb: eine endlose Liste von Verrichtungen, im Laden und dann zu Hause, wenn sie heimkam. Sie war gern geschäftig. Arbeit hielt sie von Unfug fern—und ihre Gedanken davon ab, zu sehr abzudriften. Und sich unnützen... Sehnsüchten hinzugeben.

Wie zum Beispiel nach der Aufmerksamkeit ihres Vaters, der ohnehin schon viel zu schwer an seiner Last trug. Nach der Liebe einer Mutter, die sie so gerne gekannt hätte. Und nach...

Einer Liebe, die nicht mein sein kann.

Sie fing sich wieder. Einsamkeit war fürwahr eine schlechte Weggefährtin, ermunterte sie sie doch dazu, solch närrischen Gedanken nachzuhängen.

„Was ist denn mir dir los, Charity Sparkler?", fragte sie sich laut. „Du führst dich auf wie die Heldin einer Seifenoper. Ehe du es dich versiehst, spielen die Geigen auf und du stürzt dich von einer Brücke."

Sie fand ihren gesunden Menschenverstand wieder, tat noch einen Schritt—und stolperte. Ihr Stiefel blieb in einem unter einem Moosteppich verborgenen Loch hängen. Sie jaulte auf, als sich ihr Knöchel verdrehte, verlor das Gleichgewicht und stürzte in den flachen Graben am Wegesrand.

Sie lag auf dem Rücken, atmete hastig und blinzelte hoch zu den Blättern und glitzernden Lichtflecken. Sie nahm ein Summen wahr und meinte erst, dass ihr vom Sturz die Ohren klingelten. Doch das Geräusch wurde lauter, es schwärmte schwarz vor ihren Augen. Blätter und Licht verschwanden, sie sah nur noch einen Strudel schwarzer, schwärmender Wirrnis.

Wespen. *Tausende.*

Sie geriet in Panik, versuchte hastig aufzustehen, doch ihre Röcke waren im Gestrüpp verfangen. Sie zerrte daran, während um sie herum die Insekten dröhnten. Es gelang ihr, stolpernd auf die Füße zu kommen, nur um mit einem Aufschrei wieder zusammenzusacken, als ihr schmerzender Knöchel unter ihr nachgab. Die Wespen kamen in einer surrenden Wolke auf sie hernieder. Sie kauerte sich zusammen, barg ihren Kopf unter den Armen, ihr Herz hämmerte in hilfloser Angst.

Unter ihr bebte die Erde. Das rhythmische Zittern ging ihr durch und durch; weckte ihre Sinne. Das war das Stampfen von Hufen, ein Pferd...?

Sie schrie: „Hilfe! Hier drüben, bitte, helfen Sie mir!"

Es vergingen einige Herzschläge. Kräftige Arme griffen durch den Schleier des Todes und hoben sie hoch.

Kapitel 7

Paul hielt sein Pferd gleich hinter dem Waldstück bei der Staffage an. Das war der nächstbeste Ort, der ihm einfiel. Er hob Charity Sparkler vom Pferd und trug sie, ungeachtet ihrer Proteste, durch die gotischen Bögen in den Zierbau. Er setzte sie vorsichtig auf einer steinernen Bank ab und stellte überrascht fest, dass sein Herz klopfte.

„Sind Sie verletzt?", fragte er angespannt.

„Ich bin nicht gestochen worden." Sie blickte besorgt zu ihm auf. „Und Sie?"

„Alles in Ordnung." Er schnaufte aus. „Nun müssen wir erst hier abwarten, bis sich diese vermaledeiten Dinger verzogen haben."

Es war ein Wunder, dass sie unbeschadet davongekommen war. Außer ein wenig Schmutz auf ihrem Stupsnäschen und ein wenig Laub an ihrem Kleid erschien sie ganz wie immer. Die meisten Ladies, die er kannte, zerflossen schier in der Gegenwart eines einzigen surrenden Insekts, von Tausenden ganz zu schweigen. Nicht aber Charity Sparkler. Die war so gefasst wie ein Edelstein.

Sein Mund zuckte, als er bemerkte, dass trotz des Verlusts ihrer Haube nur eine einzige Haarsträhne aus ihrem Dutt entwischt war. Diese Strähne war unerwartet wellig und schmiegte sich sinnlich an ihre Wange. Sie wischte sie weg und als sie das tat, fing die Strähne die Sonne ein. Der leuchtende Glanz ließ ihn blinzeln.

Stirnrunzelnd studierte er ihre Frisur. Was auch immer sie sich da ins Haar schmierte—eine Art Wachs?—verbarg dessen natürlichen Glanz. Aus der Nähe sah er Gold- und Bronzetöne in sattem Haselnussbraun schimmern. Warum würde sie denn eine solche Zierde mit Pomade und

Haarnadeln verstecken? Seine Handflächen kribbelten bei einer plötzlichen Erinnerung an seidige Wellen, in die er sich klammerte, während er den süßesten, weichsten Mund plünderte—

Er rieb mit den Händen über seine Schenkel, schüttelte die verqueren Gedanken ab. Wo zum Teufel waren die denn auf einmal hergekommen? Litt er denn an Wahnvorstellungen? Die Gefahr musste ihn aus dem Gleichgewicht gebracht haben. Oder vielleicht erinnerte ihr Haar sie an vergangene Liebhaberinnen, eine spontane, unerklärliche Verbindung... ja, so war es wohl.

Doch konnte er sich nicht daran erinnern, jemals mit jemandem ins Bett gestiegen zu sein, der Miss Sparkler ähnelte. Er hielt sich grundsätzlich von sittsamen, prüden Frauen fern. Und von Jungfrauen erst recht.

„Danke... dass Sie mir das Leben gerettet haben", sagte sie sanft.

So hatte ihn schon lange niemand mehr angesehen. Als trüge er eine Sternenkrone. Seine Brust schwoll an, noch während er mit seiner üblichen Witzelei antwortete:

„Gern geschehen. Ich weiß ja, dass Draufgängerinnen wie Sie im Angesicht der Gefahr aufblühen", sagte er geziert, „doch für die Zukunft muss ich Sie an die alte Weisheit erinnern: Friedlich ist das Wespennest, wenn man es in Ruhe lässt."

„Ich habe es ja nicht *absichtlich* getan, Sir. Und eine Draufgängerin bin ich schon gar nicht."

Sie klang so entgeistert, dass er fast schmunzeln musste. Was für eine aufrichtige kleine Maus sie doch war. Er konnte nicht anders, musste sie noch ein wenig necken.

„Die Dame, wie mich dünkt, beteuert zu viel." Er tappte sich ans Kinn. „Wenn ich mich recht erinnere, waren Sie bei unserer letzten Begegnung gerade dabei, um Mitternacht im Salon herumzugeistern. Und nun sind Sie mutterseelenallein im Wald unterwegs."

Miss Sparklers Wangen wurden rosig, was deren feine Wölbung und die aparte Form ihres zierlichen Gesichts betonte. „Ich weiß ja, ich hätte meine Zofe rufen sollen. Doch ich..."—sie zögerte, dann zuckte sie recht verloren mit den Schultern— „Ich wollte einfach ein wenig allein sein."

„Ihnen wird die Gesellschaft lästig, wie? Landpartien *sind ja auch* schrecklich fad."

„Oh nein, das ist es nicht. Jeder hier ist so zuvorkommend. Und es ist eine Ehre, dass ich überhaupt eingeladen wurde. Es ist einfach... nun, ich weiß gar nicht, wie ich es erklären soll."

„Versuchen Sie es", sagte er.

Denn er war *in der Tat* neugierig. Warum war das kleine Gör allein davon spaziert? Bei der erlesenen Gästeliste würde doch jede vernünftige Miss der Mittelschicht alle Netze nach der besten Partie auswerfen.

Miss Sparkler hielt den Blick auf ihren Schoß gerichtet und sagte: „Nun, ich glaube, inmitten von so viel Menschen habe ich mich nur noch einsamer gefühlt." Sie fingerte an den hellbraunen Falten ihres Rocks herum. „Albern, nicht wahr?"

Nein... eigentlich gar nicht.

„Besonders die glücklichen Menschen", sagte er einfühlsam, „machen einen doch am elendsten. Und wir beide sind ja von einer ganzen Schar turtelnder Verliebter umringt, nicht wahr? Es ist wie eine Krankheit, und sie greift um sich."

„Um Ihre Gesundheit müssen Sie sich nicht sorgen, Sir. Ich bin mir sicher, dass dieses Leiden nicht ansteckend ist."

Da war er wieder: dieser trockene Humor. Er hatte sich es also am Vorabend nicht eingebildet. Ihre Lippen krümmten sich an den Mundwinkeln nach oben, was ihr reizend stand.

„Sie missverstehen mich, ich mache mir keine Sorgen um mich", sagte er. „Wir unverbesserlichen Bonvivants sind gegen die zarten Gefühle abgehärtet. Es sind die unschuldigen Lämmer wie Sie, die sich lieber in Acht nehmen sollten. Was ich so höre, wollen sich eine ganze Reihe heiratsfähiger Junggesellen einen Klotz ans Bein legen."

„Mit meiner dürren Gestalt gäbe ich einen recht schlechten Klotz ab."

Ein Lachen raschelte aus seiner Brust. „Ach was, Ihre Gestalt ist ganz reizend und keinerlei Grund für einen Gentleman, Ihnen nicht nachzustellen, will ich behaupten. Ich bin in der Tat überrascht, dass Sie noch nicht vergeben sind."

Der Frohmut in ihren Augen schwand, ebenso wie ihr Lächeln.

Ihm wurde auf unerklärliche Weise eng um die Brust. Er überspielte es, indem er lustig eine Augenbraue hob. „Oder sind Sie das vielleicht doch bereits? Ich entschuldige mich dafür, dass ich etwas anderes vermutet habe. Percy hatte mir nichts gesagt."

„Das bin ich nicht. Vergeben, meine ich. Jedenfalls noch nicht mit Sicherheit."

Zum ersten Mal klang Miss Sparkler nervös. Interessant. Ein Schwarm Wespen brachte sie nicht aus der Fassung, eine mögliche Bindung aber schon? Weil er der Ehe ja selbst abgeneigt war, empfand er eine Woge des Mitgefühls. Vielleicht hatten er und sie doch mehr gemeinsam, als ihm bewusst war.

Sanft sagte er: „Wollen Sie darüber sprechen?"

Ihre Wimpern flatterten wie Schmetterlingsflügel. Sie biss sich auf die Lippe —diese volle Unterlippe. Die, unter der dieser freche kleine Schönheitsfleck saß...

„Ich glaube nicht", erwiderte sie.

Er räusperte sich. Versuchte, seiner Gedanken wieder Herr zu werden. „Mir können Sie vertrauen. Schließlich sind Sie und Percy ja wie

Schwestern, wir sind also praktisch verwandt. Oder zumindest doch alte Freunde."

„Wir sind Freunde?", fragte Miss Sparkler.

Er entdeckte immer mehr bewundernswerte Züge an Charity Sparkler. Unter ihrer bescheidenen Art lagen Ehrlichkeit und Witz und ein stetiger Charakter. Sie war so erfrischend anders als die übliche Parade kichernder Debütantinnen und sauertöpfischer Matronen.

„Na, das möchte ich doch meinen. Zu viele Freunde kann man gar nicht haben", sagte er mit einem wohlgemuten Lächeln.

„Darf ich offen sein?", fragte sie.

Er nickte.

„Ihnen scheint es an Gesellschaft nicht zu mangeln, Mr. Fines. Besonders weiblicher Art."

Der Nacken wurde ihm heiß, also rieb er ihn. „Na, Sie sind aber ganz schön offen, nicht wahr?"

„Ich fürchte, dazu neige ich."

„Und das ist höchst erfrischend", sagte er wehmütig. Ihre ruhige Miene machte es ihm seltsam einfach, die Wahrheit auszusprechen. „Kurzum, Miss Sparkler? Mein Lebenswandel wird mir langsam lästig. Zu oberflächlich."

„Warum suchen Sie sich dann nicht gehaltvollere Beschäftigungen?", fragte sie.

Es musste wohl daran liegen, wie sie die Dinge in Worte fasste, dachte Paul. Wenn Nicholas oder seine Mama ihm zu diesem Thema in den Ohren lagen, ging er unwillkürlich in Abwehrhaltung. Er *verabscheute* es, wenn man ihm Vorschriften machte. Doch aus den Worten dieses Mädchens hörte er keine Verurteilung, lediglich eine Beobachtung.

Er entschloss sich, sie auf die Probe zu stellen. „Das habe ich bereits. Ich werde als Preiskämpfer antreten. Nicht bei einem Schaukampf—in einem richtigen Turnier."

Sie hob die Augenbrauen. „Ist das nicht gefährlich?"

„Nicht, wenn ich vorbereitet bin. Vor dem Turnier werde ich gründlich trainieren. Ich habe einen Gönner, den Viscount Traymore, und er hat mir einen Ort auf dem Lande angeboten, wo ich ungestört und ohne Zerstreuungen üben kann.

Ich werde alles tun, um die Meisterschaft zu gewinnen", sagte er mit wilder Entschlossenheit.

Ich werde allen zeigen, dass ich ein Sieger bin.

Ihr Kopf neigte sich zur Seite. „Preiskämpfer ist eine ungewöhnliche Beschäftigung für einen Gentleman. Warum interessieren Sie sich dafür?"

Nicht *Bist du denn blöde?* Oder *Wie kannst du nur so unverantwortlich sein?*

Sondern ein schlichtes... *warum*?

Er empfand das starke Verlangen, Charity Sparkler zu *umarmen*.

„Weil ich im Ring glücklich bin. Ich habe eine Begabung dafür. Diese Schaukämpfe zu gewinnen war noch nicht einmal schwierig—ich könnte es mit noch besseren Gegnern aufnehmen, das weiß ich." Die Worte rauschten aus ihm wie Wasser aus einem Damm. „Es wird mich viel Mühe kosten und eine große Herausforderung sein, aber ich meine... nein, ich *glaube*, dass ich Meister werden kann. Dass ich den Titel gewinnen und mit dem Leumund dieser Meisterschaft dann meine eigene Akademie eröffnen kann."

„Es klingt so, als hätten Sie sich die Sache gründlich überlegt."

„Das habe ich."

„Und birgt Ihr Vorhaben irgendwelche Nachteile?"

„Ich habe es Harteford und den anderen Männern erzählt. Sie glauben, ich hätte Stroh im Kopf", sagte er rundheraus.

Sie strich ihre Röcke glatt. „Und stimmen Sie ihnen zu?"

Er runzelte die Stirn. „Freilich nicht."

„Und dennoch lassen Sie deren Meinung auf Ihre eigene abfärben."

Er dachte über ihre Bemerkung nach. Hatte er etwa *Angst*, Nicholas könnte recht behalten? Ließ ihn diese Furcht seine eigenen Träume anzweifeln? Hatte er denn so wenig Selbstvertrauen—und war das vielleicht sein wahres Problem?

„Sie sind erschreckend scharfsinnig, Miss Sparkler", wunderte er sich.

„Nicht wirklich. Ich kenne nur das Temperament der Fines." Ihre Wangen wölbten sich und ihr Schönheitsfleck schien ihm zuzuzwinkern. „Wenn sich Percy einmal etwas in den Kopf gesetzt hat, steht ihr nichts mehr im Wege—außer vielleicht sie sich selbst."

„Meine Schwester kann sich glücklich schätzen, Sie als Freundin zu haben." Er verneigte sich. „Gewähren Sie mir auch das Vergnügen?"

Zu seinem Erstaunen erwiderte sie seine Bitte mit Schweigen. Sie biss sich auf die Lippe. Sein Atem stockte, als ihre Augen zu schillern begannen.

„Wir sollten gehen", entfuhr es ihr. „Die anderen suchen uns gewiss schon."

Bevor er ihren seltsamen Gedankensprung infrage stellen konnte, sprang sie auf... und ihr entfuhr ein Aufschrei, als ihr linkes Bein unter ihr nachgab. Er fing sie auf, ehe sie zu Boden stürzte. Er hob sie auf, setzte sie wieder auf die Bank und kniete sich vor ihr hin.

„Warum haben Sie denn nichts gesagt? Sie haben ihren Knöchel verletzt?", fragte er.

„Vielleicht... ein wenig verdreht."

Er streckte die Hand nach ihrem Rocksaum aus; ihre Hand packte seine.

„Das ziemt sich nicht", sagte sie leise.

„Ziemt es sich denn, dass ich dabei zusehe, wie Sie sich in Schmerzen winden?", fragte er bestimmt. „Wir können nicht zurückreiten, wenn Sie etwas gebrochen haben. Ich muss es mir ansehen."

Ihr Griff um seine Hand löste sich langsam. Zum Glück war sie ein praktisch denkendes Mädchen.

„Sagen Sie mir, wenn es wehtut", sagte er.

Er zog ihr sorgsam den Ziegenlederstiefel aus. In der robusten weißen Seide war ihr Fuß äußerst zierlich und weiblich—wohlgeformt, mit kleinen Zehen und hübsch gewölbt... entsetzt erkannte er, wohin seine Gedanken ihn führten.

Verflucht noch einmal, was ist denn nur los mit dir? Hol gefälligst deinen Kopf aus dem Sumpf.

Er richtete seine Aufmerksamkeit darauf, ihren rechten Knöchel zu untersuchen. Gebrochen hatte sie wohl nichts, doch fühlte er eine leichte Schwellung unter dem Strumpf. Um die Verletzung richtig einschätzen zu können, würde er den entfernen müssen. Er entschloss sich, erst zu sündigen und später zu bereuen. Ohne lange zu zögern griff er unter ihren Röcke weiter nach oben.

Ihre Hand klatschte auf seine hernieder. Obwohl ihre Hand über ihrem Musselinrock samt Unterröcken lag, und seine darunter, fasste sie ihn wie in einem Schraubstock.

„Was machen Sie da?", keuchte sie.

Er schluckte. Irgendwie hatte sie es geschafft, seine Hand genau über ihrem Strumpfband zu packen, und seine Handfläche war auf den weichsten, seidigsten Schenkel gedrückt, den er jemals berührt hatte. Seine Temperatur schoss siedend in die Höhe. Und sein Schwanz ebenso. Zum Glück verbarg seine Reiterjacke die rasch anschwellende Wölbung.

„Ich wollte Ihnen den Strumpf abstreifen", sagte er heiser. „Um mir Ihren Knöchel näher anzusehen."

„Ist das denn... notwendig?"

Ihre atemlose Stimme kitzelte sein Ohr, verspannte jeden Muskel in ihm. Hatte sie sich näher zu ihm gelehnt? Er wusste es nicht; ihre

Augen waren bestrickend, verwirrend, zogen ihn näher… Er versuchte, seinen Blick loszureißen, der allerdings sogleich auf ihrem Mund landete. Ihre Lippen waren geöffnet, diese unverfrorene Unterlippe war nach vorne geschoben. War sie überall so rosig und voll?

Schweiß glänzte auf seiner Stirn. Er versuchte, seiner Sinne wieder Herr zu werden. Versuchte, ihrem frischen Duft zu widerstehen, der ihn anzog wie ein frisch gemachtes Bett, in dem er sich herumwälzen wollte. Sein Herz pochte heftig. Seine Finger zitterten auf ihrem satinsanften Schenkel. Ihre Zunge fuhr plötzlich heraus, sie befeuchtete sich die Lippen… und seine Selbstbeherrschung entglitt ihm.

Seine Hand riss sich von ihren Röcken fort. Er ergriff sie beim Nacken und zog ihren Mund an seinen.

Sie war süßer als alles, was er jemals gekostet hatte. Honig und Hitze… betörend. Die Sinne verschwammen ihm. Er wollte mehr, tauchte mit seiner Zunge ein und eine frische Welle der Lust schwappte krachend über ihn, als sie ihn einließ. Mmm, so seidig und *heiß*. Seine Zunge glitt an ihrer entlang, forderte sie zum Spiel auf, und das schüchterne, sinnliche Streifen ihrer kleinen Zunge schoss ihm geradewegs in die Lenden. Seine Hoden zogen sich zusammen, sein Schwanz pochte wie ein zweiter Herzschlag. Er riss seinen Mund von ihrem los, um gierig an ihrem Hals zu knabbern. Ihr einzigartiger, frischer Duft durchdrang ihm die Sinne und er konnte nicht genug davon bekommen: von ihrem Geruch, ihrem Geschmack, ihrer glatten weißen Haut unter seinen Lippen. Er leckte den Puls an ihrem Halsansatz und sie erzitterte unter seiner Berührung. Er stöhnte, als ihre Finger sein Haar zerzausten und seine Kopfhaut entlangfuhren, ihn näher an ihren gekrümmten Hals zogen.

Er legte sie auf die Bank. Sein Mund erfasste wieder ihren, ihre Zungen spielten miteinander und seine Hand legte sich auf ihre köstliche kleine Brust—

Donnernde Hufe zerrissen den Schleier der Lust.

Sein Kopf fuhr hoch, während sie gleichzeitig unter ihm erstarrte.

Er sprang auf, wich von ihr zurück.

„Heilige Hölle", sagte er heiser.

Sie setzte sich auf, blinzelte ihn an. Eine Unschuldige, mit großen Augen, deren verdammter Dutt auch jetzt fast noch unversehrt blieb. Die beste Freundin seiner Schwester... an der er sich beinahe *vergriffen* hätte. Was war denn nur los mit ihm? Wo war sein Ehrgefühl? Wie konnte er sich denn *schon wieder* so fürchterlich verzetteln?

Seine Gedanken rasten panisch.

„Es tut mir leid. Ich—ich weiß nicht, was über mich gekommen ist", stotterte er. „Ich tue so etwas nicht. Also, nicht mit Mädchen wie Ihnen. Verfluchte Hölle, das war ein Fehler..."

„Ein Fehler", sagte sie schwach.

Er konnte hören, wie man ihre Namen rief. Sie würden nun jeden Augenblick entdeckt werden. Seine Krawatte verengte sich wie ein Strick um seinen Hals, während er um ehrbare Worte rang.

„Es tut mir leid", wiederholte er. „Machen Sie sich keine Sorgen, ich werde das Richtige tun, wenn es denn sein muss—"

Schritte stapften. Nur Sekunden später duckten sich Nicholas und Hunt durch den Türbogen.

„Da sind Sie ja, Miss Sparkler." Nach einem stirnrunzelnden Blick in Richtung Paul sagte der Marquis: „Meine Gemahlin hat sich Sorgen gemacht, dass Sie sich womöglich im Wald verirrt haben. Hunt und ich haben auf dem Pfad den Wespenschwarm entdeckt—ich hoffe, es geht Ihnen gut?"

„Ja, Milord", sagte Miss Sparkler gefasst. „Ich bin zufällig an das Nest geraten. Mr. Fines hat mich gefunden und hierhergebracht."

Hunt hob die Augenbrauen. „Ein regelrechter Held bist du, oder, Fines?"

Paul schenkte der spitzen Bemerkung keine Beachtung. Er war zu sehr mit seinem Herzflattern beschäftigt. „Ich muss etwas sagen...", sagte er erstickt. „Miss Sparkler und ich... wir..."

„Wir sind beide unbeschadet davongekommen." Sie schnitt ihm mit der ruhigen Präzision einer Schere, die ein ärgerliches Fädchen kappt, das Wort ab.

„Was?", sagte er verwirrt.

„Nun machen wir aus einer Mücke keinen Elefanten, Sir."

Er starrte sie an. „Aus einer... Mücke?"

„Das ist ja nun gewiss nicht der erste unglückliche Vorfall, der mir widerfahren ist. Und noch nicht einmal der denkwürdigste." Ihre Augen waren so kühl wie Moos. „Ich kann nur hoffen, dies war nun der letzte."

In Paul rangen zwei widersprüchliche Gefühle. Erleichterung... und plötzlicher, widersinniger Zorn.

Nicht der erste Vorfall? Wer war der verfluchte Bastard, der sie vor mir geküsst hat?

„Wir lassen Ihre Verletzung vorsorglich von einem Arzt ansehen, Miss Sparkler", sagte Nicholas. „Können Sie reiten? Wir haben noch ein Pferd dabei."

„Ich bin bereit", sagte sie.

Miss Sparkler nahm den Arm des Marquis und ging, ohne sich noch einmal umzusehen.

Kapitel 8

Am folgenden Nachmittag kehrte Percy mit ihrem Gemahl auf den Fersen ins Gästezimmer zurück. Ein Blick von Gavin genügte, um ihre Zofe schleunigst aus dem Zimmer wieseln zu lassen. Percy streifte ihre Handschuhe ab, warf sie auf den Frisiertisch und sagte aufgeregt: „Hast *du* beim Teetrinken das Knistern gefühlt?"

Gavin sah sie verständnislos an. „Was für ein Knistern?"

„Ist dir denn gerade *nichts* Ungewöhnliches aufgefallen? Keinerlei Spannung?"

„Nun, Miss Sparkler wirkte angespannt." Ihr Gemahl setzte sich ans Bettende und streckte die langen Beine vor sich aus. „Aber sie ist ja stets so aufgewickelt wie eine Rolle Garn."

„Ich meinte nicht Charity—die übrigens nicht halb so gestreng ist, wie du sie hinstellst. Wenn du es unter der Fuchtel ihres Vaters aushalten müsstest, wärst du *zweimal* so angespannt wie sie."

„Mit Autorität hattest du es ja noch nie, Täubchen." Mit sichtlicher Befriedigung fügte Gavin hinzu: „Abgesehen von meiner, versteht sich."

Percy entschied sich, ihn in seinem Irrglauben zu lassen.

„Ohne Mr. Sparklers Erlaubnis darf Charity kaum mehr als atmen. Er unterschätzt sie ganz schrecklich", sagte sie empört „Und jetzt will er sie in eine lieblose Ehe zwingen!"

„Ist das ihre Meinung oder deine?"

„Meine... aber es ist die *Wahrheit*. Charity ist von der Treue zu ihrem Vater geblendet. Sein Wort ist ihr Gesetz, und ich kann sie keines Besseren belehren."

Was nicht hieß, dass Percy das nicht *versuchen* würde.

„Am besten nicht einmischen", riet ihr Gavin.

„Ich mische mich nicht ein. Ich möchte nur"— ein Geistesblitz traf sie—„die Flammen einer verborgenen Leidenschaft anfachen." Das hatte sie hervorragend ausgedrückt, sie sollte sich das für ihren nächsten Roman notieren.

Ihr Gemahl blickte verdattert drein. „Wovon redest du denn?"

„Hast du denn nicht die unbestreitbaren Wahlverwandtschaften bemerkt? Dieses knisternde, unausgesprochene Bewusstsein zwischen meinem Bruder und Charity?"

„Fines? Und *Miss Sparkler*?"

„Was ist daran so lustig?" Percy sah erstaunt zu, wie die breiten Schultern ihres Gemahls vor Lachen bebten. „Sie gäben ein hervorragendes Paar ab", beharrte sie. „Charity ist genau, was mein trotteliger Bruder braucht—"

„Ein Zügel lenkt einen Hengst vielleicht, aber gefallen wird es ihm nicht." Immer noch schmunzelnd sagte Gavin: „Fines ist an deiner kleinen Freundin nicht interessiert. Glaub mir. Wenn irgendwelche Feuerwerke blitzen, dann zwischen ihm und einer dieser rothaarigen Zwillingsschwestern." Gavin schnaubte. „Oder beiden. Ein geiler Bock ist dein Bruder."

Percy musste zugeben, dass die aufreizenden Schwestern in der Tat am Vorabend beim Essen schamlos mit Paul getändelt hatten. Sie hatten mit den Wimpern geflattert und ihm—und jedem anderen männlichen Wesen, das zugegen war— gute Einblicke in ihre überzogenen Reize gewährt.

Percy rümpfte die Nase. „Das glaube ich gern, dass *dir* Lady Augusta und Louisa auch aufgefallen sind—"

Der Rest ihrer Worte ging in einem Kreischen unter, während ihr Mann sie auf seinen Schoß zerrte. Seine erzgesprenkelten Augen glitzerten in ihren. „Aufgefallen, ja. Flitterhafte Waren übersieht man nicht, vor allem, wenn sie so schamlos feilgehalten werden." Er knabberte an ihrem Ohr, was ihr vertraut das Rückgrat hinaufkribbelte. „Doch diese aufgetakelten Flittchen können dir nicht das Wasser reichen."

„Ich bin nicht auf Komplimente aus", sagte sie und schlang ihre Arme um seinen Hals.

„Darauf musst du auch nicht aus sein." Mit einem schelmischen Grinsen hob er ihren Hintern an seine Lenden und sogar durch die Schichten von Kleidung hindurch fühlte sie die unmissverständlichen Anzeichen seiner Erregung. „Komplimente bekommst du auch so."

„Du meinst das Kompliment, das mit jedem Mal größer wird?", neckte sie ihn.

„Find es doch selbst heraus."

Er legte sie neben sich auf die Matratze. Er fasste ihre Hand und brachte sie zu seinem Hosenschritt. Seine steinharte Männlichkeit ließ ihren Atem schneller gehen. Sie drückte ihn und er knurrte zustimmend. Ihr Körper hatte die Annäherungen ihres Gemahls schon immer erwidert, doch seltsamer Weise steigerte die Schwangerschaft ihre Lust noch mehr... eine Tatsache, die Gavin in vollen Zügen auskostete.

Er stützte sich mit den Händen auf der Matratze auf und rieb mit rauchigem, schwerem Blick seinen schwelenden Schwanz an ihre Hand,. „Du weißt einfach, wie man mit mir umgehen muss, Täubchen."

Sie genoss es *so sehr*, ihn zu berühren, dass sie versucht war, der Begierde nachzugeben, die er stets in ihr weckte. Doch konnte sie es nicht mit gutem Gewissen tun—nicht, bis sie sich ihre Sorgen von der Seele gesprochen hatte. Es ging um das Glück ihrer besten Freundin und ihres Bruders.

„Können wir erst reden?", fragte sie.

„Ich habe eine bessere Idee. Warum machst du nicht einfach weiter und ich helfe auch mit…"

Er streichelte besitzergreifend ihr Bein. Percy erzitterte, doch sie sagte: „Bitte, Schatz. Ich mache mir so große Sorgen um Charity und Paul. Und du gibst mir immer den besten Rat."

„Verflucht aber auch." Gavin gab einen langen, leidenden Seufzer von sich, doch seine Hand auf ihrem Schenkel hielt inne. „Worüber willst du denn reden?"

Percy schenkte ihm ein dankbares Lächeln. „Hast du bemerkt, wie Paul und Charity sich beim Teetrinken ständig verstohlen angesehen haben?"

Gavin runzelte die dunklen Brauen. „Ja, es herrschte *vielleicht* eine eigenartige Stimmung zwischen den beiden." Gerade als Percy eifrig bejahen wollte, fuhr er fort: „Aber das heißt nicht, dass sie sich zueinander hingezogen fühlen. Fines wirkte unruhig auf mich; vielleicht wollte er einfach nur lieber anderswo sein."

Verflixt. Paul *war* unruhig gewesen. Konnte es sein, dass er sich einfach nur aus dem Staub machen wollte? Doch wie er Charity insgeheim angesehen hatte... Percy hatte ihn das noch nie zuvor tun sehen. Er sah ein Mädchen entweder an oder eben nicht; was druckste er herum?

„Paul schien nicht er selbst zu sein. Etwas hat ihn gestört", beharrte sie.

„Ich kenne die Antwort darauf, und sie wird dir nicht gefallen."

„Was denn?", fragte sie überrascht.

Als Gavin ihr von dem Gespräch der Männer im Arbeitszimmer erzählte, rief sie aus: „Mama wird ihn *umbringen*, wenn sie davon erfährt. Wo hat man denn jemals von einem Gentleman gehört, der Preiskämpfer ist?"

„Nun, deiner Familie liegt es nicht gerade, mit dem Strom zu schwimmen." Ihr Mann grinste, als sie ihm eine Grimasse zog. „Wir haben versucht, es ihm auszureden. Bei Veranstaltungen der Fancy wird hoch gewettet, und die Halsabschneider und Buchmacher suchen sich die einfachen Ziele heraus. Ich will mir gar nicht ausmalen, in was sich dein Bruder da alles verstricken könnte."

Percy kaute auf ihrer Lippe herum. Seit dem Debakel des vergangenen Jahres hatte Paul seine gefährlicheren Laster aufgegeben, und doch wusste sie, dass er noch nicht ganz aus dem Schneider war. Er setzte der Welt gegenüber zwar eine sorglose Miene auf, doch sie spürte, dass er innerlich verletzt war. Er war nicht mehr der Alte, seit ihm vor zwei Jahren das Herz gebrochen worden war.

„Diese verflixte Rosalind Drummond. Das ist nämlich alles *ihre* Schuld, weißt du." Percy ballte die Hände in ihrem Schoß. „Sie war eine schöne, oberflächliche Tändlerin und sämtliche Gentlemen waren in jener Ballsaison hinter ihr her. Auch meinen Bruder hat es hoffnungslos erwischt. Ich glaube, er stand sogar kurz davor, ihr seine Liebe zu erklären."

„Dein Bruder spricht nie von dieser Drummond."

„So ist Paul eben. Je wichtiger ihm etwas ist, desto weniger ist er geneigt, darüber zu sprechen. Er hat über die ganze Angelegenheit kein Wort verloren. Doch der ganze Ärger begann, nachdem Rosalind diesen schottischen Earl geheiratet hat."

„Ganz ruhig, Liebes", murmelte Gavin. „Reg dich nicht so auf. Das ist nicht gut für das Kind."

Die Schwangerschaft steigerte die Heftigkeit ihrer Gefühle. Allein schon die Erinnerung an ihren Bruder, wie er einst war, trieb ihr unversehens die Tränen in die Augen. Wie sein Namenspatron war Paul immer ein Goldjunge gewesen, der alle in seinen Bann zog.

Und obwohl das für die Damen sicherlich immer noch galt, war sein Charme damals von einer unschuldigen Reinheit gewesen. Seine Ausstrahlung rührte aus wahrer Lebensfreude und nicht aus kantigem Zynismus.

Percy blinzelte die Nässe zurück. „Ich wünschte nur, ich könnte etwas für ihn tun. Er hat sich ja schließlich sein ganzes Leben lang um mich gekümmert."

„Jetzt hast du ja mich. Du brauchst weder ihn noch sonst jemanden."

Die primitive, besitzergreifende Art ihres Gemahls ließ Percys Nacken schaudern. Gavin, der fast sein ganzes Leben im Überlebenskampf der Gosse verbracht hatte, brauchte das Gefühl der Herrschaft mehr als die meisten anderen Männer.

Sie berührte seine schlanke Wange. „Das weiß ich, Schatz. Aber meinst du, es ist möglich, dass ein Herz bricht und nie wieder heilt?"

„Es gab eine Zeit, da hätte ich das verneint. Aber dann habe ich dich getroffen." Unter ihrer Handfläche verhärtete sich seine Narbe. „Ich weiß nicht, was ich tun würde, wenn ich dich verlöre, Persephone."

Als sie den eindringlichen Blick in seinen Augen sah, wusste sie, dass er an die Nacht dachte, die ihnen beiden beinahe zum Verhängnis geworden wäre. Percy kuschelte sich enger an ihn heran. „Darum musst du dir nie wieder Sorgen machen, das verspreche ich."

„Liebe kann einen Mann machen—oder zerstören." Seine Arme schlangen sich wie

Eisenbänder um sie, eine große Hand legte sich auf die leichte Wölbung ihres Bauches. „Das kann ich dir versichern."

„Glaubst du also, dass Liebe ein gebrochenes Herz heilen kann?"

Er wich zurück, um sie anzusehen. Mit einem rauen Finger fuhr er ihre Lippen nach und sagte: „Wenn du von deinem Bruder und deiner Freundin sprichst, daraus wird nichts. Sie sind zu verschieden."

„*Wir* sind verschieden. Und schau, wie gut wir zurechtkommen."

„Wir haben uns von Anfang an zueinander hingezogen gefühlt, Täubchen. Ich konnte nicht von dir lassen. Kann ich übrigens immer noch nicht."

Im nächsten Augenblick fand sich Percy mit dem Rücken auf der Matratze wieder. Sie verkniff sich ein Kichern, als ihr Gemahl mit einem wölfischen Ausdruck über sie kroch.

„Paul mag Charity", sagte Percy atemlos. „Sie haben schon Konversation betrieben, sie haben miteinander getanzt."

„Es gibt einen Unterschied, ob man mit einem weiblichen Wesen plaudert... oder ob man sich dabei vorstellt, wie es wäre, wenn man sie vögelt." Gavin spreizte ihre Schenkel und ihr Blut wurde heiß. „Ich wette einen ganzen Satz Vollblüter, dass Fines niemals so an Miss Sparkler gedacht hat, wie ich jetzt gerade an dich denke."

„Aha, und was denkst du denn bittesch—"

Unter der meisterhaften Berührung ihres Gemahls schmolzen ihre neckenden Worte in Stöhnen. Mit zielsicherer Präzision spielte er mit ihr, rieb, streichelte und betastete sie, bis ihre Hüften sich hilflos ergeben aufbäumten. Während ihr Verstand glasig wurde, gelobte sie sich, die Angelegenheit bei der ersten Gelegenheit mit Helena und Marianne zu besprechen. Wenn sie alle drei die Köpfe zusammensteckten, konnten sie gewiss einen Plan aushecken, um—Percy keuchte, als ihr Gemahl eine köstliche Stelle kitzelte.

„Großer Gott, bist du feucht für mich. Du machst meine Hand völlig nass", sagte Gavin anbetungsvoll.

Alle weiteren Gedanken vergingen in einem heißen Schwall. In diesem Augenblick gab es nur ihren Mann, den Hunger und die Verehrung in seinem goldenen Blick.

„So wirkst du eben auf mich", flüsterte sie. „Mit dir verheiratet zu sein ist das aufregendste Abenteuer, das ich je erlebt habe."

„Das freut mich zu hören, meine Liebe. Dann glaube ich, bist du bereit für das, was ich als Nächstes für dich geplant habe..."

Und ihr Gemahl machte sich daran, ihr wieder einmal zu beweisen, dass seinem verruchten Einfallsreichtum wirklich keine Grenzen gesetzt waren.

Kapitel 9

An jenem Abend zögerte Charity den Gang zum Abendessen so lange wie möglich hinaus. Ihre taubengrauen Röcke flüsterten über den polierten Parkettboden, während sie dem fröhlichen Geplänkel in den Hauptsalon folgte, wo der Vortrunk gereicht wurde. Bei jedem Schritt erinnerte sie sich an ihren Vorsatz.

Wenn du Mr. Fines siehst, dann tu so, als ob nichts vorgefallen wäre. Vermeide ihn soweit möglich. Was auch immer du tust, lass ihn bloß nicht deine wahren Gefühle sehen.

Während sie in den vollen Saal schlüpfte, rang sie trotz des Schraubstocks um ihr Herz um Fassung. Die prächtigen Kronleuchter und glitzernden Aufmachungen der Gäste verschwammen kurz vor ihren Augen, während sie den feuchten Schleier wegblinzelte. Sie hatte geglaubt, es konnte nichts Schmerzhafteres geben, als versehentlich geliebt und alsbald vergessen zu werden. Gestern hatte Paul Fines sie eines Besseren belehrt.

Es tat ihm leid, sie geküsst zu haben. Hatte es als einen *Fehler* bezeichnet.

Sie atmete zittrig ein, zwang sich, die Schultern zu straffen.

Noch weiter würde sie sich nicht erniedrigen lassen. Wenn das Schicksal für sie vorsah, dass sie Charity Garrity sein sollte, dann bitte sehr. Sie würde sich ihrer Zukunft mit Würde stellen. Sie würde niemandem nachtrauern, der, wie er so reizend gesagt hatte, das Richtige tun würde —*wenn es denn sein musste.*

Sie war es leid, sich wegen Paul Fines zu quälen.

Wenn man vom Teufel sprach... ihr Blick blieb an seinem goldenen Schopf beim Kamin hängen. Wie gewöhnlich war Mr. Fines von einem Schwarm von Schönheiten umgeben. Er hatte einen Arm auf dem Kaminsims abgestützt, die strenge Förmlichkeit des Abendanzugs betonte seine schlanke, männliche Gestalt... er war der Inbegriff eines schneidigen Hengsts. Unter schweren Lidern beobachtete er sein Umfeld mit gelangweiltem Blick. Seine blasierte Art schien aber seine Verehrerinnen nicht ins Bockshorn zu jagen, sondern animierte sie im Gegenteil dazu, heftig um die Wette zu kichern und mit den Wimpern zu flattern.

Als seine Augen Charitys Blick einfingen, sah sie sie glänzend blau aufflackern, und sie vergaß einen Augenblick lang zu atmen. Dann fing sie sich.

Aus und vorbei.

Sie wandte sich ab... und prallte um ein Haar mit einem anderen Gast zusammen.

„V-verzeihung", stotterte sie. „Ich hätte mich vorsehen sol—"

„Nichts passiert, meine Liebe." Die Lady sah sie mit einem sanften Lächeln an. Sie trug ein kühnes, mohnblumenrotes Kleid, das zu ihrer rotbraunen Zopfkrone passte. Sie war eine Frau Anfang Vierzig, die selbstbewusste Weiblichkeit ausstrahlte. Etwas an ihrer schlanken Figur und nussbraunen Augen kam Charity vertraut vor, doch konnte sie sich nicht vorstellen, wo sie so eine imponierende Person jemals kennengelernt haben mochte.

Die eleganten Finger der Lady glitten über ihren großen Rubinanhänger—und da fiel es Charity wieder ein. Sarah hatte sie beim Picknick auf diese Frau aufmerksam gemacht.

„Sie sind Mrs. Stone. Die berühmte Schauspielerin", entfuhr es ihr.

„Die bin ich. Und Sie sind...?"

„Charity Sparkler." Es verstrich ein seltsamer Augenblick, in dem sie sich fragte, ob sie die Künste der anderen Frau rühmen sollte. Aber weil sie Mrs. Stone ja noch nie auf der Bühne erlebt hatte, wollte sie ihr kein heuchlerisches Kompliment machen. Also sagte sie stattdessen: „Es ist mir eine Ehre, Sie kennen zu lernen."

„Gleichfalls, Miss Sparkler", erwiderte Mrs. Stone amüsiert. „Gestatten Sie mir eine kleine Bemerkung?"

Charity blinzelte. „Ja?"

Mrs. Stone beugte sich näher zu ihr. „Es scheint, Sie haben einen Verehrer."

„Einen Verehrer? Ich?"

„Der gut aussehende blonde Gentleman beim Kamin hat Sie nicht aus den Augen gelassen, seit Sie den Raum betreten haben. Er sieht Sie sogar jetzt im Augenblick an." Mit einem Augenzwinkern glitt die Schauspielerin davon.

Entgeistert rang Charity mit sich selbst, ob sie einen Blick in die Richtung von Mr. Fines wagen sollte, als sie Lady Helena ihren Namen rufen hörte.

Das Meer der Gäste teilte sich für die in Topasseide gewandete, strahlende Marquise. Flankiert wurde sie von Percy und Mrs. Marianne Kent. Die Erstere sah frisch und reizend aus, in einem himmelblauen Satinkleid, das zu ihren lebhaften Augen passte. Die andere war umwerfend in einem hoch modernen Kleid aus silberdurchwirktem Mull, das die neidischen Blicke der anderen Ladies auf sich zog. Auch die Gentlemen starrten Mrs. Kent an; einige versuchten, sich ihr zu nähern und wurden wie lästige Insekten davongescheucht.

Ehrlich gesagt schüchterte Marianne Kent Charity immer ein wenig ein. Die Lady war nicht nur unvergleichlich mit ihrer eisblonden Schönheit und gertenschlanken Figur, sie war überdies auch noch schlau und gebildet.

Charity knickste. „Guten Abend."

Percy nahm sie beim Arm und die vier gingen zusammen zu einer Nische, die von einem orientalischen Paravent geschützt wurde. In diesem ungestörten Bereich sagte nun ihre Freundin: „Geht es wieder, meine Liebe?"

„Ich habe mich von dem Unfall vollständig erholt", versicherte Charity.

„Ausgezeichnet. Wir haben nämlich etwas mit Ihnen vor, Miss Sparkler", sagte Mrs. Kent.

„Mit mir vor?"

„Percy hat uns erzählt, dass Ihnen einige Veränderungen bevorstehen und ein wenig Hilfe gut tun würde." Der smaragdgrüne Blick von Mrs. Kent glitt über Charitys Aufmachung und ihre Lippen verzogen sich zu einer leichten Grimasse. „Oder vielleicht sollte ich eher sagen: mehr als nur ein wenig."

Charity sah Percy ärgerlich an, doch ihre Busenfreundin sagte unschuldig: „Ich habe es nur angesprochen, weil du doch Hochzeitsvorbereitungen treffen musst, wenn das mit der Verlobung durchgeht. Und weil du doch keine Mama hast, die das alles arrangieren kann, dachte ich, wir drei könnten behilflich sein."

„Ich würde mit Vergnügen helfen", sagte Lady Helena, „und mit Rat zur Seite stehen."

„Diesem geschenkten Gaul würde ich nicht ins Maul schauen. Wenn es darum geht, das Herz eines Gemahls zu gewinnen", sagte Mrs. Kent gedehnt, „ist Lady Harteford unsere ausgewiesene Expertin."

Lady Helenas porzellanhafte Wangen wurden rosig. „Du bist da mindestens genauso bewandert wie ich, Marianne. Mr. Kent ist dir ja förmlich ergeben."

„Was mich immer wieder erstaunt." Mrs. Kents Augen wurden weich. „Ich habe es ja schließlich kaum verdient."

„Unsinn. Wir verdienen alle ergebene Ehemänner", sagte Percy heiter, „und das schließt auch dich mit ein, Charity. Wenn du also fest entschlossen bist, diesen Mr. Garrity zu heiraten, werden wir eben dafür sorgen müssen, dass er dich ebenfalls vergöttert."

Charity blickte in die Runde lächelnder Gesichter und begriff, in welcher Zwickmühle sich einst Paris befand, als er die schönste der drei Göttinnen wählen sollte. Lady Helena, Mrs. Kent und Percy waren alle drei so wunderschön, jede auf ihre eigene Art; kein Wunder, dass ihre Ehemänner sie auf Händen trugen.

Sie jedoch, Charity, war alles andere als eine Göttin.

„Ich bin nicht die Art Frau, die ein Gentleman bemerkt, geschweige denn vergöttert", sagte sie leise.

Mrs. Kent erschreckte sie mit einem heiseren Lachen. „Mein liebes Mädchen, glauben Sie das wirklich?"

„Das ist die Wahrheit", sagte sie. „Ich weiß, dass es um meine Reize schlecht bestellt ist."

„Charity—wir können doch diese lästige Förmlichkeit bleiben lassen?"

Charity nickte kurz.

„Männern im allgemeinen fällt fast gar nichts auf", fuhr Marianne fort. „Sie bemerken kaum etwas, es sei denn, man wedelt damit wie mit einer roten Fahne vor ihrer Nase herum, und selbst dann übersehen sie es manchmal noch. Kurz gesagt, sie nehmen nur wahr, was *wir* ihnen zu *zeigen belieben*, und du, meine Liebe, verstehst dich ganz hervorragend darauf, unsichtbar zu bleiben."

Charity fiel die Kinnlade herunter.

„Was Marianne damit sagen will, ist, dass du überaus reizend bist, Charity", stimmte Percy mit ein, „und dass es nur ein wenig Zierde bedarf, um die Aufmerksamkeit meines—äh, ich meine, von Mr. Garrity zu gewinnen. Oder von sonst irgendjemandem."

Charity wusste, dass ihre Freundin es nur höflich meinte, wenn sie sie als reizend bezeichnete. Doch konnte sie nicht anders, als zu fragen: „Zierde?"

„Nun, in deinem Fall ist eigentlich *weniger* mehr." Marianne verschränkte die Arme unter ihrem makellosen Busen und erklärte: „Und zwar

147

mindestens zwei Zoll am Ausschnitt, und diese fürchterlichen Ärmel müssen ganz weg. Was dein Haar angeht, so hast du einfach zu viel davon, und die Armee aus Haarnadeln, mit denen du es in Schach hältst, hilft auch nicht gerade. Und von diesem *Zeug*, das deine Frisur verschlackt, will ich gar nicht reden. Ist das Bienenwachs?"

„Mit Eiweiß", bestätigte Charity kleinlaut. „Das Rezept stammt von meiner Haushälterin."

„Eine wahres Hexengebräu." Marianne schüttelte sich sichtlich. „Aber das macht ja nichts, dafür bin ich schließlich da. Was Helena für eheliche Tugenden ist, bin ich für die Mode. Mit unser beider Hilfe werden dir die Gentlemen bald zu Füßen liegen."

Charitys Hände krochen unversehens zu ihrem Mieder und ihrem Haar. Panik pochte in ihrer Kehle. *Ich werde bloßgestellt. Jeder wird mich sehen... das Unkraut, das ich bin...*

„Ach du liebe Güte, jetzt hast du sie verschreckt." Helena sah ihre Freundin tadelnd an, ehe sie sanft hinzufügte: „Ich weiß, dass unser Vorschlag dich nun erst einmal überrumpelt hat, Charity, und glaube mir, wenn ich sage, dass ich dich verstehe. Ich war selbst einst ein Mauerblümchen, weißt du."

Charity blickte in das lächelnde Antlitz der Marquise, und ihr entfuhr: „Aber das ist ganz unmöglich. Sie sind *wunderschön*."

„Auch nicht schöner als du. Ich verrate dir einmal ein Geheimnis, ja?" Nussbraune Augen zwinkerten sie an, so einladend, dass Charity sich zu ihr beugte. „Das größte Hindernis ist nicht die Wahrnehmung der anderen, sondern wie man *sich selbst* sieht."

Während Charity diesen Gedanken zu verdauen versuchte, sagte Percy: „Und vergiss mich nicht. Ich helfe ja auch. Ich bin zwar in Modefragen nicht bewandert, und was Tugend anbelangt, habe ich so einige Schwächen"—dazu grinste sie ohne Scham—„aber eine ganz unverzichtbare Fähigkeit habe ich doch."

„Und zwar?", fragte Charity.

„Niemand heckt bessere Komplotte aus als ich", sagte Percy genüsslich.

Nun, während ihrer Jahre bei Mrs. Southbridge hatte Charity so einige übermütige Eskapaden ihrer Freundin miterlebt. Meistens war sie diejenige gewesen, die Percy dann aus der Patsche geholfen hatte. Ob es zu ungünstigen Zeitpunkten losgehende chinesische Feuerkracher waren, oder ob die Benimmstunde geschwänzt wurde, um einer Zigeunerkarawane einen Besuch abzustatten, Percys Einfälle hatten unweigerlich Ärger nach sich gezogen.

„Äh, wozu bräuchte ich denn ein Komplott?", fragte Charity misstrauisch.

„Weil eine Romanze Planung und Einfallsreichtum erfordert. Wenn wir wollen, dass sich Mr. Garrity—oder, äh, sonst jemand—in dich verliebt, müssen wir den Hergang im Voraus festlegen", erklärte Percy.

Hier musste sich Charity ein Grinsen verkneifen. Percy war ein herzallerliebstes Mädchen, doch Planung war nicht gerade ihre Stärke. Sie überließ es ihrem Koch, die Speispläne aufzustellen, weil sie Überraschungen liebte. Ihre Vorstellung von Haushaltsführung bestand darin, eilig Gegenstände in Schränke zu stopfen, ehe Gäste eintrafen. Ganz zu schweigen von der Tatsache, dass sie das Herz ihres Gemahls bei einer kopflosen Wette gewonnen hatte.

Den anderen Damen ging offenbar Ähnliches durch den Kopf. Helena versuchte ein Lächeln zu unterdrücken und Marianne gelang dies gar nicht, sie lachte erstickt.

Percy verdrehte die Augen und sagte: „Was ich tue, wirkt vielleicht im *herkömmlichen* Wortsinn nicht absichtsvoll—"

„Oder in irgendeinem Wortsinn", sagte Marianne.

„...aber ich versichere euch, dass ich durchaus vorausblickend denken kann. Als Schriftstellerin ersinne ich alle möglichen romantischen Abenteuer für meine Heldinnen. Das ist doch Planung?"

„Ehrlich gesagt ist es mir lieber, ich werde nicht in Katakomben eingesperrt. Oder stecke in einer Droschke mit durchgebrannten Pferden fest, oder werde von einem bösen Schurken entführt." Charity schwächte ihre Worte mit einem Lächeln ab und sagte aufrichtig: „Danke—euch allen—für das großzügige Angebot. Ich schätze eure Freundlichkeit, doch ich bin so zufrieden, wie ich bin. Ehrlich."

Sie berührte ihren Kettenanhänger, während die Stimme ihres Vaters in ihrem Kopf bohrte: *Bescheidenheit ist dein Schutzschild, Tochter, vergiss das nicht.*

Percy sah aus, als wollte sie weiter diskutieren, doch es läutete zum Abendessen.

„Meine Güte, es ist schon Zeit", sagte Helena. „Bei so vielen Leuten dauert es eine Ewigkeit, die Tischordnung und die Tischgenossen abzustimmen."

„Geh du und kümmere dich um die Pedanten", sagte Marianne. „Wir gemeines Volk arrangieren uns schon selbst."

„Ich sehe euch also alle nach dem Essen. Und Charity?"

„Ja, Milady?"

„Ich habe für die abendliche Unterhaltung heute eine Überraschung vorbereitet, die du bestimmt nicht versäumen willst. Versprichst du, dass du nach dem Essen in den Efeusaal kommst?"

„Ich komme gewiss", sagte Charity.

Mit einem Zwinkern verschwand Lady Helena in der Menge.

Marianne sagte: „Wunderbar. Hier kommen unsere Tischgenossen."

Charitys Korsett erschien ihr plötzlich zu eng, ihre Lunge rang nach Luft, als die drei Gentlemen auf sie zu schritten. Obwohl Mr. Fines nicht so hochgewachsen war wie Mr. Kent und nicht vor Kraft strotzte wie Mr. Hunt, war er in ihren Augen doch der schneidigste—und das wollte etwas heißen, denn das Trio war eine berückende Schau von Männlichkeit. Er verneigte sich tief und elegant und sein saphirblauer Blick richtete sich auf sie.

„Mrs. Sparkler, ich hatte gehofft, Sie zu sehen. Wie fühlen Sie sich?", fragte er.

Irgendwie verärgerte sie seine Besorgnis. Warum musste seine Stimme so angenehm raspeln, seine Augen so aufrichtig glänzen? Was scherte es ihn, wie sie sich fühlte, wenn es doch so ein schlimmer Fehltritt gewesen war, sie zu küssen? Und am ärgerlichsten: Warum schlotterten ihr in seiner Nähe dermaßen die Knie?

Sie hob das Kinn. „Ihre Besorgnis ist unnötig, Sir."

Sein Gesichtsausdruck sackte ab.

„Gentlemen", sagte Marianne. „Sie sind gerade zur rechten Zeit gekommen. Wir brauchen Tischgenossen."

„Tatsächlich, meine Liebe? Das wäre ja das erste Mal", sagte Mr. Kent trocken.

Sein bernsteinfarbener Blick heftete sich auf das Rudel von Gentlemen, die hinter seiner Frau Schlange standen. Unter seinem Blick stoben sie mit eingezogenen Schwänzen auseinander wie Promenadenmischungen.

„*Angenehme* Tischgenossen, meine ich." Marianne lächelte ihn an, und der Polizist sah sie so betört an wie all ihre anderen Verehrer. „Zum Glück sind wir mit euch dreien ja genau richtig bedient und alle in bester Gesellschaft. Also Schatz, warum führst du nicht Percy hinein und ich gehe mit Mr. Hunt. Mr. Fines, Sie führen Miss Sparkler hinein?"

„Mit Vergnügen", sagte Mr. Fines.

Charity blieb keine andere Wahl, also legte sie die Fingerspitzen auf den Arm, den er ihr bot— und schreckte zurück, als sie davon einen kleinen elektrischen Schlag bekam.

Seine Lippen zuckten. „Verzeihung. Zwischen uns scheinen ja wirklich Funken zu fliegen.“

Ihre Wangen wurden heiß. Sie erinnerte sich daran, dass ihm das Kokettieren so selbstverständlich war wie das Atmen. Er meinte nicht, was er sagte. Vor allem nicht in Bezug auf sie. *Ich tue so etwas nicht*, hatte er gesagt. *Nicht mit Mädchen wie Ihnen.*

Druck schwoll unter ihrem Brustbein an. Das Blut rauschte ihr pochend in den Ohren.

„Ich glaube, man nennt das elektrische Ladung, nicht Funken“, hörte sie sich sagen. „Die Hartefords haben eine Elektrifiziermaschine, die das Phänomen nachstellt. Wenn ich mich recht erinnere, schlägt die Ladung über, wenn sich zwei Dinge voneinander abstoßen.“

Darauf folgte Schweigen. Die einzige Regung waren in die Höhe fahrende Augenbrauen. Über ihr trommelndes Herz hinweg bemerkte sie mit Schrecken, dass sie—die stille, empfindsame Charity Sparkler—soeben ihren ersten öffentlichen Korb verteilt hatte. Was war nur über sie gekommen? Sie widerstand dem dringenden Bedürfnis, sich die Hand über den Mund zu stülpen.

„Touché, Miss Sparkler. Das habe ich verdient, und mehr noch."

Ihr Entsetzen vertiefte sich, als sie sah, dass das Opfer ihrer Gehässigkeit *lächelte*.

Er murmelte: „Das Mäuschen kann also auch brüllen."

„Ich bin kein Mäuschen", brachte sie hervor.

„Ja, sag es ihm nur, Charity", sagte Percy.

„Nur ein Narr hält einen Löwen für ein Lamm", sagte Marianne gespreizt.

Mr. Fines hielt sich scherzhaft schützend die Hände vor. „Männer, ich könnte hier drüben ein wenig Unterstützung gebrauchen. Ich werde von Frauen geradezu niedergemacht, seht ihr das nicht?"

Mr. Hunt schnaubte. „Darüber beschwerst du dich doch sonst nicht."

„Der weise Mann weiß, dass er nichts weiß." Lachfalten gruben sich um Mr. Kents Augen. „Manchmal ist eine Entschuldigung die beste Verteidigung, mein Junge."

„Na, ihr seid mir eine schöne Hilfe." Dennoch machte Mr. Fines eine schwungvolle Verbeugung und sagte: „Ich neige dazu, unüberlegt zu handeln, doch ich schwöre, ich meine es nicht böse. Verzeihen Sie mir, Miss Sparkler?"

Sie begriff, dass er sich damit sowohl für den Kuss als auch das Mäuschen entschuldigte. Sie stählte sich gegen seinen knabenhaften, hoffnungsvollen Ausdruck. Er bot ihr den Arm— eine galante Geste.

Sollte sie Frieden schließen?

Sie legte ihre Fingerspitzen auf seinen Ärmel und sagte: „Alles schon vergessen."

Während sie den anderen in den Speisesaal folgten, neigte er seinen Kopf zu ihr und seine ruhigen Worte ließen ihr Herz in ihrer Brust Purzelbäume schlagen.

„Nur zur Klarstellung, meine Liebe, ich habe darum gebeten, dass Sie mir verzeihen... nicht mich vergessen."

Kapitel 10

Das Abendessen erwies sich als Desaster.

Paul saß eingezwängt zwischen der Gemahlin eines Barons, die ihre Hände nicht bei sich lassen konnte, und Charity Sparkler, die ihm noch nicht einmal die Uhrzeit gesagt hätte. Das ganze Abendessen über kostete er kaum einen Bissen. Hummerpastete, gegrillte Pfauhenne, Steinbutt an Saffransauce… keines der dekadenten Gerichte weckte seinen Appetit, weil ihn die widerspenstige Miss zu seiner Rechten mit stetigen Häppchen Verdruss fütterte.

Es war ihm etwas ganz Neues, von einer Frau verschmäht zu werden. Es gefiel ihm ganz und gar nicht, und zwar weil das betreffende weibliche Wesen Miss Sparkler war. Wie konnte sie nach dem, was zwischen ihnen vorgefallen war, nur so gleichgültig sein? Doch da saß sie, hatte ihm den Rücken zugewandt, und plauderte angeregt mit Kent auf der anderen Seite.

Paul knirschte mit den Zähnen. Er konnte nicht hören, worüber sie sich unterhielten, doch hielt sie ihm den Kopf aufmerksam zugeneigt, ganz in das Gespräch versunken. Verflucht, sollte sie nicht mit *ihm* sprechen? Nach dem, was im Pavillon geschehen war, hatten sie doch so Einiges zu bereden.

Er war noch immer verstört darüber, wie wenig er sich beherrscht hatte. Gleichzeitig fand er, dass der Kuss, den sie geteilt hatten, wohl jeden Mann aus dem Gleichgewicht gebracht hätte. Bei Gott, in all den Jahren hatte er noch nie etwas derart... Verzehrendes erlebt. Etwas so süß Erotisches. Und der Schreck, unter der prüden kleinen Fassade dieses leidenschaftliche Wesen zu entdecken?

Sein Rückgrat kribbelte, seine Lenden regten sich.

Er starrte auf Miss Sparklers schlanken Rücken und konnte an nichts anders denken, als wie geschmeidig sie sich in seinen Armen angefühlt hatte. Welch weiche, seidige Haut unter diesem unscheinbaren grauen Rock war. Und ihr einzigartiger Duft—er verspürte das unbändige Bedürfnis, sich an die Krümmung ihres Nackens zu schmiegen, um diese flüchtige Mischung aus dem Duft frischer Wäsche und reinlicher Frau wiederzufinden. Beim Gedanken daran, an ihr zu schnuppern, sie zu schmecken, sich in ihrem Honig und ihrem Feuer zu verlieren, wurde er steif...

Reiß dich zusammen, Mann. Du sollst es doch wiedergutmachen und dich nicht schon wieder an ihr vergehen.

Der letzte Nachtisch wurde serviert, was seine brütenden Gedanken unterbrach. Als die gedünstete Birne in Weinsauce vor ihn hingestellt wurde, fühlte Paul einen Frauenschuh an seinem Unterschenkel emporwandern. Leider kam er von der falschen Seite. Er zog hastig sein Bein weg und sandte der Baronin einen vernichtenden Blick.

Sie kicherte und ihre gefärbten Wimpern senkten sich in einem unmissverständlichen Augenzwinkern.

Herrgott noch einmal. Hitze kroch seinen Hals empor als er sah, wie um ihn herum wissende Blicke ausgetauscht wurden. Ihm gegenüber nippte Marianne Kent ihren Wein, doch er wusste, dass ihr nichts entging. Durch die silbernen Streben des Kerzenständers konnte er sehen, wie sie die blonden Augenbrauen leicht hob, und er wusste, dass sie—wie die anderen Gäste auch—gerade über ihn urteilten. Als ab es *seine* Schuld war, dass er von einer notgeilen Matrone belästigt wurde.

Zorn schwelte. In einer Glut der Peinlichkeit.

Verflixt noch einmal, er war die liederlichen Affären leid. Das bedeutungslose Liebesspiel. Seine Sorgen in Sex zu ertränken war auch nicht anders als mit Whiskey: Auf das hirnlose Vergessen folgten am nächsten Morgen unweigerlich Reue und Selbstvorwürfe. Als der Schuh der Baronin wieder seinen Schenkel hinaufkroch, entglitten ihm die Zügel seines Temperaments. Zur Hölle mit den guten Manieren.

„Unterlassen Sie das, Madame." Obwohl er flüsterte, war seine Stimme unmissverständlich eisern. Endlich begriff sie. Sie sah ihn unsicher an—und zog ihren Fuß zurück. Ihre Locken wippten, als sie sich eilig dem Gentleman zu ihrer anderen Seite zuwandte.

Paul richtete seine Aufmerksamkeit wieder auf Charity, nur um festzustellen, dass sie *noch immer* in ihr Gespräch mit Mr. Kent vertieft war. Was war denn an dem verdammten Wachtmeister so fesselnd? Nur weil Kent seine Tage damit zubrachte, die Gesellschaft zu beschützen, Verbrechern nachzustellen... sollte er, Paul, etwas Nützliches tun wollen, könnte er das auch.

Vermutlich. Vielleicht.

Er nahm seinen Löffel auf und stach auf seine Birne ein. Dieses ärgerliche Gör. Sie verwirrte ihn *absichtlich*. Sie hatte ihn mit unerwarteten Tiefen und stiller Einfühlsamkeit verführt, mit dieser faszinierenden Mischung aus Sittsamkeit und Sinnlichkeit und dann—*rumms*.

Zeigte sie ihm die kalte Schulter. Sogar die kälteste, die man ihm je gezeigt hatte.

„So im eigenen Saft schmoren war noch nie meines", sagte Marianne Kent gedehnt von der anderen Tischseite.

Die Belustigung in ihren Augen ließ ihn innerlich winseln. Er machte gute Miene zum bösen Spiel. „Das hängt vermutlich davon ab, ob man sein Obst lieber weich haben möchte oder"—er wackelte mit den Augenbrauen—„mit ein bisschen mehr Biss."

„Ach, wir reden über den Nachtisch?"

Paul fühlte, wie er so rot wie die Weinsauce wurde. „Worüber reden wir denn sonst?"

„Ihren ungewöhnlich grüblerischen Gemütszustand." Mrs. Kent lehnte sich nach vorne und sagte vieldeutig: „Sie ist reizend und originell, wissen Sie. Mr. Kent ist ganz von ihr eingenommen."

„Stört Sie das nicht?"

Mrs. Kents Lippen krümmten sich. „Ich vertraue meinem Gemahl."

Obwohl dies schlichte Worte waren, wunderte Paul sich doch über den Wandel der einst berüchtigten Witwe. Vor ihrer Heirat war sie ihm in Sachen eleganter Gleichgültigkeit mehr als ebenbürtig gewesen. Doch seit sie sich Kent versprochen hatte, hatte sie den blasierten Mantel abgelegt, und sich als aufrechte, in den Ehemann verliebte Gemahlin entpuppt.

„Sie reden sich leicht. Kent hat nur Augen für Sie —der arme Bastard blickt schon den ganzen Abend über nur zu Ihnen hinüber", sagte Paul.

„Ich weiß." Ihr Lächeln erreichte ihre Augen. „Nun, geben Sie das Gleiche zu?"

„Dass auch ich Sie bewundere? Schuldig im Sinne der Anklage."

„Sie wissen, was ich meinte." Sie nippte von ihrem Weinglas. „Sie waren doch nie ein Feigling, Mr. Fines."

Dann kennen Sie mich aber offenbar schlecht.

Es wäre Percy beinahe zum Verhängnis geworden, dass er nicht den Schneid gehabt hatte, sich seinen Spielschulden zu stellen. Er hatte Fines & Co. beinahe zugrunde gerichtet, weil er nicht mit einem gebrochenen Herzen umgehen konnte. Und Rosalind hatte er verloren, weil er nicht Manns genug gewesen war, sie davon zu überzeugen, dass er ein lohnendes Wagnis war.

Rosalind... mit einem Stechen in der Brust sah er ihre schimmernden violetten Augen vor sich, die Tränen, die ihre Alabasterwangen hinabströmten.

Ich liebe dich, Paul, doch was für eine Zukunft kannst du mir denn bieten? Der Earl Monteith hat versprochen, die Schulden meines Vaters zu begleichen und meine Schwestern in die feine Gesellschaft einzuführen. Und Mama hat sich schon immer einen Titel für mich gewünscht. Wenn ich Monteith nicht heirate, verstößt mich meine Familie und ich bin auf ewig entehrt. Willst du das?

Ihm war keine überzeugende Gegenrede eingefallen. *Ich liebe dich* hatte nicht ausgereicht. Und ihm hatte in der Tat gefehlt, was ihre Familie sich wünschte. Schlimmer noch fand er an seinem Rivalen rein gar nichts auszusetzen: Monteith war als aufrechter Edelmann bekannt, ein seltenes Exemplar eines Lords, der weder trank noch spielte und seine Pflichten ernstnahm.

Wie konnte Paul es mit solch einem Ebenbild der Tugend aufnehmen?

Zur Hölle, er hatte es *verdient*, Rosalind zu verlieren.

Das erinnerte ihn wieder daran, warum er seither heiratsfähige Ladies gemieden hatte. Er konnte sich sein Inneres nicht noch einmal in Stücke fetzen lassen. Er wagte einen Seitenblick auf Charity—die *immer noch* mit Kent plauderte—und sein Mund verspannte sich. Er sollte erleichtert sein, dass die Sache nicht viel weiter als ein Kuss gegangen war. Und noch erleichterter, dass sie sein ehrbares Angebot sofort ausgeschlagen hatte. Was gäbe er denn für einen Ehemann ab?

„Oh je." Eine vertraute rauchige Stimme drang an sein Ohr. „Ich habe meinen Beutel fallen lassen, und er ist wohl unter Ihren Stuhl gekullert, Sir."

Auch das noch.

Mit steifem Kiefer erhob er sich und wandte sich Lady Augusta zu. Sie trug ein tief ausgeschnittenes Kleid sowie ein Grinsen. Er hatte den ganzen gestrigen Abend damit zugebracht, ihre und Louisas Avancen abzuwimmeln. Was brauchte es denn noch, um die Weiber loszuwerden?

„Erlauben Sie, dass ich ihn für Sie aufhebe", sagte er kurz.

Während er sich bückte, um den Gegenstand aufzulesen, traf sein Blick auf den von Charity. Feuer flammte in ihren Augen auf wie in einem Edelstein... und dann wandte sie sich ab. Er starrte auf ihren strengen Dutt und fühlte eine Welle verstörender Wut und Scham. Er hatte Augusta nicht dazu aufgefordert, ihren Beutel unter seinen Stuhl fallen zu lassen; es war nicht *seine* Schuld, dass sie sich der schäbigsten vorstellbaren List bediente, um seine Aufmerksamkeit zu erlangen. Eine List, die leider einige gelüpfte Augenbrauen und wissende Blicke hervorrief.

Er wollte die Angelegenheit hinter sich bringen, also kniete er sich hin, um die alberne Obliegenheit zu erledigen. Augusta tat, als wolle sie ihm helfen und ging neben ihm in die Hocke.

„Komm heute Nacht auf mein Zimmer", sagte sie leise. „Diesmal sind wir nur zu zweit—Louisa hat nach dem plötzlichen Auftauchen ihres Lords alle Hände voll zu tun." Ihre Augen leuchteten vor Vergnügen. „Wenn er nicht gerade herumhurt, hält Parkington sie an der kurzen Leine."

Paul scherte sich nicht einen Deut um Louisas eheliche Angelegenheiten. Ehrlich gesagt wünschte er, er wäre niemals mit irgendeiner der Schwestern ins Bett gestiegen. Warum waren die Wege, die er ging, immer die steinigsten? Was ein unverbindliches Schäferstündchen hätte sein sollen, wurde schnell eine heikle Angelegenheit. Er musste sich schleunigst aus dem Netz der Zwillinge befreien.

„Danke, aber ich muss ablehnen." Er stocherte im Finstern herum. Wo war der verfluchte Beutel?

„Ablehnen? Du gibst *mir* einen Korb? Du beliebst zu scherzen."

Endlich fing er die Kordeln des perlenbesetzten Beutels ein und schob ihn ihr zu. „Wenn Sie sich erinnern, waren wir übereingekommen, uns eine Nacht lang zu unterhalten", sagte er leise, „und nichts weiter. Lassen Sie uns die angenehme Erinnerung nicht verderben."

„Verderben? *Au contraire*, mein Lieber, ich wünsche sie zu *steigern*. Ich bin noch nicht satt von dir."

„Ich hingegen bin fertig." Er stieß ihre Hände von sich, die nach ihm fingerten. „Ich hoffe, Sie genießen den Rest Ihres Aufenthalts. Ich gehöre nicht mehr dazu."

Ihr Gesicht wurde fleckig rot.

„Seien Sie versichert, dass es mir an Gesellschaft nicht mangeln wird", zischte sie.

„Ihr Diener." Er erhob sich und bot ihr die Hand.

Augusta ignorierte seine Hilfe, sprang auf und stürmte in einem Wirbel von Rot davon. Verbissen blickte Paul auf Charitys Stuhl: Die Leere dort starrte ihn an wie ein Richter. Rund um den Tisch wurde gekichert, Fächer wedelten rhythmisch. Weil er den Klatsch nicht weiter füttern wollte, setzte er sich mit steifen Schultern wieder hin.

Warum zum Teufel steckte er denn ständig in irgendwelchen Desastern? Warum konnte er denn gar nichts richtig machen? Die Antwort brannte ihm ins Hirn: *Weil du ein Versager bist, ein Taugenichts.*

Er starrte in sein Weinglas. Er hatte es den ganzen Abend über nicht angerührt—und nun lockten ihn die rubinroten Tiefen. Er konnte die eichene Würze fast auf seiner Zunge schmecken, den Wein geschmeidig und betäubend warm seine Speiseröhre herunterrinnen fühlen. Es war doch nur Wein. Kein starker Schnaps. Er würde die Regeln nicht brechen, nur ein wenig verbiegen.

Kents leise Stimme drang zu ihm, gerade als sich seine Finger um den Stiel schlossen. „Diesen Weg sind Sie doch schon einmal gegangen, mein Junge, und Sie sind doch zu dem Schluss gekommen, dass es sich nicht lohnt, ihn noch einmal zu gehen."

Paul umklammerte das Glas.

„Lassen Sie die Vergangenheit vergangen sein", sagte Kent ruhig. „Man kann nur die Gegenwart bestimmen."

Paul fasste sein Glas noch fester... und dann ließ er es los.

Zur Hölle, Kent hatte recht. Er war diesen Pfad *tatsächlich* schon einmal gegangen, und der hatte ihn geradewegs in die Hölle geführt. Da wollte er nicht noch einmal hin.

Er schnaufte aus. „Mir ist der Durst wohl vergangen."

Kent senkte billigend das Kinn.

„In dem Fall", sagte Mrs. Kent, „schlage ich vor, wir gehen. Im Efeusaal wird ein Vortrag gehalten, und ich glaube" —sie machte eine absichtsvolle Pause—„Miss Sparkler ist in diese Richtung gegangen."

Normalerweise scherte es ihn keinen Deut, was andere von ihm hielten, doch mit Miss Sparkler war es... anders. Und vielleicht war in diesem Fall anders gut. Plötzliche Tatkraft strömte durch seine Adern, ganz ähnlich wie bei einem Boxkampf. Er hatte gerade einem seiner Dämonen die Stirn geboten, gewiss konnte er es auch mit einer sturen Miss aufnehmen.

Er traf seinen Entschluss.

Er würde mit Charity reden und versuchen, die Feindseligkeit zwischen ihnen zu bereinigen.

„Dann gehen Sie voran", sagte er.

Kapitel 11

Charity folgte den anderen Gästen in den Efeusaal, ein Gemach mit einer hohen Decke und zartem Laub auf minzgrünen Wänden. Die Stuhlreihen hatten sich schnell gefüllt, es waren nur hinten noch ein paar Sitzplätze frei. Charity wägte erst ab, ob sie ihr Vorhaben aufgeben sollte, doch hatte sie versprochen, zu kommen, und sie hielt ihr Wort eigentlich immer. Und ein Feigling war sie auch nicht. Sie weigerte sich, sich in ihre Kammer zu flüchten und sich dort einem beispiellosen Weinkrampf hinzugeben.

Für Paul Fines würde sie *keine* Träne mehr vergießen.

„Bitte nehmen Sie alle Platz."

Lady Helenas reine Stimme kam von vorne. Neben der Marquise stand ein Gentleman mit einem silbernen Zwickel und einer gestrengen, schulmeisterlichen Art, die Charity hastig auf einen der verbleibenden Stühle gleiten ließ.

„Es ist mir eine Ehre, unseren Redner des Abends vorzustellen", sagte Lady Helena. „Dr. Ernst Frankel ist für seine Arbeit in der Wissenschaft der Kranioskopie bekannt, und heute Abend wird er uns darüber unterrichten, wie man von der Form des menschlichen Schädels Rückschlüsse auf das Temperament eines Menschen ziehen kann. Bitte begrüßen Sie mit mir unseren distinguierten Gast."

Aufgeregtes Gemurmel und Applaus schwirrten durch den Saal.

„Danke", sagte der Arzt mit einem starken deutschen Akzent. „Zunächst möchte ich Ihre werte Aufmerksamkeit auf diese Ansicht des menschlichen Gehirns lenken."

Sein Zeigestock peitschte auf das Plakat auf dem Ständer hinter ihm, und zwar so scharf, dass mehrere Zuhörer hörbar nach Luft schnappten und auf ihren Sitzen herumrutschten.

Dr. Frankels Vortrag war eine willkommene Zerstreuung. Charity war fasziniert von der Vorstellung, dass man die Persönlichkeit eines Menschen an der Schädelform ablesen konnte. Sie folgte Dr. Frankels Ausführungen darüber, wo sich die verschiedenen Veranlagungen des Menschen im Gehirn befanden: *Habgier* (die Tendenz, Besitztümer anzuhäufen und zu horten, die unter der Schläfe saß), *Geheimnistuerei* (die Fähigkeit zur List, die sich knapp unter der Schädeldecke befand), und *Idealismus* (das Streben nach Vollkommenheit, das man an der Breite der Schläfen ablesen konnte).

„Sie glauben diesen ganzen Humbug doch nicht etwa, oder?" Mit lässiger Anmut nahm Paul Fines den Sitz neben ihr ein. „Die Ausbuchtungen auf einem Schädel haben genauso wenig mit den Neigungen und der Zukunft eines Menschen zu tun wie die Karten einer Zigeunerin."

Charitys Hände ballten sich auf ihrem Schoß. Warum störte er denn ständig ihren Frieden? Ihm mangelte es doch ganz offensichtlich nicht an weiblichen Wesen, die er behelligen konnte— warum belästigte er sie?

Sie hielt den Blick nach vorne gerichtet und sagte unterdrückt: „Sie stören den Vortrag, Sir."

„Wusste gar nicht, dass Sie ein Blaustrumpf sind."

„Sie wissen so Einiges über mich nicht."

„Das wird mir immer bewusster, je öfter wir uns begegnen." Sie beging den Fehler, zu ihm hinüberzublicken; sein langsames Lächeln ließ ihr Herz hilflos zappeln wie ein gestrandeter Fisch. „Sie überraschen mich immer wieder, und am allermeisten bei unserer letzten Begegnung."

„Darüber möchte ich nicht sprechen", sagte sie.

„Ich aber. Wenn auch nur, um mich zu entschuldigen."

„Gut, Sie haben sich hiermit entschuldigt. Nun lassen Sie mich bitte in Ruhe", sagte sie knapp. „Gewiss haben Sie jede Menge Freunde, zu denen Sie sich wieder gesellen müssen."

„Nun, Miss Sparkler, ich wusste gar nicht, dass es Ihnen etwas bedeutet, mit wem ich verkehre."

„Das *tut es auch nicht*." Sie fühlte die Hitze der missbilligenden Blicke und senkte die Stimme.

„Was Sie tun und mit wem, geht mich nichts an, Mr. Fines."

Einen Augenblick lang dachte sie, sie hätte ihn zum Schweigen gebracht.

Dann murmelte er: „Da haben Sie Unrecht, wissen Sie."

Sie hörte das verärgerte Getuschel um sie herum und hielt ihren Blick auf Dr. Frankel gerichtet, während der die Bereiche des Hirns erläuterte. Der Gelehrte hätte genauso gut griechisch sprechen können. Dieser verfluchte Mr. Fines hatte ihre Aufmerksamkeit geraubt.

Sie konnte nicht anders, murmelte: „Unrecht? Womit denn?"

„Ich habe nicht viele Freunde." Diese erstaunliche Aussage ließ sie den Kopf wenden. Sein Lächeln war schief und knabenhaft, ohne die übliche urbane Lässigkeit. Das erweichte ihre Abwehr. „Jedenfalls nicht viele, mit denen ich ein ehrliches Gespräch führen könnte. Und überhaupt keine, mit denen ich so reden kann… wie mit Ihnen."

Gib nicht nach. Er bereut, dich geküsst zu haben. Er hat es als Fehler bezeichnet.

Sie schluckte. „Ich habe kein Interesse an einer Freundschaft mit Ihnen."

„Vielleicht ist das ja auch gar nicht, was ich von Ihnen will."

Er sah ebenso überrascht über seine Worte aus, wie sie es war.

Ihr Puls raste. *Lass dich nicht wieder von seinem Charme zum Narren halten.*

„Was Sie wollen, ist mir einerlei", sagte sie.

Er runzelte die Stirn. „Für so ein kleines Ding sind Sie bemerkenswert stur."

Die Bemerkung über ihre Bedeutungslosigkeit ließ ihren Geduldsfaden reißen. „Erst bin ich ein Mäuschen und nun ein *kleines Ding*? Nun, ich bin vielleicht klein, *Sie* aber haben einen übermäßig großen Kopf", sagte sie wütend. „Besonders, wenn es um Ihre eigene Contenance geht."

Mr. Fines presste die Lippen zusammen. Ehe sie den Triumph genießen konnte, ihn zurechtgewiesen zu haben, zuckte ein Muskel an seinem Mund. Seine Augen tanzten. Er *lachte* sie insgeheim aus!

Jeglicher Vorwand, noch der Vorlesung zu folgen, verflog.

Sie wirbelte auf ihrem Stuhl zu ihm herum. „Ich weiß nicht, was daran so lustig sein soll."

Er schüttelte den Kopf, seine breiten Schultern bebten.

„Ähem. Störe ich?"

Die Worte mit dem starken Akzent lenkten Charitys Blick auf die Bühne. Die grauen Augenbrauen von Dr. Frankel formten eine strenge Linie, sein Holzstab deutete wie ein vorwurfsvoller Finger auf sie. „Der Gentleman und die Lady da hinten. Möchten Sie etwas mit dem Rest des Publikums teilen?"

„N-nein", stammelte Charity. Sie fühlte sich wie eine unartige Miss, die man bei einem Streich erwischt hatte, ein Gefühl, das ebenso neuartig wie beschämend war. Ihre Wangen pochten, während sich jedes Augenpaar im Saal auf sie richtete. „V-verzeihen Sie, Sir. Wir haben nur—"

Der Arzt fuchtelte ungeduldig mit seinem Zeigestock. „Nun, da Ihnen die Aufmerksamkeit des Publikums ohnehin schon gilt, werde ich Sie beide zu meiner Demonstration heranziehen."

„Nein, wirklich, ich—"

„Wir helfen gern, Dr. Frankel. Ihr Vortrag ist ja hoch faszinierend." Mr. Fines' sorglose Stimme schnitt ihr das Wort ab. Er zog sie hoch und murmelte dabei: „Kommen Sie schon, das wird vergnüglich."

„Nein, wird es nicht." Sie versuchte, ihren Arm zu befreien.

Doch sein Griff um ihren Ellbogen lockerte sich nicht, er lenkte sie den Mittelgang entlang nach vorne. „Wenn man so heruntergeputzt wird", sagte er leise zu ihr, „dann ist jeder Widerstand zwecklos. Das bringt nur ihm Genugtuung und Sie stehen da wie ein begossener Pudel. Am besten spielen wir mit—glauben Sie mir."

„Damit kennen *Sie* sich freilich aus", knurrte sie.

Er grinste sie unverdrossen an. „Sich in die Nesseln zu setzen ist ein Familienmerkmal der Fines, fürchte ich. Wenn Sie meinen, Percy hat ein Talent dafür, dann warten Sie erst einmal ab, bis Sie ihren älteren Bruder erleben."

Es war zu spät, um weiter zu streiten, denn sie waren an der Bühne angekommen.

„Setzen Sie sich gegenüber voneinander hin",
wies Dr. Frankel sie an.

Wutschäumend nahm sie den Stuhl rechts. Mr.
Fines setzte sich auf den anderen, der so nahe
bei ihrem stand, dass sich ihre Knie berührten.
Sie zuckte zurück, als hätte sie sich verbrannt.

„Wer nimmt als Erster die Untersuchung vor?",
fragte der Arzt.

Charitys Hände wurden feucht. Ihr ganzes Leben
lang hatte sie sich stets an Regeln gehalten und
getan, was von ihr erwartet wurde. Doch dank Mr.
Fines hatte sie im Moment keine Ahnung, was
sie tun sollte.

Der Flegel hatte den Nerv, ihr höflich
zuzulächeln. „Soll ich anfangen, Miss Sparkler?"

Hin- und hergerissen zwischen Erleichterung und
Verärgerung nickte sie knapp. Er lehnte sich zu
ihr hinüber und bei seiner Nähe machte ihr Puls
einen Satz. Während er sanft mit den Händen
über ihr Haar fuhr, kitzelte sein dezentes
Rasierwasser ihre Sinne. Die maskuline
Mischung aus Zedernholz und Moschus wärmte
sie, ließ sie innerlich beben.

Verzweifelt versuchte sie, ihre Aufmerksamkeit auf etwas anderes zu lenken. Sie zählte die grauen Streifen auf seiner Weste. Ein Streifen, zwei, drei... als er sich bewegte, spannte sich der Stoff über seiner Brust, schmiegte sich herrlich an seine starke Muskulatur. Bei der Erinnerung daran, wie sich diese männliche Form schwer auf ihrem Körper angefühlt hatte, wie ihr Busen gegen diese unnachgiebige Brust gepresst gewesen war, trat ihr Schweiß auf die Stirn—

„Nun?", erschreckte sie Dr. Frankels Stimme.

Zu ihrer Beschämung stellte sie fest, dass ihre Brustwarzen steif und frech unter ihrem Mieder aufstanden. Sie schluckte und blickte verstohlen nach unten: Zum Glück sah man durch die Schichten von Unterkleidern nichts davon! Allerdings war sie so abgelenkt gewesen, dass sie schon wieder nicht wusste, was der Doktor denn von ihr wollte.

Mr. Fines meldete sich zu Wort. „Ich kann leider gar nichts fühlen. Zu viel Haar. Verzeihen Sie, Miss Sparkler", sagte er. „Doch Sie wissen ja, dass Ihr Opfer der Wissenschaft dient."

Ehe sie begriff, was er vorhatte, fiel ihr eine braune Locke in die Augen. Und noch eine. Mr.

Fines *pflückte* ihr die Haarnadeln *heraus*! Ihre Hände flogen in Panik zu ihrem Kopf, doch es war zu spät: Ihr Haarknoten wankte und die Wellen fielen ihr wirr um die Schultern.

Sie hörte die Menge kollektiv kichern und wünschte sich, der Erdboden möge sie verschlingen. Ihre Wangen brannten vor Scham... und vor *Wut*. Wie konnte der Lump sie nur derart erniedrigen? Was hatte sie ihm denn je angetan? Mit heiß kribbelnden Augen blickte sie auf den Boden.

Reiß dich zusammen. Er darf dich nicht weinen sehen.

„Das haben Sie also versteckt. Aber... warum denn nur?"

Das Erstaunen in seiner Stimme drang durch ihre Scham. Sie blickte zu ihm auf. Was sie sah, ließ ihr den Atem stocken. Sein lebhafter Blick war voll Bewunderung, sein Ausdruck unsagbar aufrichtig.

Benommen hörte sie ihn murmeln: „Wie bezaubernd Sie sind, Süße. Das Hübscheste, das ich je gesehen habe. Ihre Verkleidung ist geradezu sträflich."

Verkleidung? Sträflich? Ihr Kopf schwirrte bei dem, was seine Worte wohl bedeuten mochten— da *krachte es*. Sie zuckte zusammen, während Dr. Frankels Zeigestock auf das Podium schnalzte.

„Fahren Sie fort", sagte der Arzt streng. „Keine Zeit für Gezauder."

„Jawohl." Mr. Fines lächelte sie sanft—sanft!—an. „Dann wollen wir mal, Miss Sparkler?"

Ehe sie antworten konnte, glitten seine Hände in ihr offenes Haar. Seine Berührung sandte Schockwellen über ihre Kopfhaut, ihren Nacken und ihre Arme hinab. Sie presste die Lippen zusammen, weil sie fürchtete, sie würde vielleicht vor Wonne stöhnen. Mit jedem angestrengten Atemzug rieben ihre starren Brustwarzen an ihr Korsett, in ihrem Bauch öffneten sich heiße Knospen. Sie wand sich unter den beobachtenden Blicken, derer sie sich nur allzu bewusst war; sie betete inständig, man mochte ihr ihre Erregung nicht ansehen.

„Beschreiben Sie uns die allgemeine Schädelform", wies Dr. Frankel an. „Achten Sie auf jegliche Unebenheiten oder Asymmetrien zwischen der linken und der rechten Seite."

Mr. Fines fuhr an ihrer Ohrmuschel entlang, und diese Empfindung steigerte das unerhörte Kribbeln ihrer Brüste, sowie die Klammheit zwischen ihren Beinen nur noch mehr. Schaudernd beherrschte sie den Drang, sich eifrig wie ein Kätzchen an seine Hand zu schmiegen.

„Ich kann keine Ungleichheiten feststellen. Ihr Kopf ist ausgesprochen ebenmäßig... und entzückend", sagte er rauchig, was beim Publikum Gelächter hervorrief.

„*Entzückend* ist kein Begriff in der Kraniologie, Sir. Bleiben Sie bei der Sache." Der Arzt warf ihm über seine Brillengläser einen strengen Blick zu. „Wie würden Sie den Hinterkopf des Subjekts beschreiben?"

„Makellos geformt."

Mr. Fines massierte ihr berauschend sanft die Kopfhaut. Ihre Nackenmuskeln wurden so warm und entspannt, dass sie kaum den Kopf aufrecht halten konnte.

„Und wie sind die Protuberanzen geformt? Rund oder flach?"

„Rund."

„Von der Größe her—voll oder kümmerlich?"

„Mittel, würde ich sagen." Der Blick von Mr. Fines tauchte in ihr Mieder, und in den blauen Tiefen seiner Augen schimmerte es verrucht auf. „Die perfekte Größe."

„Anhand dieser Auskünfte werde ich nun das Profil des Subjekts deuten", verkündete Dr. Frankel herrisch dem Publikum. „Zusammen genommen handelt es sich um das Profil einer umsichtigen Person. Die Lady denkt nach, bevor sie etwas unternimmt, und sie ist eher vernünftig als triebgesteuert."

Charity blinzelte vor Schreck, wie treffend seine Einschätzung war.

„Außerdem bildet sie eher langfristige Bindungen und bringt den Menschen, die sie liebt, eiserne Treue entgegen."

Er hat schon wieder recht, dachte Charity. *Was für eine faszinierende Wissenschaft.*

„Und letztlich zeigt der ausgeprägte Gesichtsschädel eine Neigung zu Stolz. Trotz ihrer bescheidenen Art besitzt diese Lady einen starken Willen. Ich würde es mir zweimal überlegen, ehe ich ihr ins Gehege käme", schloss Dr. Frankel.

Charitys Wangen wurden heiß, während Gelächter ausbrach.

„Ich nehme zurück, was ich vorhin gesagt habe", flüsterte Mr. Fines. „Vielleicht steckt ja doch mehr hinter dieser Kraniologie, als ich dachte."

Sie schaute ihn finster an.

„So, nun tauschen Sie die Rollen", sagte Dr. Frankel.

Weil ihr nichts anderes übrig blieb, streckte Charity widerwillig die Hand nach Mr. Fines' Kopf aus. Sein stets zerzaustes Haar sprang zwischen ihren Fingern auf wie goldener Weizen. Die dicke, seidige Reibung sandte ein sinnliches Summen durch sie. Sie versuchte, nicht darauf zu achten und erkundete seine Kopfhaut mit zögerlichen Strichen. Die ganze Zeit über beobachtete er sie, wobei die Ränder um seine Pupillen dunkler wurden. Sein Hals neigte sich ihrer Berührung sachte entgegen, und eine zitternde Erwiderung wanderte ihre Arme hinauf.

„Beschreiben Sie, was Sie fühlen", sagte Dr. Frankel.

Sie befeuchtete sich die trockenen Lippen. „Die Vorderseite des Schädels scheint mir, ähm profiliert und beidseits gleichmäßig ausgebildet. Der Bereich über den Ohren ist vielleicht ausgeprägter als die umliegenden Bereiche?"

Sie hatte keine Ahnung, wovon sie eigentlich sprach, doch der Doktor nickte eifrig. „Und die Hinterseite?"

Im Sitzen konnte sie den Hinterkopf von Mr. Fines nicht erreichen. Sie stand auf, lehnte sich über ihn, fuhr mit den Fingern hinter seine Ohren, dann seinen Hinterkopf auf und ab. Sie bemerkte seinen heißen, hastigen Atem an ihrem Busen, und ihr eigenes Blut schien im Takt mit zu klopfen.

„Der Bereich hinter den Ohren", sagte sie in einer heiseren Stimme, die sie selbst kaum erkannte, „ist, äh, gut ausgeformt." Sie versuchte, sich an die Begriffe zu erinnern, die der Arzt vorher benutzt hatte. „Die Protuberanz ist groß und recht hart."

Irgendwie rief diese Bemerkung bei der Menge Kichern und unterdrücktes Lachen hervor. Mr. Fines neigte den Kopf nach hinten und die Welt um sie herum verging, seine lodernden Augen nahmen sie völlig ein. Ihr Herzschlag stotterte; ihr Blut wurde zu Honig. In diesem flüchtigen Augenblick gab es nur sie beide. Ihre Lippen öffneten sich, sie kam ihm näher—

„Anhand dieser Beobachtungen werde ich nun den Charakter dieses Gentlemans entschlüsseln." Die Worte des Arztes brachten Charity wieder in die Wirklichkeit zurück. Sie riss ihre Hände aus Mr. Fines' Haar und strauchelte zurück in ihren Stuhl. „Der Bereich des *Frohsinns* ist gut entwickelt. Er hat eine Neigung zu Witzelei und Pietätlosigkeit: Die Form dominiert also über den Inhalt."

Charity runzelte die Stirn über diese Schlussfolgerung. Sie war der Ansicht, dass Mr. Fines *sowohl* Form *als auch* Inhalt zu bieten hatte. Ihn jedoch schien die Deutung des Arztes zu amüsieren.

„Touché, Dr. Frankel", sagte er. „Erzählen Sie mir ruhig noch mehr über mich."

Dieser Bitte kam der Doktor nach. „Die ausgeprägten Bereiche über den Ohren deuten darauf hin, dass der Persönlichkeit des Subjekts auch eine gehörige Portion *Idealismus*—Liebe zur Schönheit—innewohnt."

„Da sind wir einer Meinung. Schönheit zieht mich an",— Mr. Fines' Blick heftete sich auf ihr Gesicht—„vor allem, wenn sie rein und natürlich ist."

Charitys Lunge rang nach Luft. Gewiss meinte er doch nicht sie. Konnte doch nicht etwa meinen, dass er *sie* schön fand...

„Und dann wäre da noch die Protuberanz am Hinterkopf." Dr. Frankel richtete erst seine Krawatte, ehe er sagte: „Da scheint eine deutliche *Amativität* zu herrschen. Sogar eine recht starke."

Zu Charitys Erstaunen brach der Raum in freudiges Grölen und Pfiffe aus. Sie sah Mr. Fines an; seine hohen Wangen waren fleckig rot. Er rieb sich peinlich berührt den Nacken. Was war denn diese *Amativität*, von der der Arzt sprach?

Lady Helena kam ihm zur Rettung. „Danke, meine Lieben. Ihr seid hiermit von euren Pflichten entbunden." Zum Publikum sagte sie: „Nun haben Sie alle Gelegenheit, das Erlernte zu üben. Melden Sie sich, wenn Sie teilnehmen möchten."

Jede Hand im Saal schoss in die Höhe.

Während Lady Helena und Dr. Frankel die Gäste in Paare einteilten, kamen Percy und Mr. Hunt auf die Bühne.

„Na, das war aber eine Schau", sagte Percy fröhlich. „Ihr beide wart brillant!"

„Halt den Schnabel, Schwesterlein", murmelte Mr. Fines. Er lehnte sich zu Charity und sagte: „Wenn Sie mich nun entschuldigen, ich muss mich um etwas kümmern. Wir sprechen uns bald wieder, hoffe ich. Ihr Diener und so weiter."

Verwundert blickte Charity seinem davongehenden Rücken nach. „Percy?", fragte sie.

„Ja, meine Liebe?"

„Warum haben denn am Ende alle gelacht?"

Von Mr. Hunt kam ein unterdrücktes Geräusch; Percy rempelte ihn mit dem Ellbogen an.

„Weißt du, was *Amativität* ist?", beharrte Charity.

„Es ist das Organ, das angeblich die körperlichen Triebe regelt." Mit rosigen Wangen sagte Percy: „Nach, äh, Liebesabenteuer und derlei Dinge."

Es dauerte einen Augenblick, bis Charity das Gesagte verarbeitet hatte. „Dann habe ich also gerade vor versammeltem Publikum gesagt, dass... dass..."—das Blut hämmerte in Charitys Ohren—„dass dein Bruder einen übermäßigen...?"

„Da machen Sie sich mal keine Sorgen, Miss Sparkler", grinste Mr. Hunt. „Sie haben lediglich einen Lebemann als solchen entlarvt."

Kapitel 12

Paul schlug sich seinen Verdruss im Boxsaal aus dem Leib. Er übte seine Kombinationen, hieb auf einen Sandsack ein, bis es aus den Nähten zu rieseln anfing. Um Mitternacht war er schweißdurchnässt, seine Muskeln schmerzten und seine Fingerknöchel brannten. Die körperliche Erschöpfung half nur leider kaum, ihm die Begierde aus dem Bauch zu treiben.

Verflucht, wer war denn auf die Idee gekommen, einen Abend des öffentlichen Begrabschens zu veranstalten? Kraniologie? Er kannte das eher unter dem Namen *Vorspiel*. Sein Blut rauschte bei der Erinnerung an Charitys Berührung. Wie ihre Finger durch sein

Haar gefurcht waren, ihn liebkost hatten… es hatte seiner ganzen Willenskraft bedurft, sie nicht auf seinen Schoß zu zerren und dort weiterzumachen, wo sie im Pavillon aufgehört hatten.

Er hatte allem Anschein nach einen empfindsamen Kopf—nein, *zwei* empfindsame Köpfe. Wenn er nicht gegangen wäre, hätte er Miss Sparkler womöglich noch auf die nächstbeste Oberfläche geworfen und sie vernascht. Sein Jackett hatte seinen riesigen, pulsierenden Ständer kaum verbergen können.

Eine große, harte Protuberanz fürwahr.

Aber welcher heißblütige Mann würde sich nicht zu Charity Sparkler hingezogen fühlen? Mit offenem Haar, ihren tanzenden Augen und ihrem reifen, zitternden Mund war sie unsagbar aufreizend gewesen. Und sein Instinkt sagte ihm, dass das nur der Anfang war. Sie war wie ein seltener Opal: Unter ihrer milchzarten Oberfläche lauerten feurige Tiefen, Facetten ungeahnter Brillanz—

Hör endlich auf damit, Mann. Endlich griff die Stimme seiner Vernunft ein. *Hier denkt dein Schwanz, und wie du weißt, ist der nicht gerade der Hellste. Überleg es dir gut: Willst du diesen Weg wirklich schon wieder einschlagen?*

Mit finsterer Miene warf er sich die Jacke über und ging zu seinen Gemächern. War dies wieder ein Fall unüberlegten Handelns? Wenn er das Organ zwischen seinen Ohren tatsächlich einmal bemühte, würde er zugeben müssen, dass er und Charity zueinander passten wie zwei linke Schuhe. Sie hatten wenig gemeinsam: Sie war verantwortungsbewusst, vernünftig und selbstbeherrscht, wohingegen er... das alles nicht war. Obwohl er nicht ganz sagen konnte, wo sie herrührte, schien doch eine unausgesprochene Spannung ihre Begegnungen aufzuladen.

Er war sich noch nicht einmal sicher, ob Charity ihn überhaupt *mochte.*

Eine plötzliche Erinnerung kam ihm: Hatte sie beim Pavillon nicht flüchtig eine Bindung erwähnt? Wartete in London irgendein Kerl auf sie? Und war das der Lump, dessen Kuss Pauls wie eine *Mücke* hatte wirken lassen?

Paul stapfte den Flur entlang und wollte diesem Kerl einen Faustschlag ins Gesicht versetzen. Ihm gefiel nicht, wie er sich fühlte, aufgebracht und... eifersüchtig? Hatte er sich denn *jemals* so besitzergreifend gefühlt? Vermutlich nicht. Seltsamerweise noch nicht einmal mit Rosalind. Sie war ständig von einer Schar Verehrer umgeben gewesen, vielleicht war er also die ständige Konkurrenz gewöhnt gewesen.

Aber bei Charity war das anders. Ihre Schönheit traf einen nicht wie ein Sturm; nein, ihre Reize entfalteten sich sanft, sachte, wie eine Blüte nach einem Frühlingsschauer. Es bedurfte eines aufmerksamen Mannes, um zu erkennen, wie lieblich sie wirklich war, aber nun, da er es erkannt hatte, wollte er sie ganz allein für sich...

Paul runzelte die Stirn, als er bemerkte, in welche Richtung seine Gedanken gingen. Charity verwirrte ihn schrecklich, und er brauchte bei Gott nicht noch mehr Verwirrung in seinem Leben. Nur nichts überstürzen, beschwor er sich selbst. Er musste sich beruhigen, alles gründlich durchdenken.

Was er brauchte, war ein kühles Bad und eine beruhigende Tasse Tee.

Oder aber... er könnte sich auch bis in schwindelnde Höhen wichsen und sich dabei vorstellen, auf wie viele wunderbare Weisen er die köstliche Miss Sparkler vernaschen könnte.

Bei der Vorstellung kribbelte es sein Rückgrat hinauf. Selbstbefriedigung hatte er schon nicht mehr nötig gehabt, seit er ein junger Spund mit übermäßigem tierischem Trieb und unzureichenden Gelegenheiten gewesen war. Seit er zum Mann gereift war, war er zu faul gewesen, selbst zu tun, was andere nur zu bereitwillig für ihn taten. Heute Nacht würde er allerdings eine Ausnahme machen. Denn er war geiler als ein Seemann auf Landgang und das Fantasiebild von Charity Sparkler war viel sicherer als die Wirklichkeit. Lieber Dampf ablassen, als davon verbrüht zu werden.

Erst wichsen, dann grübeln—ja, das war wohl das Beste.

Schwer atmend betrat er sein Zimmer. Er war überrascht, wie dunkel es darin war—sein Kammerdiener ließ die Lampen üblicherweise an—doch im Augenblick kam ihm die Finsternis ganz gelegen. Er zog seine Kleider und Stiefel aus und machte sich auf den Weg zu seinem Bett. Er warf die Decke auf, stieg hinein und—

„Was zur Hölle?"

Ein Kichern erwiderte seinen erschrockenen Ausruf. „Überraschung", sagte eine rauchige weibliche Stimme. „Ich dachte mir, dir ist vielleicht nach ein wenig weiblicher Gesellschaft."

Verflucht.

Er fummelte, um die Nachttischlampe anzuzünden. Als er das vertraute Gesicht sah, verkniff er sich einen Fluch. Zur Hölle, wie konnte er es der Dirne denn nur begreiflich machen?

„Ich habe es dir schon gesagt, Augusta. Ich habe heute Nacht keine Lust", sagte er knapp.

„Ich bin *Louisa*." Die Frau in seinem Bett zog eine Schnute und warf sich die roten Locken über die nackte Schulter. „Und du hast doch *immer* Lust."

Verdammt, er war doch kein vermaledeiter Hengst, den jedes beliebige Weibsbild bei Bedarf reiten konnte.

„Nicht heute Nacht", wiederholte er.

Sie änderte die Taktik. „Du scheinst aber froh zu sein, mich zu sehen", sagte sie keck. Er löste ihre klammernden Finger von seiner Erektion und stieg aus dem Bett. Er war sehr versucht, ihr zu sagen, dass sein erregter Zustand nichts mit ihr zu tun hatte. Bei Gott, er hatte sich selber satt. Was war nur aus ihm geworden? Der Typ Mann, der mit jeder verfügbaren Dirne ins Bett fiel—einfach, weil er nichts Besseres zu tun hatte. Ihm wurde schlagartig bewusst, dass er mehr wollte. Er wollte… Charity. Er wollte herausfinden, was zwischen ihnen beiden geschehen könnte.

So verrückt diese Vorstellung auch war, war sie dennoch wahr.

„Ich habe kein Interesse, Louisa", sagte er. „Bitte geh."

Sie kniff die Augen zusammen, ihr Mund wurde hart und launisch. „Aber ich bin doch gerade erst angekommen."

„Scher dich aus meinem Bett", sagte er grimmig. „Sofort."

Sie verschränkte die Arme vor der Brust. „Zwing mich doch."

Ehe er darüber nachdenken konnte, was er nun tun sollte, erscholl in der Ferne eine männliche Stimme. In ihr schwang unmissverständliche Wut mit. „Ich weiß, dass du bei diesem Bastard bist, Louisa—deine Zofe hat alles gestanden. Mir setzt du keine Hörner auf! Zeigen Sie sich, Sir— oder ich trete jede verfluchte Tür hier ein, bis ich Sie finde!"

Blut hämmerte in Pauls Adern. Er sah Louisa an. Sie wirkte gar nicht besorgt, sondern eigentlich sogar recht... *selbstgefällig*. Die Erkenntnis traf ihn wie eine Barrage von Backsteinen.

„Du *willst*, dass dein Mann dich in meinem Bett findet?", sagte er verbissen.

Mit ihrem Lächeln hätte man Diamanten schleifen können. „Warum sollte ich es Parkington nicht einmal mit gleicher Münze heimzahlen? Er hält sich eine ganze Parade von Huren, warum sollte ich nicht auch auf meine Kosten kommen?"

Mit einem Fluch zog sich Paul hastig den Morgenmantel an und schlüpfte in seine Hausschuhe. Nein, bei ihren durchtriebenen Spielen machte er gewiss nicht mit. Wenn Louisa die Aufmerksamkeit ihres Lords wollte, sollte sie sich die gefälligst anderweitig verschaffen.

Er warf ihr ihren Morgenmantel zu. „Raus mit dir."

„Wenn ich auf den Flur rausgehe, sieht mich Parkington." Ihre Augen schillerten vor verschrobenem Vergnügen. „Ich höre ihn schon den Gang entlangstapfen."

Verflucht nochmal, sie hatte recht. Pauls Augen suchten panisch den Raum ab und blieben am Schrank hängen. Mit ihrer üppigen Figur passte Louisa da nie und nimmer hinein... genauso wenig unter das Bett. Da blieb nur... er hastete zu den Balkontüren, stieß sie auf und trat auf den kleinen Vorsprung. In der samtigen Nacht waren identische Steinbalkone wie Trittsteine aufgereiht. Die Balustraden waren so dicht beieinander, dass man gefahrlos von einem zum anderen steigen konnte.

Er zählte drei kleinere Balkone zwischen sich und dem größten Balkon, dem des Salons auf der ersten Etage. Ein günstiger Fluchtweg—und auch der einzig mögliche. Gemessen an dem immer lauter werdenden Gebell im Flur war auch keine Zeit zu verlieren.

Er ging zum Bett zurück und packte Louisas Arm. „Raus mit dir. Du kannst über die Balkone zum Salon flüchten."

„Ich, eine Gräfin, soll mich wie eine Diebin davonstehlen?" Sie reckte die Nase in die Luft. „Das tue ich nie und nimmer. Es ist unverschämt von dir, dass du es überhaupt vorschlägst."

„Ich müsste es ja nicht vorschlagen, wenn du nicht ungefragt in meinem Zimmer aufgetaucht wärst", sagte er verbissen und zerrte sie aus dem Bett. „Nun *mach dich davon.*"

Sie klammerte sich an einen der Bettpfosten und sah ihn triumphierend an. „Wenn du mich nötigst, schreie ich."

Verflucht, verflucht, verflucht.

„Louisa!" Parkingtons Stimme donnerte—er war fast bei der Tür. „Wo zur Hölle bist du?"

Verzweiflung krallte sich in Pauls Innereien. Jeden Augenblick konnte der erzürnte Earl jetzt in das Zimmer gestürmt kommen und Paul würde seine Unschuld nicht beweisen können. Er würde zu einem Duell gezwungen sein; verflucht sei er, wenn er eines intriganten Weibs wegen das Blut eines anderen Mannes vergießen musste.

Sie ging also nicht? Na gut.

Dann ging er eben.

Louisas Protests ignorierend spurtete er auf den Balkon hinaus. Mit einer geschmeidigen Bewegung sprang er über die erste Balustrade auf den benachbarten Balkon. Einen hätte er schon einmal geschafft. Während er auf den nächsten zu rannte, hörte er eine Tür krachen und Parkington Louisas Namen rufen. Der Atem brannte in seiner Lunge. Paul hastete weiter. Er schlitterte in seinen Hausschuhen, als er auf dem zweiten Balkon landete. *Fast da.* Wenn er zum Salon gelangen konnte, ohne von Parkington gesehen zu werden, würde man ihm nichts nachweisen können. Er würde behaupten, dass er gar nicht auf sein Zimmer gegangen sei; sollte Louisa sich dahin verirrt haben… war das ihr Fehler und ging ihn nichts an. Schlimmstenfalls würde sein Wort gegen ihres stehen.

Er sprang über die letzte Balustrade, endlich war er in Sicherheit. Er griff nach dem Türknopf zum Salon… und die Tür war verschlossen. *Verflucht.*

„Fines! Sind Sie das?" Parkingtons Stimme knallte durch die Nacht wie ein Schuss.

Paul kauerte sich unwillkürlich hinter dem Balkongeländer nieder. Verdammt, hatte der Earl ihn gesehen? Es war finster und der Mann hatte ja schließlich keine Adleraugen—

„Ich sehe Sie, Sie Bastard." Die Stimme des Earls erklang von dem Balkon, der zu Pauls Schlafgemach gehörte. „Ich komme und mache Ihnen den Garaus!"

Verflucht noch mal.

Während der Earl im Blutrausch davonbrauste, sprang Paul auf die Füße. Er musste in den Salon hinein und dann wieder hinausgelangen, ehe Parkington ihn fand. Er stählte sich und ließ sich dann mit der Schulter voran in die Tür krachen. Der erwartete harte Aufprall blieb jedoch aus, stattdessen fand er die Tür plötzlich geöffnet vor. Er stieß auf etwas Weiches, hörte ein erschrockenes Japsen und hatte noch die Geistesgegenwart, sich an seine Retterin zu klammern und sie auf ihn zu rollen, sodass er das Schlimmste des Sturzes abbekam. Sein Kopf schlug auf dem Boden des Salons auf.

Als sich die Sterne verzogen, sah er Charitys Gesicht nur wenige Zoll über seinem.

„Verzeihung—Verzeihung", krächzte er. „Alles in Ordnung?"

Sie nickte mit großen Augen.

Er begriff, dass sie alles mitbekommen hatte. Zur Hölle, in der Zwischenzeit hatte das wohl der gesamte Haushalt. Er hörte Schritte, die sich dem Salon näherten, und in ihm schwoll ein verzweifeltes Bedürfnis: Er musste sich ihr erklären.

„Ich war heute Nacht nicht bei Louisa. Bei meiner Ehre, ich war es nicht", sagte er heiser. „Sie hat es so aussehen lassen... sie wollte ihrem Gemahl eins auswischen."

Er wusste gar nicht, warum er sich überhaupt um eine Erklärung bemühte. Warum ihm so viel daran lag, was Charity von ihm hielt. Er konnte nicht erwarten, dass sie ihm glaubte, nicht angesichts seiner liederlichen Vergangenheit. Und verflucht, wie er sich *ihr* gegenüber verhielt, war ja auch nicht gerade vertrauensfördernd. Er an ihrer Stelle ginge vermutlich davon aus, dass er schuldig war.

Sie starrte ihn weiter an, dachte gewiss, dass er der größte Bastard auf Erden war.

Es schnürte sich ihm die Kehle zu. Es war zu spät. Er konnte sie nicht überzeugen, würde daran scheitern, wie er an so vielen Dingen im Leben scheiterte...

Die Tür schwang auf und Parkington kam hereingestürmt, „Nun hab ich dich, Bastard—"

Der Earl blieb abrupt stehen. Etwas verspätet wurde Paul bewusst, wie verfänglich die ganze Szene aussehen musste: Charity lag auf ihm, entwischte Haarsträhnen von ihr streiften seine Wangen. Und er trug nichts weiter als einen Morgenmantel. Mit einem Fluch kam er auf die Füße und zog sie dabei mit hoch. Er drückte sie hinter sich und fühlte das Beben, das ihre zierliche Gestalt durchrüttelte. Zur Hölle, wenn nötig, würde er im Morgengrauen die Pistolen zücken, doch dass Charity oder ihr Ruf bei dieser Sache zu Schaden kam, das würde er nicht zulassen.

„Was wollen Sie?", fragte er den Earl.

Untersetzt wie er war, drohten dem schwer atmenden Parkington die goldenen Knöpfe von der Weste zu platzen. Seine Koteletten standen ihm zu Berge, während er mit einem fleischigen Finger auf Paul deutete. „Du warst mit meiner Frau zusammen, du Lump! Ich lasse mir keine Hörner aufsetzen—"

„Er war nicht mit Ihrer Frau zusammen, Milord", sagte Charity hinter ihm.

Ihre Behauptung war ruhig und gefasst... und trat doch in Pauls Brust einen Sturm los. Sie schwoll vor... Hoffnung. Obwohl der Anschein allem widersprach, glaubte sie an sein Wort, an seine Ehre, an *ihn*. Obwohl er seinen Blick auf den zornigen Earl gerichtet hielt, konnte er ihre stützende Gegenwart spüren—wie ein Engel an seiner Seite—und das flößte ihm Kraft ein.

„Freilich war er das. Sie war in seinem Schlafgemach", spie Parkington aus. „Er ist zwar getürmt, ehe ich bei ihm angelangt bin, doch er wird sich trotzdem für diese Kränkung verantworten!"

„Das ist doch nicht meine Schuld, wenn Ihre Frau Gemahlin sich in mein Zimmer verirrt hat, wenn ich doch gar nicht zugegen war", sagte Paul durch zusammengebissene Zähne. „Als ihr

Gemahl obliegt es doch Ihnen, auf sie aufzupassen, nicht mir."

„Also du unverschämter Kerl! Ich weiß doch, dass du da warst—"

„War er aber nicht." Charity reckte den Kopf hinter ihm hervor.

Paul versuchte, sie zurückzuhalten.

„Halt du gefälligst den Mund vor besseren Leuten. Gewöhnliches Gör", sagte Parkington gehässig, „was weißt du denn schon?"

„*Das reicht.*" Paul ballten sich die Fäuste. „Entschuldigen Sie sich unverzüglich bei Miss Sparkler, oder sagen Sie mir, wer Ihr Sekundant sein soll."

„Das braucht es nicht." Ehe er wusste, was sie vorhatte, kam Charity nach vorne gestochen und stellte sich zwischen ihn und den Earl. Gleichzeitig bemerkte Paul, dass sich vor der Tür Schaulustige versammelt hatten. Sie hatten Blut gerochen, wollten das Gemetzel miterleben.

Charity schien sich der Gefahr gar nicht bewusst zu sein und fuhr fort: „Ein Duell ist nicht nötig, weder um meiner Ehre willen, noch der von Lady

Parkington. Milord, es handelt sich hier um ein einfaches Missverständnis.“

„Ein Missverständnis?“, bellte Parkington.

Paul ergriff ihren Arm, wollte sie aus der Schusslinie ziehen, doch sie widersetzte sich ihm mit unerwarteter Kraft und sagte: „Ich kann beweisen, dass Mr. Fines heute Abend nicht bei Ihrer Gemahlin war.“

„Beweisen?“, spie der Earl aus. „Welche Beweise hast du denn?“

„Mich selbst.“ Charitys ruhige Aussage barst wie eine Granate in die plötzliche Stille. „Ich kann für Mr. Fines bürgen. Denn wissen Sie, ich war die ganze Zeit bei ihm.“

Kapitel 13

„Keine Sorge, Liebes. Alles wird gut."

Mrs. Fines saß neben Charity in der prächtigen Kutsche und lächelte, was allerdings die Sorge in ihren Augen nicht zu überspielen vermochte. „Im Herzen weiß ich, dass es keinen Grund zur Sorge gibt."

Charity brachte ein schwaches Lächeln zustande.

Seit dem Debakel vor zwei Nächten traf Mrs. Fines ständig solche Voraussagen. Charity fand den Optimismus der anderen Lady bemerkenswert, vor allem wenn man bedachte, dass seit dem Augenblick, da sie sich zwischen

Mrs. Fines und den erzürnten Earl gestellt hatte, die Hölle los war.

Was habe ich mir nur dabei gedacht? Unzählige Male hatte Charity sich selbst schon so für ihren Leichtsinn gescholten. Die Wahrheit war, dass sie gar nicht gedacht hatte—sie hatte rein aus ihrem ungezügelten Gefühl heraus gehandelt. Ihr erster Impuls war gewesen, Mr. Fines vor der Gefahr eines Duells zu bewahren, und die Folgen ihrer Handlungen hatte sie dabei nicht bedacht.

Diese Folgen jedoch hatten ihr diese ruckelnde Kutschfahrt nach London eingebrockt. Nachdem ihm nämlich die Rolle des rechtschaffenen Ehemannes verleidet worden war, hatte Parkington seinem Ärger sofort auf andere Weise Luft gemacht: Wie ein Vulkan hatte er Geschichten des Verderbs um sich gespien —*ihres* Verderbs, um genau zu sein—und zwar in die Ohren jedes Beteiligten der Landpartie. Diese Lügen schmückte er mit reißerischen Einzelheiten darüber aus, wie er sie und Mr. Fines *in flagranti* erwischt hatte. Der Klatsch hatte sich wie ein Lauffeuer verbreitet, so heftig und geschwind, dass ihm noch nicht einmal die Hartefords Einhalt gebieten konnten.

Bis zum Frühstück wusste vom Grafen bis zum Küchenmädchen jeder von ihren angeblichen Entgleisungen mit Mr. Fines. Charity war nahtlos von der Unsichtbaren zur Geächteten übergegangen. Sie hielt den Kopf hoch, tat so, als bemerkte sie nicht die Häme und offene Missachtung, die ihr zuteilwurde. Innerlich aber war sie zu einem tauben, bebenden Knäuel zusammengerollt. Und die Schmach ging noch weiter. Gestern hatten die Parkingtons gepackt und waren noch vor Sonnenaufgang nach Hause aufgebrochen—was bedeutete, dass die Nachricht von ihrer Schande bald in London Kreise ziehen würde.

Bei ihrer Rückkehr erwartete sie ein Desaster.

Sie rang die Hände in ihrem Schoß, während sie im Geiste ihr gestriges Treffen im Salon von Lady Helena Revue passieren ließ. Die Hartefords, Hunts und Kents waren um den Couchtisch gesessen und hatten die Lage aus jedem erdenklichen Blickwinkel beleuchtet, hatten beratschlagt, wie man Parkington zum Schweigen bringen konnte. Mr. Fines, der rastlos vor dem Kamin auf- und abgegangen war, war plötzlich zu ihr herübermarschiert. Sein Blick fing ihren ein, und das Bedauern und die Wut in den tiefen blauen Gründen durchfuhr sie wie ein Sturm.

Mit fester Stimme sagte er: „Was unsere Freunde auch denken mögen, Miss Sparkler, bleibt Ihnen doch in Wahrheit nur ein Ausweg. Und der heißt, zu Ihrem Unglück, dass Sie mich heiraten müssen. Ich bedaure sagen zu müssen, dass dies leider die einzige Möglichkeit ist, um Ihren Ruf zu retten."

Seine Worte hämmerten auf ihre Schläfen ein. Sie konnte nur denken: Sein zweiter Versuch eines Heiratsantrags ist ja sogar noch schlimmer als der erste. *Bedaure sagen zu müssen? Leider?* In all den Jahren, die sie sich nach Paul Fines verzehrt hatte, in all den zahllosen törichten Fantasien, die sie um ihn gesponnen hatte, hatte sie sich *nie und nimmer* ausgemalt, dass es so kommen würde: ein halbherziger, mit dem größten Widerwillen vorgetragener Heiratsantrag.

„Ich lehne dankend ab", sagte sie mit bewundernswerter Selbstbeherrschung.

Er runzelte die Stirn... als ob er *verwirrt* wäre. Warum überschlug sie sich nicht vor Dankbarkeit über sein Angebot? Warum schlug sie nicht vor Freude Purzelbäume?

„Ich glaube, Sie verstehen nicht ganz", sagte er angespannt. „Ich habe Sie ruiniert. Wir haben keine andere Wahl, als zu heiraten. Nun, ich weiß, dass Sie andere Pläne für Ihre Zukunft angedeutet haben und—und ich habe dieses Desaster ja ehrlich gesagt selbst nicht erwartet— aber das ist jetzt alles einerlei. Wir müssen aus einer schlimmen Lage das Beste machen."

Klugerweise entgegnete Charity nichts. Denn wenn sie den Mund geöffnet hätte, hätte sie für das, was herausgekommen wäre, keine Verantwortung übernehmen können. Wie etwa: *„Glaubst du denn im Ernst, ich nehme diesen lächerlichen Antrag an, du riesiger Hohlkopf?"*

„Nun wirklich, Paul", warf Mrs. Fines von einem Sessel neben ihnen ein, „stellt man denn so einen Antrag? Die arme Charity steckt doch wegen dir in diesem Schlamassel. Was sie getan hat—"

„Mir ist vollkommen bewusst, was Miss Sparkler getan hat und weshalb, Mama."

Die gebändigte Heftigkeit in seinen Worten schnitt durch das Zimmer. Dann bemerkte Charity, dass die Hände an seinen Seiten zu Fäusten geballt waren, die Fingerknöchel weiß. Der Muskel an seinem Kinn zuckte wie eine Uhr. Ihr wurde klar: Er war wütend.

Auf *sie* etwa?

In Erwiderung schwoll etwas in ihrer Brust an. Hatte er denn den Nerv, *sie* für die Lage verantwortlich zu machen? Wenn er es wagte—

„Sie wollte mir aus der Patsche helfen", sagte er. „Und ich versuche nun, ihr diesen Gefallen zu erwidern. Es wäre hilfreich, wenn ich das nicht vor einem verfluchten Publikum tun müsste."

Lady Helena meldete sich von dem Diwan aus, auf dem sie zusammen mit dem Marquis saß. „Ich fürchte, das ist unmöglich", sagte sie. „Ich gebe mir selbst die Schuld, dass ich dies habe geschehen lassen"—bei diesen Worten schlang sich der Arm ihres Gemahls beschützend um ihre Schultern—„und ich werde mein Möglichstes tun, dass Charitys Ruf nicht noch weiteren Schaden erleidet. Sie bleibt für den Rest ihres Aufenthalts unter meiner Obhut."

„Jetzt brauchen wir den Stall auch nicht mehr zu verriegeln. Die Pferde sind auf und davon", murmelte Mr. Hunt.

Percy kaute auf ihrer Lippe.

Mr. Fines fuhr sich missmutig durchs Haar. „Alles, was ich brauche, sind ein paar ungestörte Augenblicke..."

„Das ist nicht nötig." Charity war überrascht, wie ruhig sie klang, angesichts des Sturms, der in ihr tobte. Ihr Vater hatte wieder einmal recht behalten: Ein Mädchen wie sie musste sich mit Vernunft durchs Leben schlagen—es war das Einzige, worauf sie sich stützen konnte.

Sie fuhr also entschlossen fort: „Nichts von alledem ist nötig, so sehr ich auch Ihrer aller Bemühungen um mich schätze. In Wahrheit ist doch gestern Abend nichts geschehen. Ich weiß es, Mr. Fines weiß es... sogar der Earl Parkington weiß es, auch wenn er aus irgendeinem Grund auf etwas anderem beharrt. Tatsache ist, ich habe nichts Unrechtes getan, und deswegen auch keinen Grund, mich zu schämen. Ich habe keinen Einfluss darauf, was andere denken, und es ist mir auch einerlei."

„Eine edle Einstellung, Miss Sparkler", sagte Mr. Kent. „Sehr besonnen."

„Sehr töricht, würde ich sagen." Mr. Fines hatte die Unverfrorenheit, sie böse anzustarren. „Sie haben ja keine Vorstellung davon, wie es ist, ruiniert zu sein. Bei meiner Ehre, ich werde nicht zulassen, dass Sie es erfahren. Ich habe Sie in dieses Schlamassel hineingeritten, ich hole Sie da auch wieder heraus. Basta."

Der Druck auf ihre Schläfen wurde stärker. Ihre Beherrschung entglitt ihr ein wenig. „Sie haben kein Recht, mir Vorschriften zu machen, Sir."

„Nun, da wir ja heiraten, glaube ich, das Gesetz sieht das anders."

„Wir heiraten aber *nicht*."

„Und ob wir das tun." Er verschränkte die Arme vor seiner breiten Brust, schob das Kinn in einem Winkel nach vorne, der keinen Widerspruch duldete. „Je früher Sie sich an den Gedanken gewöhnen, desto besser."

Einatmen, ausatmen. Nicht die Beherrschung verlieren.

Percy schritt ein: „Charity, darf ich etwas dazu sagen?"

Charity atmete noch einmal tief durch. „Ja, natürlich."

„Ich weiß, dass dich das alles hier sehr aufbringt", sagte ihre Freundin aufrichtig. „Aber wenn du es in Ruhe überdenkst, wirst du sehen, dass mein Bruder recht hat."

Mr. Fines nickte bestätigend. Charity kniff die Augen zusammen und starrte Percy an, wie einst Caesar Brutus ansah, als ihn dessen Klinge traf.

Percy fuhr fort: „Obwohl Paul sich denkbar tölpelhaft anstellt",—Mr. Fines' selbstgefälliger Ausdruck verflog—„hat er doch recht insofern, dass du es *nicht* verdient hast, öffentliche Schmach zu erleiden. Denke doch daran, Charity: Du wirst in besseren Kreisen nicht mehr willkommen sein." Besorgnis schimmerte im Blick ihrer Freundin. „Deine Aussichten auf künftiges Glück wären zunichte."

Charity schluckte ihre Panik hinunter und sagte: „Was mit meiner Zukunft geschieht, ist meine Sache—das hast du selbst gesagt. Und ich werde mir nicht ein Unglück im Tausch für ein anderes einhandeln." Aus dem Augenwinkel sah sie Mr. Fines bei ihren Worten zusammenzucken. Sie straffte die Schultern: „Ich werde schon zurechtkommen."

„Aber dein Papa—", hob Percy an.

„Wenn ich mich ihm erkläre, wird er gewiss verstehen."

Das war leider eine Lüge, denn Charity war sich ziemlich sicher, dass ihr Vater *nicht* verstehen würde. Aber sie musste sich einem Fiasko nach dem anderen widmen, und die dringlichere Angelegenheit war es im Augenblick, nicht noch den letzten Fetzen Stolz zu verlieren.

„Ich bringe meine Tage im Laden zu, nicht in den Salons der feinen Gesellschaft. Ich bezweifle, dass sich für mich viel ändern wird", sagte sie.

„Sie bezweifeln, dass sich etwas *ändern* wird?" Mr. Fines starrte sie an, als wäre ihr gerade ein zweiter Kopf gewachsen. „Sind Sie denn von Sinnen?"

„Nein", sagte sie. „Sind Sie es?"

Seine Augen blitzten auf. „Sie stures Geschöpf, *alles* wird sich ändern. Parkington wird seine Galle überall speien. Die Klatschblätter werden monatelang davon zehren. Jeder, von den oberen Zehntausend bis zu den niedersten Kammerzofen wird davon wissen. Es wird für Sie keine Zuflucht geben, nicht in der Gesellschaft, nicht in Ihrem Laden, nicht einmal in Ihrem eigenen verdammten Schlafgemach!"

„Hüte deine Zunge, Paul", tadelte Mrs. Fines. „So sprichst du mir nicht mit Charity."

„Sie soll sich lieber daran gewöhnen, Mama", sagte er mit verkrampftem Kiefer, „denn sie wird noch weitaus Schlimmeres zu hören bekommen, wenn es ihr nicht in den dicken Schädel will, dass sie mich heiraten muss. Sie hat keine andere Wahl."

Ehe Charity bekräftigen konnte, dass sie sehr wohl eine andere Wahl hatte, dass sie lieber wie eine Einsiedlerin leben wollte, als aus Mitleid geheiratet zu werden, meldete sich Marianne Kent zu Wort.

„Ich fürchte, er hat recht. Die Gesellschaft ist nachtragend, Charity", sagte sie, „und ganz besonders bei Fräulein der Mittelschicht, die keine jahrhundertelange adlige Abstammung haben, mit der sie ihr anstößiges Verhalten entschuldigen könnten."

„Was die Gesellschaft denkt, ist mir einerlei."

„Aber das Geschäft deines Vaters ist dir doch nicht einerlei", sagte Marianne.

Charitys Blut floss kalt in ihren Adern. „Was... was meinen Sie?"

„Einfach dies: Ich kenne Männer wie Parkington." Mariannes Augen wurden eisig, was Charity an die Gerüchte erinnerte, dass Mariannes erste Ehe keine leichte gewesen war. Mr. Kent ergriff die Hand seiner Frau, und ihre Finger klammerten sich um seine, während sie fortfuhr: „Bastarde wie er trampeln jeden nieder, einfach zu ihrer eigenen Genugtuung—und je wehrloser das Opfer, desto besser."

„Aber ich habe ihm doch nichts getan!", widersprach Charity.

„Du hast dich zwischen ihn und Mr. Fines gestellt. Ich bezweifle, dass Parkington wirklich zu einem Duell bereit war, und nun hat er eine bequemere—und weitaus ungefährlichere—Möglichkeit: Er kann seine Wut an *dir* auslassen.

Er kann dir die Schuld dafür geben, dass du ihm seine Rache verleidet hast, weil er es mit dir machen kann", sagte Marianne unumwunden. „Warum, glaubst du, zerstört er denn deinen Ruf? Ich vermute, dass er sich als Nächstes Sparkler's vorknöpfen wird. Wenn er damit fertig ist, wird der Laden ein Pfuhl der sittlichen Verwerflichkeit sein, in den kein anständiger Kunde je mehr einen Fuß setzen wird."

Die Luft wich aus Charitys Lunge, ihr wurde schwindlig. „Das würde er doch nicht tun. Das kann er doch nicht tun. Mein Papa... Sparkler's ist sein Ein und Alles."

Großer Gott, hatte sie versehentlich das Lebenswerk ihres Vaters gefährdet?

Marianne tauschte düstere Blicke mit der Marquise aus, woraufhin diese sagte: „Parkington ist ein abscheulicher Mann, und leider auch ein mächtiger. Er ist zu allem imstande."

„Man muss ihn doch irgendwie davon abhalten können", sagte Charity durch trockene Lippen.

„Das kann man."

Ihr Blick ging zu Mr. Fines, der dastand, die Hände in die Hüften gestützt, seine Miene hart und entschlossen. Er beobachtete sie eindringlich. Jede Spur vornehmer Blasiertheit war verschwunden; er war ein Kämpfer, grimmig und unerbittlich, fest dazu entschlossen, den Kampf zu gewinnen. Trotz der misslichen Lage ging ihr ein verräterischer Schauder den Rücken hinauf.

„Wir verloben uns", sagte er ihr in einem Ton, der keinen Widerspruch duldete. „Wir setzen Parkingtons Verleumdungen unsere eigene Geschichte entgegen, nämlich, dass er in einen unschuldigen Moment der Zweisamkeit zwischen einem zwar unbeaufsichtigten, aber sich bereits versprochenen Paar geplatzt ist. Es wird den Schaden nicht völlig beheben, doch zumindest begrenzen."

Nein. Nicht so.

Noch während ihr Verstand sich widerspenstig aufbäumte, schnürte sich ihr die Kehle zu. Was, wenn sie die Zukunft des Geschäfts gefährdet hatte? Papa würde ihr nie verzeihen.

„Das ist ein ausgezeichneter Plan, Mr. Fines", sagte Lady Helena. „Harteford und ich decken die Geschichte, indem wir behaupten, wir hätten diesen Augenblick geduldet, um euch Gelegenheit zu geben, eure Verlobung zu feiern." Sie wandte sich an ihren Gemahl. „Liebling, du erzählst es so in den Clubs, ja? Niemand tratscht mehr als Gentlemen."

„Natürlich, meine Liebe." Die grauen Augen des Marquis trafen auf Charity. Er war ein herber Mann, den sie recht einschüchternd fand, doch seine kiesige Stimme war gütig, als er ihr sagte: „Miss Sparkler, Sie sollen wissen, dass Sie unsere volle Unterstützung haben. Trotz der bedauerlichen Umstände haben Sie nichts zu befürchten. Fines ist ein Ehrenmann und Sie müssen ihm erlauben, zu tun, was gut und rechtschaffen ist."

Sie wusste nicht, was sie sagen sollte. Ausnahmsweise einmal wusste Mr. Fines das auch nicht. Er warf dem Marquis einen Blick zu, den sie nicht so recht deuten konnte. Sie wand sich in ihrem Stuhl, während das Schweigen sich hinzog. Sie wusste, dass jeder auf ihre Antwort wartete, doch in ihrem Kopf wirbelten die Gedanken herum.

Was würde Vater von mir wollen? Habe ich wirklich das Geschäft zerstört?

Wie kann ich Mr. Fines heiraten, wenn ich doch weiß, dass er nur aus Pflichtgefühl um meine Hand angehalten hat?

„Ich muss mit meinem Vater reden", brach es aus ihr heraus. „Ich kann vorher keine Entscheidung treffen."

Und deswegen befand sie sich nun auf der Reise zurück nach London. Mr. Fines reiste mit Lord Harteford in einer anderen Kutsche. Weil sie auf ihrer eigenen Landpartie unabdingbar war, war Lady Helena zurückgeblieben, ebenso wie die Kents, die sie unterstützten.

Von der gegenüberliegenden Bank aus sagte Percy: „Wir sind fast da, Charity. Hast du schon überlegt, was du Mr. Sparkler sagen willst?"

Charitys Herz zuckte. Sie hatte sich freilich schon zahllose Erklärungen zurechtgelegt, und keine davon würde ihren Herrn Papa beschwichtigen.

Als ob Percy ihre Gedanken lesen konnte, sagte sie auffordernd: „Vielleicht willst du ein paar Szenarien durchspielen? Ich finde es immer hilfreich, ein wenig zu proben, ehe ich jemandem eine schlechte Nachricht überbringe."

„Das können Sie ihr glauben", sagte Mrs. Fines. „Meine Tochter ist im Überbringen schlechter Nachrichten äußerst bewandert."

Mr. Hunt, der neben Percy saß, kicherte.

Percy sagte unbeirrt: „Ich spiele die Rolle deines Papas und antworte so, wie er es vielleicht tun würde. Und du bist einfach du selbst."

Charity warf einen peinlich berührten Seitenblick auf die anderen Insassen der Kutsche. „Ich weiß nicht."

„Vertrau mir, die Methode wirkt. Ich bediene mich ihrer immerzu, sogar wenn ich niemanden habe, mit dem ich üben kann. Manchmal tue ich einfach so, als wäre der Hutständer Mr. Hunt", sagte Percy.

Die Brauen ihres Gemahls fuhren hoch.

„Nun... gut." Charity hielt inne. „Wo fangen wir an?"

„Ich fange an." Percy senkte ihre Stimme um eine schroffe, maskuline Oktave und sagte: „Nun,

Tochter, wie war dein Besuch bei den Hartefords?"

„Ähm, sehr nett", sagte Charity.

Als sie weiter nichts sagte, sagte Percy als ihr Papa: „Möchtest du mir irgendetwas mitteilen?"

Charity schnaufte. „Ja, eigentlich schon. Vater, ich... weißt du, es gab da ein kleines Problem. Eigentlich eher ein Missverständnis—"

„Raus damit, Mädel. Ich habe nicht den ganzen Tag Zeit zu schwatzen—das Geschäft führt sich nicht von selbst, wie du weißt", brummte Percy/Papa mit erstaunlicher Wirklichkeitsnähe.

„Jawohl." Mit beschleunigtem Puls sagte Charity: „Nun, ich habe, ähm, einem Freund aus einer unglücklichen Lage geholfen, und besagte Lage ist leider falsch aufgefasst worden—"

„Von wem sprichst du denn?"

„Percys Bruder, Mr. Fines", sagte Charity zögerlich.

„Das Gör mochte ich noch nie. Nichts als Ärger. Ihr Bruder kann nicht viel besser sein."

„Aber es war nicht Mr. Fines' Schuld. Ihm wurde fälschlich vorgeworfen, dass... dass..." Charity zerbrach sich den Kopf, wie sie die Sache beschönigen könnte.

„Ausflüchte sind der erste Schritt zur Sünde", warnte Percy/Papa.

„...dass er in Gesellschaft war", fuhr Charity eilig fort. „In, äh, der Gesellschaft einer verheirateten Lady."

„Dieser Lümmel! Man hat ihn wohl *in flagranti* erwischt?"

„Aber er war es ja nicht... das heißt, die Lady befand sich tatsächlich in seinem Schlafgemach, aber er hatte sie nicht dorthin eingeladen—"

„Sag bloß, du *verteidigst* diesen Schürzenjäger auch noch?"

Mit feuchten Händen stammelte Charity: „N-nein. Ich meine, ja, das habe ich, weil ihn ja keine Schuld traf. Mit der Unsittlichkeit, meine ich." In steigender Panik brach aus ihr heraus: „Ihr Gemahl hatte sich getäuscht."

„*Der Ehemann* war auch da? Was für eine entartete Zusammenkunft war das denn?", bellte

Papa. „Ich wusste ja, dass ich dich nie aus dem Haus hätte lassen sollen. Von nun an, Mädchen, hältst du dich von diesen Fines fern, hörst du?"

Charity fühlte, wie ihr das Blut aus dem Gesicht wich. „Bitte, Vater, ich—"

„*Hast du mich verstanden?*"

Sie zuckte zurück. „Ja, Vater, ich habe verstanden."

Im nächsten Augenblick saß sie wieder in der Kutsche und starrte in die großen blauen Augen ihrer Freundin. Percy kaute stirnrunzelnd auf ihrer Lippe herum. Mrs. Fines und Mr. Hunt beobachteten das Geschehen mit finsterer Miene.

„Nun", sagte Percy. „Da liegt wohl noch etwas Arbeit vor uns."

Charity atmete bebend aus und nickte schwach.

„Nun denn. Beginnen wir einmal mit der verheirateten Lady im Schlafgemach…"

Die Kutsche rollte weiter und Charity las die letzten Fetzen ihres Schneids auf—ebenso wie die ihrer Geschichte.

Kapitel 14

„Wir sind fast bei Sparkler's", sagte Nicholas.

Von seiner Grübelei aufgeschreckt lüpfte Paul den Vorhang. Wie sie sich so in das Herz von London vorarbeiteten, sah er die Straßen voller Menschen und Pferde, die Verkäufer, die vor der großen Kuppel der Kathedrale von St. Paul ihre Waren feilboten. Obwohl es noch früh am Nachmittag war, verfinsterte der allgegenwärtige Rauch der Schornsteine den Himmel. Die Gerüche von Herdfeuern, Müll und der fauligen Themse drangen in die Kutsche.

„Oh, es riecht süß nach Heimat", sagte er.

Nicholas räusperte sich. „Ehe wir ankommen, willst du noch irgendetwas, äh, besprechen?"

Das war kein Befehl oder eine Aufforderung, sondern eine echte Frage. Das war ja noch nie vorgekommen.

Paul zuckte mit einer Augenbraue. „Versuchst du etwa, feinfühlig zu sein?"

„Ich versuche, behilflich zu sein." Nach einer Pause murmelte der Marquis: „Ich habe nur gemerkt, dass ich in unseren jüngsten Gesprächen vielleicht etwas zu... voreilig war."

So nahe an eine Entschuldigung war Nicholas Paul gegenüber noch nie gekommen. Dafür konnte es nur einen Grund geben. Gedehnt sagte Paul: „Deine Frau Gemahlin hat dir ein wenig ins Gewissen geredet, nicht wahr?"

„Helena ist der Meinung, dass ich zu hart mit dir ins Gericht gegangen bin. Was das Boxen angeht, meine ich", sagte Nicholas stirnrunzelnd. „Sie meinte, ich hätte mir dein Vorhaben erst anhören sollen, ehe ich voreilige Schlüsse ziehe."

„Deswegen verehre ich deine Marquise. Sie ist nicht nur schön, sondern sie hat auch immer recht."

Nicholas warf ihm einen warnenden Blick zu.

Doch weil Paul eben Paul war, missachtete er die Warnung: „Ich nehme deine Entschuldigung an, alter Freund", sagte er gnädig.

„Ich entschuldige mich nicht", sagte seine Lordschaft mit zusammengebissenen Zähnen. „Ich meine lediglich, dass ich bereit bin, dir zuzuhören, wenn du etwas bereden willst. Was die gegenwärtigen Umstände anbetrifft."

„Es gibt nichts zu bereden. Ich heirate das Mädel einfach", sagte Paul.

Am Ende war die Entscheidung überraschend einfach gewesen. Seine Ehre gebot, dass er Charity Sparkler heiratete. Obwohl Heirat für ihn nicht gerade vorrangig war—im Grunde war sie ihm nur etwas weniger unangenehm als einen Zahn gezogen zu bekommen—, erschien ihm eine Ehe mit Charity jedoch gar nicht so… fürchterlich.

Er wusste bereits, dass er sich in ihrer Gesellschaft wohl fühlte. Sie war beständig und vernünftig, ohne

Zweifel der richtige Einfluss auf ihn. Und wie sie ihn gegen Parkington verteidigt hatte? Ihre süße Treue würde ihm für den Rest seiner Tage das Herz erwärmen. Und wenn er daran dachte, was ihn in den *Nächten* seiner Ehe erwartete, erhitzten sich gewisse Teile seine Anatomie nur noch mehr...

„So viel habe ich deinem, äh, Heiratsantrag schon entnehmen können", sagte Nicholas.

Paul winselte innerlich. Rückblickend hatte er äußerst tollpatschig um ihre Hand angehalten. Aber er war so wütend *auf sich selbst* gewesen, Charity Schaden zugefügt zu haben, dass er nicht klar denken konnte. Und sie hatte es ihm auch nicht gerade leichter gemacht. Er fand ihren Eigensinn sowohl ärgerlich... als auch auf seltsame Weise erregend. Sie hatte so viele Facetten, es gab so viel unter der Oberfläche zu entdecken. Offen gestanden war er schon seit ihrer ersten Begegnung im Salon von ihr berückt gewesen.

Da kam ihm ein Gedanke: Konnte es denn sein, dass ihn in diesem jüngsten Fiasko das Schicksal einfach nur unsanft in die richtige Richtung stieß?

Dennoch… „Es wäre viel besser abgelaufen, wenn sie sich nicht quergestellt hätte."

„Willkommen im Eheleben", sagte Nicholas mit einem sanften Lächeln. „Hör auf meinen Rat, Fines, und geh es künftig weniger forsch an. Locke mit Honig und nicht mit Essig, wenn du verstehst, was ich meine."

Es war höchst ironisch, dass Paul, der ja bei den Ladies geradezu berüchtigt erfolgreich war, sich dies nun von dem wortkargen Marquis anhören musste. Irgendwie lösten sich Pauls Charisma und Selbstbewusstsein in Rauch auf, wenn er in Charitys Nähe war. Bei ihr fühlte er sich unbeholfen, wie ein linkischer Schuljunge.

Mit heißem Gesicht sagte er. „Keine Sorge, ich habe alles im Griff."

Dieses eine Mal würde er es richtig machen. Er hatte einen dreistufigen Plan ersonnen. Zuerst würde er um Charity werben, seinen ganzen Charme einsetzen, um sie von einer Heirat zu überzeugen. Wenn sie dann verheiratet waren, würde er sie mit der ihr gebührenden Zuneigung und Achtung behandeln. Im Schlafgemach würde er dafür sorgen, dass er und sie auf ihre Kosten kamen, doch würde er dabei nie den

Kopf verlieren. Was ihn zum dritten und wichtigsten Punkt brachte: Mit dem Draufgängertum war es vorbei. Von nun an wäre er Herr seiner selbst. Ein würdiger und achtbarer Gemahl für Charity.

„Weißt du denn schon, was du Sparkler sagen wirst?", fragte Nicholas.

„Du kennst mich ja, ich spreche besser aus dem Stegreif." Die Wahrheit war, dass Paul nicht die geringste Ahnung hatte, was er sagen sollte. „Wenn das nicht gelingt, nutze ich einfach meinen natürlichen Charme."

Die Kutsche kam zum Stehen. Als die Tür sich öffnete, stieg Paul zuerst aus. Er überblickte die Schaufenster und sein Blick blieb an dem Laden in der Mitte hängen.

Ihm klappte das Kinn herunter. „*Das* ist Sparkler's?"

Hinter ihm auf dem Bürgersteig sagte Nicholas sachlich: „So scheint es."

Obwohl Sparkler's Paul ein Begriff gewesen war, hatte er dort noch nie etwas gekauft. Er war Kunde beim eleganteren Geschäft *Rundell, Bridge, and Rundell*, das nur ein paar Straßen von Ludgate Hill entfernt lag. Im Vergleich dazu war Sparkler's ein wahrer *Verhau*.

Der Laden war schlicht, ohne jegliche Zierde, noch nicht einmal ein Blumenkübel stand davor, der die Strenge etwas gemildert hätte. Der verwitterten grauen Fassade hätte ein neuer Anstrich gutgetan—schon vor einem Jahrzehnt etwa. Der einzige Hinweis darauf, dass es sich in der Tat um ein Geschäft handelte, das sündhaft teure Juwelen verkaufte, war das kleine Schild über dem Eingang, und die dürftige Inschrift darauf war auch nicht gerade vertrauenserweckend.

„Und ich dachte, *dein* Kontor könnte eine Renovierung gebrauchen", flüsterte Paul. „Heilige Hölle, wer führt denn so eine Juwelenhandlung?"

„Wenn das ein Vorgeschmack auf deinen natürlichen Charme ist, steht uns Ärger ins Haus", sagte Nick.

In diesem Augenblick fuhr die Kutsche der Hunts hinter ihnen vor. Hunt stieg zuerst aus, half Percy hinab und dann ihrer Mutter. Erwartungsvoll schritt Paul hinüber.

„Ich kümmere mich schon um Miss Sparkler",
sagte er.

Amüsiert trat sein Schwager beiseite.

Paul blickte in Charitys überraschte Augen, die
noch größer wurden, als er nach ihr griff und sie
sachte bei der Taille hinunter hob. Wahrhaftig, er
konnte ihre schmale Mitte fast mit den Händen
umfassen. Er hob sie aus der Kutsche, genoss ihr
köstliches kleines Schaudern. Ihre Wimpern
flatterten heftig, ebenso wie ihr Puls, wie er über
der Krause ihres züchtigen Ausschnitts sehen
konnte.

„Wie war die Reise, meine Süße?", fragte er.

Sie fing sich unverzüglich wieder: „Wir sind zu
einer günstigen Uhrzeit angekommen", sagte sie
geschäftig. „Am frühen Nachmittag geht das
Geschäft gewöhnlich ruhig, Vater sollte also Zeit
haben, mit uns zu sprechen."

Paul vermutete, dass das Geschäft nicht nur zu
dieser Uhrzeit ruhig ging. Klugerweise verkniff er
sich diesen Kommentar jedoch und sagte
stattdessen: „Ich freue mich auf die Begegnung
mit Ihrem Vater."

„Das kann ich von mir nicht behaupten", sagte sie, und ihre Ehrlichkeit brachte ihn zum Grinsen. „Aber hinauszögern hilft ja auch nicht. Kommen Sie also."

Sie führte ihn durch den engen Ladeneingang. Paul musste sich unter dem Türbogen hindurchbücken. Während sich seine Augen an die Trübnis gewöhnten, sah er, dass das Innere genauso schäbig war wie die Außenansicht. Zweckmäßige Vitrinen säumten den trostlosen fahlbraunen Raum, ein paar alte Lampen flackerten auf den Verkaufstresen. Die einzige rettende Eigenschaft des Raums war die Sauberkeit und Ordnung, die herrschte. Kein Staubkörnchen war zu finden, die Ware unter dem Glas war in fein säuberlichen Reihen angeordnet.

Er blickte in eine der Vitrinen. Zu seiner Überraschung sah er, dass die Waren—in diesem Fall, Herrenschmuck—von höchster Güte waren und mit den edelsten Stücken bei Rundell's mithalten konnten, was die Sache nur noch trauriger machte. Ein Juwelier sollte doch wissen, dass ein edler Stein auch entsprechend zur Schau gestellt werden musste, damit er voll zur Geltung kam. Mit seinem geschmacklosen Laden wertete Sparkler seine Ware herab.

„Miss Charity, wir haben Sie noch nicht zurück erwartet." Ein Verkäufer, so alt wie Methusalem, kam hinter dem Tresen hervorgehumpelt. Sein breites Lächeln offenbarte einen bemerkenswerten Mangel an Zähnen. „Ich dachte, Sie halten sich noch länger bei den feinen Leuten auf."

„Es hat sich etwas anderes ergeben, Mr. Jameson", sagte Charity. „Ist Vater zu sprechen? Wir müssen etwas mit ihm bereden."

„Mr. Sparkler ist beschäftigt." Mr. Jamesons feuchter Blick huschte nach hinten. „Er ist mit einem Geschäftskollegen in seinem Büro, und der sah nicht allzu heiter aus."

Die Farbe wich aus Charitys Gesicht. „Welcher Geschäftskollege ist es denn?"

Ehe Jameson etwas erwidern konnte, erschollen Stimmen. Einen Augenblick später schwang hinten im Laden eine Tür auf. Paul wusste sofort, dass der schmächtige grauhaarige Mann, der voran ging, Uriah Sparkler war. Obwohl sein Gebaren verklemmt und streng war, lag in seinen asketischen Zügen ein Schatten von Charitys feiner Schönheit. Ihm folgte ein dunkelhaariger, robusterer Kerl Anfang Dreißig mit einer eleganten, unerbittlichen Art. Dieser Eindruck bestätigte sich, als sich der Blick des Mannes auf ihn heftete.

In Pauls Kopf blitzte eine Erinnerung an eine Aufführung in Vauxhall auf. Ein indischer Schlangenbeschwörer hatte Flöte gespielt, während sich eine Kobra hin- und hergewiegt und das Publikum dabei mit reglosen schwarzen Augen angestarrt hatte, ganz genau wie die Augen, die sich nun in Pauls bohrten. Seine Muskeln verspannten sich, seine Hände ballten sich unwillkürlich.

„Charity?" Sparkler kam auf sie zu. Aus der Ungläubigkeit und der Wut, die in die Züge des Mannes gestanzt waren, konnte man leicht ableiten, dass Parkington keine Zeit vergeudet hatte, seine schmutzigen Lügen zu verbreiten. Der Bastard.

„Guten Tag, Vater. Mr. Garrity." Charity knickste rasch. „Dies sind meine Freunde—"

„Mir ist einerlei, wer das ist", sagte Sparkler in einer markerschütternden Stimme. „Was geht hier vor? Mr. Garrity hat mir mitgeteilt, dass über dein Verhalten hier in London Gerüchte umgehen."

Charitys Unterlippe zitterte, doch sie sagte tapfer: „Vater, es ist nicht so, wie es sich anhört—"

„Hat man dich allein mit irgendeinem *Unhold* erwischt oder nicht?"

Als Paul Charitys eingeschüchtertes Gesicht und schimmernde Augen sah, konnte er nicht länger an sich halten.

„Der Unhold, von dem Sie reden, bin ich." Er trat vor und verneigte sich. „Paul Fines, Ihr Diener, Sir. Lassen Sie mich Ihnen versichern, dass Miss Sparkler ein unschuldiges Opfer ist. Sie hat nichts Unrechtes getan", sagte er nachdrücklich. „Sie wollte mich verteidigen und ist dabei ins Kreuzfeuer geraten."

An die Stelle von Sparklers Bleiche trat nun Zornesrot. „Ein *Fines* ist also beteiligt. Das hätte ich mir denken können." Sein Blick wanderte von Paul zu Percy, die ihm schwach zuwinkte.

„Bitte, Vater. Nichts ist geschehen. Es war ein Missverständnis—", flehte Charity.

„Dem Earl Parkington zufolge wurden Sie *in flagranti* erwischt, Miss Sparkler." Obwohl Garrity ruhig sprach, trieften seine Worte nur so vor Gift und Galle. „Das würde ich nicht als ‚nichts' bezeichnen. Die ganze Stadt spricht von Ihrem unzüchtigen Verhalten."

Charity zuckte zurück, als hätte man sie geschlagen.

Wut brodelte durch Pauls Adern. „Und wer sind Sie denn, über sie zu urteilen, Sie Lump?"

Garritys Blick blieb hart und standhaft. „Ich *war* ihr Verlobter, zumindest gemäß des Ehevertrags, den Sparkler und ich vor drei Tagen unterzeichnet haben. Nun muss ich es mir aber anders überlegen: Ein Mann wie ich nimmt nämlich keine besudelte Ware an."

Diese Offenbarung entgeisterte Paul—Charity *Garrity?*—allerdings nur eine Sekunde lang. „Sie ist keine besudelte Ware, verflucht noch mal", knurrte er. „Sie ist ein Engel. Aber das tut nichts zur Sache. Sie heiraten sie nämlich nicht— sondern ich."

„Was?", sagte Sparkler erstickt.

„Ich heirate Ihre Tochter", sagte Paul verbissen —was vermutlich nicht der beste Umgangston mit einem zukünftigen Schwiegervater war, doch die schlechte Behandlung, die der andere Charity zuteilwerden ließ, reizte ihn dazu.

Warum verteidigte Sparkler seine Tochter nicht, glaubte ihr nicht? Jeder Mensch mit Augen im Kopf konnte doch sehen, dass sie süß, unschuldig und zu solchen Missetaten außerstande war. Doch der Alte hörte ihr gar nicht zu. Paul kamen schlagartig die Scherereien mit seinem eigenen Vater in den Sinn, die im Vergleich allerdings bedeutungslos erschienen. Zumindest hatte Jeremiah versucht, ihn zu verstehen.

„Nur über meine Leiche!" Sparklers hagere Gestalt bebte in seiner schlecht sitzenden Kleidung. „Mr. Garrity und ich haben eine Abmachung."

„*Hatten* eine Abmachung", sagte Garrity kalt. „Sie haben mir eine Jungfrau mit makellosem Ruf versprochen. Nicht diese"—seine Augen schnappten zu Charity—„Schande."

Charity entfuhr ein Keuchen; Paul sah rot. Ehe er wusste, was er tat, ging er unmittelbar auf den

Bastard los. Hände zerrten ihn zurück, hielten ihn fest.

„Lasst mich los", knarzte er, wehrte sich.

„Der Kerl ist es nicht wert", sagte Hunt von einer Seite.

„Eine Schlägerei bringt gar nichts", sagte Nicholas von der anderen. „Bleib vernünftig, Fines. Es gilt so Einiges zu erörtern, am allerwichtigsten die Zukunft von Miss Sparkler."

Mit bebender Brust rang Paul um seine Beherrschung.

Um Mr. Garritys Mund bildeten sich Falten des Unmuts. Er setzte sich seinen Hut auf und sagte: „Narren dulde ich nicht, Mr. Fines, und Beleidigungen ebenso wenig. Sie haben mir Unannehmlichkeiten verursacht, und das vergesse ich nicht."

Paul hielt dem Blick des anderen stand. „Wir können das jetzt gleich bereinigen oder im Morgengrauen. Sagen Sie mir nur, wo."

Garritys Lächeln war kein Lächeln. „An Ihnen mache ich mir doch die Hände nicht schmutzig."

„Mr. Garrity, so warten Sie doch!" Sparkler stolperte seinem Geschäftspartner hinterher. „Wir hatten doch eine Abmachung—"

„Ihre Tochter hat die Abmachung gebrochen." Garrity drehte sich noch nicht einmal um. „Die Abmachung ist geplatzt."

In einem letzten Versuch warf sich Sparkler vor den anderen Mann und versperrte ihm den Weg zur Tür. „Wir können noch zu einer Vereinbarung kommen. Vielleicht trifft meine Tochter ja keine Schuld, ich habe sie gut erzogen—"

„Gehen Sie mir aus dem Weg, Sparkler." Garritys Ton war unheilschwanger.

Nach ein paar Sekunden holte Sparkler zittrig Luft und trat beiseite.

Garrity schlug die Tür hinter sich zu.

Nach einem Augenblick verstörter Stille erhob sich eine gelassene Stimme: „Na, zum Glück ist das vorüber. Was für ein schrecklicher Mensch. Sie müssen erleichtert sein, Mr. Sparkler."

Sparkler, der schlaff gegen den Türrahmen lehnte, blickte benebelt zu Pauls Mama. „Erleichtert?", fragte er benommen.

„Dieser Garrity verdient Miss Sparkler ganz gewiss nicht", sagte Anna Fines. „Und zum Glück hat sich das herausgestellt, ehe es zu spät war. Trotz der unglücklichen Umstände glaube ich wirklich, dass sich alles zum Besten wendet, nicht wahr?"

Obwohl dies als Frage formuliert war, war es keine. Paul wusste das, hatte er doch jahrelange Erfahrung mit dem samtbezogenen Stahl seiner Mutter. Sparkler hingegen war sich dessen nicht bewusst.

„Zum Besten?", spie der Juwelier aus. „Alles ist verdorben. Und nur wegen—"

„Eines *Fehlers*", sagte Mama in einem Ton, dem nur wenige zu widersprechen wagten. „Wir alle hier müssen die Tatsache anerkennen, dass zwischen meinem Sohn und Miss Sparkler nichts Unsittliches vorgefallen ist. Und Paul hat um die Hand Ihrer Tochter angehalten, ich hoffe, dass Sie sich daran erfreuen können, wie ich und andere auch. Unsere Kinder haben viele Unterstützer, wissen Sie, einschließlich des Marquis von Harteford."

Sie nickte Nicholas zu, der sich verneigte. Verwirrt erwiderte Sparkler die Höflichkeit.

„Der Marquis wird uns helfen, eine Sonderheiratsgenehmigung zu besorgen", teilte Mama Sparkler mit. „Die Hochzeit unserer Kinder kann binnen einer Woche stattfinden, wir haben also wenig Zeit für Vorbereitungen, aber gewiss stimmen Sie mir zu, dass wir rasch handeln müssen, damit"—ihr Blick wanderte bedeutungsvoll um den Verkaufsraum—„die Alltagsgeschäfte so wenig wie möglich beeinträchtigt werden?"

Dies war auch nicht als Frage gemeint.

„Ich bin ruiniert. Das ist das Ende", flüsterte Sparkler.

„Bitte, Vater, sag das doch nicht—"

„Mein Lebenswerk, zunichte. Wegen deines Leichtsinns." Sparkler richtete eindringliche graue Augen auf seine Tochter. „Wie konntest du nur?"

Der Bastard hätte ihr genauso gut eine Klinge ins Herz stoßen können—es wäre vielleicht sogar barmherziger gewesen. Zorn rauschte durch Pauls Adern, während eine einzelne Träne Charitys Wange hinabbrann.

„Miss Sparkler trifft keine Schuld", sagte er ungestüm. „Aber bei meiner Ehre, ich werde alles tun, was nötig ist, um Sparkler's Fortbestand und Erfolg zu gewährleisten."

Während diese Worte von seinen Lippen kamen, drehte sich sein Verstand im Kreis. *Guter Gott, habe ich mich gerade zur... Arbeit gemeldet? Und wie soll ich denn bitte sehr diesen elenden Verhau auf Vordermann bringen und mich dazu noch auf das Turnier vorbereiten—das in weniger als zwei Monaten stattfindet?*

Ehe er zurückrudern oder zumindest seine zeitlichen Zwänge erläutern konnte, erhaschte er einen Blick auf Charitys Gesicht. Ihm stockte der Atem. Durch den Tränenschleier hindurch sah sie ihn... voller Erstaunen an. Als ob er gerade die Sonne wieder in ihren Himmel gehängt hätte. Seine Brust pochte mit dem plötzlichen Wunsch, sie mochte ihn immer so ansehen.

„Sie? Was wollen Sie denn schon ausrichten, es sei denn..." Sparkler befeuchtete sich die Lippen. „Worauf beläuft sich Ihr Vermögen nochmal?"

„Vater", murmelte Charity.

„Wenn er dich heiraten will, habe ich ein Recht darauf, seine Finanzlage zu kennen." Sparkler richtete sich auf. „Wenn er dich gar nicht erst in eine missliche Lage gebracht hätte—"

„Ich erhole mich gerade von ein paar finanziellen Rückschlägen." Paul wollte gar nicht um den heißen Brei reden. „Ich habe zwar im Augenblick keine Ersparnisse, doch das Einkommen aus dem Unternehmen meines Vaters beträgt fünftausend Pfund im Jahr." Er entschloss sich, seine Pläne bezüglich Preisboxens noch nicht zu offenbaren. Stattdessen sagte er zuversichtlich: „Bis zum Jahresende stehe ich finanziell wieder auf sicheren Füßen."

Seine Aussichten waren beträchtlich. Zu seinem Erstaunen blickte Sparkler niedergeschlagen drein.

„Mit mir ist es aus und vorbei", sagte er flach.

Heilige Hölle, wie tief steckte der Laden denn im Dreck?

Nicholas' eindringliche Stimme erhob sich: „Paul ist der Sohn von Jeremiah Fines, Geschäftssinn steckt ihm im Blut. Wenn er sich auf etwas einlässt, ist er beständig bei der Sache. Eine bessere Unterstützung als ihn können Sie sich gar nicht wünschen."

Keine Spur von Ironie in seinem Ausdruck. Paul empfand eine Woge der Dankbarkeit.

Ein Augenblick verging, ehe Sparkler tonlos sagte: „Alles ist ruiniert. Was für einen Unterschied macht es noch? Tun Sie, was Sie wollen." Mit hängenden Schultern schlurfte er in sein Kontor, wie ein Mann auf dem Weg zum Galgen.

Pauls Blick wanderte zu Charity, die Percys Hand umklammert hielt und so jung und verloren aussah, dass sich all sein Beschützerinstinkt in ihm regte. Er wollte zu ihr hinübergehen und sie in seine Arme schließen. Sie fest an sich drücken und ihr sagen, dass alles gut würde.

Stattdessen wartete er ab. Sie hatten auf gewisse Weise die väterliche Erlaubnis. Nun war es an Charity, ihre eigene Entscheidung zu treffen.

„Charity, meine Liebe, es macht dir doch nichts aus, wenn alles recht schnell vonstatten geht, oder?", fragte seine Mama sanft. „Wir alle treffen die Vorbereitungen mit vereinten Kräften. Du musst dich um überhaupt nichts kümmern."

„Danke, Mrs. Fines", sagte Charity ruhig.

Paul schnaufte, hatte gar nicht bemerkt, dass er den Atem angehalten hatte.

„Mit der größten Freude, liebes Mädchen, heiße ich dich in unserer Familie willkommen", sagte seine Mama mit einem Lächeln. Percy warf ihre Arme um Charity. „Jetzt werden wir endlich richtige Schwestern!"

Mit einem Gefühl des Triumphs ging Paul hinüber und tippte seine Schwester auf die Schulter.

„Darf ich unterbrechen?", sagte er trocken.

Percy ließ ihre Freundin los und grinste ihn an. „Na gut." Dann überraschte sie ihn mit einer Umarmung und flüsterte ihm ins Ohr: „Ich *wusste*, dass es so kommen würde. Du wirst so glücklich sein, mein liebster Bruder!"

„Ich bin dein einziger Bruder", sagte er spröde.

Lächelnd gesellte sich Percy zu ihrer Mama.

Paul nahm die Hand seiner künftigen Braut. In seinem Griff flatterten die kalten, zierlichen Finger wie die Flügel eines Kolibris.

„Sie erweisen mir eine große Ehre", sagte er weich. „Und ich werde mich bemühen, sie zu erwidern, indem ich Sie glücklich mache."

Obwohl ihre Lippen zitterten, entzog sie ihm ihre Hand nicht.

Kapitel 15

Am nächsten Morgen saß Charity in Mrs. Fines'
gemütlichem Salon und kämpfte gegen ein
Gefühl der Unwirklichkeit an. Es war nicht das
Zimmer, das seltsam oder fremd war; über die
Jahre hinweg hatte sie hier viele Stunden mit
Percy verbracht. Sie beide waren gemütlich auf
dem Chintz-Sofa gesessen, das links und rechts
von passenden Vorhängen umgeben war. Und
die Anwesenden um den Rosenholztisch waren
auch keine Fremden. Es musste also das
Gesprächsthema sein, das alles so unwirklich
machte: eine Hochzeit.

Ihre Hochzeit... mit Paul Fines.

Während sie am Tee nippte, blickte sie verstohlen zu dem Gentleman hinüber, den sie in fünf Tagen ehelichen würde. Er stand an der Anrichte und sah sich an, was es zum Frühstück gab. Sein Haar glänzte; seine tabakbraune Jacke und sandfarbenen Hosen schmiegten sich liebevoll an seine Gestalt. Er sah ausgeruht aus, seine markanten Gesichtszüge wiesen keinerlei Anzeichen von Belastung auf, wie man es von einem zur Heirat genötigten Mann erwarten würde. Er blieb ein Apollo wie dem Geiste des Meisters Bernini entsprungen, ein Bild männlicher Anmut und Schönheit.

Als ob er ihren Blick spüren konnte, hefteten sich seine lebhaften blauen Augen auf sie.

Sie sah schnell weg. Sogar an ihren besten Tagen war sie keine Daphne, die schwer fassbare Nymphe, die Apollo für sich beanspruchen wollte. Und weil sie in der vergangenen Nacht kein Auge zugetan hatte, lagen Schatten um ihre Augen und ihre Wangen waren bleich, das wusste sie. Sie wollte nicht sehen, wie die Enttäuschung seinen Blick verfinsterte. Denn trotz seiner edelmütigen Höflichkeit—und gestern während der entsetzlichen Szene im Laden war er die Güte selbst gewesen—wusste sie, dass er in Wahrheit bei alledem Bedauern empfinden musste.

Nun, da Charitys Empörung—und ja, auch ihr verletzter Stolz—verflogen war, sah sie die Lage klarer. Mr. Fines hatte nicht nur die unvergleichliche Miss Drummond verloren, sondern jetzt auch noch *sie* am Hals. Ein Mädchen, das er nicht liebte. Ein Mädchen, das er aus Ehrgefühl, Pflichtbewusstsein und, was am schlimmsten war, aus Mitleid heiratete.

Ihr war nicht entgangen, wie empört Mr. Fines über das Verhalten ihres Papas ausgesehen hatte, und das hatte sie nur noch tiefer gedemütigt. Sie hatte erklären wollen, dass es nicht die Schuld ihres Vaters war, dass er große Geldsorgen hatte, dass sie jäh seine Pläne mit Mr. Garrity zunichte gemacht hatte.

Freilich war Vater erzürnt gewesen. Und wenn jemanden die Schuld traf, dann sie.

Sie klammerte sich an ihre Untertasse. Der andere Schuldige war freilich Parkington. Der Earl übte indessen weiter seine teuflische Rache. Die *Times* hatte dem Skandal mit einer gewissen Juwelierstochter und dem Erben eines Handelsimperiums eine ganze Spalte gewidmet.

Dem Earl hatten sie zu verdanken, dass sie nun von der gesamten Mittelschicht als Beispiel des moralischen Verfalls angeführt wurden. Mr. Fines' düstere Vorhersage war eingetreten: Heirat *war* nun die einzige Hoffnung, den Schaden noch etwas zu begrenzen.

„Nicholas kümmert sich gerade um die Heiratsgenehmigung, das Wichtigste wird also bereits erledigt", sagte Mrs. Fines zu Percy. „Was die übrigen Aufgaben betrifft, habe ich mir erlaubt, eine Aufstellung zu machen."

Sie zog eine kleine Rolle Papier hervor. Charitys Augen wurden groß, als sie sich in den Schoß der Lady aufwickelte, über ihre Knie rollte und erst an ihrem Rocksaum ein Ende nahm.

„Mama, die Hochzeit soll in *fünf Tagen* stattfinden", sagte Percy. „Wir haben keine Zeit für aufwändige Pläne."

„Deswegen habe ich mich ja auch nur auf das Allernötigste beschränkt."

Percy blickte ihrer Mutter über die Schulter. „*Tauben* sind nötig?"

So ging das Gespräch weiter. Charity trug nicht viel dazu bei, denn keine der Vorbereitungen schienen ihr wirklich zu sein. Sie empfand nichts von der freudigen Erregung einer Braut. Stattdessen lenkten sie die Fragen ab, die ihr schon nachts den Schlaf geraubt hatten.

Was für eine Art Ehe werden wir führen? Was sind die Regeln, die Erwartungen?

Und die furchterregendste Frage von allen: *Wie kann ich den Mann heiraten, den ich liebe... im Wissen, dass er eine andere liebt?*

Ihre Hände zitterten, die Teetasse klirrte. Denn inmitten der schrecklichen Szene des Vortages war ihr eine Erleuchtung gekommen, die jeglichen Selbstbetrug und Selbstschutz eingeäschert hatte. Sie liebte Paul Fines. Das hatte sie immer und das würde sie auf ewig. Sie bewunderte sein edles Wesen, seine Bereitschaft, zum Schutz ihres Rufs das eigene Glück aufzugeben.

Wie er sie gegenüber Mr. Garrity verteidigt hatte, wie er angeboten hatte, ihren Papa zu unterstützen... in ihren Augen war er ein Held.

Sie sollte allein dafür dankbar sein, dass sie nun unter dem Schutz des Namens Fines stand: Es war mehr, als sich ein Mädchen wie sie erhoffen konnte. Obwohl sie wusste, dass er aus Ehrgefühl und Zweckmäßigkeit um ihre Hand angehalten hatte, konnte sie den kleinen Funken in sich nicht ersticken. Sie erinnerte sich an das Knistern zwischen ihnen während der Kraniologievorführung, an ihren aberwitzigen Kuss. Er schien bei ihren Begegnungen genauso gefesselt gewesen zu sein wie sie...

Sie schüttelte die albernen Sehnsüchte ab. Höchstwahrscheinlich bildete sie sich das alles nur ein. Und was auch immer sie empfunden haben mochte, konnte man ohnehin kaum als Liebe bezeichnen. Um in ihrer Ehe Harmonie zu wahren, musste sie also ihre wahren Gefühle irgendwie verbergen. Sie würde eine pflichtbewusste Ehefrau sein... und ihm nicht im Wege stehen.

Bei dem Gedanken blutete ihr das Herz. Doch nur so konnte sie eine Zweckehe mit ihrer großen Liebe ertragen.

Neben ihr senkten sich die Polster. Ihr Herz hämmerte bei dem aparten Duft nach Gewürzen und maskulinem Moschus, der plötzlichen Nähe von Mr. Fines.

„Ihre Tasse ist ja halb leer", sagte er.

Und wie.

„Ich hatte genug Tee, danke", sagte sie.

„Gegessen haben Sie auch kaum etwas", meinte er.

Er hatte bemerkt, dass sie keinen Appetit hatte?

„Hier, kosten Sie das." Zu ihrem noch größeren Erstaunen riss er ein Stück von dem Brötchen auf seinem Teller ab und bot es ihr an. „Die Brötchen von Lisbett regen jedermanns Appetit an."

Ihr wurden die Wangen heiß. „Nein, wirklich. Danke. Ich... ich habe keinen Hunger."

„Kommen Sie schon, essen Sie. Inzwischen müssten Sie doch festgestellt haben, dass es zwecklos ist, einem Fines zu widersprechen." Sein neckendes Lächeln erschwerte ihr das Denken, und erst recht das Antworten. „Am besten gibt man nach und lässt uns einfach machen."

„Keiner kann immer alles haben, was er will", sagte sie.

Sein Lächeln wurde tiefer. Er wackelte vor ihrer Nase mit dem Brötchen. Sie wollte die

Aufmerksamkeit der anderen nicht erregen, also seufzte sie und streckte ihre Hand danach aus.

„Also gut, aber ich habe wirklich keinen Hunger —" Ihre Augen wurden groß, als das butterige, mit Aprikosen gespickte Gebäck ihr die Sprache verschlug.

„Sie essen nicht, Sie schlafen nicht—Sie sollten besser mit sich umgehen", murmelte er.

Sie bemühte sich, zu kauen und sich nicht vor Überraschung zu verschlucken.

In seiner üblichen gedehnten Art sagte er: „Mama, wenn du dann mit Miss Sparkler fertig bist, würde ich gerne mit ihr im Rosengarten spazieren gehen."

Charitys Handflächen schwitzten beim Gedanken, mit ihm allein zu sein. Was lächerlich war, weil sie ja noch vor dem Wochenende Mann und Frau sein würden. Hier, im Schoße seiner Familie konnte sie sich fast einreden, dass ihre Bindung auf mehr als nur Notwendigkeit beruhte. Wenn sie aber allein wären, nur sie beide, müssten sie der Wahrheit ins Gesicht sehen. Sie wusste, dass er zu sehr Gentleman war, um sein Wort zu brechen, aber er war ebenfalls zu sehr

Gentleman, um unehrlich mit ihr zu sein. Gewiss wollte er die Bedingungen ihrer Vereinbarung festlegen.

Schluckend unternahm sie einen letzten Versuch, das Unvermeidliche hinauszuzögern—was ihr eigentlich gar nicht ähnlich sah. Sie war ein vernünftiges Mädchen, das sich ohne zu zaudern der Wahrheit stellte. Bis jetzt.

„Ich muss bleiben und mithelfen", sagte sie. „Sie alle haben sich so viel aufgebürdet—"

„Unsinn, liebes Mädchen. Es ist mir ein *Vergnügen*, die Hochzeit meines Kindes vorzubereiten." Hinter ihrer Brille wurden die Augen von Mrs. Fines feucht, und ihre Spitzenhaube zitterte auf den ergrauten Locken. „Wenn deine Mama hier wäre, ginge es ihr gewiss genauso. Aber das ist sie ja nicht... ich hoffe, es macht dir nichts aus, wenn ich sage, dass ich dich bereits als Teil der Familie sehe, weswegen ich zweimal so viel Freude an den Vorbereitungen habe."

Charitys fühlte einen Kloß im Hals. „Sie sind zu gut zu mir."

Mrs. Fines lächelte. „Nun, die Aufgabe der Braut ist es einfach, ruhig und gefasst zu bleiben und dafür ist ein Spaziergang gerade recht. Also geh und genieße ihn."

„Mach dir keine Sorgen. Wir haben alles gut im Griff", fügte Percy hinzu.

„Sie haben sie gehört." Mr. Fines stand auf und bot ihr die Hand. „Sträuben Sie sich nicht, meine Süße. Die Rosen warten."

Kapitel 16

Der Garten war zwar nicht groß, doch war er der ganze Stolz seiner Frau Mama, vor allem jetzt, zur Blütezeit ihrer geliebten Rosen. Er fand allerdings, dass der stille Charme des Mädchens, das neben den Hecken entlang ging, die aufdringlich bunten Blüten in den Schatten stellte. Charity hatte ihre Haube nicht auf, und obwohl ihr Haar in dem üblichen Dutt steckte, suchte sich die Sonne die feurigen Strähnen heraus und ließ sie erglimmen. Während sie spazierten, glitten ihre Finger über die vollen, samtigen Blütenköpfe; er erinnerte sich an die zarte Sinnlichkeit ihrer Berührung und beneidete die Rosen.

Dafür ist später noch genug Zeit, sagte er sich selbst. Zuerst musste er reinen Tisch machen und mit seiner Verlobten zu einem Einverständnis gelangen. Sie hatten so viel zu bereden.

Er verschränkte die Hände hinter dem Rücken und sagte: „Ich bin froh, dass wir einen Augenblick für uns haben."

„Gewiss."

Er konnte ihren Ausdruck nicht deuten; ihre moosgrünen Augen verrieten so wenig. Weil er die Spannung steigen fühlte, fuhr er fort: „Die Sache ist die... ich sollte mich zunächst einmal entschuldigen."

Sie hob die Augenbrauen, wirkte überrascht. „Wofür?"

Wo *fing* er bloß *an*?

„Dass ich Sie in dieses Schlamassel hineingeritten habe. Dass ich Schimpf und Schande über Sie gebracht habe. Und dann wäre da noch", sagte er grimmig, „wie ungeschickt ich mich bei meinem Heiratsantrag angestellt habe."

Sie sah ihn an, als hätte er nicht alle Tassen im Schrank. Vielleicht drückte er sich nicht deutlich genug aus?

„Ich habe Ihnen für Ihr Eingreifen mit Parkington noch gar nicht gedankt, obwohl ich wünschte, Sie hätten es nie getan." Verflucht, er klang sogar in seinen eigenen Ohren linkisch.

„Ich will sagen, es tut mir leid, dass Sie deswegen leiden mussten. Das bedaure ich am allermeisten: den Schaden, den Sie meinetwegen erlitten haben."

Sie warf ihm einen Seitenblick zu, während sie weiter gingen. „*Das* tut Ihnen leid?"

„Nun, nicht nur das. Der Liste meiner Fehltritte gibt es bestimmt einiges hinzuzufügen."

Sie errötete, und er fragte sich, ob sie wohl an den Kuss dachte, den er im Pavillon gestohlen hatte. Oder vielleicht war ihr einfach nur sein Ruf als Bonvivant in den Sinn gekommen. Oder seine törichte Verstrickung mit Louisa, die zu diesem Schlamassel geführt hatte. Er wollte sich selbst ohrfeigen.

Sehr gut hast du das angestellt, erinnere nur deine zukünftige Gemahlin daran, was für ein Bastard du bist.

„Ich bin sonst nicht so tölpelhaft. Das scheinen Sie bei mir zu bewirken", murmelte er.

„Ich mache Sie... ungeschickt?"

Da kam ihm ein Einfall: „Ihr Schönheit bringt mich ganz durcheinander, fürchte ich."

Gott sei Dank für *diesen* Geistesblitz. Das war die richtige Richtung.

„Hmm", sagte sie. „Zumindest hat sich Ihre Zunge noch nicht verknotet."

Ihr schiefer Humor entlockte ihm ein Lachen. Die Enge in seiner Brust löste sich etwas.

„Kleines Biest", sagte er voller Wertschätzung. „Sie akzeptieren also meine unbeholfene Entschuldigung? Sie verstehen, dass sie aufrichtig gemeint ist und von Herzen kommt?"

Sie zögerte, dann: „Ja."

Vor Erleichterung wurde ihm schwindlig. Er empfand das Bedürfnis, sie in die Arme zu nehmen und es ihr mit einem Kuss zu danken...

doch er ermahnte sich selbst, sich zu zügeln, *einmal* die Beherrschung zu wahren. Er zog also stattdessen sein Taschenmesser hervor und schnitt eine leuchtend rosa Blüte ab. Er entfernte die Dornen und reichte sie ihr.

Sie erwiderte mit einem zittrigen Lächeln. „Danke."

„Ich danke *Ihnen*, Süße", sagte er heiser. „Jetzt, da das geklärt ist, könnten wir vielleicht unsere Zukunft besprechen." Er fand, dass er reif und vernünftig klang; das Blatt wendete sich nun wirklich. „Obwohl diese Heirat überraschend kommt, sollten wir sie mit offenen Augen angehen, finde ich."

Die Sanftheit in ihren Augen verflog ein wenig. „Das finde ich auch, Klarheit ist wichtig."

„Genau. Sie sind ja ein vernünftiges Wesen und —ehrlich gesagt—viel vernünftiger, als ich es je sein könnnte", sagte er wehmütig. „Das ist eine der Tugenden, die ich an Ihnen am meisten bewundere."

Dies sollte ein Kompliment sein, doch ihre Schultern wurden steif.

„Ich will sagen, Sie und ich sind verschieden", sagte er rasch.

Sie erwiderte nichts.

„Und angesichts unserer Unterschiede, finde ich, wäre es wichtig, dass wir über unsere Erwartungen an die Ehe reden", sagte er unbehaglich. „Haben Sie denn schon überlegt, was Sie sich von unserer Verbindung wünschen?"

Er wollte *wirklich* wissen, was sie wollte. Welche Art Gemahl sie sich wünschte. Gott steh ihm bei, er konnte ein paar Hinweise gebrauchen.

Ihr Weg hatte sie zu der erhabenen Weide ganz hinten im Garten geführt. Unter dem Schatten der hängenden Äste richtete Charity sich auf, wie man es tat, wenn man etwas Unangenehmes sagen musste.

„Über meine Erwartungen müssen Sie sich keine Sorgen machen, Sir." Ihr Blick verweilte auf der Rose in ihren Händen. „Ich bin dankbar für den Schutz Ihres Namens und werde mich redlich bemühen, unsere Ehe für Sie so zweckdienlich wie möglich zu gestalten."

„Zweckdienlich?" Er runzelte verständnislos die Stirn.

Sie sah ihn noch immer nicht an, senkte das Kinn. „Ich werde Ihnen nicht im Wege stehen. Gebaren Sie sich einfach so weiter wie zuvor."

„*Gebaren*... wie denn?"

„Was auch immer Sie zu tun belieben, mit"—ihre Stimme blieb kurz hängen—„mit wem auch immer."

Er begriff. „*Mit wem auch immer*... meinen Sie denn wirklich, was ich da zu verstehen glaube?"

„Ich verstehe Ihren Wunsch nach einer Zweckehe", flüsterte sie den Boden an.

Er starrte auf ihren gesenkten Kopf, und in ihm brodelte Wut auf. „Nun, das ist ja völliger Schwachsinn, oder?"

Endlich flog ihr Blick zu ihm. „W-wie bitte?"

„Ist das Wort Zweckmäßigkeit je im Zusammenhang mit unserer Ehe über meine Lippen gekommen?"

„N-nun", stammelte sie. „Nein."

„Dafür gibt es einen guten Grund. Denn offen gestanden ist keine Ehe jemals zweckmäßig, und niemals zweckmäßiger als das Junggesellendasein. Ich glaube mich zu erinnern, dass ich Ihnen einen Antrag gemacht habe und Sie diesen angenommen haben. Was bedeutet, dass wir uns in fünf Tagen das Ehegelübde geben—und zwar wohlgemerkt vor niemand Geringerem als Gott—und uns ewige Treue versprechen." Er fühlte seine Körpertemperatur regelrecht nach oben schießen. „Und da sagen Sie mir, Sie *erwarten* außereheliche Affären von mir? Für was für eine Art Mann halten Sie mich denn?"

Sie starrte ihn an.

„Wenn Sie mich für derart ehrlos halten, warum haben Sie sich denn überhaupt bereit erklärt, mich zu heiraten?" Er ballte die Fäuste, als ihm noch ein weiterer Gedanke kam. „Oder vielleicht sind *Sie* es ja, die sich... Freiheit in der Ehe wünscht?"

Nur über seine Leiche. Oder genauer gesagt, über die Leiche des anderen Mannes—denn er würde jeden umbringen, der es wagte, Charity anzurühren. Sie war *sein*.

„Das tue ich nicht." Sie klang erschüttert. „Ganz und gar nicht."

„Und was ist mit dem Kerl, der Sie geküsst hat?", verlangte er zu wissen.

Ihre Stirn verfinsterte sich. „Äh, welcher Kerl?"

„Im Pavillon haben Sie angedeutet, zuvor schon denkwürdigere *Vorfälle* erlebt zu haben."

„Ach, das." Sie biss sich auf die Lippe. „Das sagte ich nur so in der Wut."

„Es hat Sie also vor mir noch nie jemand geküsst?"

Ihre Wimpern flatterten. Mit einem Seufzer sagte sie: „Nein, Sie sind der Einzige."

Erleichterung flutete ihn. „Ich gehe davon aus, dass es auch so bleibt", sagte er streng. „Wie ich mich in der Vergangenheit *gebart* habe, wie Sie es so taktvoll ausgedrückt haben—da war ich noch unverheiratet. Wenn ich erst einmal verheiratet bin, werde ich mich an meinen Treueeid halten."

„Das meinen Sie ernst? Wirklich?"

Er nickte schroff.

Ein langsames Lächeln erhellte ihr Gesicht, so strahlend wie die Morgendämmerung. „Das... das wäre wunderbar."

Er konnte nicht anders, als ihre Wange zu fassen. Ihr bewusstes Schaudern ließ das Blut in seinen Adern rauschen. „Nun, wo wir das geklärt haben, was möchten Sie von unserer Ehe, Süße?"

„Ich weiß nicht. Sie haben mir schon mehr gegeben, als ich erwartet habe."

Großer Gott, sie war so süß.

„Und ich will Ihnen besonders danken, dass Sie angeboten haben, meinem Vater zu helfen. Das bedeutet mir die Welt", sagte sie aufrichtig.

Ach ja. Nun musste er seinen Zeitplan erläutern. Er ließ seine Hand fallen, rüstete sich: „Was das anbetrifft...."

„Ja?"

Er räusperte sich. „Erinnern Sie sich, dass mir ein Turnier bevorsteht?"

Sie nickte.

„Ich hatte das bei einem unserer vorherigen Gespräche erwähnt, doch bei all dem Trubel in jüngster Zeit hatten Sie es womöglich vergessen", lachte er nervös.

Sie neigte den Kopf zur Seite.

„Sehen Sie, ich muss bald zum Training aufbrechen. Ich fürchte, gleich nach unserer Hochzeitsreise. Mein Gönner Traymore hat für mich einen Ort auf dem Lande vorbereitet. Er meint, dass ich bessere Aussichten auf einen Sieg hätte, wenn ich einen Monat lang in völliger Abgeschiedenheit übe—und meine Aufmerksamkeit völlig dem Boxen widme."

Sie schien seine Worte zu verdauen. „Das... klingt vernünftig. Und ich kann meinem Vater helfen, während Sie fort sind."

Seine Spannung verflog. Noch ein Vorteil, ein vernünftiges Mädchen zu heiraten: Charity neigte nicht zur Hysterie. Sie war sachlich, ruhig... ganz im Gegensatz zu Rosalind, die ein weitaus stürmischeres Gemüt besaß. Letztere hatte *erwartet*, dass alles immer nach ihrem Willen ging, vermutlich weil so viele Verehrer nur so darauf warteten, nach ihrer Pfeife tanzen zu dürfen. Sie hatte sich einmal geweigert, Paul zu empfangen, weil er für eine Ausfahrt in den Park eine Viertelstunde verspätet gewesen war...

Warum denke ich denn überhaupt an Rosalind? schalt er sich selbst. Die Vergangenheit war vergangen, es war Zeit, nach vorne zu blicken. Ganz besonders jetzt, wo er das Glück hatte, mit einer Frau verlobt zu sein, die so süß und verständnisvoll war wie Charity.

„Nach dem Turnier gehöre ich ganz Ihnen", sagte er dankbar. „Dann werde ich meine ganze Aufmerksamkeit Sparkler's widmen."

Sie lächelte. „Danke. Dafür, und für die Ehrlichkeit."

„Nun haben wir schon Ehrlichkeit und Treue, das ist mehr als die meisten Ehen", sagte er zufrieden. „Die sogenannten Liebesehen eingeschlossen."

Ihre plötzliche Stille ließ ihn innehalten.

Seine Sorge erwies sich als gerechtfertigt, als sie tief Luft holte und sagte: „Was das betrifft, muss ich Sie etwas fragen. Es hat mit… Lady Monteith zu tun."

Hatte sie denn unwillkürlich gespürt, dass er an seine Verflossene dachte? Schuldgefühle und Unbehagen schnürten ihm die Brust zu.

„Was ist mit ihr?", fragte er.

„Hegen Sie... noch Gefühle für sie?"

Er war nicht überrascht, dass Charity von ihm und Rosalind wusste. Schließlich war sie die beste Freundin seiner Schwester, und sie hatte wahrscheinlich mit eigenen Augen beobachtet, wie er damals Rosalind nachgestellt hatte. Er blickte forschend in Charitys Gesicht und sah keine Verurteilung darin. Nur Neugier und Einsicht, und das half ihm, ein schmerzliches Thema anzusprechen. Über das er noch nie gesprochen hatte—mit niemandem.

„Ich war in Rosalind verliebt und wurde enttäuscht", sagte er. „Wie Sie wissen, ist sie nun verheiratet. Und Mutter zweier Kinder, glaube ich."

Charity nickte.

„Liebe ist ein zerrüttendes Gefühl, und ich habe meine Lektion gelernt", sagte er eindringlich. „Diesem Unfug gebe ich mich nicht mehr hin. Wissen Sie, ich bin ein Mann, dem Gefühle... nachgehen. Und nicht auf schöne Weise, fürchte ich. Aber die Gefühle, die ich einst für Rosalind empfand, sind nicht mehr dieselben." Während er dies laut aussprach, erkannte er, dass es die Wahrheit war. „Und ich kann Ihnen versichern, dass diese Gefühle unsere Ehe nicht beeinträchtigen werden. Glauben Sie mir?"

„Ich glaube Ihnen", sagte sie.

Zärtlichkeit wogte in ihm auf. „Ich danke Ihnen. Ich glaube wirklich, dass wir ganz gute Aussichten haben, Sie nicht?"

Sie nickte schüchtern. Sie war so hübsch, eine Nymphe unter dem Baldachin einer Weide. Er konnte der Versuchung nicht länger widerstehen.

„Nun bleibt freilich noch ein eheliches Thema anzusprechen", sagte er heiser. „Obwohl ich da eine Demonstration der Diskussion vorziehen würde. Darf ich Sie küssen, meine Süße?"

Über ihrem Schultertuch flatterte ihr Puls. „Oh. Gewiss."

Es sollte ein edler Kuss sein, nahm er sich vor, zur Besiegelung ihrer gegenseitigen Versprechen.

Doch sobald sein Mund ihren berührte, entzündete sich zwischen ihnen ein Feuer. Ihre Lippen schmiegten sich an seine, und sie war noch heißer und köstlicher als in seiner Erinnerung. Die Funken barsten in helle Flammen, und als ihr die Knie weich wurden, fing er sie auf.

Ehe er wusste, was er tat, hatte er sie mit dem Rücken an den Baumstamm gedrängt.

Er erkundete ihren Mund noch ein wenig weiter, ächzte, während ihre kleine Zunge an seine rieb. Diese Küsserei war so *herrlich*. Was schadete es schon, wenn er es ein wenig weiter trieb? Hier im Garten seiner Frau Mama würde er sie nicht nehmen, so viel Beherrschung hatte er schon noch. Aber ihr Vergnügen bereiten, *das* konnte er durchaus. Ihr einen kleinen Vorgeschmack auf die Freuden bieten, die vor ihr lagen.

Gierig kostete er ihr Kinn, die geschmeidige Kurve ihres Halses. Ihr hübsch sauberer Geruch stieg ihm zu Kopfe. Ebenso wie ihr leises Stöhnen, als er ihr das Schultertuch abnahm, um mehr von ihrer federweichen Haut zu entblößen. Sie legte die Hände auf seine Schultern.

„Was, wenn uns jemand sieht?", sagte sie atemlos.

„Die sollen sich zum Teufel scheren. Wir sind verlobt. In ein viel größeres Schlamassel können wir ja gar nicht mehr geraten."

Sie biss sich auf die Lippe. Er ließ sie nicht lange grübeln, nicht während sein Blut hämmerte und sein Schwanz wie ein Schürhaken zwischen seinen Beinen hervorstach. Er nahm die Angelegenheit in die Hand; oder besser gesagt, zwei kleine, jedoch entzückend freche kleine Angelegenheiten. Ihr Blick verschleierte sich, als er ihre Titten drückte, durch den fliederfarbenen Musselin hindurch die erregten Knospen rieb.

„So?", knurrte er.

„Mmm."

Das deutete er als Zustimmung. „Und was ist hiermit?"

Er ließ seine Zunge über ihr Dekolletee und um ihren silbernen Kettenanhänger gleiten. Ihre Finger griffen in sein Haar, zogen in näher an sie. Stöhnend kam er ihrem Wunsch nach, leckte ihre duftende Haut weiter. Während sie sich rastlos an ihn schmiegte, biss er sie sanft knapp über ihrem züchtigen Ausschnitt. Ihr Seufzer ging ihm direkt in die Lenden. Verloren in ihrer süßen Wollust klemmte er sein Bein zwischen ihre Röcke. Er hob sie an, ließ ihr Geschlecht auf seinem Schenkel reiten, wiegte sie an sich.

Sie kniff die Augen zu, ihre Finger klammerten sich fester in sein Haar.

„Gott, bist du schön. Mach weiter", drängte er sie.

Mit brennender Lunge mahlte er weiter seinen Schenkel an sie, küsste ihr Ohr, ihren Hals. Sie drückte sich verzweifelt an ihn, keuchte und winselte, machte ihn schier wahnsinnig vor Lust. Dass sie beide vollständig bekleidet waren, machte das Ganze irgendwie nur noch erotischer, ihre von den Stoffen gebändigten Körper zerrten und drängten gierig nach größerer Nähe. Seine Vorstellungskraft entbrannte: Wie wäre es wohl, wenn sie beide nackt wären, wenn sein Schwanz nicht gegen seine Hosen, sondern in ihrer engen, feuchten, kleinen Scheide reiben würde...

Mit einem Ächzen ließ er seine Zunge tief hineinfahren, nahm sich, was er nur konnte. Sie schauderte und zitterte, und als sie kam, schluckte er ihren hemmungslosen Schrei, während in ihm der Triumph wütete. Er fühlte es heiß in seinen Unterhosen rauschen... und wurde sich bewusst, dass er kurz vor einem Samenerguss stand. Dass er fast in seinen Hosen gekommen wäre wie ein junger Bursche mit seiner ersten Dirne.

Und all das von einem Kuss in vollständiger Bekleidung.

Verflucht aber auch.

Er atmete schwer, hielt sie fest, bis sie sich beide beruhigt hatten. Als sie ihren Kopf von seiner Schulter hob, ließ der benommene Ausdruck in ihren Augen seine Lunge erneut anschwellen. Ebenso wie seinen Schwanz. Um sich abzulenken, richtete er ihr das Kleid und legte ihr das Schultertuch wieder um. Er berührte den kleinen Abdruck, den er über ihrer rechten Brust hinterlassen hatte... und breitete rasch den Stoff darüber.

„Ich nehme alles zurück", sagte er abrupt.

Sie blinzelte. „Was nehmen Sie zurück?"

Er bückte sich und hob die Rose auf, die sie in der Hitze der Leidenschaft hatte fallen lassen. Während er sie ihr gab, sagte er mit einem spitzbübischen Grinsen: „Unsere Aussichten sind mehr als nur *ganz gut*, meine Süße. Sie und ich—wir werden ganz famos miteinander auskommen."

Sie errötete, rosiger als dir Blüte in ihrer Hand, und in ihm entfaltete sich Freude.

Kapitel 17

Am Donnerstag, zwei Tage vor ihrer Hochzeit, befand sich Charity in einem der Umkleideräume im hinteren Teil von Madame Rousseaus exklusivem Etablissement. Auf eigene Faust hätte sie niemals die Dienste der berühmten Modistin in Anspruch genommen, aber Percy hatte darauf bestanden.

„Wo sonst bekommst du denn eine stilvolle Brautausstattung?", hatte ihre Freundin gefragt.

„Ich dachte mir, ich arbeite einfach mein weißes Musselinkleid um. Ich habe es kaum getragen und wenn ich ein paar Säume umnähe und ein paar Aufsätze—"

Percys Augen hatten sich vor Entsetzen geweitet. „Charity Sparkler, wir reden hier von deiner *Hochzeit*. Und du heiratest meinen Bruder, den *schneidigsten* Hengst der Stadt. Willst du wirklich im Kleid der letzten Saison mit ein paar aufgenähten Schleifchen auf den Altar zuschreiten?"

So gesehen... hatte sich Charity doch eines Besseren besonnen. Seit ihrem leidenschaftlichen Kuss mit Mr. Fines im Garten kribbelte sie vor neuer Hoffnung. Er hatte sie geküsst—und sich nachher nicht entschuldigt! Er hatte sie im nüchternen Zustand als *schön* bezeichnet. Er hatte sie voll Hitze, Hunger und Verlangen berührt, und hatte dabei nicht an Rosalind gedacht.

Nein, diesmal war es *sie* gewesen, nach der ihm der Sinn stand.

Charitys Rückgrat prickelte. Gleichzeitig meldete sich ihr praktischer Sinn. Mr. Fines hatte zwar unmissverständlich gesagt, dass keine Chance auf Liebe bestand... aber man konnte sich ja schließlich nicht die Sterne vom Himmel wünschen. Sie hatte sich ohnehin vorgenommen, ihre Gefühle für sich zu behalten. Ihre

Gewissensbisse, dass sie ihm nichts von dem Kuss in Spitalfields erzählt hatte, schob sie beiseite. Denn dieser Vorfall verriet ihre Liebe zu ihm, und er hatte ihr ja gesagt, dass er mit diesem „Unfug" fertig war. Doch was er wollte—Treue, Ehrlichkeit, Achtung—nun, wenn sie das haben konnten, war es bereits genug.

Mehr als sie zu hoffen gewagt hatte.

Sie war daher fest entschlossen, ihn nicht zu enttäuschen, wollte ihm die Braut sein, die er sich wünschte. Und dazu gehörte, nicht wie die letzte Matrone auszusehen. Auch wenn sie vor dem Gedanken zurückschreckte, für Eitelkeit derart viel Geld auszugeben.

„Für eine Brautausstattung wird Vater nicht aufkommen", hatte sie gesagt, „und mein Unterhalt reicht nicht für viel."

Obwohl ihr Papa anscheinend resigniert hatte, hieß das nicht, dass er die Heirat guthieß. Er hatte seit ihrer Rückkunft kaum mit ihr gesprochen, was sie mit sorgevollen Schuldgefühlen erfüllte. Beim Abendessen im Laden schien er dermaßen besorgt, dass er sie kaum wahrnahm. Sie betete, er mochte ihr irgendwie verzeihen. Sie nahm sich vor, sich doppelt um den Fortbestand von Sparkler zu bemühen.

„Mach dir um die Kosten keine Sorgen", hatte Percy gesagt. „Es ist mein Geschenk an dich."

„Oh, nein, das kann ich dir nicht erlauben—"

Percy hatte ihre Hände eingefangen. „Du bist meine Busenfreundin, Charity Sparkler, meine Schwester in jeder Hinsicht außer Blutsverwandtschaft—und auch das sind wir bald." Ihre Freundin hatte sie mit Freudentränen in den Augen angesehen und Charity selbst waren auch die Augen feucht geworden. „Du bist mit mir durch dick und dünn gegangen und jetzt wirst du meinen Bruder so glücklich machen— ein kleines Geschenk ist das *Geringste*, was ich für dich tun kann. Ich dulde keine Widerrede."

Und so war es also gewesen.

Und so stand Charity nun also auf einem Podest vor einem großen Standspiegel, während Madame Rousseau die letzten Handgriffe anlegte. Percy, Helena und Marianne—die letzteren beiden waren gerade aus Hertfordshire angekommen—sahen von zierlichen Elfenbeinstühlen aus zu. Normalerweise vermied

Charity Spiegel, doch jetzt konnte sie den Blick nicht von ihrem Spiegelbild wenden.

„Und hier ist sie also: die wahre Charity Sparkler", sagte Marianne.

„Mein Bruder wird vor Überraschung umfallen, wenn er dich sieht", sagte Percy frohgemut.

„Du erinnerst mich an ein Fabelwesen", lächelte Helena. „Du strahlst geradezu."

Benommen bedankte sich Charity, ihre Augen immer noch auf das Bild vor ihr geheftet. Obwohl sie in Sachen Mode keine Kennerin war, erkannte sie doch die Zauberkunst der Meisterin. Was Madame Rousseau da geschaffen hatte, war *außergewöhnlich*. Auf dem in Spitze gewirkten Mieder schienen sich Blumen und Blätter ihren Busen hochzuranken, darunter stürzte der cremefarbene Musselin wie ein Wasserfall herab, floss über ihre Hüften, kräuselte sich zu ihren Knöcheln. Am Saum entlang vollendeten zarte unauffällige Spitzenaufsätze das Meisterwerk.

„C'est parfait." Die elegant in schwarz gewandete französische Schneiderin zupfte noch ein letztes Mal an dem Rock und trat dann einen

Schritt zurück. Zufriedenheit glänzte in ihren dunklen Augen. „Nur eine Kleinigkeit mehr, und es würde überladen wirken. Eine weniger, und es wäre fad."

„Danke sehr, Madame. Sie haben ein Wunder vollbracht", sagte Charity fassungslos.

„Mein Talent ist unbestreitbar, *oui*, aber das noch größere Wunder ist, was *Mademoiselle* bislang zu verbergen vermocht haben." Die Modistin blickte auf das Kleid, in dem Charity angekommen war, als wäre es ein totes Tier am Wegesrand.

„Da sind wir uns einig", sagte Marianne. „Was uns zum nächsten Punkt auf unserer Liste bringt. Heute Nachmittag gehen wir zu Signore Antonio."

„*Bien sûr*. Er ist der Beste", stimmte Madame Rousseau ihr zu.

„Wobei?", fragte Charity.

„Beim Frisieren." Als sie Charitys entsetzten Blick sah, sagte die Modistin stirnrunzelnd: „Gewiss haben Sie nicht vor, zu meiner Kreation",—sie fuchtelte mit der Hand in Richtung Charitys Dutt—„*das hier* zu tragen. Es wäre, als reichte man englischen Wein zu französischen Speisen, es wäre eine Beleidigung der Kunst."

„Er wird nur hier und da ein paar Strähnchen schneiden", versicherte ihr Helena. „Mach dir keine Sorgen, wir lassen den Signore schon nicht zu eifrig ans Werk gehen."

Charity nickte zögerlich. Jetzt war sie schon so weit gegangen...

Madame Rousseau schnippte nach einer Assistentin, die Charity wieder in ihre alten Kleider half. Eine weitere Gehilfin sammelte das Brautkleid, das Reisekleid und die Unterkleider auf, die zu Charitys Brautausstattung gehörten. Charity biss sich auf die Lippe, als sie alles so aufgehäuft sah: Percy war viel zu großzügig gewesen. Als ob sie ihre Unruhe spürte, zwinkerte Percy und legte sich einen Finger auf die Lippen. Dann folgte sie der Modistin aus dem Ankleidezimmer, ehe Charity etwas sagen konnte.

„Setz dich", sagte Marianne. „Helena und ich möchten ein wenig mit dir plaudern."

Charity leistete Folge. „Was möchten Sie denn bereden?"

Marianne glättete die Röcke ihres weiß-grün gestreiften Ausfahrkleids. „Es geht nicht so sehr darum, was *wir* bereden möchten, sondern welche Fragen *du* vielleicht uns stellen möchtest."

Charity zwinkerte. „Äh, Fragen?"

Helena beugte sich nach vorne. „Die Sache ist doch, Liebes, du bist mutterlos aufgewachsen. Und die Mamas sind üblicherweise diejenigen, die einer jungen Lady Rat in... ehelichen Angelegenheiten geben." Die Marquise machte eine Pause, während Charity begriff und ihre Wangen heiß wurden. „Marianne und ich möchten dir Gelegenheit geben, deinen Sorgen und deiner Neugier Ausdruck zu verleihen. Da wir ja beide verheiratet sind, können wir dir... äh, Auskünfte geben, die dir in deiner Hochzeitsnacht vielleicht hilfreich sein könnten."

„Es gibt kein besseres Aphrodisiakum als Wissen", sagte Marianne.

„Was ist ein Aphrodisiakum?", fragte Charity.

Marianne schenkte Helena einen amüsierten Blick. „Sie hat noch viel zu lernen."

Im Verlauf der nächsten halben Stunde begriff Charity, dass ein wahreres Wort noch nie zuvor gesprochen worden war. Da sie ein vernünftiges Wesen war, hörte sie aufmerksam zu, während ihr die Tatsachen des Ehelebens vermittelt wurden. Am Ende der Lektion hatten alle drei tief rote Wangen.

„Nun", sagte Marianne, während sie sich Luft zufächelte, „ich glaube, nun bist du die aufgeklärteste Jungfrau des Abendlandes. Noch Fragen?"

Charity drehte sich der Kopf. Doch sie konnte nicht leugnen, dass ihr neu erlangtes Wissen ihre Sorgen beschwichtigte… und ihr Mut gab, sich den bevorstehenden Intimitäten zu stellen. Sie hatte sich ohnehin schon vorgenommen, die bestmögliche Gemahlin zu sein, nun hatte sie ein paar konkrete Mittel, wie sie das bewerkstelligen konnte.

Zu viele Werkzeuge kann man gar nicht in seinem Handarbeitskorb haben, dachte sie nüchtern.

„Danke", sagte sie. „Ich glaube, ich habe alles begriffen."

Lady Helena lachte. „Der arme Mr. Fines wird gar nicht wissen, wie ihm geschieht."

* * *

„Aufgeregt?", sagte Nicholas leise. „Mach dir keine Sorgen—das ist ganz normal."

„Ich bin nicht aufgeregt", murmelte Paul.

„Dann schlage ich vor, du zappelst nicht mit dem Fuß wie eine Debütantin vor dem ersten Tanz."

Verflucht. Paul zügelte seinen Fuß. Seine Nerven ließen sich jedoch nicht so einfach bändigen. Nun, wie konnte es auch anders sein, seine eigene Hochzeit stand unmittelbar bevor.

Das Morgenlicht fiel in den elegant ausgestatteten Salon der Hartefordschen Stadtresidenz. Sie hatten den Raum für den Anlass mit Blumen und Bahnen aus weißem Flor geschmückt. Der enge Kreis der Freunde und Verwandten saß mit dem Blick nach vorne gerichtet, nämlich auf ihn, Nicholas und den Pfarrer. Seine Mutter und Percy winkten ihm aus der ersten Reihe zu. Zur Antwort brachte er ein Nicken zustande.

Neben ihm stand der beleibte Pfarrer in seinem Talar und lächelte wohlwollend—ja, sollte er nur lächeln, bei der Unsumme, die Paul für die Sondergenehmigung ausgegeben hatte. Er hatte darauf bestanden, sie Nick zurückzuzahlen, denn der hatte ihm schon einen großen Gefallen damit getan, seinen guten Namen für die Eilgenehmigung einzusetzen.

Eilgenehmigung.

Aus dem Nichts flüsterte eine Stimme in seinem Kopf: *Handle in Eile, bereue mit Weile.*

Verflucht, seit wann führte er denn seine Selbstgespräche in Aphorismen? Die Unruhe in ihm wuchs. Sein Magen, der bis auf eine hastig getrunkene Kanne Kaffee noch nüchtern war, rumorte unbehaglich.

„Ganz ruhig, mein Junge. Geheiratet wird jeden Tag irgendwo", murmelte Nicholas.

Gewiss, aber es war ja nicht irgendein armer Narr, der hier gerade stand—sondern *er*. Er, Paul Fines, der in seinem Leben noch nichts richtig gemacht hatte, war im Begriff, sich einem jungen, unschuldigen Mädchen zu versprechen, die offensichtlich nicht wusste, worauf sie sich einließ. Zwar hatte er sie ein- oder zweimal gerettet. Doch er hatte sie ebenso oft in Schwierigkeiten gebracht. Sie kamen ganz gut zurecht und genossen es, zusammen zu sein. Doch er hatte sie auch mehr als einmal aufgebracht und würde sie auch in Zukunft verärgern, denn dafür hatte er offenbar ein Talent.

Sie zu küssen war also die heißeste, sinnliche Erfahrung seines Lebens?

Er sollte sich doch beherrschen, oder? Hatte er sich das nicht vorgenommen? Sie von einer Heirat überzeugen (erledigt), ihr ein guter Gemahl sein (nun, das war noch fraglich), und sich vor allem beherrschen (da war er sich im Moment gar nicht sicher). Die Erkenntnis traf ihn wie eine Ohrfeige: Er war so darauf aus gewesen, um Charity zu werben, dass er sich nur um den ersten Punkt auf seiner Liste gekümmert hatte.

Und nun galt es, die anderen beiden Erfordernisse zu erfüllen.

Was, wenn er alles verdarb? Ein Ehemann war er ja noch nie zuvor gewesen.

Schlimmer noch, was, wenn sich sein garstiges, kopfloses Wesen wieder in ihm regte? Die Sache mit Rosalind hatte ihn fast umgebracht; einen derartigen Wahn konnte er nicht nochmals durchleben. Außerdem wollte er Charity nicht seinem wahren, wahnsinnigen Wesen aussetzen.

Und was, wenn es ihm nicht gelangt, Sparkler's über Wasser zu halten? Was, wenn er beim Boxen scheiterte? Was, wenn er sich letztlich... ihrer unwürdig erwies?

Wenn sie erst einmal verheiratet waren, war sie an ihn gekettet. Dies hier war keine formlose Angelegenheit, die man einfach beenden konnte —es galt, *bis dass der Tod uns scheidet.*

Vermaledeite, gottverfluchte, verflixte *Hölle.* Er widerstand dem Bedürfnis, sich die Haare zu raufen, die sein Kammerdiener mit so großer Mühe für diesen Anlass gebändigt hatte. Ebenso wie dem Bedürfnis, Hals über Kopf durch die Doppeltür zu türmen. In die Freiheit und dann... was? Die Frage hielt ihn zurück.

Wo würde er denn hingehen? Was hatte er denn Wichtiges zu tun?

Was für einen besseren Ort gab es denn für ihn... als hier?

Hier, wo er sich seiner Verantwortung stellte, seiner Zukunft als Mann.

Hier, im Schoße seiner Familie und Freunde.

Hier, wo er das Mädchen erwartete—nein, die *Frau*, denn bei ihren Küssen hatte sie sich fürwahr als solche erwiesen—deren ruhiger Charme und süße Treue ihm Sinn und Beständigkeit versprachen, ja vielleicht sogar Glück.

Unter seinem taubengrauen Morgenjackett beruhigte sich sein Herzschlag. Der Drang zu fliehen verebbte. Zweierlei wurde ihm schlagartig bewusst: Ja, er war in der Tat aufgeregt... und er hatte diese Aufregung soeben bezwungen, wie es ein vernunftbegabter Mann eben tat. Er, Paul Fines, hatte sich *vernünftig* verhalten. Die Erleichterung fühlte sich frisch und kühl an. Vielleicht waren seine Probleme doch nicht so hoffnungslos, wie er glaubte. Vielleicht konnte er sich unter Charitys beständigem Einfluss zum Besseren wandeln.

Er würde arbeiten, Sparkler's über Wasser halten. Er würde angestrengt für das Turnier üben und die Meisterschaft der Fancy gewinnen. Er würde jedermann beweisen—einschließlich sich selbst —dass er kein Hochstapler war, sondern ein echter Sieger, in jeder Hinsicht.

Die Türen öffneten sich und Paul stockte der Atem. Diesmal nicht vor Angst... sondern Erstaunen.

Gütiger Himmel, was war nur mit Charity geschehen?

Als sie den Saal betrat, rauschte ein Raunen durch das versammelte Publikum. Er blinzelte, doch das bezaubernde Wesen löste sich nicht in Luft auf—obwohl das durchaus möglich schien, denn sie bestand ja offenbar aus Mondlicht und Blumen, und ihre Augen funkelten in allen möglichen zauberhaften Schattierungen. Aber nein, diese Nymphe des Waldes und der Bäche schritt auf ihn zu, ihr glänzendes welliges Haar mit güldenen Blättern geschmückt, ihr Teint taufeucht wie eine Schneeflocke am Tagesanbruch. Ihr Kleid brandete mit sanfter Sinnlichkeit um ihre Sylphengestalt, und sein Herz begann wild zu trommeln.

War dies wirklich seine Braut?

Sie gelangte an seiner Seite an. „Hallo, Mr. Fines."

Ihr Gruß, in dem ein Hauch süßester Unsicherheit lag, bestätigte ihm, dass es *tatsächlich* seine Charity war. So sehr ihre verborgenen Tiefen ihn auch bezaubert und erregt hatten, hatte er sie sich doch nie so vorgestellt. Es war nicht wirklich eine Verwandlung—eher eine Offenbarung ihres wahren Selbst. Ein Enthüllen. Sie war noch immer keine klassische Schönheit... sie war so viel mehr.

Strahlend, von innen und außen.

„Hallo, Süße", sagte er ehrfürchtig.

Er hörte ein Grummeln, riss seinen Blick von seiner Braut los und blickte auf den Mann, an dessen Arm sie hereingeschwebt war. Wenn er noch weitere Beweise brauchte, dass seine Feenprinzessin wirklich Charity war, brauchte er nur auf den Troll an ihrer Seite sehen. Uriah Sparklers Ausdruck war so schwarz wie sein schlecht sitzender Anzug. Er sah so aus, als rüstete er sich eher für das Weltenende als den frohen Anlass der Hochzeit seiner Tochter.

„Können wir beginnen?", fragte der Pfarrer.

Pauls Augen kehrten zu Charity zurück und ihr schüchternes Nicken verbannte, was noch von seinen Sorgen übrig war. Was auch immer die Zukunft für sie bereithielt, gemeinsam würden sie es meistern. Er nahm ihre Hand, und ihre Finger verschränkten sich in seine.

Der Pfarrer räusperte sich, öffnete sein ledergebundenes Messbuch und sprach die schicksalhaften Worte.

„Verehrte Anwesende, wir sind hier heute unter den Augen Gottes und vor diesen Zeugen versammelt, um diesen Mann und diese Frau im heiligen Bund der Ehe zu vereinen..."

Kapitel 18

Die Hochzeitszeremonie und das Festmahl vergingen für Charity wie in einem Rausch. Obwohl sie normalerweise Aufmerksamkeit vermied, machte es ihr heute nichts aus, die Glückwünsche und Komplimente zu ihrem Aussehen entgegenzunehmen. Das lag zum Teil daran, dass sie von ihren liebsten Freunden kamen, aber vor allem, dass sie nicht alleine auf dem Präsentierteller stand. Ihr Gemahl stand an ihrer Seite. Manchmal war sie versucht, sich selbst zu kneifen, um sich zu vergewissern, dass sie nicht träumte.

Aber nein, sie bildete es sich nicht nur ein. Seine Hand lag wirklich warm um ihre Taille, während sie zusammen die Gäste empfingen. Und mitten während des Mahls hatte er sich tatsächlich zu ihr hinüber geneigt und ihr ins Ohr geflüstert: „Habe ich Ihnen schon gesagt, wie schön Sie sind, Mrs. Fines?" Eine weniger vernünftige Lady wäre vielleicht in Ohnmacht gefallen und mit dem Gesicht im Spargelsoufflé gelandet. Jedenfalls errötete sie derart, dass Mr. Bellinger, einer der Wüstlinge aus dem Freundeskreis ihres Gemahls, ausrief. „Ei der Daus, die Braut wird ganz rot, und die Hochzeitsnacht hat noch gar nicht begonnen! Ich sagte ja schon immer, du hast einen unverschämten Dusel, Fines! Ein Toast—auf dein großes Glück!"

Bei all den Toasts und Verabschiedungen— einschließlich einer tränenreichen Umarmung von ihrer Busenfreundin und eines steifen Nickens von ihrem Vater—war es schon Nachmittag und sie und Mr. Fines zogen sich in ihre Reisekleidung um und stiegen in eine Kutsche, um sich auf den Weg in ihre einwöchige Hochzeitsreise zu machen. Zum Glück lag ihr Ziel nur ein paar Stunden entfernt; als Hochzeitsgeschenk hatten die Kents ihnen einen Aufenthalt in ihrem Landhaus in der malerischen Landschaft von Berkshire angeboten.

Charity bemerkte kaum, wie die Zeit verging, denn Mr. Fines unterhielt sie die ganze Fahrt über mit seinem scharfen Witz und amüsanten Anekdoten. Sie zu necken schien ihm dabei die meiste Freude zu machen. Er schaffte es, sie zum Erröten und zum Kichern zu bringen und sie hatte auch ein- oder zweimal gewagt, schlagfertig dagegen zu halten. Wo war denn die unbeholfene, besonnene Charity Sparkler hin? Nun, sie war ja nicht mehr Charity Sparkler, nicht wahr? Sie war jetzt Charity Fines.

Mrs. Paul Fines.

Ihre Freude war wie der süße Schmerz einer geöffneten Geschwulst. Jahre der verzweifelten Sehnsucht waren nun vorüber. Nun, *fast*. Sie war völlig von der Tatsache eingenommen, die die ganze Reise über in ihrem Bewusstsein gehangen war—nämlich, dass sie alleine, verheiratet und auf dem Weg zu ihrer Hochzeitsnacht waren. Und ihm ging es vielleicht auch so, denn es legte sich eine plötzliche Spannung über die Kutsche. Sie konnte das Donnern der Pferdehufe kaum von ihrem Herzschlag unterscheiden.

Der Rat, den sie zu ihrer Hochzeitsnacht erhalten hatte, hallte in ihrem Kopf wider.

„Sei du selbst", hatte Helena gesagt. „Sei ehrlich und verhehle deine eigenen Sehnsüchte nicht."

„Gentlemen wollen begehrt werden", hatte Marianne gesagt. „Und da gibt es eine einfache Daumenregel: Was auch immer dir gut tut, wird auch ihm gut tun."

Charity war nie prüde gewesen, und das Gespräch hatte sie in dem Glauben bestätigt, dass der Akt der körperlichen Liebe das Band der Ehe stärken konnte. Und sie sehnte sich danach, Mr. Fines so nahe wie möglich zu sein. Miss Drummond mochte die Liebe seines Herzens und seiner Seele gestohlen haben, doch sie, Charity, hatte ja ganz gute Aussichten, den Rest von ihm zu erobern. *Mehr als* gute Aussichten hatte er gesagt. Sie schlug die Wimpern zu ihm auf, blickte auf seine männliche, anmutige Gestalt. Er war so schön, dass ihr das Herz wehtat.

„Was ich gäbe, Ihre Gedanken lesen zu können, Süße", sagte er mit einem müßigen Lächeln. „Oder habe ich Sie mit meinem Geschwätz ermüdet?"

„Ich werde es nie müde werden, Ihnen zuzuhören", sagte sie.

„Da habe ich ja großes Glück." Die rauchige Note seiner Stimme ließ sie schaudern. „Doch sehen Sie sich vor, Süße; Ihre zuckrigen Worte könnten mir zu Kopfe steigen—und dann kann nichts mehr meine begnadete Zunge im Zaum halten."

Himmel. Das Kutscheninnere wurde drückend heiß. Sie befeuchtete sich die Lippen.

Seine Augen folgten der Bewegung und wurden schwer und sinnlich.

In diesem Augenblick wurde die Kutsche langsamer.

„Gerade jetzt, wo es interessant wird", sagte er mit einem kecken Augenzwinkern.

Fürwahr.

Der Kutscher öffnete den Schlag und Mr. Fines stieg zuerst aus, half ihr hinab. Als ihre

Stiefeletten den Kiesweg betraten, sah sie sich um und japste vor Vergnügen.

„Wie wunderschön", rief sie aus.

„Ja", sagte er, und blickte dabei sie an.

Der Gegenwart des Kutschers nur allzu bewusst senkte sie den Kopf und ging weiter. Mr. Fines erreichte das Gartentor vor ihr, öffnete es für sie, und als sie durch den Gitterbogen voller gelber Rosen trat, sogen all ihre Sinne den Zauber des Kentschen Landhauses in sich auf. Ein rustikaler, verfallener Charme ging von dem gemütlichen, mit Efeu überwucherten Heim aus. Seine heiteren Fenster blickten über ungeschnittene Hecken, und eine Symphonie von Grillen und Vögeln begleiteten die immer tiefroter werdende Abenddämmerung.

Während Mr. Fines dem Stallknecht Anweisungen gab, was wo hinzubringen war, erkundete Charity das Anwesen und fand das Innere genauso gemütlich und heimelig. Außer einer Küche hatte das Landhäuschen auch eine Stube mit plüschigen Möbeln, die zum Hinsetzen und Entspannen einluden, eine kleine Essecke und drei Zimmer. Der Anblick des großen

Himmelbetts im Schlafzimmer brachte ihren Magen zum Flattern.

Alles schön der Reihe nach, sagte sie sich selbst.

Sie streifte sich die Handschuhe ab. Ihr schlichter goldener Ehering fing die letzten Sonnenstrahlen des Tages ein. Er glänzte weich, ein Versprechen dessen, was vor ihr lag. Mr. Fines trug eine passende, breitere Ausführung des Rings. Mit einem sehnsüchtigen Lächeln legte sie ihren Beutel auf den Frisiertisch, ehe sie in die Stube zurückkehrte. Ihr Gemahl stand neben dem Esstisch und besah sich den großen Weidenkorb darauf. Er überreichte ihr eine zusammengefaltete Nachricht.

„Hab ich auf dem Esstisch gefunden", erläuterte er.

„Liebes Ehepaar Fines", las sie vor, insgeheim verzückt von der Anrede, *„ich hoffe, Sie finden alles zu Ihrer Zufriedenheit vor. Mr. Kent und ich haben hier schon viele glückliche Stunden verbracht und wir wünschen uns von Herzen, dass auch Sie hier den Zauber von Chudleigh Crest erleben. Ich habe angeordnet, dass ein Mädchen vom Dorf Ihnen Ihre Mahlzeiten bringt*

und sich um den Haushalt kümmert. Jungverheiratete sollten sich um nichts als einander sorgen müssen."

Sie hielt inne und warf Mr. Fines einen raschen Seitenblick zu. Dieser lächelte amüsiert.

Sie las weiter. *„Sollte Ihnen das Landhaus langweilig werden, gibt es in den Läden am Ende der Gasse köstliche Rosenblattkonfitüre und einen überraschend guten Hutmacher (ich verlasse die Ortschaft nie ohne ein halbes Dutzend Hüte). Von Mr. Kent soll ich hinzufügen, dass es Wichtigeres im Leben gibt als Einkaufen —als Mann ist er eben dieser Meinung. Vielleicht würde es Ihnen ja gefallen, die nahe gelegenen Parks und den Bach zu erkunden, wo die Dorfbewohner gerne angeln. Damit verabschieden wir uns und wünschen Ihnen einen wunderbaren Aufenthalt. Ihre Kents."*

„Wie aufmerksam von den beiden", murmelte Charity.

„Ich würde sagen", sagte Mr. Fines mit einem Blick in den Korb, „dass es hier genug Essen gibt, um ein Heer zu versorgen. Hunger?"

Sie schüttelte den Kopf. „Das Hochzeitsmahl war recht üppig."

„Nach Essen ist mir auch nicht." Er streckte die Hand aus und fasste ihre Wange. Seine Berührung weckte jeden einzelnen Nerv in ihr. „Was möchten Sie tun, meine Liebe? Wir könnten aufbleiben und noch ein wenig plaudern. Oder vielleicht wollen Sie", murmelte er, „nach der langen Reise zu Bett gehen?"

Er gab ihr die Wahl.

Mit trommelndem Herzen sagte sie: „Ich glaube, ich bin bereit, mich zurückzuziehen."

Er nahm ihre Hand so lässig, als gingen sie jeden Abend zusammen zu Bett. „Gut, dann komme ich mit und mache mich als Zofe nützlich, oder?"

Kapitel 19

Paul schloss die Tür zum Schlafgemach und fühlte die Vorfreude in seinem Blut noch weiter hochköcheln. Den ganzen Tag über schon hatte Charitys Nähe seine Sinne gefoltert—ihr reiner Geruch in seiner Nase, ihr weiche Taille unter seiner Hand. Und allein mit ihr in dieser Kutsche? Sein pausenloses Geschwätz hatte nicht nur dazu gedient, sie zu entspannen, sondern auch sich selbst zu zügeln, sich davon abzuhalten, das zu tun, wonach ihm eigentlich war.

Denn er hatte Vorsätze gefasst, und die sahen nicht vor, dass er die Röcke seiner Braut nach oben warf und gleich in der Kutsche ans Werk ging. So viel Anstand hatte er noch.

Er bemerkte, wie Charitys Blick zum Bett huschte und verkniff sich ein Lächeln. Das arme Mädchen musste ja ein wahres Nervenbündel sein. Er empfand ja selbst leichtes Unbehagen, was schlichtweg lachhaft war. Obwohl er mit Jungfrauen nicht viel Erfahrung hatte—nun, im Grunde gar *keine*—wusste er so ziemlich alles über weibliche Wollust. Mit der eigenen Frau ins Bett zu steigen, war eine eheliche Pflicht, der er sich zuversichtlich stellen konnte. Bislang hatte Charity mit ihm nur vollständig bekleidete Lust im Stehen erlebt; sie hatte keine Vorstellung davon, wie geschickt er unter günstigeren Umständen war. Was er tun konnte, wenn er sie erst einmal nackt und waagrecht unter sich hatte...

Sein Blut wurde noch heißer. In seinen Lenden begann ein eifriger Puls zu schlagen.

Alles schön der Reihe nach.

„Aufgeregt, Schatz?", fragte er sanft.

„Ein wenig. Ich bin es nicht gewöhnt, mit einem Gentleman allein in einem Schlafgemach zu sein."

„Lediglich in Bibliotheken und Pavillons", lächelte er.

„Nur mit Ihnen, Sir."

„Das freut mich zu hören." Er schlang einen Finger um eine ihrer offenen Locken und zupfte sanft daran. „Eigentlich sind wir doch schon meilenweit über Förmlichkeiten hinaus. Nenn mich Paul, in Ordnung?"

„Paul", sagte sie zittrig.

„Charity", flüsterte er in Erwiderung. „Nun sei so lieb und dreh dich um, damit ich dir mit deinem Kleid helfen kann."

Mit rosigen Wangen gehorchte sie ihm und er machte sich an den Haken am Rückenteil ihres Kleides zu schaffen. Seine Fingerknöchel fuhren die elegante Krümmung ihrer Wirbelsäule entlang und als sie schauderte, rollte Genugtuung durch ihn wie eine Welle. Ihre Erwiderung auf ihn *verzückte* ihn. Er hatte sich vorgenommen, ihr heute Abend den Mantel der jungfräulichen Sittsamkeit sachte abzunehmen und ihre innere Flamme noch weiter anzufachen.

Plötzlich drängte sich ihm ein Bild auf: Charity, ihr glänzendes Haar über die Bettdecke ausgebreitet, wie sie ihren schlanken weißen Rücken aufbäumte, während er sie vernaschte, sie leckte, bis sie an seinen Lippen kam... er musste sich ein Stöhnen verkneifen.

Nichts überstürzen, Mensch. Denk daran, wie unschuldig sie ist. Schön langsam.

Er holte Atem und richtete seine Aufmerksamkeit darauf, ihr Kleid und Korsett zu öffnen, anstatt seine frisch Angetraute mit den fortgeschrittenen Aspekten des Liebesspiels zu verschrecken. Es war wichtig, dass er alles richtig anging, denn diese erste Nacht sollte ganz der Rücksicht und Zärtlichkeit gewidmet sein. Später, in ein paar Monaten vielleicht, konnte er sich in gewagtere Gefilde vorarbeiten. Nun aber erst einmal das Grundlegende. Nachdem er die letzte Kordel gelöst hatte, drehte sie sich um und hielt ihre Kleidung an ihren Körper gedrückt.

„Den, äh, Rest schaffe ich schon alleine", sagte sie.

„Ruf mich, wenn du mich brauchst", sagte er.

Sie nickte und huschte hinter ihren Paravent. Er machte sich auf den Weg zum Raumteiler auf der anderen Seite des Zimmers und begutachtete den Inhalt seines Koffers; er reiste selten ohne einen Kammerdiener, doch Bromley wäre auf dieser Reise ein fünftes Rad am Wagen gewesen. Gewisse Opfer musste er also erbringen. Paul zog sich aus und hielt dann inne, um seine Möglichkeiten in Sachen Bettgarderobe abzuwägen.

Normalerweise warf er sich einfach einen Morgenmantel über und behielt den bis zur Schlafenszeit an. Dann legte er den auch noch ab, denn er schlief gerne so, wie Gott ihn erschaffen hatte. Doch jetzt galt es, Rücksicht auf Charity zu nehmen. Gewiss übten Gentlemen ihre Aktivitäten in der Hochzeitsnacht nicht splitternackt aus. Ein Blick nach unten auf seine wippende Ausstattung bestätigte seine Ahnung: der Übereifer seines besten Freundes da unten würde eine wohlerzogene Jungfrau gewiss verstören.

Mit einem gepeinigten Seufzer zog er ein weites Nachthemd über den Kopf und den Morgenmantel darüber.

Er kam hinter dem Raumteiler hervor—und kam abrupt zum Stehen, als wäre er gegen eine unsichtbare Wand geprallt. Was ihn kaum mehr erschreckt hätte als der Anblick vor ihm.

„Heilige Mutter Gottes", hauchte er.

Seine verschämte Braut fragte: „Sehe ich, ähm, passabel aus?"

Ausnahmsweise einmal fehlten ihm die Worte. Es war, als hätte sie ihm einen schnellen Aufwärtshaken verpasst. Er sah Sterne, und als die sich verzogen, hatte er die Vision immer noch vor Augen: eine sinnliche Nymphe. Ihr offenes Haar fiel ihr ungezähmt um das anmutige Gesicht, ihre schlanke Gestalt steckte in einem Unterkleid aus blattgrüner Seide. Auf jeder ihrer nackten Schultern ruhte eine kirschrote Satinschleife wie ein Schmetterling. Sie schienen das Einzige zu sein, was diesen ärmellosen, rückenfreien Fetzen Skandal befestigte.

„Die Schneiderin sagte, das ist in Paris zur Zeit der letzte Schrei", sagte sie, ihre Wangen so rosig wie die Schleifen, „und Percy bestand darauf, dass ich so eines habe. Aber ich habe mein altes Nachtgewand auch dabei. Ich gehe mich rasch umziehen—"

Mit einem Satz war er bei ihr, fasste mit der Hand ihren Nacken, um sie an der Flucht zu hindern. „Den Teufel tust du, Schatz. Und um Gottes willen, erwähne in so einem Moment nicht meine Schwester. Nicht, wenn ich bei deinem Anblick so aufgezogen bin wie ein Uhrwerk, und es mich schon schmerzt, dich bloß anzusehen."

Ihre langen, geschwungenen Wimpern hoben sich zu ihm. „Schmerzt... es denn auf gute Art und Weise?"

„Einen süßeren Schmerz habe ich noch nie gekannt", sagte er leidenschaftlich. „Gott, *sieh* dich doch nur *an*."

Er konnte nicht anders, fuhr mit der Hand über ihren Nacken hinab zu der geschmeidigen Linie ihres Rückens, die das Negligee offenbarte. Wie herrlich. Ihre Haut, stellte er ehrfürchtig fest, war weicher als alles, was er je zuvor berührt hatte.

Seine Finger glitten in die entzückende Kuhle über ihrem Steiß. Mit einer wendigen Bewegung hob er sie hoch und legte sie auf das Bett.

Dann starrte er sie ehrfürchtig an.

Ihre welligen, nussbraunen Flechten breiteten sich wie ein Fächer über das Bettlaken. Ihr Busen hob und senkte sich unter ihrem tiefen Ausschnitt, ihre steifen Brustwarzen zeichneten sich gegen die dünne Seide ab. Bei diesem erotischen Anblick schwoll sein ohnehin schon steifer Schwanz zu neuen Ausmaßen an. Gott, er hatte sie ja noch kaum berührt.

Behalte die Partie im Griff. Lass dich nicht schon in der verfluchten ersten Runde außer Gefecht setzen.

„Hab keine Angst, Liebes." Er beugte sich hinunter und ließ seine Lippen über den pochenden Puls ihrer Kehle, die unwiderstehlichen Kuhlen über ihrem Schlüsselbein gleiten. Als ihr Atem stockte, murmelte er: „Wir gehen es langsam an. Wir haben die ganze Nacht."

„Eigentlich... äh, könnten wir vielleicht etwas schneller machen?"

Sein Kopf fuhr hoch. Und wie sie das konnten.

„Die Wahrheit ist... ich warte schon den ganzen Tag darauf, dass du mich wieder küsst", sagte seine Frau schüchtern.

Damit entriss sie ihm die Zügel seiner Selbstbeherrschung. Keine zehn Pferde konnten ihn nun noch aufhalten. Mit einem Ächzen nahm er sich, was ihm von Rechts wegen zustand.

Ihr Mund begegnete seinem, offen und heiß. Köstlich. Es war erst ihr dritter Kuss, und doch passten sie schon zusammen, als hätten sie es schon hundertfach getan. Tausendfach. Ihres Geschmacks würde er nie satt werden, so heiß und rein, als tränke er Sonnenschein. Ihre Finger verfingen sich in seinem Haar und ihre süße, eifrige Berührung erregte ihn mehr als sämtliche geübten Zärtlichkeiten, die er zuvor erfahren hatte. Die Vergangenheit verblasste. Es gab nur noch das Hier und Jetzt. Nur Charity, seine Gemahlin, deren ungekünsteltes Feuer ihn bei lebendigem Leib verzehrte.

Er löste sich von ihr, um ihren Hals hinab zu küssen. Er leckte ihr offenes Dekolleté und hörte wieder dieses leise Stocken, das kleine Geräusch, das ihm bestätigte, dass er alles richtig machte. Er legte seine Hand um eine seidenbedeckte Brust. Sein Blut rauschte bei der zierlichen Fülle. Als sein Daumen den nicht gerade spärlichen Nippel berührte, machte sie ein kleines Geräusch, ein Stöhnen, ein Seufzen, Musik in seinen Ohren. Also tat er es erneut. Und immer wieder, bis sie sich der Zärtlichkeit entgegen krümmte und er wusste, dass sie für mehr bereit war.

Er neigte sich hinab und saugte durch die Seide hindurch an ihr.

„Meine Güte", keuchte sie.

„Gefällt dir das, Liebes? Und das hier?" Er umfuhr den steifen kleinen Gipfel mit der Zunge.

Ihre Finger gruben sich in seine Kopfhaut; ihr Kopf kippte nach hinten auf die Kissen.

Mit dieser Antwort zufrieden, löste erst eine Kirschschleife, dann die zweite. Es war, als öffnete er ein Geschenk... und was für ein Geschenk. Er warf die grüne Seide beiseite, sein Blick schwelgte in jedem sinnlichen Detail. Ihre milchige, sanft errötete Haut. Die hübsche, sachte Wölbung ihrer Brüste, ganz im Gegensatz dazu die selbstbewusst hervorstehenden rosigen

Brustwarzen. Ihre winzige Taille, ihre sanften Hüften. Und gleich darunter...

Sein Blut pochte in den Adern. Als ob er sein Ziel erahnte, bohrte sich sein Schwanz wie eine eiserne Lanze in sein Nachthemd. Verflucht, sie hatte das *reizendste* Kätzchen, muskatnussfarbene Locken gegen ihre bleichen Schenkel. Ihm lief das Wasser im Munde zusammen.

Er fuhr mit der Hand ihre Hüfte entlang und sagte: „Du bist wunderschön."

„Da bin ich erleichtert", erwiderte sie atemlos. „Nun, da du dich sattgesehen hast... darf ich auch mal?"

Zur Hölle, das durfte sie.

Ihre Neugier entrückte ihn. Er kam neben ihr auf die Knie, machte mit seinem Morgenmantel kurzen Prozess und riss sich das abscheuliche Nachthemd über den Kopf. Mit großen Augen studierte sie seine nackte Gestalt, ihr Blick fühlte sich an wie eine Berührung, wanderte von seinem Gesicht über seine Schultern und Brust, über die zuckenden Bauchmuskeln, bis hin zu seinem Schwanz. Ihre Augen wurden noch größer, und er begriff, warum: das geile Monster war im Augenblick gewaltig groß, der Schaft pochte dick, die dunkle Spitze war geadert—und, verflucht, seine Eichel weinte vor Erregung.

Bei einer erfahrenen Frau würde so ein bereites Glied Vorfreude wecken, doch bei einer Jungfrau in der Hochzeitsnacht? Was zum Teufel *dachte* er sich nur?

„Oh, Paul." Ihre bebende Stimme ließ ihn hastig nach seinem Morgenmantel tasten. „Du bist so… so" —seine Finger fanden das verfluchte Kleidungsstück— „…*prächtig*."

Seine Hand erstarrte.

„Wie eine Statue", sagte sie. „Nur noch erlesener, denn obwohl du aus Fleisch und Blut bist, hast du keine Mäkel."

Tatsächlich. Ihm schwoll die Brust.

Dann fiel er über sie her wie ein gieriger Wolf.

Seine Lippen schlossen sich um ihre Brustwarze, nahmen sie diesmal tief in den Mund. Sie packte seine Schultern fester, während er die süße Knospe mit der Zunge schnalzte und dann noch ein wenig mehr nuckelte. Ihr Stöhnen zeigte ihm an, dass es ihr gefiel, und bei Gott, wie es ihm gefiel. Er küsste ihre zarte Brust überall, ehe er sich auf die andere Seite hinüberarbeitete, wo ihr entzückender Zwilling auf ihn wartete.

Mit einem glücklichen Seufzer schenkte er der zweiten Titte ähnliche Aufmerksamkeit, während er mit den Fingern an der anderen Brust zupfte und spielte. Als sie sich rastlos unter ihm regte, wusste er, dass er weiter gehen konnte. Also küsste er sie heiß und tief, während seine Finger über die anmutigen Rillen ihres Brustkorbs und das weiche Tal ihres Bauchs glitten. Er tupfte mit dem Finger in ihr seidiges Nest und stöhnte bei dem, was er da vorfand.

Sie war bereits feucht, völlig durchnässt, und heißer als Höllenfeuer.

Ihr jungfräulicher Instinkt musste sich wohl gemeldet haben, denn ihre Schenkel schlossen sich. Das machte nichts. Zwischen diesen zwei seidigen Beinen eingesperrt war seine Hand genau da, wo er sie haben wollte.

„Das tut nicht weh, Süße", murmelte er. „Wenn du mich lässt, kann ich dir sogar ausgesprochen gut tun. Glaubst du mir?"

Ihre Augen sahen ihn so vertrauensvoll an.

„Ja", flüsterte sie, und ihre Beine entspannten sich.

„Braves Mädchen. Du sollst dich nie davor fürchten, was zwischen uns geschieht." Er fand ihren Kitzler, und als er die volle Knospe gemächlich neckte, stockte ihr der Atem. „Das ist schön, nicht wahr? Das ist deine Perle, und was für ein herrliches Juwel sie ist. Wie fühlt es sich an, wenn ich sie so streichle?"

Ihr kehliger Seufzer sandte ein Schaudern in seine Erektion.

„Und was ist hiermit?"

Ihre Hüften wanden sich, ihre Scheide drückte sich seiner Hand entgegen. „Oh, Paul..."

„Allmächtiger, das ist gut", hauchte er. „Ich glaube, du bist bereit für mehr."

Er glitt mit dem Finger in ihre Falten und zwischen ihre schüchternen, feuchten Schamlippen. Als er ihren Eingang fand, schlug ihm das Herz heftiger und sein Schwanz sickerte noch mehr. Bei den Göttern, war sie eng. Schweiß trat auf seine Stirn, während er sich weiter vorwagte, mit der Spitze seines Mittelfingers in sie eindrang. Als sie sich verkrampfte, saugte er wieder an ihren Brustwarzen. Binnen weniger Augenblicke war sie entspannt genug, dass er seinen Finger in sie sinken lassen konnte.

Pulsierende Hitze packte ihn.

Mühevoll beherrscht raspelte er: „Gut so, Schatz?"

„Ja, ich denke schon." Ihr Blick war glasig.

Behutsam und zärtlich befingerte er sie. Ihr fließender Tau bereitete ihm den Weg, brachte seine Lunge vor Erwartung zum Brennen. Er nahm keinerlei Anzeichen wahr, dass es ihr unangenehm war, also fuhr er tiefer hinein, nahm noch einen Finger hinzu. Seine Begeisterung schwang sich in noch größere Höhen, als sie begann, ihre Hüften zu bewegen, als ihr Kätzchen sein Eindringen mit solch süßer, schwelgender Hingabe aufnahm, dass er wusste, dass sie für sein Glied bereit war.

Doch zuerst wollte er dabei zusehen, wie sie zum ersten Mal über den Hang der Lust flog.

Er streichelte ihren Kitzler und stieß weiter in sie hinein.

„Oh... oh *je*", keuchte sie.

„Komm für mich, Schatz", sagte er.

Sie schloss die Augen, während sie ihm Folge leistete. Ihre Aufschreie—die süßesten, die er je gehört hatte—brachen mit einer Leidenschaft aus ihr heraus, die einer Oper gebührt hätte. Im nächsten Herzschlag war er zwischen ihren Schenkeln. Er schauderte, während er seine schwelende Spitze ihre schlüpfrigen Falten entlang fuhr. Er näherte seinen mit ihrer Sahne benetzten Schwanz ihrem Schlitz und fuhr nach vorne. Überwand den ersten Widertand, ihre knappe Scheide gab nach, ihre Zuckungen kräuselten sich über seinen Schwanz, ihr köstlicher Druck entlockte ihm ein Ächzen. Bald war er bis zu den Hoden in ihr vergraben, im heißesten, großzügigsten Liebesakt seines Lebens.

Er war in seiner Gemahlin. Seiner. Gemahlin.

Die Lust verstärkte sich, verwurzelte sich in seiner Brust. Triumph und Besitzgier wogten durch ihn. Er stützte sich auf seine Arme und sagte heiser: „Liebes, sieh mich an."

Ihre Wimpern hoben sich zu ihm, und er ertrank in den wasserklaren Tiefen ihrer Augen. In dem wundersamen Brennen, das er darin sah, so natürlich und echt. Ehe er sie fragen konnte, ob es ihr behagte, hob sie ihre Hand zu seinem Kinn; eine zärtliche, zustimmende Geste, die ihm versicherte, dass alles in Ordnung war. Mehr als in Ordnung. Seine süße Nymphe wollte ihn so sehr, wie er sie wollte.

Seine so mühevoll gehaltene Beherrschung entglitt ihm, und dann bewegte er sich, stieß immer weiter in ihre Tiefen hinein, die ihn begrüßten. Erregung wusch über ihn hinweg, als sie begann, sich mitzubewegen. Ihre Hüften lernten seinen Rhythmus, hoben sich in süßem Gleichtakt. So vollkommen, so natürlich, er war benommen, wie leicht ihnen die Freude fiel.

Er sah, wie in ihren Augen wieder das Verlangen wuchs, und zähneknirschend versuchte er, sich zurückzuhalten. Sie war so feucht, so eng. Der Druck in seinen Hoden stieg, und er kämpfte dagegen an, wollte ihr noch einen Höhepunkt schenken, ehe er seinen eigenen fand.

Er packte ihr Knie und klemmte es an seine Hüfte.

Jeder Hieb seines Schwanzes strich an ihre Perle. Mit einem Aufschrei warf sie den Kopf nach hinten. Er küsste die süßen Klänge von ihren Lippen, schluckte ihr Stöhnen, während sie noch einmal für ihn kam, dann goss er sein eigenes Ächzen in sie hinein, während der Orgasmus über ihn wütete. Sein Samen kam seinen Schaft hinaufgekocht, schoss mit derartiger Wucht heraus, dass ihm die Zähne klapperten, seine Hüften mahlten verzweifelt, während er ihr alles gab...

Schwer atmend brach er auf seiner Frau zusammen.

Ihr Atem hauchte sanft an seinem Kinn, ihre Finger streichelten seinen Nacken. Die Zeit blieb stehen, er hätte ewig so liegen bleiben können. Denn als die Lust langsam verebbte, trat Frieden an ihre Stelle, eine Zufriedenheit, die er noch nie zuvor empfunden hatte.

Das ist ja noch besser, als einen Kampf zu gewinnen, dachte er benommen.

Seine Lider wurden schwer, und er hatte kaum noch die Geistesgegenwart, von ihr herunterzurollen. Er schmiegte sich an sie und zog die Bettdecke über sie beide.

Sie machte ein weiches Geräusch und kuschelte sich an ihn.

Passt perfekt, dachte er benommen. *Meine Frau... meine.*

Ihm fielen die Augen zu. Wirbelnd verschwand er in ihrem süßen Nebel.

Kapitel 20

Charity erwachte einige Zeit später zu einem flackernden Feuer im Kamin und einer noch wärmeren Gegenwart neben ihr im Bett. *Mein Gemahl*, staunte sie. Mr. Fines—nein, *Paul*—lag auf der Seite, hatte den Kopf auf seine linke Hand gestützt, an der sein Ehering glänzte. Als ihre Blicke sich begegneten, krümmten sich seine Mundwinkel, und sie erwiderte sein Lächeln.

Sie hatten es vollbracht. Sie waren voll und ganz verheiratet.

„Hallo Schlafmütze. Wusste nicht, ob du mir erst am nächsten Morgen wieder aufwachst." Sein Daumen glitt über ihre Unterlippe. Die lässige

Vertraulichkeit ließ ihren Herzschlag kurz aussetzen.

„Ich muss eingedöst sein. Aber jetzt bin ich hellwach", sagte sie, und das stimmte auch. Sie wollte nichts davon versäumen, mit ihm so zusammen zu sein, lauschig in ihrem innigen Kokon.

„Gut. Ich hatte nämlich vorhin etwas vergessen", sagte er.

Als sie an ihr gründliches Liebesspiel dachte, konnte sie sich *keinerlei* Versäumnis seinerseits vorstellen.

Er musste ihre Gedanken erraten haben, denn er lachte auf. „Was für ein freches kleines Luder ich da geheiratet habe."

Sie errötete in plötzlicher Verlegenheit und senkte den Blick. War sie zu wollüstig gewesen? Helena und Marianne hatten gesagt, dass Ehemänner Ehrlichkeit bevorzugten, also hatte sie nicht versucht, ihre Erwiderung auf ihn zu verbergen. Ehrlich gesagt, dachte sie mit steigender Besorgnis, war sie sich gar nicht sicher, ob sie ihr Verlangen nach ihm überhaupt verbergen *konnte*.

Er hob ihr Kinn. „Was geht in deinem Kopf vor?"

„Nichts", sagte sie eilig.

Sie brachte es nicht über sich, ihren Sorgen Ausdruck zu verleihen. Paul zu fragen, was er von ihr hielt... im Bett. Für sie war der Liebesakt zauberhaft gewesen, doch war sie nicht erfahren wie er. Er hatte den Ruf, in diesen Sachen ein wahrer Kenner zu sein, und sie hatte mit eigenen Augen gesehen, zu welcher Art Frauen er sich hingezogen fühlte. Ladies, die weitaus schöner und weltgewandter waren als sie...

„Schreiten wir also zur Überreichung deines Hochzeitsgeschenks", sagte er.

Das lenkte sie von ihren Sorgen ab.

„Du... hast etwas für mich?", fragte sie.

Augenzwinkernd stieg er aus dem Bett, was ihr eine spektakuläre Rückansicht seiner schönen Gestalt vergönnte. *Das*, dachte sie sehnsüchtig, *ist das einzige Geschenk, das ich brauche*. Doch hatte sie selbst auch eine Überraschung, also ging sie und holte sie. Als er zurückkehrte, lag sie schon wieder im Morgenmantel im Bett und hielt ihm ein kleines Paket hin, das sie sorgfältig in Papier und Garn verpackt hatte.

„Ich habe auch ein Geschenk für dich",
sagte sie.

Er stieg neben sie ins Bett und grinste: „Aber
das war doch nicht nötig"—und schnappte es
ihr begierig aus der Hand. Amüsiert sah
Charity dabei zu, wie er mit dem Eifer eines
Knaben am Weihnachtstag das
Geschenkpapier fortriss. Diese verspielte
Begeisterung für Geschenke war ein typischer
Zug der Fines, denn Percy war genauso. Paul
zog das Bündel Taschentücher hervor. Sie
hatte das feinste Leinen ausgewählt und seine
Initialen auf jedes einzelne gestickt. Er
studierte sie schweigend.

Sie wurde nervös. „Ich hoffe, dir gefallen die
Farben. Passend zu deinen Anzügen."

Er fuhr mit dem Finger das Monogramm auf dem
obersten Taschentuch nach. Sie hatte mit
Goldfaden die Initialen AF mit kühnem,
maskulinem Schwung inmitten einer Raute
aufgestickt.

„Deine Handarbeit ist vorzüglich. Die trage ich
mit Stolz bei mir. Danke, Schatz."

Sie sah die Wertschätzung in seinen Augen und fühlte sich, als triebe sie in einer warmen, blauen See.

„Bitte sehr", flüsterte sie.

Er legte ihr eine kleine schwarze Samtschatulle in die Hand. „Du bist an der Reihe. Es ist eigentlich ein etwas verspätetes Geschenk."

Vorsichtig öffnete sie den Deckel und... ihr blieb der Atem stehen.

Auf einem weißen Satinpolster lag ein Ring von unbeschreiblicher Pracht. Ein makelloser Cabochon-Opal glänzte in der Mitte, Flammen von schillerndem Grün, Blau und Gold tanzten auf der Oberfläche. Den Opal umringten Perlen, jede einzelne schneeweiß und makellos.

Charity schnürte sich die Kehle zu.

„Alles Gute zur Verlobung", sagte Paul, „wenn ich auch befürchte, dass es schon zu spät ist, Mrs. Fines. Ich hätte den Ring ja früher besorgt, aber da unsere Verlobung nur ein Augenzwinkern lang gedauert hat und ich überall suchen musste, etwas dir Angemessenes zu finden, hoffe ich, mir wird die Verspätung verziehen."

Sie fand noch immer keine Worte.

„Und noch ein Geständnis muss ich machen", fuhr er fort. „Der Ring stammt von einem Konkurrenten. Hatte leider keine andere Wahl. Einen erstklassigen Opal findet man nicht so leicht—vor allem keinen, der hell genug glänzt, um es mit deinen Augen aufnehmen zu können."

Endlich brachte sie ein Geräusch hervor: ein Schluchzen.

„Ach du lieber Himmel, gefällt er dir nicht?" Er runzelte die Stirn. „Da musst du aber nicht gleich weinen, wir finden dir einen anderen—"

„Ich finde ihn *wunderbar*." Sie schlang ihre Arme um seinen Hals, drückte ihr Gesicht an seine harte Brust. Seine Arme umschlossen sie sofort, während sie schluchzte: „Er ist der sch-schönste Ring, den ich je g-gesehen habe. Auf der ganzen *Welt*."

„Warum weinst du dann?"

„Weil", schniefte sie, „du der Ansicht warst, das *ich*... seiner würdig bin."

Eine Pause. Er zog sich zurück, zwischen seinen Brauen stand eine Falte. „Aber freilich bist du das. Du bist tausender solcher Klunker würdig. Was glaubst du denn?"

Sein ungläubiger Ton brachte sie gleich wieder zum Weinen. Sie konnte ihm gar nicht vermitteln, was dieser Ring bedeutete—*ihr* bedeutete, dem Unkraut, an das man keine Zierde vergeudete. Für die sich nur Schlichtheit und Bescheidenheit ziemte. Es war schon unvorstellbar genug, dass dieser gottgleiche Mann ihr seinen Namen geschenkt hatte, nun gab er ihr auch noch diesen Ring und sagte, dass sie dieses Kleinods seiner Ansicht nach würdig war... sie war überwältigt.

„Es ist das kostbarste Geschenk, das mir je jemand gemacht hat", brachte sie hervor. „Danke, Paul."

Er lächelte sie zärtlich an. „Gern geschehen. Nun probier ihn doch einmal an."

Er nahm ihre Hand und steckte den Ring über ihren Ehering. Der Ring blitzte vor Feuer und Zauber, zu schön, um wahr zu sein. Charity wusste, dass sie ihn auf ewig in Ehren halten würde.

Ihr verschwamm wieder der Blick. Verzweifelt tupfte sie mit dem Bettlaken ihre Augen ab. „Ich weiß nicht, was mit mir los ist. Ich bin sonst nicht so nahe am Wasser gebaut."

„Man sagte mir, das ist in der Hochzeitsnacht so. Das Vorrecht der Braut, wenn sie sich von dem Schrecken erholt hat."

Sein Ausdruck wurde nachdenklich. Er schlang eine ihrer offenen Haarsträhnen um seinen Finger und sagte: „Wenn wir schon von Schreck reden, ich war selbst recht baff, als ich dein Haar in seiner ganzen Pracht sah. Warum zum Kuckuck verbirgst du denn solche Schönheit? Andere Frauen geben für solche Vollkommenheit Unsummen bei den *Coiffeurs* aus."

Noch mehr Lob. Sie wusste gar nicht, wie viel mehr sie noch aushielt.

„Es ist widerspenstig... und unanständig", versuchte sie zu erklären.

„Wer hat dir das denn gesagt?"

„Mein Vater." Schuldgefühle bissen sie, weil es so undankbar klang. Sie fügte eilig hinzu: „Er hat mich allein großgezogen, nachdem meine Mama gestorben war. Es war nicht leicht, mit dem

Laden und all seinen Pflichten. Manche Väter hätten so ein kleines Töchterchen vielleicht weggegeben, doch meiner nicht." Sie hatte das Glück gehabt, dass ihr Vater sie bei sich behalten hatte. „Er hat stets das Beste für mich getan und dafür bin ich ihm auf ewig dankbar."

„*Er* sollte dankbar sein, eine Tochter wie dich zu haben." Paul glitt mit den Händen durch ihr Haar und sagte: „Schluss mit der Pomade und den Dutts. Dein Haar ist schön, es gehört zu dir, und als dein Gemahl ist es mein Recht, es in seinem natürlichen Zustand zu sehen."

„Ich könnte es wohl... ein bisschen weniger streng tragen." Die locker gesteckte Brautfrisur hatte sich *tatsächlich* besser angefühlt. Es war angenehm, wenn es nicht so an den Schläfen spannte und keine Paste auf ihrer Kopfhaut juckte.

„Braves Mädchen", sagte er.

Dennoch blieb ein wenig Spannung in der Luft hängen, und sie wusste, dass es um mehr ging als nur ihr Haar. Sie wusste nicht, wie sie mit der auf Gegenseitigkeit beruhenden Feindseligkeit zwischen ihrem Vater und ihrem frisch angetrauten Ehemann umgehen sollte; sie fand es schwierig, sich hinter den einen zu stellen, ohne sich dabei zu fühlen, als betröge sie den anderen.

Sie sagte unbeholfen: „Bitte denk nichts Schlechtes von Vater. Er macht sich lediglich Sorgen um Sparkler's. Und unsere Heirat hat ihn natürlich überrumpelt."

„Das ist eine Untertreibung", sagte Paul.

„Er fängt sich schon wieder, du wirst sehen. Ihr beide müsst einfach Zeit miteinander verbringen." Sie schob das Unbehagen von sich. Paul war so wundervoll—irgendwann musste ihr Vater das erkennen. „Und wenn du Vater dabei unterstützt, Sparkler's zu Erfolg zu verhelfen, wird er sich so freuen."

Ein Schatten senkte sich über Pauls Gesicht.

„Ich meinte, nach dem Turnier", sagte sie rasch. „Das Boxen hat natürlich Vorrang. Ich weiß, wie viel es dir bedeutet, den Titel zu gewinnen."

„Das ist es gar nicht." Er zögerte. „Ich hoffe nur, ich bin dazu überhaupt in der Lage."

Sie sah ihn überrascht an. „Aber freilich bist du das."

Im Lauf der Jahre hatte sie beobachtet, dass Paul nicht wankte, wenn er sich erst einmal etwas in den Kopf gesetzt hatte. Deswegen war er so ein herausragender Faustkämpfer, deswegen liebte er Rosalind Drummond... sie verdrängte diesen Gedanken. Sie würde das Glück dieser Nacht nicht verderben.

Er fasste ihre Wange und fuhr damit die Wölbung ihrer Wange nach. „Du bist so ein treues Ding, nicht wahr?", murmelte er. „Ich hoffe wirklich, ich enttäusche dich nicht."

„Das könntest du nicht", sagte sie. „Das wirst du nicht."

Etwas glitt durch seine Augen, wie Wolken über einen klaren Himmel. Sie fragte sich, was er wohl dachte und wollte eigentlich fragen, doch plötzlich waren seine Lippen auf ihren und verbannten alle weiteren Gedanken aus ihrem Kopf. Als seine Zunge ihre Lippen berührte, öffnete sie sich ihm sofort, hungrig nach der wortlosen Vertrautheit, hungrig nach seinem Kuss.

Er legte sie hin und murmelte: „Hast du Schmerzen, Süße?"

Ihr Kopf wiegte gegen die Kissen.

Seine Augen loderten. „Ich werde sanft sein. Und dieses Mal wird es noch besser, versprochen." Er fasste die Spitze einer Brust, zwickte ganz leicht, und ihr Inneres schmolz wie Wachs.

„Ist das denn überhaupt möglich?", brachte sie hervor.

Er grinste sie keck an... und bewies es ihr.

Kapitel 21

Am Morgen nach ihrer Hochzeitsnacht erwachte Charity zu der üblichen Stunde, kurz vor Sonnenaufgang. Sie sah, dass Pauls lange Wimpern noch auf seinen schmalen Wangen ruhten. Sie lag einfach da und bewunderte ihn. Es gefiel ihr, wie knabenhaft er mit seinen entspannten, engelsgleichen Zügen und zerzaustem Haar wirkte. Sie musste sich beherrschen, ihm nicht eine widerspenstige Haarsträhne aus der Stirn zu streichen. Sie wollte ihn nicht stören. Als sie jedoch versuchte, aus dem Bett zu schlüpfen, schlang sich sein Arm um ihre Taille.

„Wo gehst du hin?", murmelte er verschlafen.

„Ich setze Wasser auf", sagte sie atemlos. „Ich mache dir Frühstück."

„Du hast eine Schlafmütze geheiratet, und dazu noch eine, die gern Gesellschaft hat. Komm her, Weib"—er zerrte sie verspielt an sich—„und ich zeige dir, was ich zum Frühstück will."

Seine wandernden Hände brachten sie zum Kichern, bis er ihren Po an sich drückte. Da lachte sie nicht mehr. Er war ganz *offensichtlich* wach... und ein bestimmter Teil von ihm war ganz *besonders* aufgeweckt. Ihr Blut begann zu summen. Was als Nächstes vor sich ging, überzeugte sie voll und ganz davon, im Bett zu bleiben.

Danach döste sie wieder ein, erwachte verwirrt und stellte fest, dass es fast Mittag war. Paul kam frisch rasiert und hemdsärmelig mit einem Tablett hereinspaziert. Er erklärte, dass die Zofe aus dem Dorf bereits gekommen und wieder gegangen war. Er stützte sich neben ihr auf dem Bett auf und begann, sie mit einer Auswahl der gebrachten Speisen zu füttern: dick mit Butter bestrichenes Brot, knuspriger Speck, saftige Scheiben Tomaten. Als sie sagte, dass sie keinen weiteren Bissen mehr herunterbekam, reichte er ihr eine Tasse Tee—mit Milch und ohne Zucker, wie sie es mochte—und verputzte den Rest des Essens selbst, während sie in benommener Freude an ihrem Getränk nippte.

Wie hatte sie so einen Gemahl verdient?

Die Tage vergingen auf unwirkliche Art. Charity war Betriebsamkeit gewöhnt, doch hier im Landhaus gab es nichts zu tun, keine Verrichtungen zu erledigen. Nichts, als den Mann kennenzulernen, den sie schon so lange aus der Ferne liebte.

Sie fand es bemerkenswert, mit welcher Leichtigkeit sie miteinander zurechtkamen. Oder eher, wie gelöst Paul war—was wiederum etwas von ihrer angeborenen Unsicherheit löste. Er war zweifellos ein sinnliches Wesen und genoss körperliche Nähe. Er berührte sie oft, und nicht nur, wenn sie sich liebten. Sie verbrachten müßige Stunden zusammen auf dem Sofa. Während sie stickte, nutzte er ihren Schoß als Kissen, las oder schlief. Als sie zusammen die Natur erkundeten, hielt er immer eine Hand auf ihrer Taille, auf fast schon... besitzergreifende Weise, dachte sie bittersüß.

Während ihr Liebesspiel sie einander körperlich näherbrachte, förderten ihre Gespräche eine andere Art der Vertrautheit. Eines Nachts, als sie sich im Bett gegenüberlagen, sprachen sie über ihre Kindheit. Sie erzählte von ihrer Jugend bei Sparkler's, von ihrem Bedürfnis, ihrem Vater eine Stütze zu sein, weil dieser sich trotz seiner kränkelnden Verfassung so sehr abmühte. Sie gestand Paul gegenüber auch ein, wie sehr sie sich nach einer Mutter gesehnt hatte, und wie sie sich heimlich vorgestellt hatte, dass Mary Sparkler irgendwie eines Tages wieder zurückkehrte. Einfach auftauchte, wie ein lang vermisster Überlebender eines Schiffbruchs.

Paul erwiderte ihr Vertrauen und teilte seine eigene Vergangenheit mit ihr.

„Ich wusste immer, dass Papa mich liebte", sagte er. „Zurückblickend glaube ich, das machte alles nur noch schlimmer."

Sie runzelte verständnislos die Stirn. „Schlimmer?"

„Ja, weil ich mich fragte, womit ich solche Hingabe verdient hatte. Jeremiah Fines fing mit nichts an, verdiente sich seine Erfolge und die Bewunderung aller. Mir hingegen wurde alles in die Wiege gelegt—und sieh, was ich zustande gebracht habe", sagte er grimmig. „Ich habe das Unternehmen meines Vaters beinahe zerstört, Percy in Gefahr gebracht und mein Vermögen verspielt. Ich lebe von dem, was die schwere Arbeit meines Vaters bis zum heutigen Tag abwirft. Er hatte recht: Ich bin eine Enttäuschung."

„Du bist keine Enttäuschung. Weit gefehlt." Sie berührte seinen verkrampften Kiefer. „Du hast so viele Begabungen. Ich weiß gar nicht, wo ich anfangen soll."

„Das sagst du nur, weil du die letzten drei Tage mit mir im Bett verbracht hast."

„Im Ernst." Sie lernte ihn langsam kennen. Wenn etwas schwierig oder unangenehm wurde, ging er immer zu Witzeleien über. „Du hast Percy immer behütet—sie blickt so sehr zu dir auf, auch jetzt noch." Ermuntert von den sich entspannenden Falten um seine Augen sagte sie: „Du bist gütig und klug, jeder genießt deine Gesellschaft. Und du bist der ehrbarste, entschlossenste Gentleman, den ich je getroffen habe."

„Schatz, bist du dir sicher, dass du vom richtigen Mann sprichst?", murmelte er.

„Ich kenne den Mann, den ich geheiratet habe", beharrte sie. „Sieh zum Beispiel, wie weit du es mit dem Boxen gebracht hast. Das ist das Ergebnis von großem Fleiß und großer Begabung. Und wenn du das Turnier gewinnst, wird jeder sehen, dass du ein Sieger bist."

Er musterte sie eindringlich. „Es macht dir nichts aus, mit einem Preiskämpfer verheiratet zu sein?"

Seine Berufswahl machte ihr nichts aus, solange er dabei nicht zu Schaden kam. Dass ihn sein Training allerdings so lange und so weit fort von ihr führen würde, begeisterte sie nicht gerade. Sie verstand, warum er gehen musste... doch sie würde ihn vermissen. Jetzt, nach diesen wunderbaren gemeinsamen Tagen nur noch mehr. Sie hatte nie geahnt, dass sie sich einem anderen Menschen so nahe fühlen konnte. Manchmal musste sie sich auf die Lippe beißen, damit ihr keine unbedachten Worte entschlüpften, musste sie sich daran erinnern, dass er in dieser Ehe keine verzwickten Gefühle haben wollte.

Sie gab sich damit zufrieden, so viel wie möglich über Paul zu erfahren. Sie wusste daher, wie viel es Paul bedeutete, die Meisterschaft zu gewinnen. Sie sah, vielleicht noch deutlicher als er selbst, dass ihm das Boxen einen Daseinszweck und Selbstwert gab. Sie betete, dass er siegreich daraus hervorging—und es packte sie die Angst, wenn sie daran dachte, dass es auch anders ausgehen konnte. Wenn Paul verlöre... wie würde er damit umgehen? Er setzte alles auf einen Sieg...

Meistens gelang es ihr, die Zweifel zu verdrängen. Ihr Ehemann verdiente ihr Vertrauen, also würde sie es ihm von ganzem Herzen schenken.

Sie verbarg ihre Beklommenheit und sagte: „Ich unterstütze dich in allem, was dich glücklich macht."

„Nach dem Turnier wird dein Vater mich gar nicht mehr aus dem Laden herausbekommen", sagte er.

Sie liebte ihn umso mehr, dass er sein Versprechen an sie hielt. „Der Laden ist auch noch da, wenn du zurückkehrst. Ebenso wie ich."

„Nun, auf diese Heimkehr freue ich mich schon." Er lächelte sie an, legte seine Hand um ihren Nacken und zog ihren Mund zu seinem.

Im Laufe der vergangenen Tage und Nächte war sie süchtig nach seinem Kuss geworden. Nach seinem maskulinen Geschmack, dem kühnen Schwung seiner Zunge. Ihre anfänglichen Bedenken, sie wäre vielleicht zu wollüstig, waren verflogen; sie hatte erkannt, dass es ihm *gefiel*, wenn sie am Liebesspiel teilnahm und er ermunterte sie mit unartigem (und recht anregendem) Lob. Als er sie also nun auf den Rücken rollte, schlang sie ihre Arme um seinen Hals und küsste ihn mit ihrer immer freier fließenden Begierde.

Bald reichte Küssen nicht mehr.

Sie trennten sich gerade lange genug, dass er ihr das Leibchen abstreifen und den eigenen Morgenmantel auf den Boden werfen konnte. Dann lag er wieder auf ihr, und sie schauderte bei dem harten, heißen Druck seines Glieds auf ihrem nackten Schenkel. Seine Lippen wanderten ihren Hals hinab und über ihren Busen.

„Ich liebe es, dich hier zu küssen." Sein Atem hauchte an ihrer Brust, was sie schaudern ließ. „Du hast so hübsche Titten. Mit so frechen rosigen Brustwarzen."

Seine Gutheißung begeisterte sie, vor allem, weil sie immer geglaubt hatte, dass dieser Bereich an ihr zu wünschen übrig ließ. „Findest du sie nicht zu klein?", fragte sie schüchtern.

„Sie sind genau richtig, Schatz. Siehst du zum Beispiel wie schön sie in meinen Mund passen?"

Lust schwirrte durch ihre Adern, als er ihre gesamte Brust in den Mund nahm, fest an der empfindlichen Spitze saugte. Er wiederholte das Gleiche auf der anderen Seite und sie winselte, ihre Finger glitten in seine dicken, seidigen Locken. Er ging von einer Brust zur anderen über, während ihr Blut vor Verlangen pochte. Er übersäte ihren Brustkorb mit Küssen, seine Lippen brannten ihren Bauch hinab. Ehe sie begriff, wo er hin wollte, schlossen sich seine Hände um ihre Schenkel, spreizten sie, sein Mund wanderte immer tiefer bis...

Großer Gott, er hat doch nicht etwa vor, mich da *zu küssen!*

Ein entgeistertes Stöhnen entfuhr ihr, als er genau das tat. Seine Zunge fuhr in ihren geheimsten Ort, während er ihre Beine geöffnet hielt.

„Lass mich dich kosten, Schatz", murmelte er. „Ich möchte unbedingt wissen, ob dein Kätzchen so süß schmeckt wie der Rest von dir…"

Sein heißer Atem und seine Worte entfachten Flammen in ihr. Ihre Finger gruben sich in die Laken, während er seine Lippen auf den intimsten Teil ihres Körpers legte. Mit brennenden Wangen wand sie sich in seliger Pein, während er leckte und saugte, sie dabei lobte, ihr sagte, wie köstlich sie war, wie er nie genug von ihrem Honig bekommen würde, sie für immer vernaschen wollte.

In ihr schwoll Spannung. Sie fühlte es vom Bauch bis in die Zehen.

„Du bist fast da, nicht wahr? Lass uns doch sehen, ob das hier dir den Rest gibt", knurrte er.

Das samtige Schnalzen seiner Zunge hob ihr die Hüften vom Bett. Er tat es immer wieder, peitschte ihre Perle mit heißen, feuchten Strichen, bis sie wimmerte, bis ihre Finger seine

Haare rauften, ihn an den geschmolzenen Kern ihres Wesens hielten. Dann geschah es: die Explosion, die ihr den Atem, ja den Verstand raubte.

„Ja", stöhnte er. „Ich kann deinen süßen Honig schmecken..."

Er leckte sie weiter, bis sie erschlaffte, zu befriedigt, um sich zu regen. Erst dann drang er in sie ein, füllte sie mit einem wuchtigen Stoß, der ihre erschöpften Nerven flattern ließ. Sie beobachtete sein Gesicht, während er sich in sie hineinarbeitete, seine Wangen rot, sein Blick voll verzückter Lust. Entrückt stellte sie fest: *Sie* war es, die ihm diese Lust bereitete. Voller Eifer, ihn zu befriedigen, bewegte sie sich emsig mit ihm mit, drängte ihn weiter.

Er machte einen tiefen, kehligen Laut und plötzlich schob er ihre Knie nach hinten, spreizte ihre Beine breit. Er fuhr in sie hinein und ihr Atem verließ sie zischend, da dieser neue Winkel ihn noch tiefer, noch jäher in sie dringen ließ. Als ihre Körper aufeinanderprallten, machten sie ein unanständiges, klatschendes Geräusch, das sie erröten und vor Erregung winden ließ.

„Alles in Ordnung, Schatz?", raspelte er.

„Ja, oh ja, hör bloß nicht auf…"

Seine Nasenflügel bebten. „Niemals. Gott, ich will *nie* mehr aufhören."

Seine Brust wogte, während er in sie hineinstieß. Das Gewicht seiner Hoden klatschte auf ihr Geschlecht, die schwere Wucht ließ sie vor Vergnügen japsen. Sein Kiefer verspannte sich, seine lodernden Augen blickten ihr ins Gesicht. Die Kraft und Macht seines Takts sandten sie erneut in die Ekstase. Er gesellte sich zu ihr, stöhnte, während er sie mit seiner strömenden Hitze erfüllte, und ihr kam das plötzliche, Schwindel erregende Bewusstsein, dass sie ihm zumindest in dieser Sache die Gemahlin sein konnte, die er wollte.

Kapitel 22

Ein paar Tage später im Dorf sah Paul amüsiert zu, wie Charity mit einem Käsehändler um einen großen Keil der örtlichen Köstlichkeit feilschte. Höflich aber bestimmt verhandelte seine kleine Frau mit dem ebenso resoluten Händler. Paul fand ihre praktische Ader reizend. Er selbst gab sich nie die Mühe, um irgendetwas zu handeln. Und die Ladies in seinem Kreis waren in Geldsachen ebenso blasiert: Ein einziger von Rosalinds Hüten kostete vermutlich mehr als Charitys gesamte Garderobe.

Stirnrunzelnd fing er sich. Das war das erste Mal auf seiner Hochzeitreise, dass er an seine verflossene Liebe dachte; er fühlte sich auf seltsame Weise schuldig dabei. Er verdrängte den Gedanken und dachte an die Freuden des Augenblicks.

Bei Gott, das waren viele. Charitys Leidenschaft hatte seine kühnsten Erwartungen übertroffen, und seine Fantasien waren nie zahm gewesen. Außerhalb des Schlafgemachs kamen sie auch gut miteinander zurecht— sogar besser, als er erwartet hatte.

Freilich unterschieden sich ihre Wesenszüge. Sie war stets bedacht—hob zum Beispiel immer die Essensreste für den Schweinehof ihrer Hausgehilfin auf—während er an solche Dinge keine Gedanken verschwendete. Sie hatte es lieber ruhig und vermied Aufmerksamkeit, während er buntes Treiben genoss. Gestern war er mit ein paar jungen Männern aus dem Dorf zu einer Partie Cricket gegangen, während sie lieber mit ihrem Nähzeug im Landhaus geblieben war.

Es machte ihm nichts aus, dass sie sich so unterschieden, denn am Ende fanden sie immer wieder zueinander. Was ihn allerdings störte, war eine andere Art der Distanz, die er mitunter bei ihr fühlte. Sie hatte eine Neigung, ihren eigenen

Gedanken nachzuhängen, und er konnte sie nicht lesen.

Machte sie sich Sorgen um den Laden, um ihren Vater? Oder brütete sie vielleicht darüber nach, dass er zum Boxen weggehen würde, zweifelte sie an seiner Fähigkeit, bei Sparkler's etwas zu bewirken, hatte sie sonst etwas an ihm auszusetzen...?

Wenn er sie danach fragte, lächelte sie nur und sagte, alles sei in Ordnung.

Die Unruhe warf einen Schatten über ihn. Er hatte das unbestimmte, unsinnige Gefühl, etwas falsch gemacht zu haben. Dass ihre gegenwärtige sonnige Idylle zu gut war, um von Dauer zu sein...

Er schüttelte die Zweifel ab, als sie auf ihn zukam. Sie war solch ein reizendes Geschöpf, durchzuckte es ihn, eine als Mensch verkleidete Waldnymphe. Denn außer dem adretten Reisekleid, das Percy ihr verschafft hatte (Paul wollte seine Schwester dafür knuddeln), hatte Charity nur ihre eigenen faden Kleider dabei. Zumindest hatte sie die Finger von der Pomade gelassen: Ihr Haar glänzte unter ihrer alten Strohhaube. Er nahm sich vor, sie von Kopf bis

Fuß ordentlich ausstatten zu lassen, wenn sie wieder in London waren.

Er nahm ihr den Einkaufskorb ab und hielt die Tür auf. „Hast du bekommen, was du wolltest?"

„Ja", bestätigte sie, „und um zwei Schilling billiger als ich zu zahlen bereit gewesen wäre."

Er verkniff sich ein Grinsen über ihren selbstzufriedenen Ton. Er bot ihr den Arm und sie gingen zusammen die nette Ladenstraße entlang. „Wo soll es als Nächstes hingehen, Mrs. Fines?"

„Ich bin bereit, nach Hause zu gehen, wenn du es bist", sagte sie.

Der Gedanke an eine nachmittägliche Runde zwischen den Laken erschien ihm ein großartiger Gedanke. „Der Gedanke gefällt mir", sagte er rauchig. „Dein Vergnügen ist mir Befehl."

Sie wurde rot. „Mein Gedanke war, dass der Käse kühl gestellt werden muss. In der Sonne schmilzt er nämlich."

„Ich würde gerne in dir schmelzen, Süße", sagte er, nur für ihre Ohren bestimmt.

Obwohl sie den Kopf senkte, erwischte er noch das Funkeln in ihren Augen und sein Blut rauschte vor Vorfreude. Er war zweifellos ein Glückspilz. Er wollte sie gerade zur Eile ermahnen, als das nächste Schaufenster seine Aufmerksamkeit einfing. Der Hutmacher, von dem Mrs. Kent gesprochen hatte. Ihm kam ein Einfall, so verlockend, dass er sogar seine Begierde zügelte.

Er musste nicht bis zu ihrer Rückkehr nach London warten, um seiner Frau ein Geschenk zu kaufen.

„Gucken wir mal hier rein", sagte er.

„Aber ich brauche doch keinen Hut—"

Er achtete nicht auf ihre Widerrede und führte sie hinein.

Als er das schicke Innere der Boutique in Blau und Gold sah, mochte er gar nicht glauben, dass er sich in einem Dorf auf dem Lande befand. Ein paar prächtige Schaustücke waren auf Ständern ausgestellt, sodass die Kunden sie von allen Seiten bewundern konnten. Während Paul eine weiße Schöpfung aus Satin mit rosa Schleier betrachtete, kam die

Inhaberin aus dem Hinterteil des Ladens. Ihr Pariser Akzent erklärte das Raffinement des Ladens.

„*Bienvenue*. Wie kann ich dem *Monsieur* und der *Madame* heute behilflich sein?"

„Meine Frau braucht einen Hut." Paul zeigte auf das weiße Stück. „Ich glaube, dieser hier wäre gerade recht."

Die Hutmacherin lächelte. „*Monsieur* hat ein ausgezeichnetes Auge."

Neben ihm sagte Charity leise: „Paul, ich will ihn nicht."

„Dann such dir einen anderen aus, Süße", lächelte er. „Welchen auch immer du möchtest. Ich schenke ihn dir."

„Ich will überhaupt keinen."

Sein Lächeln verging ihm, als er ihren düsteren Ausdruck sah. Warum stellte sie sich denn so an? Ihre Strohhaube war an der Krempe abgewetzt und schon geflickt worden.

„Vielleicht brauchen Sie etwas Zeit, die Waren in Augenschein zu nehmen?", schlug die Hutmacherin vor. „Läuten Sie, wenn Sie mich

355

brauchen." Mit französischem Takt verschwand sie hinter dem Vorhang.

„Was ist los?", fragte Paul. „Gefällt dir denn keiner von den Hüten?"

„Du solltest kein Geld für unnütze Dinge verschwenden", flüsterte Charity. „Wir sollten für die Zukunft sparen. Für nützliche Dinge—wie ein Haus zum Beispiel."

Da sie in solcher Eile geheiratet hatten, hatten sie keine Zeit gehabt, sich eine Behausung zu suchen, und in seiner Junggesellenwohnung konnten sie nicht leben. Wenn sie nach London zurückkehrten, würden sie vorerst bei seiner Mama wohnen, bis sie etwas Passendes für sich selbst gefunden hätten. Die Tatsache, dass Charity seine Fähigkeit anzweifelte, für sie zu sorgen, verletzte seinen Stolz.

„Ich bin kein Bettler, weißt du", sagte er steif. „Ich kann mir *sowohl* etwas Firlefanz *als auch* ein anständiges Haus leisten. Außerdem würde ich einen Hut für dich nicht als unnütz bezeichnen—es handelt sich vielmehr um einen echten Notfall."

Ihre Wangen wurden rot. „An meiner Haube gibt es nichts auszusetzen. Sie erfüllt ihren Zweck vollauf."

„Das tut ein Nachttopf auch, doch würde ich ihn mir nicht unbedingt aufsetzen."

„Das ist ein absurder Vergleich." Ihre Stimme war zwar ruhig, doch ihr Kinn hob sich ein wenig. „Ich schätze die Geste, wirklich. Aber ich weiß, dass du dich gerade von finanziellen Verlusten erholst, und es gibt Besseres, wofür man sein Geld ausgeben könnte. Wenn wir nur einen Moment lang vernünftig sein könnten—"

Sein Temperament loderte auf, als sie ihn an seine Schmach erinnerte. Warum musste sie das erwähnen, wenn er ihr doch einfach nur einen verflixten Hut kaufen wollte? Sie verwöhnen wollte, ihr schenken wollte, was sie verdiente? Jede andere Lady würde sich bei ihrem Ehemann hübsch artig bedanken. Doch Charity stellte in Frage, ob er *vernünftig* war?

In diesem Augenblick kehrte die Hutmacherin zurück. Ihr Lächeln trübte sich, als ihr Blick von einem zur anderen huschte. „Ah... vielleicht brauchen *Monsieur* und *Madame* noch ein wenig mehr Zeit?"

„Nein", sagten Paul und Charity gleichzeitig.

Er warf einen Blick auf den aufsässigen Gesichtsausdruck seiner Frau… und schnappte den weißen Satinhut vom Ständer. Er drückte ihn der Hutmacherin in die Hand. „Wir nehmen ihn."

„Ich will den nicht—", hob Charity an.

Er nahm das nächste Stück, einen Livorneser Strohhut mit flachsfarbener Seide. „Und den hier auch."

„Paul, du verhältst dich—"

Er blieb vor einer fliederfarbenen, mit Perlen besetzten Kappe stehen. Hob eine Augenbraue in Richtung seiner Gemahlin.

Charity presste die Lippen zusammen.

Nachdem der Kauf abgewickelt war, fuhren sie schweigend zusammen zum Landhaus zurück. Charity schaute aus dem Fenster, von ihm weg. In verwirrter Wut versuchte Paul sich zu erklären, was gerade geschehen war: Wie hatte die von ihm beabsichtigte Großzügigkeit zu ihrem ersten Ehestreit führen können? Und warum fühlte er sich gerade so elend?

Als sie ankamen, hatte er immer noch keine Antwort.

Er half ihr aus der Kutsche und sie ging auf das Haus zu. Er blieb stehen, rumorte innerlich vor ruheloser Energie. Wie sehr er sich wünschte, er hätte einen Boxring in der Nähe, um sich abzureagieren.

An der Tür wandte Charity sich um.

„Kommst du nicht rein?", fragte sie.

„Ich gehe spazieren", sagte er brüsk. „Vielleicht gabele ich ein paar Burschen für eine Runde Cricket auf."

„Oh. Na gut. Wirst du zum Abendessen zurück sein?"

Beim Beben in ihrer Stimme fühlte er sich nur noch elender. Er wusste nicht, ob er sich entschuldigen oder sie anbrüllen wollte... oder vielleicht beides.

Also tat er das Klügere.

„Warte nicht auf mich", sagte er schroff und ging davon.

Kapitel 23

Am nächsten Morgen erwachte Charity alleine
mit einem dumpfen, pochenden Kopfschmerz.
Sie musste gestern Abend eingeschlafen sein,
während sie auf Paul wartete. Sie hatte sich von
einer Seite auf die andere geworfen, und ihr
Streit war in ihre unruhigen Träume geflossen.
Es war doch alles so gut zwischen ihnen
gegangen: Warum hatte sie alles wegen eines
albernen *Hutes* verdorben? Wenn sie die Zeit
zurückdrehen könnte, würde sie den Mund halten
und ihn die gesamte Hutmacherei aufkaufen
lassen, wenn er wollte. Sie würde das Zeug sogar
tragen—einschließlich der scheußlichen lila
Kappe.

Aber sie hatte den Mund nicht gehalten. Da war etwas an Paul, das eine verborgene, trotzige Ader in ihr weckte. Vielleicht war es seine Güte und Aufmerksamkeit der vergangenen Tage: So ungezwungen hatte sie sich noch nie bei einem anderen Menschen gefühlt. Sie schienen Freunde zu sein. Und an der körperlichen Nähe zwischen ihnen bestand kein Zweifel. Bis gestern hatte sie sogar die Hoffnung gehegt, er würde vielleicht Zuneigung zu ihr entwickeln.

Doch das hieß alles nicht, dass er sie liebte. Oder es jemals tun würde.

Nach dem Vorfall beim Hutmacher konnte sie ihm das nicht verübeln.

Rückblickend hatte er sie einfach nur eleganter herausputzen wollen. Warum hatte das bei ihr solchen Widerstand erregt? Warum hatte sie sich so stur dagegen gewehrt, ein wenig Geld auszugeben?

Weil du nie elegant sein wirst. Weil du nie die Lady sein wirst, die er wollte. Seine Rosalind.

Bei diesem elenden Gedanken drehte sich ihr der Magen um. Und das war noch nicht einmal ihre einzige Sorge. Sie war sich seiner schwierigen finanziellen Lage bewusst und wollte wahrlich nicht dazu beitragen. Er hatte genug zu verkraften, das Turnier, den Laden...

Sie stand auf, konnte nicht eine Minute länger im Bett bleiben, ohne sich den Tränen hinzugeben. Sie zog sich an und öffnete die Vorhänge; die Mittagssonne grüßte ihre erschrockenen Augen. Gütiger Himmel, wie lange hatte sie denn geschlafen?

Und wo war ihr Mann?

Die Tür ging auf.

„Charity, bist du wach?"

Sie wirbelte herum und sah Paul im Türrahmen stehen. Er trug noch das Hemd vom Vortag, auf seinem Kinn sprießten goldene Bartstoppeln. Trotz seines verlotterten Zustands war er der schönste Anblick, den sie je gesehen hatte.

„Du bist zu Hause", flüsterte sie.

„Bin spät heimgekommen." Er rieb sich den Nacken. „Ich wollte dich nicht wecken, also habe ich auf dem Sofa genächtigt. Ich hab dich eben jetzt rumoren hören."

Sie nickte—und dann rannte sie auf ihn zu. Zu ihrer großen Erleichterung öffneten sich seine Arme und er empfing sie. Hielt sie ganz fest, während sie erstickt sagte: „Es tut mir so leid, es war alles meine Schuld."

„Pst, Süße, es war genauso meine."

„Nein, war es nicht. Du wolltest mir nur ein Geschenk machen", schniefte sie.

„Und du wolltest nur, dass ich vernünftig bin." Er hob ihr Kinn, und die Wärme in seinen azurblauen Augen löste die Beklemmung in ihrem Bauch. „Schwamm drüber, oder?"

Er war bereit, ihr zu verzeihen—freilich wollte sie das!

Sie nickte eifrig.

Er küsste sie auf die Stirn. „Heute ist unser letzter Tag, ehe wir nach London zurückkehren, vergeuden wir ihn also nicht. Komm mit, ich habe eine Überraschung für dich."

„Aber nicht mehr Einkaufen", sagte sie sofort... und hätte sich dafür *ohrfeigen* können. Warum musste sie ihn an ihren Zwist erinnern?

Zum Glück lachte er. „Keine Sorge, mein kleiner Geizhals. Diese Überraschung kostet nichts."

Eine Stunde später begann Charity am Wert der Überraschung zu zweifeln, *obgleich* sie kostenlos war. Paul ritt voran durch die örtliche Tier- und Pflanzenwelt. Die Sonne brannte hernieder, während sie Lichtung um Lichtung passierten. Ihr wurde immer heißer, sie wurde müde und wagte es dennoch nicht, sich zu beklagen. Sie wäre im Augenblick durch die Sahara geritten, um ihren Gemahlen bei Laune zu halten.

„Wir sind fast da", sagte er. „Gleich da vorne hinter den Bäumen."

Zu Charitys Überraschung gelangten sie Minuten später an einem malerischen Bach an, einer Waldoase, die zwischen dichten Bäumen verborgen lag. Während Paul die Pferde festband, ging sie zum Bachufer und kletterte auf einen glatten Felsen, der wie ein natürlicher Landesteg war. Auf dem Wasser funkelte das Licht wie Diamanten, die Luft duftete nach Farn und Moos. Die samtige Brise linderte wohltuend den sengenden Sonnenschein.

„Wie hast du diesen Ort hier gefunden?", fragte sie Paul, als er zu ihr auf den Felsen geklettert kam.

„Die Burschen im Dorf haben mir gesagt, wo man gut schwimmen kann", sagte er. „Keine Strömung, und das Wasser kommt frisch aus einer Quelle."

Charity spähte in die dunklen, klaren Tiefen unter ihr. „Ist das nicht zu kalt zum Schwimmen?"

„Das können wir nur auf eine Weise herausfinden."

Sie drehte sich zu ihm um und ihr fiel die Kinnlade herunter, als er sich seine Jacke abstreifte und sie auf den moosigen Erdboden warf. „Das ist nicht dein Ernst!"

Zur Antwort warf er seine Weste und Krawatte in derselben Flugbahn wie seine Jacke.

„Aber—es kann dich doch jeder sehen", sagte sie entgeistert.

Er riss sich das Hemd über den Kopf und der Anblick seiner muskulösen Brust verschlug ihr jedes weitere Widerwort. Die in den Wald einfallenden Sonnenstrahlen glänzten auf seinem bronzefarbenen Brusthaar auf dem wie geschnitzten Oberkörper. Auf dem Weg nach unten über seinen straffen Bauch wurde die Behaarung schmäler und verschwand in seinem Hosenbund...

„Außer mir und dir ist ja keiner da, und ich will doch meinen"—er wackelte mit den Augenbrauen, während er sich die Stiefel abstreifte—„dass du das alles ja bereits gesehen hast."

Er entledigte sich des Rests seiner Kleider.

Sie schnaufte unwillkürlich aus. Ihr Geschlecht regte sich mit einem Flattern und wurde feucht.

Du *liebe Güte*.

Egal wie oft sie ihren Mann nackt sah, es erregte sie immer wieder. Er war auf so kühne Weise männlich, jede Kante und Linie seiner gemeißelten Gestalt so maskulin. Die schlanken Muskeln seiner Schenkel regten sich, während er auf sie zukam und ihr Blick wanderte zielgenau auf das, was dazwischen hervorstand.

Sie hatte seinen Phallus natürlich schon zuvor verstohlen betrachtet. Mehr hatte sie nicht gewagt. Was recht albern war, wenn man bedachte, auf welche anderen Weisen sie mit diesem Teil der Anatomie ihres Gemahls schon Bekanntschaft gemacht hatte. Ein Leben der Züchtigkeit ließ man jedoch nicht so einfach hinter sich, und sie fand es schon verwegen genug, dass sie bei ihrem letzten Liebesakt seine nackte Brust gestreichelt hatte. Er hatte ihre Berührung allerdings sichtlich genossen.

Es kam ihr ein Gedanke: Würde er wollen, dass sie ihn dort... berührte?

Mit einem Hitzeschwall fragte sie sich, ob er denn in ihre Hand passen würde. Sogar erschlafft hing sein Glied dick und schwer zwischen seinen Beinen und jetzt, im erregten Zustand, deutete es aus dem hellbraunen Haar geradewegs nach oben, die breite Eichel stieß ihm fast bis an den Nabel. Er stolzierte ohne jegliche Scham auf sie zu, sein Glied und seine Hoden schwangen mit jedem Schritt mit.

Mit dem Finger fuhr er ihr das Kinn entlang. „Kommst du mit rein?"

„Ich—ich sehe lieber zu", sagte sie atemlos.

Mit einem Lächeln neigte er sich zu ihr hinab, küsste sie stürmisch... und raste dann wie ein Wahnsinniger über die Felskante. Sein lautes Jauchzen erklang gleichzeitig mit dem lauten Platschen des Wassers. Sie spähte über die Felskante und sah nichts als Wogen und Schaum und kreisförmige Wellen auf der Oberfläche. Sie kletterte vom Felsen hinunter ans Flussufer, beäugte ängstlich das Wasser.

Als er Sekunden später wieder zur Oberfläche kam, atmete sie erleichtert aus.

„Es ist herrlich hier drin", rief er. Er schüttelte sich, dass die Wassertropfen nur so um seinen Kopf flogen. „Du musst unbedingt reinkommen."

„Vergnüg dich nur. Ich schaue von hier aus zu."

„Um Himmels willen, steck doch zumindest die Zehen rein."

„Ich will nicht, dass mein Kleid nass wird."

„Dann zieh das verfluchte Kleid doch aus." Er schwamm zielstrebig auf sie zu, blieb dann stehen und hielt sich ein paar Meter von ihr entfernt über Wasser. „Keiner sieht dich. Außerdem muss dir in dem Ding doch furchtbar heiß sein, oder nicht?"

Es war in der Tat heiß, und sie hatte den ganzen Weg hierher vor sich hin geschmort. Ihre verschwitzte Unterwäsche pappte an ihrer Haut, der Schweiß sickerte an alle möglichen anderen unsäglichen Stellen. Alles an ihr klebte und juckte. Sie blickte sich rasch um, doch außer Vögeln und raschelnden Blättern war weit und breit nichts zu sehen. Was schadete es, wenn sie die eine oder andere Schicht ablegte? Sie würde ihr Leibchen und die Unterhose anbehalten.

Es gelang ihr, das Kleid und das vorne geschnürte Korsett auszuziehen. Sie saß am Bachufer und ließ die Füße im Wasser baumeln. Es war herrlich.

Sie schloss die Augen und lehnte sich auf ihre Ellbogen zurück. Kühles Wasser glitt zwischen ihren Zehen hindurch, leckte an ihren Knöcheln. Dann packte etwas ihren Unterschenkel.

Ihr Aufschrei ging in einem tosenden Planschen unter.

Einen Augenblick später kam sie spuckend wieder an die Oberfläche des kühlen Nasses. Paul hielt sie in den Armen, grinste von einem Ohr zum anderen.

„Du Schuft, ich kann doch nicht schwimmen!" Panisch klammerte sie sich an seine festen, schlüpfrigen Schultern.

„Dann halt dich lieber gut fest", riet er ihr.

Ihr blieb nichts anderes übrig, als sich noch fester an ihn zu klammern, schlang ihre Arme und Beine um ihn, während er sie in die Mitte des Baches mitnahm. Seine starken, mühelosen Armzüge linderten ihre Angst ein wenig. Ehe sie es sich versah, entspannte sie sich, genoss das seidige Wasser an ihrer Haut.

„Lass los und versuche, zu treiben. Ich lass dich schon nicht ertrinken", sagte er.

„Bist du dir sicher?"

Seine Augen lachten. „Ganz sicher. Ich bin ein Faulpelz, und dich zu ersetzen wäre mir lästig." Er küsste sie, während er sanft ihre Arme von seinem Hals nahm. „So ist es recht, leg dich auf den Rücken und atme ruhig."

Sie tat es langsam. Mit den Händen stützte er ihren Rücken, und sie entspannte die Muskeln und atmete ruhig. Ehe sie es sich versah, schwebte sie leicht wie ein Blatt auf der Wasseroberfläche. *Wundervoll.* Als er sachte die Hände fortnahm, glitt sie alleine weiter. Sie schloss die Augen, schwerelos, gab sich dem sanften Ruckeln der Wellen hin.

Sie blieben eine Weile im Wasser. Er brachte ihr ein paar grundlegende Armzüge bei, damit sie ein wenig herumpaddeln konnte. Sie lachten und spielten, die Spannung des Vortages war fortgeschwemmt. Als sie müde wurde, brachte er sie sicher ans Ufer. Er legte sie hin, das Kissen aus Moos war warm und weich unter ihrem Rücken. Sie blickte zu ihm auf und erkannte die verspielte Hitze in seinen Augen. Wie immer antwortete ihr Körper auf ihn, ihre Brustwarzen regten sich unter ihrem nassen Leibchen, ihre Schenkel zuckten, während es dazwischen heiß strömte.

Sein langsames, wollüstiges Lächeln beschleunigte ihren Herzschlag. Seine Zustimmung erfüllte sie mit Wonne, besonders jetzt, nach ihrem Zwist. Sie empfand ein unbändiges Bedürfnis, ihn zu berühren, mit ihm auf jede erdenkliche Weise verbunden zu sein. Also fuhr sie mit der Hand durch sein Haar. Die Flammen in seinen Augen loderten auf. Mit hämmernder Erregung fuhr sie mit der Fingerspitze einen herabrinnenden Wassertropfen nach, folgte ihm seine Schläfe und seinen Kiefer hinab. Sein Hals krümmte sich, während ihr Finger daran hinabglitt.

Das winzige Rinnsal sickerte über seine Brustmuskulatur, die sich unter ihrer Berührung anspannte. Es gefiel ihr, wie glatt und straff seine Haut war, wie mit Satin bezogenes Edelholz. Der Tropfen verfing sich in seiner feinen Brustbehaarung, blieb an einer seiner flachen Brustwarzen hängen.

Der Rat ihrer Freundin kam ihr in den Sinn: *Was auch immer dir gut tut, wird auch ihm gut tun.*

Sie stützte sich auf einen Ellenbogen und leckte das Wasser fort.

Sein Knurren begeisterte sie.

Sie erinnerte sich daran, wie er es bei ihr getan hatte und schnalzte noch einmal an seine Brustwarze, die unter ihrer Zunge hart wie ein Kieselstein wurde. Sie nuckelte daran, von seinem Stöhnen angefeuert. Sie kam nicht an die andere Seite heran, also drückte sie ihn hoch und setzte sich selbst auf, sodass sie beide im Gras knieten. Sie legte ihren Mund auf die vernachlässigte Brustwarze. Als sich seine Finger in ihre Kopfhaut gruben, begann sie mit den Zähnen an ihm zu knabbern.

Er verbiss sich einen Fluch und zerrte sie in Kusshöhe.

Von ihrem Erfolg beflügelt erwiderte sie seinen tiefen Zungenkuss. Doch statt dabei die Arme um seinen Hals zu schlingen ließ sie ihre Hände wandern. Über seine felsenharte Brust. Über die zuckenden Bauchmuskeln. Und schließlich...

„Süße", knurrte er an ihren Lippen.

Ihre Scheide bebte, als sie seinen pulsierenden Ständer in ihrer Hand hielt. Er war so dick, dass ihre Finger sich nicht darum schließen konnten, so lang, dass die rosig braune Spitze aus ihrem Griff hervorragte. Sehr bedachtsam schloss sie die Finger, bewegte sie nach oben und unten. Das Gefühl—als riebe man ein Stück Samt über einen eisernen Schürhaken—raubte ihr den Atem. Als aus der schwelenden Spitze ein

Tropfen perlte, hielt sie inne, wusste nicht so recht, was sie nun tun sollte.

„Hör nicht auf, Schatz." Seine Hand schloss sich um ihre, ließ sie seinen Phallus fester fassen. „Das ist eine Freudenträne. Mein Schwanz freut sich so darüber, was du mit ihm machst, weißt du."

„Oh. Gut", sagte sie atemlos.

Er brachte ihre verschränkten Hände zu der triefenden Kuppel seines Glieds. Ihre Handfläche wurde feucht. Als er ihre Hand wieder an seinem Schaft hoch und nieder gleiten ließ, brachte ihn die schlüpfrige Bewegung zum Stöhnen.

„Ah, Liebste, das ist *unglaublich* gut", seufzte er.

Es war so berauschend, so erregend, ihm mit ihrer Berührung Freude zu bereiten. Von seiner führenden Hand lernte sie den Rhythmus eines festen Strichs, der seinen Schwanz von der dicken Wurzel bis zur geschwollenen Spitze bedachte. Sie hatte es wohl begriffen, denn seine Hand ließ ihre los und hob sich zu ihrem Kinn. Sie pumpte ihn, während sie sich keuchend und mit offenem Munde küssten. Hitze durchströmte sie, ihr Herz pochte vor wildem

Verlangen. Ihre andere Hand hatte sich unwillkürlich mit ins Geschehen gemischt, fasste das geschmeidige Gewicht seiner Hoden...

„Verflixt und zugenäht", keuchte er.

Im nächsten Augenblick riss er ihr das Leibchen über den Kopf und drehte sie auf ihre Hände und Knie. Ehe sie sich über diese seltsame Stellung wundern konnte, brannten seine Lippen auf ihrem Nacken, ihren Rücken hinab, erfüllten sie mit so betörenden Empfindungen, dass sie sich nach mehr krümmte. Sie schauderte, während er ihren Hintern mit Küssen übersäte, und dann noch weiter nach unten wanderte... sie schrie auf, als seine Zunge in ihr Geschlecht fuhr.

„Du hast das süßeste Kätzchen", stöhnte er. „Ich werde nie genug davon bekommen."

Während er sie weiter von hinten vernaschte, brannte die Wollust ihre Hemmungen fort, befreite sie aus der eigenen Haut. Sie wurde ein Geschöpf des Waldes und des Wassers, ein wildes Wesen, das ihre Scheide gegen den Mund ihres Geliebten stieß, einen uralten Lockruf stöhnte. Bald verließ seine Zunge sie und sie schauderte, als seine Männlichkeit an ihre Stelle trat. Mit einem mächtigen Stoß drang er in sie ein. Ihre Fingernägel gruben sich in den Teppich aus Moos, während er in sie hieb. Immer und immer wieder stieß er, sein Schwanz war so tief in ihr, dass seine Hoden gegen ihre Schamlippen mahlten. Sie nahm jedes zuckende Zoll, liebte es, liebte ihn.

„Ich will mit dir kommen", knurrte er in ihr Ohr. „Quetsch meinen Schwanz, Liebste, nimm mich mit."

In Erwiderung verengte sich ihre Scheide. Ekstase rollte über sie hinweg, sein tierischer Schrei schreckte die Vögel von den Bäumen auf. In diesem Augenblick, als sein heißer Samen in sie strömte und Wonne in ihren Adern rauschte, begriff sie plötzlich, und unmissverständlich:

Ich will ihn—ganz und gar.

Sie wollte alles, seinen Körper, sein Herz... einen Teil seiner Seele, der allein ihr gehörte.

Sein Atem ging heiß an ihrem Hals. Sein verschwitzter, harter Körper lag heiß auf ihr und sie wusste, dass sie sich mit weniger nicht zufrieden geben konnte.

Alles oder nichts—kein kluger Handel. Doch so war es.

Er brach auf dem Boden zusammen, zog sie an sich. Während sie dalag und seinem donnernden Herzschlag zuhörte, lächelte sie. Sie döste ein, träumte davon, dass alles möglich war... sogar für sie.

Kapitel 24

Ein Sommergewitter unterbrach ihre Heimreise. Sie waren schon fast in London, als der Himmel sich verfinsterte und Regentropfen auf das Kutschendach zu prasseln begannen, während in der Ferne Donner grollte.

Paul dachte: *Alles Gute nimmt ein Ende.*

Sein Arm legte sich fester um Charity, die an ihn gekuschelt war und schlief. Ihre langen sandfarbenen Wimpern lagen auf ihrer Wange auf; sie regte sich nicht. Er lächelte, denn er wusste, weshalb sie so erschöpft war—auf ihn hatte die Erinnerung daran allerdings genau die gegenteilige Wirkung. Sein Körper erwachte, als er ihren hübschen, ihm zugewandten Hintern wieder vor sich sah, wieder ihren erstickten Seufzer gegen den Waldboden hörte. Von hinten in seiner zarten, geschmeidigen Waldnymphe zu versinken war zweifellos einer der aufregendsten Genüsse seines Lebens gewesen.

Sie hatten mehr erotische Gefilde erkundet, als er sich je erträumt hatte. Es hatte nur drei Tage gedauert, bis er ihren Nektar von der süßen Quelle getrunken hatte. Weniger als eine Woche, bis sie ihn mit ihren Händen befriedigte. Sein Schwanz wurde steif, obwohl das geile Monster gesättigt sein sollte. Eigentlich mehr als gesättigt. Denn trotz der lüsternen Abenteuer seiner Vergangenheit konnte Paul sich nicht erinnern, jemals etwas wie die vergangene Woche erlebt zu haben: Je mehr er sich nahm, desto mehr wollte er, sein Verlangen war endlos, manchmal regelrecht verzweifelt... als ob er niemals genug bekommen würde...

Bei dem Gedanken wurde ihm unbehaglich. Wenn er ehrlich mit sich war, war es ihm ja nicht fremd, die Kontrolle zu verlieren. Ging es ihm wieder so wie damals mit seiner Besessenheit mit Rosalind? Und der darauf folgenden Trunksucht, der Spielsucht? War der finstere, selbstzerstörerische Teil in ihm etwa wieder am Werk?

Er hatte sich geschworen, sich besser zu zügeln. Er hatte sich gelobt, dass die goldene Regel in seiner Ehe Mäßigung sein sollte—doch war es denn gemäßigt, seine Frau dreimal, mitunter viermal—und ja, einmal sogar *sechsmal* am Tage zu vögeln?

Er verkniff sich ein Stöhnen. Wenn er seinen Kopf an die Wand schlagen könnte, ohne Charity zu wecken, würde er es tun. Verflucht, was hatte er sich nur dabei gedacht?

Er hatte sich *gar nichts* dabei gedacht, das war ja schon immer die Ursache all seiner Probleme. Er versuchte, das Klopfen in seiner Brust zu besänftigen. Gut, er war also im Umgang mit Charity etwas... maßlos gewesen. Es war erst die erste Woche ihrer Ehe, er konnte das dem Reiz des Neuen zuschreiben. Die erste Blüte der Leidenschaft. Aber wenn die erst einmal verflogen war... was dann?

Konnte er denn Charity der Gemahl sein, den sie wollte? Der Schwiegersohn, den Sparkler verlangte?

Was war mit seinen eigenen Träumen? Er musste doch seine Aufmerksamkeit ganz der Meisterschaft widmen. Er durfte sich nun nicht ablenken lassen, egal wie süß diese Ablenkung auch war.

Charity kuschelte sich näher an ihn. Sein Arm schloss sich fester um sie, während an ihm weiterhin die Unruhe nagte. Die vergangene Woche war zwar herrlich gewesen, aber auch nicht frei von Zwist. Sie hatten ihre Kabbelei im Hutladen beigelegt, doch er fragte sich, wie lange ihr Glück noch währen konnte. Seine kopflose Art würde früher oder später wieder ihre empfindlichen Nerven strapazieren, und offen gestanden galt dies auch umgekehrt.

Nichts Gutes in seinem Leben hatte jemals Bestand gehabt.

Er schämte sich zwar, dass er an eine andere dachte, während er seine Gemahlin in Armen hielt, doch es kam ihm unwillkürlich seine letzte Begegnung mit Rosalind in den Sinn.

Sie waren im Hyde Park an der Serpentine gestanden, ein gestohlener Augenblick wie so viele, die sie gemeinsam verbracht hatten. Er erinnerte sich an den dröhnenden Schmerz in seiner Brust, während er verzweifelt versuchte, sich jedes Detail an ihr einzuprägen, ehe er sie für immer verlor.

„Küss mich, Paul", hatte sie geflüstert. „Gib mir einen Kuss, an den ich mich ewig erinnern werde, selbst nachdem du mich längst vergessen hast."

Stürmisch hatte er gesagt: „Nie und nimmer vergesse ich dich, Rosalind. Ich schwöre, dass ich dich ewig lieben werde."

Schuldgefühle piekten Paul nun für diesen Schwur—als ob er damit irgendwie sowohl Charity als auch Rosalind betrogen hätte. Was lachhaft war. Rosalind war die Gräfin Monteith, Mutter zweier kleiner Knaben. Nachdem sie ihren Lebensweg weiter gegangen war—und dabei nicht schlecht davongekommen war—erwartete sie gewiss nicht, dass er auf ewig für sie Feuer und Flamme war. Sie hatte ihn vermutlich vergessen. Mit einem Ruck entdeckte er, dass auch seine Erinnerung an sie verblasst war: Er konnte sich nicht mehr genau an ihre Haarfarbe erinnern, an den Klang ihrer Stimme, an ihr Lachen, das ihn so verzaubert hatte.

Seine Gefühle waren zu verwirrend, als dass er sie im Licht der neuen Umstände erforschen konnte. Hatte er Charity nicht versprochen, dass die Vergangenheit ihre Zukunft nicht beeinträchtigen würde? Warum dachte er dann also überhaupt an Rosalind?

Er sperrte die Erinnerungen weg, schmiegte seine Wange an Charitys seidiges Haar. Seine Gemahlin war eine vernünftige Frau. Sie würde verstehen—er war damals ein Anderer gewesen. Ja, mit jedem Tag, den er mit ihr verbrachte, glaubte er mehr daran, dass er sich zum Besseren veränderte. Doch konnte er das Gefühl nicht ganz abschütteln, ein Hochstapler zu sein: dass er den guten Ehemann nur mimte und ihm jeden Moment sein Text entfallen könnte. Als ob er kurz davor stand, alles zu vermasseln...

„Ich wüsste nur zu gern, was dir durch den Kopf geht." Mit weichen, schläfrigen Augen beobachtete ihn Charity. Sie legte eine Fingerspitze zwischen seine Augen.

„Was lässt dich so finster dreinschauen?"

Erst zögerte er, dann sagte er: „Bedauern." Das war nicht gelogen. Er bedauerte so Vieles.

Sie wurde steif. „Worüber?"

„Dass unsere Hochzeitsreise zu Ende ist", sagte er—was auch nicht gelogen war—„und dass wir jetzt wieder in den Alltag zurückkehren müssen." Er hob eine ihrer Hände zu seinem Mund und küsste sie. „Wenn wir heimkommen, gibt es so viel zu tun."

Ihre Schultern entspannten sich. Sie setzte sich auf. „Die Vorbereitung auf das Turnier meinst du?"

„Das, und wir brauchen ja auch eine Bleibe. Bei meiner Mama können wir nicht ewig wohnen, weißt du."

„Weiß ich", sagte sie rasch.

„Ich gehe erst in einer Woche. Ich würde mir vorher gern ein paar Anwesen ansehen, wenn es dir recht ist." Er tippte ihr auf die Nasenspitze. „Denn anders als das alte Wiegenlied besagt, will ich meine Frau nicht in einem alten Schuh wohnen lassen."

„Würde mir nichts ausmachen, solange du mit mir darin wohnst", sagte sie.

Die süße, stete Schlichtheit dieser Aussage ergriff ihn und gleichzeitig fühlte er sich noch mehr wie ein Schuft als je zuvor. Was war er nur für ein Lump, dass er in Gegenwart seiner Gemahlin an seine Verflossene dachte?

„Wir suchen uns ein schönes Anwesen", sagte er entschlossen. „Bloomsbury wäre vielleicht eine Möglichkeit."

„Ich würde gern in der Nähe deiner Mutter wohnen", sagte Charity.

„Dann ist es ja gut, dass wir vorerst ohnehin bei ihr wohnen werden. Was mich daran erinnert— wir brauchen für dich noch eine anständige Zofe. Mamas Zofe kann sich nicht auch noch um dich kümmern." Er hatte noch vieles zu beweisen, ehe er sich als guter Ehemann bewährte, aber das würde er ihr geben. „Wir eröffnen auch Konten für dich bei all den schicken Läden der Stadt."

„Aber ich brauche doch nichts—"

„Du bist meine Frau, Charity. Ich weiß am besten, was du brauchst."

Lass mich dir ein guter Gemahl sein.

Sie biss sich auf die Lippe. Er vermutete, dass sie an die Hutmacherei dachte und ob es sich lohnte, mit ihm darüber zu zanken. Er wollte ihren Zwist ebenso wenig wiederholen und entsann sich der besten Taktik. Er küsste sie, bis sie wieder geschmeidig in seinen Armen lag.

„Siehst du, wie leicht es ist, wenn du dich mir fügst?", murmelte er.

„Du kannst nicht jede Meinungsverschiedenheit durch Küssen beilegen", sagte sie atemlos.

„Das wollen wir doch einmal prüfen", schlug er vor. „Sobald wir ankommen, kaufe ich dir eine Tiara aus Diamanten."

„Jetzt bist du nur noch albern—"

Seine Strategie erwies sich als erfolgreich. Ihre gegenseitige Ablenkung wirkte in der Tat so gut, dass er gar nicht bemerkte, dass sie beim Wohnhaus der Sparklers angelangt waren, bis der Kutscher an den Schlag klopfte.

Während Charity hektisch ihre Frisur richtete, zupfte er sich die Krawatte zurecht und blickte hinaus. Der Regen hatte aufgehört, doch der Himmel blieb trüb und grau, die Straßen waren matschig und voller Pfützen. Das Heim der

Sparklers war ähnlich trüb: ein schmales, verwittertes Gebäude mit Fenstern, die wie misstrauische Augen auf Besucher starrten.

Zum Glück waren sie nur hier, um rasch ein paar von Charitys Habseligkeiten abzuholen, ehe sie zu seiner Mutter weiterfuhren. Zu dieser Stunde war sein Schwiegervater im Laden, auch das war günstig.

„Bereit, Liebes?"

Charity nickte mit rosigen Wangen.

Er stieg zuerst aus und streckte ihr die Hand entgegen. Als ihre Stiefel auf dem Boden aufkamen, schwang die Haustür auf.

Eine Frau mit einer schief sitzenden Haube, aus der wirre Strähnen hervorlugten—wohl die Haushälterin—kam herausgerannt. „Oh, Miss Charity, zum Glück sind Sie zurück!"

Charity wurde steif. „Was ist denn, Mrs. Doppler?"

„Ihr Vater", sagte die Frau und wrang dabei ihre Schürze. „Ihm geht es wieder schlecht."

Kapitel 25

„Sind Sie sich sicher, dass er sich wieder erholt, Dr. Harrison?", fragte Charity besorgt.

„Ja, er hat dieses Mal Glück gehabt. Aber wie Sie wissen, Mrs. Fines, ist das ja nicht der erste Anfall, den Ihr Vater erlitten hat", sagte der stämmige Mann mit dem Schnurrbart. „Und dennoch verweigert er meine Anweisungen, weniger zu arbeiten und sich mehr zu schonen."

„Unsinn", widersprach ihr Papa schwach vom Bett aus. Er sah so grau und gebrechlich aus, dass Charitys Herz einen Satz machte. Sie eilte an seine Seite, hielt ihn vom Aufstehen ab. „Heute kommt eine Lieferung Tafelsilber", sagte er zwischen mühsamen Atemzügen. „Die muss ich prüfen."

„Bitte, Vater", flehte sie. „Du musst dich ausruhen."

„Um Himmels Willen, Sparkler, treiben Sie es nicht zu weit." Dr. Harrison runzelte tadelnd die Stirn, während er eine kleine braune Flasche auf den Nachttisch stellte. „Mrs. Fines, sorgen Sie dafür, dass Ihr Vater Mittags und Abends je einen Löffel von dieser Arznei einnimmt—die wird ihn beruhigen, und das braucht er, wenn er wieder gesund werden will."

„Dieses Hexengebräu brauche ich nicht", sagte Vater. „Genauso wenig wie einen verfluchten Quacksalber."

Dr. Harrison stellten sich die Schnurrhaare auf. Charity wollte sich entschuldigen, doch musste sie ihren sich wehrenden Vater im Bett halten. Durch sein verschlissenes Nachthemd hindurch konnte sie fühlen, wie hager er war.

Ehe sie ihn noch einmal betteln konnte, doch still zu halten, schritt ihr Gemahl ein. Mit einer Hand schob Paul ihren Vater zurück ins Bett und hielt ihn nieder. Sanft, aber bestimmt.

„So ist niemandem geholfen, Sir", sagte Paul. „In Ihrem gegenwärtigen Zustand können Sie im Laden gar nichts ausrichten. Und es hilft auch nichts, wenn Sie sich zu Tode schuften. Es bräche Charity das Herz, wenn Sie stürben. Und so ungern, wie sie einkaufen geht, müsste ich ihr die Trauerkleidung besorgen. Wollen Sie uns allen wirklich solche Umstände bereiten?"

Charity blickte nervös auf ihren Papa.

„Das ist doch absurd", spie ihr Vater aus. „Der Laden braucht mich. Wer soll sich denn darum kümmern, wenn nicht ich?"

„Wer kann eine solche Einladung schon ausschlagen? Es wäre mir eine Ehre, mich während Ihrer Genesung um Sparkler's zu kümmern", sagte Paul. Stirnrunzelnd fügte er hinzu: „Nun, *Ehre* ist vielleicht ein wenig übertrieben. Wie gesagt bin ich willens und fähig, das Nötige zu tun."

„*Sie*? Was könnten Sie schon tun?"

Charity krümmte sich innerlich bei der beißenden Verächtlichkeit ihres Vaters. „Paul bietet Hilfe an—"

„Er hat schon genug angerichtet. Dich und die Zukunft von Sparkler's ins Verderben gestürzt. Alles wäre gut, wenn du einfach Garrity geheiratet hättest, wie ich vorgesehen hatte."

An Pauls Kiefer zuckte ein Muskel. „Aber nun ist sie meine Frau, Sparkler, und daran müssen Sie sich gewöhnen."

„Bitte, Paul, mein Vater meint es nicht so—"

„Ich meine jedes Wort. Sie sind ein Taugenichts, ein *Bonvivant*..."—ihr Papa sprach undeutlich— „und mehr wird aus Ihnen auch nie."

Obwohl er hochrot war, verneigte Paul sich spöttisch. „Besten Dank für den Vertrauensbeweis."

„Verfluchter... Fatzke..." Die Augen ihres Vaters fielen zu, er schnarchte.

Charity sackte gegen Paul, der vor Anspannung bebte.

„Ich habe ihm vorhin etwas Laudanum in den Tee gegeben", sagte Dr. Harrison, „und ich rate Ihnen, das nächste Mal die Dosierung sogar noch zu steigern. So ein sturer alter Bock."

„Mein Vater meint es nicht böse", sagte Charity rasch. „Sie sollen wissen, dass er—das heißt, *wir* —Ihre Kunst wirklich schätzt, Dr. Harrison."

Der Doktor nickte schroff. „Seit Sie ein kleines Mädchen waren, waren Sie schon immer die Vernünftige in diesem Haushalt. Nun, verabreichen Sie Ihrem Vater die Arznei, wie ich Ihnen gesagt habe, und weichen Sie ihm um Himmels willen nicht von der Seite. Sorgen Sie dafür, dass er sich mindestens zwei Wochen lang nicht überanstrengt. Sein Herz hält es nicht aus. Sie verstehen doch, was ich sage, auch wenn er es nicht versteht?"

Furcht sickerte durch Charity. „Ja, Herr Doktor. Ich werde mich gut um ihn kümmern."

Nachdem Dr. Harrison fort war, nahm Paul sie in die Arme.

„Mach dir keine Sorgen, Süße", murmelte er. „Alles wird gut."

„Aber sieh ihn dir doch an, Paul." Das fahle Gesicht ihres Vaters ließ ihre Kehle brennen. „Er kann nicht mehr so arbeiten wie früher, wo Sparkler's doch sein Ein und Alles ist. Er wird nicht kürzer treten."

„Wir müssen ihn eben dazu zwingen."

„Wie?", fragte sie verdrossen.

„Wenn er Sparkler's erst einmal in guten Händen weiß, wird er sich entspannen. Und du auch, hoffe ich. Lass mich nur machen."

„Aber das Turnier. Du sollst doch nächste Woche aufbrechen—"

„Ich vereinbare etwas anderes mit Traymore. Gewiss kann ich in London üben, wenn es sein muss. Ich kann das genauso gut in Jacksons Boxsalon tun", sagte er entschlossen.

Sie starrte ihn fassungslos an. Das würde er tun... für sie?

Sie hatte schon immer vermutet, dass ein Held in ihm steckte, jetzt wusste sie, dass er der *edelste* aller Männer war. Doch konnte sie es ihm nicht erlauben, dass er aus ehelichem Pflichtgefühl heraus seine Aussichten auf einen Sieg aufs Spiel setzte—das Einzige, was ihm wirklich wichtig war.

„Nein", sagte sie kopfschüttelnd. „Die Meisterschaft ist zu wichtig. Du darfst dich nicht davon ablenken lassen—"

„Und es würde mich wohl nicht ablenken, wenn ich meine Frau allein in der Patsche sitzen ließe?", schalt er sie. „Du musst an der Seite deines Vaters sein, Süße, und wenn er erwacht, wirst du alle Hände voll zu tun haben. Was mich an etwas erinnert: Ich lasse Mama benachrichtigen, dass wir nicht bei ihr wohnen werden. Du kannst ihn besser pflegen, wenn wir hier bleiben."

Trotz der schlimmen Lage schwoll Charity das Herz. Er war der gütigste, der großherzigste Mann, den sie sich vorstellen konnte. Und dabei noch der männlichste. Sie liebte ihn *so sehr*.

Seine Sänfte. Seine Härte. Alles an ihm.

Sie nahm eine seiner Hände und küsste die hornhäutigen Fingerknöchel. „Niemand war je so gut zu mir", sagte sie leidenschaftlich. „Danke, Paul."

„Es ist mir ein Vergnügen, mich um meine Frau zu kümmern", sagte er heiser. „Nun küss mich noch einmal anständig, bevor ich davon watschele und mir einen Eindruck vom Laden verschaffe."

Das tat sie, und die Wärme ihres Kusses verdrängte ein wenig die Kälte in ihr.

* * *

Paul gelangte bei Sparkler's an, als ein paar Kunden gerade am Gehen waren. Die mondän gekleideten Ladies plauderten, während sie das Trottoir entlang gingen.

„Was für ein jämmerlicher Ort, nicht wahr?", sagte die mit der gelben Feder auf der Haube.

„Ich kam mir vor wie in einem Lagerhaus", sagte die andere schaudernd. „Überhaupt kein Stil."

Die gelbe Feder lachte: „Und der Verkäufer? Der gehört eher in ein Museum als in einen Juwelierladen."

„Nun, diese unselige Erfahrung haben wir eben gemacht, und den Fehler wiederholen wir nicht noch einmal." Ihre Freundin schniefte. „Zurück zu unseren gewohnten Gefilden?"

„Rundell's hatte ein reizendes Diadem im Schaufenster", stimmte die gelbe Feder ihr zu.

Als sie an ihm vorbeigingen, verneigte sich Paul höflich und schenkte ihren schelmischen Blicken keine Beachtung. Als die Kutsche davongerollt war, betrat er den Laden und sah voller Bestürzung, dass die beiden Gänse recht hatten. Der Laden sah so schäbig aus wie bei seinem letzten Besuch—sogar noch schlimmer, weil nun mehrere große Schachteln aufs Geratewohl auf die Vitrinen gestapelt waren. Der Verkäufer, Mr. Jameson, packte sie gerade aus. In einem Rennen zwischen dem Alten und einer Schildkröte hätte Paul dem Reptil die besseren Gewinnchancen eingeräumt.

„Guten Tag, Mr. Fines." Das Gesicht des Verkäufers verknitterte sich in ein Lächeln, das reich an Falten und arm an Zähnen war. „Hab Sie gar nicht erwartet. Sind die Flitterwochen denn schon vorbei?"

Das konnte man wohl sagen.

Auf was hatte sich Paul da schon wieder eingelassen? Mit einem Gefühl der Grausens sagte er: „Sparkler ist verhindert. Ich bin statt seiner hier."

„Das ist aber nett von Ihnen, Sir. Könnte ein wenig Hilfe gebrauchen. Die Lieferung mit dem Tafelsilber ist soeben angekommen und ich war gerade dabei..." Jameson runzelte die Stirn.

„Augenblick einmal, was heißt ‚verhindert'? Wann kommt der Meister denn?"

Paul erklärte die Sachlage.

„Mr. Sparkler ist *bis auf weiteres* weg? Und Miss Char—ich meine, Mrs. Fines—wird bei ihm sein?" Jameson sah aus, als wäre ihm der Teppich unter den Füßen weggezogen worden—wenn auf den abgetretenen Dielen denn ein Teppich gewesen wäre. „Aber ich bin doch nur ein einfacher *Angestellter*. Wie soll ich den Laden denn führen?"

„Das werden Sie nicht." Paul rieb sich den Nacken. „Das Vergnügen kommt, glaube ich, mir zu."

„Ihnen?" Eine Kerbe grub sich zwischen Jamesons graue Augenbrauen.

Paul teilte seine Zweifel. Er wusste ja kaum, was er hier tat. Gerade zuvor hatte er beim Club von Traymore Halt gemacht, um diesen von seinen geänderten Absichten in Kenntnis zu setzen. Der Viscount war zwar nicht gerade erfreut gewesen, hatte Pauls Entscheidung aber grummelnd akzeptiert.

„Sie sorgen aber dafür, dass Sie binnen fünf Wochen *ganz gewiss* für den Kampf bereit sind?", hatte Traymore gesagt. „Ich habe Geld auf Sie gesetzt, Fines, und mehr noch, meinen Stolz. Ich stelle mich ungern hinter einen Verlierer."

„Ich werde nicht verlieren", hatte Paul entschieden gesagt.

Nun musste er gegen seine wachsenden Zweifel und Angst ankämpfen. Mit der Arbeit, die hier anstand, *würde* er denn genug Zeit haben, um sich ausreichend vorzubereiten? Wäre er denn in der besten Verfassung, stark und schnell genug, um zu gewinnen?

Doch was blieb ihm denn anderes übrig?

Der Zustand des Ladens ist entsetzlich, der des alten Sparklers noch schlimmer. Ich kann Charity nicht allein lassen. Nicht jetzt, wo sie mich am meisten braucht.

Um ihretwillen würde er es irgendwie fertigbringen müssen, seine Vorbereitungen mit den Anforderungen des Geschäfts in Einklang zu bringen. Wenn es sein musste, würde er vor Morgengrauen üben und dann nach

Ladenschluss wieder. Was auch immer nötig war, er würde es tun.

Und zur Hölle, vielleicht war es ja allein schon deswegen den Aufwand wert, um Uriah Sparkler einmal klein beigeben zu sehen.

„Nun, lieber Sie als ich." Jameson tupfte sich mit einem Taschentuch die Stirn. „Einen Laden wie diesen zu führen ist eine Aufgabe für einen jungen Mann, und ich bin nicht mehr so flink, wie ich aussehe."

Paul betrachtete den Haufen Schachteln. Irgendwo musste er ja anfangen, und es war Zeit, die Sache buchstäblich in die Hand zu nehmen.

Er hängte seine Jacke über eine der Vitrinen und krempelte die Ärmel hoch. Mit einem Seufzer sagte er: „Bringen wir zunächst etwas Ordnung in dieses Durcheinander, ja?"

Kapitel 26

So sehr Charity ihren Vater auch liebte, musste sie zugeben, dass er ein schwieriger Patient war. Sie brachte eine aufreibende Woche damit zu, ihn zu pflegen—versuchte, ihn im Bett zu halten, ihn davon zu überzeugen, seine Arznei einzunehmen und mehr als nur ein paar Bissen seiner Leibspeisen zu essen, die sie ihm alle eigens zubereitet hatte. Er beklagte sich über alles und verlangte unaufhörlich, in seinen Laden gebracht zu werden. Als er vor ein paar Tagen versuchte, auf eigene Faust aufzustehen, wurde er ohnmächtig und fiel fast zu Boden, ehe sie zum ihm eilte und ihn auffing.

Am Ende der Woche war sie vor Sorge und Schlafmangel völlig erschöpft.

Während sie ihm die Kissen aufschüttelte, grummelte Vater: „Ich gehe morgen wieder in den Laden. Ich bin bei bester Gesundheit."

„Sehen wir mal, wie du dich morgen fühlst", sagte Charity.

„Ich sage dir doch, es geht mir *gut*. Es wird mir allerdings nicht gut gehen, wenn der Hanswurst mein Lebenswerk zerstört hat." Seine grauen Augenbrauen senkten sich in einen finsteren Blick. „Mittlerweile könnte er schon den ganzen Laden verprasst haben. Oder im Rausch zerstört haben. Das machen doch diese übermütigen jungen Spunde so."

Sie biss die Zähne zusammen. Es missfiel ihr, wie ihr Vater Paul schlechtredete. Und zwar ohne Unterlass. Er schien blind für all die Anstrengungen, die ihr Mann unternahm, und verhielt sich, gelinde gesagt, undankbar.

Mit immer dünnerem Geduldsfaden sagte sie: „Der Hanswurst ist zufällig dein Schwiegersohn und mein Mann. Ich wäre dir dankbar, wenn du ihm etwas mehr Achtung zolltest. Er musste seine eigenen Vorhaben hintanstellen, um während deiner Krankheit den Laden zu verwalten."

„Vorhaben, dass ich nicht lache. Boxen ist kein Vorhaben, es ist eine Zeitverschwendung", schimpfte ihr Vater.

Sie wusste, dass er Unrecht hatte. Paul erbrachte ein solches Opfer für sie, für Sparkler's. Die ganze letzte Woche über war er jeden Morgen aufgestanden und aus dem Haus gegangen, ehe sie überhaupt wach war. Er boxte frühmorgens einige Stunden lang im Salon von Gentleman Jackson, ehe er zur Arbeit in den Laden ging. Nach einem langen Arbeitstag ging er wieder zum Boxen. Er kam erst spät nach Hause, fiel erschöpft geradewegs ins Bett. Und am nächsten Tag begann es von Neuem.

Ihr Vater kniff die Augen zusammen. „Und ich wäre dir dankbar, nicht in solch einem Ton mit mir zu reden, Fräulein. Wo ist das gehorsame Mädchen, das ich erzogen habe? Bedeute ich dir nichts mehr? Nichts als ein alter Krüppel, dem man nicht die geringste Höflichkeit und Achtung schuldet?"

Charitys Wangen brannten. „Natürlich achte ich dich, Vater. Ich wünschte nur, du gäbst Paul eine Chance. Denn dann würdest du ihn bald so lieben, wie ich es tue. Oder ihn zumindest mögen. Er ist ein guter, ehrbarer Mann und—"

„*Lieben*? Hast du gerade gesagt, du glaubst diesen *Tunichtgut* zu lieben?"

Sie schluckte, als etwas Irres in den Blick ihres Vaters stieg. Sie hatte ihre Liebe nicht offen bekennen wollen; sie hatte es noch niemandem gesagt, noch nicht einmal Paul. Sie hatte den richtigen Augenblick abwarten wollen, um ihm ihre wahren Gefühle zu offenbaren... jenen richtigen Augenblick, in dem er das Gefühl vielleicht erwiderte. Nach ihrer zauberhaften Woche im Landhaus in Chudleigh Crest schien es, dass er Liebe zu ihr finden könnte, zumindest ein wenig. Und jetzt hatte er selbstlos ihr Wohlergehen und das des Ladens vor das eigene gestellt.

Seit ihrer Rückkehr nach London allerdings hatten sie kaum Zeit für einander gehabt. Sie hatte ihren Vater gepflegt und Paul war mit seinem Zeitplan hoch beschäftigt. Zum ersten Mal in ihrer Ehe schliefen sie auch in getrennten

Betten, weil diese zu schmal für mehr als einen Schläfer waren. Und weil ja immer ein Unglück zum anderen kam, hatte sie auch noch ihre Blutung bekommen, was ihrem Liebesspiel einen zusätzlichen Dämpfer aufsetzte.

Nun, ihre Regel war nun vorüber und sie gedachte, einen Abend allein mit Paul zu verbringen, wenn er nach Hause kam. Hoffentlich würde die Vertraulichkeit ihrer Hochzeitsreise neu entbrennen und ihr den Mut geben, ihm ihre wahren Gefühle zu offenbaren.

Sie hob trotzig das Kinn und sagte: „Ja, Vater, ich liebe ihn."

Sie wappnete sich für einen väterlichen Zornesausbruch. Oder vielleicht seine Verachtung. Sie war also nicht darauf vorbereitet, dass ihr Vater still resigniert sagte: „Du tust mir leid, Tochter. Wahrlich."

„Leid?" Sie runzelte die Stirn. „Aber warum? Ich bin glücklich darüber, meinen Mann zu lieben."

„Gewiss. Aber liebt er denn dich?"

Ihre Finger falteten das Bettlaken. „Wir sind frisch vermählt. Derlei Dinge brauchen Zeit. Und ich... ich habe meine Gefühle bislang für mich behalten."

„Zumindest hast du dir ein bisschen von dem gesunden Menschenverstand bewahrt, den ich dir vermittelt habe." Ihr Papa packte ihre Hand mit plötzlicher Eindringlichkeit. „Hör mich an: Wenn du klug bist, lässt du ihn nie von deiner Liebe wissen."

„Warum sagst du das, Vater?"

„Weil es nur zu Leid führen kann." Schatten flackerten in seinen grauen Augen. „Sparklers üben keinen Selbstbetrug. Sie sehen sich so, wie sie sind. Habe ich dich das nicht gelehrt? Schau dich doch an, meine Tochter—und dann sieh deinen Mann an. Du musst doch den Unterschied erkennen."

Ihr Herz schlug schneller. Ihr kam ein Bild ihrer selbst, mit Pusteln übersät, und Paul, umringt von hübschen Debütantinnen. Während er sehnsüchtige Blicke auf die einzige Frau warf, nach der er sich sehnte: die schwarzhaarige, fliederäugige Rosalind—sein Ein und Alles. Diejenige, für die ihm, wie er selbst zugegeben hatte, „Gefühle nachgingen".

Gerade dann fiel ihr das Funkeln ihres Opalrings ins Auge, und sein Feuer gab ihr wieder Kraft.

„Er findet mich schön", sagte sie.

„Hübsche Worte sind billig, vor allem für einen wortgewandten Schlingel wie ihn. Charity, mein armes verblendetes Kind", sagte ihr Vater so elend, dass es ihr den Hals zuschnürte, „mein ganzes Leben lang habe ich versucht, dich zu beschützen. Dich mit Vernunft und Bescheidenheit zu wappnen, damit du deinen Platz in der Welt kennst."

„Mein Platz ist bei meinem Mann. Wir haben uns vor Gott Treue geschworen."

„Bist du wirklich so ahnungslos, dass du nicht weißt, dass solche Gelübde zumeist gebrochen werden? Dein Mann ist ein stadtbekannter Schürzenjäger. Denkst du wirklich, er ändert sich... deinetwegen?"

„Er hat es mir versprochen." Ihre Stimme schwankte.

Vater schüttelte den Kopf. „Er hat dir vielleicht Versprechungen gemacht, das heißt nicht, dass er sie hält. Männer wie er tun das nie. Er wird deiner müde werden und dich beiseite werfen, so lässig, als wärst du die Mode der Vorsaison."

Nein. Das würde Paul nicht tun. Das konnte er nicht.

„Es schmerzt mich, dies zu sagen, Charity, aber"—ihr Vater tat einen keuchenden Atemzug—„die Wahrheit ist, dass wir Sparklers vielleicht in unserem Tun beständig sind, doch von anderen lässt sich das nicht sagen. Deswegen kommen wir immer irgendwie durch. Hast du denn aus meinen eigenen Leiden nichts gelernt?"

„Aber Mama ist gestorben. Sie hat uns nicht aus freien Stücken verlassen." Eine ihr neue, trotzige Stimme stieg in ihr auf. *Deine Leiden müssen nicht die meinen sein.*

„Was macht das schon? Sie ist fort, oder nicht?" Seine Stimme wurde hart. „Sie hat mich verlassen, mich mit einem kleinen Kind zurückgelassen, das ich allein großziehen musste. Das war nicht leicht, und andere an meiner Stelle hätten dich vielleicht ins Waisenhaus oder ins Arbeitshaus gesteckt. Aber ich habe dich nicht im Stich gelassen—weißt du, warum?"

Ihr Atem ging hastig, sie schüttelte den Kopf.

„Weil wir Sparklers zusammenhalten. Wir tun einander gegenüber unsere Pflicht. Ist es nicht immer so gewesen, du und ich gegen den Rest der Welt?"

Der Funke der Widerspenstigkeit verlosch, während sich ihr Erinnerungen aufdrängten: der gemeinsame Fußmarsch ins Geschäft, die hastigen Abendessen im Hinterzimmer des Ladens. Das stundenlange Brüten über der Ware —und das Gefühl der Genugtuung, wenn er sie für die ordentlichen Auslagen lobte. Ihr ganzes Leben lang hatte sie sich immer nach seiner Zustimmung gesehnt.

„Ich versuche, das *Richtige* zu tun", sagte sie schluckend, „und Paul ebenso. Er schuftet unermüdlich im Laden, während du krank bist— bedeutet das gar nichts?"

„Er kann Sparkler's nicht retten." Bei seinem schroffen Ton begann ein Rinnsal der Angst in sie zu sickern. Indes schien aus ihm die Wut zu weichen, kraftlos sackte er in die Kissen zurück. Ihm fielen die Augen zu. „Wir hatten eine Chance, und die hieß Garrity. Nun ist sie fort, und das Einzige, was noch zu retten ist, ist... dein

Herz." Seine Stimme brach, als er sagte: „Schütze es, Kind, denn ich bin vielleicht nicht mehr lange auf dieser Welt."

„Du wirst wieder ganz gesund", sagte sie und drückte seine Hand. „Und dann wirst du sehen, dass sich alles zum Guten wenden wird."

Er öffnete die Augen nicht. „Ich bin müde. Lass mich nun ruhen."

Charity blinzelte plötzliche Tränen weg, steckte die Bettdecke um ihn fest und sagte: „Gewiss, Vater."

Sie lehnte die Tür hinter sich an. Durch den schmalen Spalt hielt sie Wache über ihn. Und machte sich Sorgen... um alles.

Kapitel 27

Paul kam erst nach zehn am Abend zurück. Charity stürzte ihm aus der Stube entgegen. Er sah so gut aus wie immer, wenn auch etwas mitgenommen. Seine linke Wange war schmutzig, Staub trübte den Glanz seiner Stiefel.

„Schwerer Tag?", fragte sie.

Er setzte den Hut ab, fuhr mit der Hand durch sein zerzaustes Haar. „Im Vergleich zu Sparkler's ist ein Kohlebergwerk ein Jahrmarkt. Nach dem und einer zermürbenden Übungseinheit bei Jackson bin ich am Verhungern und brauche ein Bad." Er zog sich die Jacke aus, schnupperte an sich und verzog das Gesicht. „Und nicht unbedingt in dieser Reihenfolge."

„Da brauchst du keine Entscheidung zu treffen", sagte sie zu ihm. „Ich habe dir schon ein Bad eingelassen und dein Abendessen steht auf einem Tablett bereit."

„Ich sage doch immer, du bist ein Engel." Er lehnte sich hinab, um sie zu küssen.

„Eigentlich", sagte sie ein paar Augenblicke später atemlos, „hast du mich als Mäuschen bezeichnet."

Er grinste. „Dann bist du eben ein engelsgleiches Nagetier. Und zwar ein entzückendes, das herumhuscht und der Menschheit Gutes tut. Und vor allem mir."

„Ich weiß nicht, ob ich derlei Schmeicheleien aushalte", sagte sie schief, während sie sich auf dem Weg zur Treppe machte. „Lass uns nach oben gehen, ehe das Wasser kalt wird."

„Siehst du? Du denkst immer nur an mich—ergo bist du mein Engel."

Seine Stiefel stapften hinter ihr her. Als sich seine Hand auf ihren Po legte und zudrückte, quietschte sie und stolperte beinahe.

Lachend fing er sie. „Und das Mäuschen gibt so possierliche Töne von sich und hat einen sehr reizenden Hintern, beides Attribute unserer lieben Vierbeiner. Ich ernenne dich also zu Madam Schutzmaus."

Grinsend ging sie dicht von ihm gefolgt weiter die Treppe hinauf. Sie betraten das kleine Gästezimmer, wo Paul wohnte. Seine Gegenwart ließ den Raum nur noch beengter wirken. Neben dem schmalen Bett gab es nur noch einen winzigen Schreibtisch und einen Schrank. Die Wanne musste zwischen das Fußende des Bettes und den Kamin gezwängt werden. Zumindest brannte das Kaminfeuer schon, wärmte und erleuchtete gemütlich den Raum.

Paul schnappte sich ein Stück Lammfleisch vom Tablett und steckte es in den Mund. Während er kaute, lockerte er seine Krawatte und entkleidete sich mit einer zwanglosen Anmut, die sie wohl nie erreichen würde. Er fühlte sich so wohl in seiner Haut—und was für eine Haut es war. Die Schichten fielen zu Boden, während er sie achtlos fallen ließ.

Ach du liebe Zeit.

Ihr lief das Wasser im Munde zusammen, während der Feuerschein an den straffen Formen seiner männlichen Gestalt züngelte. Seine harte, markante Brust und Oberkörper zeichneten sich köstlich gegen die verblassten Blumentapeten ab. Die schlanken Muskeln seiner Oberschenkel regten sich, seine männliche Ausstattung baumelte, als er in die Wanne stieg.

Mit einem Kribbeln erinnerte sie sich daran, wie sein zügelloses Instrument sich in ihr bewegt, sie so vollständig erfüllt hatte, dass kein Raum mehr für Gedanken oder Sorgen in ihr blieb. Kein Raum für etwas anderes als ihn und die herrliche Freude, die sie teilten.

Sie hoffte heute Abend auch wieder auf solche Intimitäten.

„Ah, das ist besser", seufzte er und lehnte sich zurück. Obwohl er nicht ganz in die Wanne passte und die Knie anwinkeln musste, sah er aus wie ein König.

Sie lächelte und machte sich aus Gewohnheit daran, die Kleider aufzulesen, die er auf dem Boden verstreut hatte. Im Haus ihres Vaters gab es nicht genug Platz für Pauls Kammerdiener, also kam Mr. Bromley täglich, um Paul beim Ankleiden zu helfen und die schmutzige Wäsche abzuholen. Sie faltete die schmutzige Wäsche zu einem ordentlichen Stapel... und bemerkte einen Fleck auf dem Revers seiner Weste.

Sie begutachtete die jadefarbene Jacke und rieb an dem Flecken. „Ach du liebe Güte. Tinte geht aus empfindlichen Stoffen so schlecht raus."

„Zerbrich dir nicht den Kopf darüber", sagte Paul aus der Wanne. „Wirf sie einfach weg."

Sie sah ihn überrascht an. „Aber es ist eine schöne Weste. Und teuer noch dazu."

„Die ist vom vergangenen Jahr." Er gähnte, streckte die Arme. „Bromley wollte sie sowieso entsorgen."

Er wird deiner müde werden und dich beiseite werfen, so lässig, als wärst du die Mode der Vorsaison.

Sie klammerte die Weste fester. „Derartige Verschwendung ist nicht nötig. Ich bekomme den Fleck schon heraus. Und falls nicht, kann ich den Stoff gewiss weiter verwenden."

„Wie du willst, Süße." Er lächelte sie entspannt an. „Würdest du jetzt hierher kommen und mir beim Baden helfen?"

Mit holperndem Herzschlag schalt sie sich selbst als töricht und ging zu ihm. Sie setzte sich auf einen Hocker neben der Wanne, goss eine Handvoll seiner Seife aus—eine duftende Mischung aus Zitrone und Sandelholz, eigens von seinem Kammerdiener zubereitet—und seifte sein Haar ein. Paul stöhnte, als sie seine Kopfhaut mit festen Strichen massierte. So wie er es mochte.

„Bei Gott, du hast ein Zauberhändchen. Ich weiß gar nicht, wie ich ohne dich zurechtgekommen bin." Seine Augen waren geschlossen, sein Kopf ruhte auf dem Handtuch, das sie auf den Wannenrand gelegt hatte.

Sie arbeitete sich an seinen verspannten Halsmuskeln entlang, und die Wonne, ihn reden zu hören und ihn zu berühren, zerstreute ihre Ängste ein wenig.

Es ist nur eine alte Weste. Nicht überreagieren.

Sie schnaufte aus und sagte: „Du bist steif."

„Das kann man wohl sagen." Obwohl seine Augen geschlossen blieben, krümmten sich seine Lippen frech. „Das Problem tritt immer auf, wenn ich in deiner Nähe bin."

Seine Koketterie erfüllte sie mit Erleichterung. Sie *liebte* es, wenn er mit ihr auf diese Weise scherzte. Besonders jetzt, wo sie dreiste Anspielungen verstand. Ihre Finger gruben sich tiefer in seine verspannten Muskeln und er stöhnte, Wasser schwappte gegen den Wannenrand. Sie arbeitete an seinem Nacken und Schultern, ergötzte sich daran, dass sie ihm Freude bereiten konnte.

„Wie war das Boxen?", fragte sie.

„Die härten mich ab." Er hob seine Linke aus dem Wasser, und sie japste, als sie seine wunden, geschwollenen Fingerknöchel sah.

„Tut es weh? Ich hole die Salbe—"

„Lass nur, Süße. Es brennt bloß ein wenig. Ich kann ja kein Preiskämpfer mit weichen Händen sein."

Sie wurde die plötzliche Angst nicht los. Wenn er schon beim Üben solche Verletzungen erlitt, was konnte ihm dann in einem echten Kampf widerfahren? „Wirst du denn im Ring sicher sein? Bist du sicher, dieses Turnier ist ein guter Einfall?", barst es aus ihr heraus.

„Du weißt, dass ich es will." Die Schärfe in seiner Stimme entging ihr nicht. „Es wird schon alles gut gehen. Mach dir keine Sorgen. Lass uns das Thema wechseln. Frag mich zum Beispiel nach dem Laden."

Sie wollte ihn nicht weiter drängen, also sagte sie schluckend: „Wie geht das Geschäft?"

„Wir machen Fortschritte." Seine Stimme wärmte sich zufrieden. „Ich habe heute die Vitrinen gereinigt. Und neue Teppiche wurden auch geliefert."

„Das klingt wunderbar." Aber was sie empfand, war nur noch mehr Sorge. Zögerlich angelte sie nach Worten, die nicht undankbar oder bevormundend klingen würden: „Du krempelst aber nicht alles um, oder? Vater ist ein Gewohnheitstier, weißt du, und—"

„Er wird schon alles gutheißen, mach dir keine Gedanken", sagte Paul, wieder gähnend. „Mein größter Erfolg war es, Jameson diese Neigung auszutreiben, über jedem Kunden zu geifern wie ein Hund in einer Metzgerei. Überraschenderweise hat sich das alte Sprichwort als falsch erwiesen: Alte Hunde können *durchaus* noch neue Kunststücke lernen, und jetzt zahlt es sich aus. Er hat in den letzten Tagen seinen Umsatz verdoppelt."

So abwegig klangen Pauls Neuerungen im Laden ja nicht, dachte Charity. Und wenn Pauls neue Herangehensweise auch noch die Gewinne steigerte, wäre ihr Papa gewiss zufrieden.

„Es ist nicht Mr. Jamesons Schuld. Vater hält die Angestellten dazu an, den Kunden gegenüber aufmerksam zu sein", sagte sie. „Sein Motto war schon immer, *der Kunde ist König*."

„Das wirkt vielleicht bei gewissen Gesellschaftsschichten, doch nicht bei denen, die du für Sparkler's als Kunden werben willst. Glaub mir, du musst ihnen mit ihren eigenen Mitteln begegnen. In dem Fall mit Blasiertheit."

„Das verstehe ich nicht."

„Wenn du der feinen Gesellschaft zu viel Honig ums Maul schmierst, gehen sie davon aus, dass du ihr Untergebener bist. Wenn du hingegen so tust, als tätest *du ihnen* einen Gefallen, dass sie bei dir einkaufen dürfen, werden sie sich fast überschlagen, dir den Laden leerzukaufen."

„Man steigert also die Nachfrage, indem man die Kunden herablassend behandelt? Das ergibt keinen Sinn", sagte Charity stirnrunzelnd.

Paul schnaubte. „Seit wann hat denn Logik etwas mit der vornehmen Gesellschaft zu tun?"

Sie spülte die Seife aus seinem Haar und dachte über seine Worte nach. Wann auch immer sie selbst ein elegantes Etablissement betreten hatte—normalerweise in Begleitung von Percy— waren ihr die Verkäufer in der Tat *hochnäsig* erschienen. Sie reckten die Nasen sogar in solche Höhen, dass es ein Wunder war, dass sie sich dabei kein Nasenbluten einhandelten. Sie hatte das immer unangenehm gefunden und keinerlei Bedürfnis gehabt, jemals wieder dort einzukaufen.

Natürlich gehörte sie nicht der Oberschicht an und verstand deren komplizierte Art nicht. Und sie konnte nicht leugnen, dass die überheblichsten Läden das beste Geschäft zu machen schienen.

War es denn möglich, dass ihr Vater es die ganze Zeit über falsch gemacht hatte?

Sie wollte Paul weiter dazu befragen, doch als sie seine entspannten Gesichtszüge sah, beschloss sie, ihn nicht zu stören und holte stattdessen den Kessel vom Feuer, goss unter seinen zufriedenen Seufzern heißes Wasser nach. Sie goss noch mehr Seife aus und fuhr mit den Händen über seine Brust. Seine Lider wurden schwer, als sie über die harten Konturen glitt, nach Knoten suchte und sie ihm ausknetete.

Dabei schwanden einige ihrer Sorgen von zuvor. Er war so stark, so schnell und kraftvoll—gewiss konnte er sich in jedem Kampf behaupten. Sie musste seinem Urteil vertrauen.

Mit diesem Entschluss richtete sie ihre Aufmerksamkeit darauf, seine angewinkelten Beine einzuseifen und zu kneten. Unter dem Wasser arbeitete sie an seinen Waden und großen Füßen und rieb seine Fußsohlen, während er vor Wonne brummte. Durch die Schaumwolken auf der Wasseroberfläche konnte sie die Form seines Glieds ausmachen, das auf seinem Oberschenkel ruhte. Der Teufel ritt sie, ihr juckten die Finger, ihn dort wieder zu berühren. Diese dicke Länge entlang zu gleiten, jeden Zoll von ihm zu erkunden, von der dicken Spitze bis zum schweren Sack darunter.

Kühn griff sie zwischen seine Beine und legte ihre Hand um sein Glied. Sogar wenn es ruhte, war es zu groß, um es zu umfassen. Sie glitt mit der Hand daran entlang und zu ihrer Freude versteifte sich die Säule, blühte in ihrer Faust auf. Ihr Geschlecht wurde feucht, flatterte.

Er murmelte etwas und ihr Blick flog zu seinem Gesicht.

Sie blinzelte.

Er war… eingeschlafen. Mit geschlossenen Augen war er gegen den Wannenrand gesackt, seine Brust hob und senkte sich stetig.

Die Erinnerung an ein anderes Mal schlich wie Frost über ihr Inneres. *Er weiß nicht einmal, dass du hier bist.* Sie zog ihre Hand zurück und stellte überrascht fest, dass sie zitterte.

Schluckend sagte sie: „Paul. Wach auf.“

Sie musste es wiederholen, ehe sich langsam seine Wimpern hoben.

„Bin ich eingenickt?" Er gähnte.

„Ich helfe dir beim Abtrocknen, damit du ins Bett kommst", sagte sie leise.

Bis sie nach dem Bade aufgeräumt hatte, war er schon wieder eingeschlafen. Sie stand neben dem Bett und beobachtete ihn. Sein Gesicht war im Schlaf so schön wie das eines Engels. Sie wischte ihm eine feuchte, goldene Locke aus der Stirn. Als ihn diese Berührung nicht weckte, verweilte sie noch ein wenig länger, ehe sie die Lampen löschte und sich unbemerkt zurückzog.

Kapitel 28

Drei Tage später, in der Finsternis vor der Morgendämmerung wählte Paul von dem spärlichen Angebot auf der Anrichte und ließ dann seinen Teller auf den Esstisch klirren. Die trostlose Stube schien seine eigene schlechte Laune widerzuspiegeln, die er seinem Gastgeber zuschrieb. Er hasste den verfluchten Uriah Sparkler. Jawohl, *hasste* ihn. Da gab es nichts zu beschönigen. Die Feindseligkeit seines Schwiegervaters war wie ein langsam wirkendes Gift, rann in jede Ritze seines Daseins und besudelte es.

Er hatte seine Turniervorbereitung hintangestellt, um dem Bastard zu helfen, und was war der

Dank? Nichts als Feindseligkeit. Sparkler hieb bei jeder Gelegenheit auf ihn ein; verflucht, erst gestern hatte er Paul dafür heruntergeputzt, dass er mit seinen täglichen *Bädern* Wasser verschwendete. Charity zuliebe hatte Paul die Zähne zusammengebissen und war weiter gegangen. Er wusste nicht, wie lange er noch den Edelmann spielen konnte, was ja ohnehin nicht seine bevorzugte Rolle war. Er verabscheute jede Sekunde, die er unter dem Dach des Geizkragens hauste. Der knauserige Mangel an Wärme und gutem Essen... von den getrennten Schlafzimmern ganz zu schweigen.

Er hatte es schon seit Ewigkeiten nicht mehr mit seiner Frau getrieben. Nun, vielleicht waren es nur zehn Tage, aber *immerhin*... im Vergleich zu den lauen Tropen ihrer Hochzeitsreise war es hier wie in Sibirien. Das Leben schien auf dem Kopf zu stehen: Zum ersten Mal überhaupt arbeitete *er zu viel* und hatte *nicht genug* Sex. Wie konnte man denn so leben?

Er hatte sich noch nicht einmal selbst befriedigen können, aus Angst, die Haushälterin könnte die besudelte Bettwäsche entdecken und sein Schwiegervater könnte irgendwie dahinter kommen. Er litt fast schon unter

Verfolgungswahn, das wusste er, aber Uriah Sparkler schien ihn auf Schritt und Tritt zu beobachten und nur darauf zu lauern, dass er einen Fehler beging. Es war nervenaufreibend—und in Sachen Liebe recht ernüchternd.

Paul schob den Gedanken beiseite; er wollte nicht mehr als notwendig über Sparkler nachgrübeln. Es war besser, an Angenehmeres zu denken—zum Beispiel, wie er die Charity von seiner Hochzeitsreise wiederbekam. Seine süße, heiße Braut, die so erpicht darauf gewesen war, die Geheimnisse des Geschlechtsverkehrs mit ihm zu entdecken. Ihre Blutung sollte inzwischen vorüber sein. Es gab keinen Grund, nicht dort weiterzumachen, wo sie aufgehört hatten.

Vielleicht, dachte er, während er auf ungenießbaren Eiern herumkaute, konnte er es sogar einrichten, dass sie die Nacht auswärts verbrachten. Nun, da ihr Vater sich auf dem Weg der Besserung befand, konnte er sie doch für einen Abend entbehren. Paul konnte ihnen ein Zimmer in einem Gasthof reservieren, sie konnte wieder ihr Negligé für ihn tragen, nur damit er es ihr gleich wieder ausziehen konnte. Und zwar mit den Zähnen...

Selbst als sein Schwanz bei dem Gedanken aufmerksam zuckte, kehrte das nagende Unbehagen wieder. Würde sie sich ihm denn wieder so hingeben wie zuvor? War das Glück ihrer Hochzeitsreise nur ein vorübergehender Zustand gewesen? Denn nichts Gutes währte ewig. Irgendwie brachte er es immer fertig, jedes Glück, das ihm in den Schoß fiel, zu verspielen. Es war ihm nicht entgangen, wie sich die Dinge entwickelt hatten. Seit ihrer Rückkehr nach London war seine Frau immer unnahbarer, zurückgezogener geworden, wie die alte Charity. Die, die er leider stets übersehen hatte.

Die Tür ging auf und der Gegenstand seiner Gedankengänge erschien. Sein Puls beschleunigte sich, vor Lust und... Bestürzung. Nicht, weil ihr Haar wieder einmal in einem Dutt gebunden war oder sie eines ihrer farblosen, formlosen Kleider trug. Er scherte sich keinen Deut um ihre Erscheinung, weil er nun die wahre Charity sah, die Schönheit, die durch alles hindurch schimmerte.

Nein, Anlass seiner Bestürzung war der Ausdruck in ihren moosgrünen Augen: die Zurückhaltung, die während ihrer Hochzeitsreise nicht da gewesen war. Diese Kühle, die ihm die Nackenhaare sträubte.

Er erhob sich, um sie zu begrüßen; sie machte einen Knicks.

Wie ein paar verdammte hölzerne Marionetten.

Sie lächelte, aber die Zögerlichkeit in ihrem Ausdruck entging ihm nicht. „Guten Morgen", sagte sie. „Du bist aber früh auf."

„Ich stehe seit unserer Rückkehr jeden Tag früh auf."

Seine Antwort war schärfer als beabsichtigt, und ihre Schultern versteiften sich, während sie sich der Anrichte zuwandte. Verdammt, sie sollte verstehen, dass er es nicht so meinte. Besonders sie sollte doch wissen, wie sehr ihn dieser Drahtseilakt zwischen Boxen und der Rettung des Geschäfts ihres Vaters erschöpfte. Er riss sich den Allerwertesten auf.

Die Glut des Grolls, die er unter Verschluss gehalten hatte, begann zu schwelen. Was war denn der Dank für all seine Mühen? Ein Schwiegervater, der ihn wie Dreck behandelte. Eine Frau, die sich mit jedem Tag weiter von ihm entfernte.

„Hast du schon Bewerberinnen für den Posten der Kammerzofe empfangen?", fragte er kurz angebunden.

Sie presste die Lippen aufeinander. Ein Ausdruck der alten Charity. „Nein."

„Warum nicht?"

„Ich hatte alle Hände voll zu tun. Eitelkeiten", sagte sie steif und, wie ihm schien, pikiert, „sind meine geringste Sorge."

Genug von diesem Wahnsinn. Er schritt zur Anrichte, die sie so eindringlich studierte, als gäbe es dort ein großes Buffet anstatt des dürftigen Angebots verkochter Eier, knorpliger Wurst und Toast, den er nicht einmal an Vögel verfüttern würde.

„Hast du gut geschlafen?"

Sie sah sowohl erschrocken als auch erleichtert aus. „Ja, danke. Und du?"

„Schlecht", sagte er.

„Das tut mir leid. Ist das Bett unbequem? Ich könnte—"

Sie quietschte, wahrscheinlich, weil er sie auf die Anrichte gehoben hatte. Es gab dazu viel Platz, weil das Angebot an Speisen ja so spärlich war. Er verkeilte sich kühn zwischen ihren Schenkeln und lehnte sich gegen sie.

„Das Bett ist nicht das Problem", sagte er ihr. „Das Problem ist, dass du nicht drin bist."

„Oh." Die Silbe flatterte von ihren Lippen. Erleichterung flutete ihn, als er sah, wie das Verlangen in ihren Augen aufflackerte. „Oh Paul, i-ich habe dich auch vermisst", flüsterte sie.

Er küsste sie. Ihre Münder trafen sich hitzig und eifrig, und es kamen neben den Zungen auch die Zähne zum Einsatz, aber das war ihm völlig einerlei. Es fühlte sich so *gut* an, eine Rückkehr nach Eden. Tierischer Trieb brach über ihn ein. Er musste seine Ansprüche einfordern, seine vergessliche kleine Frau daran erinnern, wie sehr sie ihn brauchte.

„Ich bin völlig geil nach dir." Er knabberte an ihrem Ohr, ergötzte sich an ihrem Schaudern, wollte noch mehr von ihr. Er musste sie die dunkle Kante der Leidenschaft spüren lassen, die Begierde erwecken, die in ihr wohnte. „Du kleiner Plagegeist", murmelte er ihr ins Ohr, „wir haben seit Tagen nicht gefickt."

Auf dieses dreiste Wort hin wurden ihre Augen groß, ging ihr Atem schneller. „Aber wir können doch nicht..."—sie schnappte nach Luft, als er ihr züchtiges Schultertuch von ihr abzog, die milchige Haut ihres Dekolletés entblößte—„es könnte sonst wer hier reinkommen..."

„Dann musst du eben hübsch still sein, nicht wahr? Er schob seine Hand in ihr Mieder, erreichte eine vollkommene Brust. Mit Daumen und Zeigefinger bearbeitete er gnadenlos den steifen Nippel, während sie sich auf die Lippen biss, sichtlich bemüht, jene süßen Töne zu unterdrücken, die sie sonst im Eifer des Gefechts machte. „Mach dir keine Sorgen. Ich werde dich nicht allzu sehr foltern."

„F-Foltern?"

„Hmm." Er zerrte ihren Rock hoch, offenbarte ihre schlanken weißen Oberschenkel seinem gierigen Blick. Er griff nach ihrem Geschlecht und stöhnte fast, als er sie bereit vorfand, so üppig und saftig. Er steckte seinen Mittelfinger bis zum Anschlag in sie hinein. „Was für ein hungriges kleines Kätzchen du da hast. Hat sie mich vermisst?"

Ihre Augen waren glasig, ihre Wangen gerötet. Der schlüpfrige Griff ihrer Scheide machte ihn nur noch wilder. Doch sie hatte ihre Lektion offensichtlich nicht gelernt, denn sie wimmerte: „Wir dürfen nicht hier. Es ist unanständig—"

Ihre Worte verflossen in ein Stöhnen, als er wieder in sie stieß, diesmal mit zwei Fingern, die er krümmte, um den geheimen Ort hoch in ihr zu finden. Sein Daumen rollte ihre Perle. Ihr Hals krümmte sich, ihre Lippen öffneten sich zu einem lautlosen Schrei.

„Du bist meine Frau. Ich werde dich ordentlich ficken, wo und wann immer ich will", knurrte er. „Also noch einmal, hat dein Kätzchen mich vermisst?"

Er fingerte sie härter, tiefer, wild entschlossen, ihr eine Antwort zu entlocken.

„Ja." Ihre Augen waren benebelt vor Wonne.

„Ja, was?", wollte er wissen. „Sprich es aus."

„Ja, mein Kätzchen hat dich vermisst", flüsterte sie.

Vor Genugtuung und Lust wollte er sich auf die Brust trommeln.

„So ist es recht, mein gutes kleines Frauchen", sagte er.

Er knöpfte seinen Hosenstall auf, befreite seinen Schwanz. Er war steinhart, Feuchtigkeit sickerte aus der Spitze. Er quälte sie beide, indem er die schwelende Eichel an ihre taufrischen Schamlippen rieb, ehe er sich in einem kraftvollen Schub hineinstieß. Seine Hand umschlang ihren Nacken, er hieb in sie hinein, ihr beider Atem keuchte im Rhythmus des scheppernden Geschirrs. Seine Hoden brannten, sein aufgestauter Samen pochte. Er biss die Zähne zusammen. Gott steh ihm bei, hoffentlich war auch sie schon dem Höhepunkt nahe, denn er würde jeden Moment bersten—

Schritte zerbrachen seine benommene Lust. Er konnte sich gerade noch aus Charity reißen und seine Erektion wieder in die Hose packen. Sie sprang von der Anrichte herab, während er an seinen Knöpfen herumfingerte. Die Tür flog auf und Sparkler fragte: „Was hat das hier zu bedeuten?"

Paul konnte nicht sprechen, konnte kaum seinen Atem zügeln. Zähneknirschend kämpfte er gegen den körperlichen Schmerz der Enttäuschung an. Er war nur Sekunden vor der Ekstase gestanden, davor, sich ins heiße Innere seiner Frau zu ergießen...

„Vater, w-was stehst du denn auf?", stotterte Charity.

Ihrem Mann hätte sie die gleiche Frage stellen können, stöhnte Paul innerlich. Sein Schwanz pulsierte wie ein zweiter Herzschlag gegen seinen Bauch. Er war hart und geil wie nie, er brauchte Erleichterung.

„Ich versuche, meinen guten Namen zu schützen." Sparkler kam hereingehumpelt und ließ eine Zeitung auf den Esstisch krachen. „Wie lange wollen Sie meine Tochter noch durch den Schlamm ziehen, Fines?"

Was hatte der Bastard denn jetzt? Paul ging hinüber, wobei seine Jacke über seine Lenden rieb. Er bemühte sich, nicht zu zucken, obwohl seine Erektion mit jedem Schritt schmerzte. Er griff nach der Zeitung: *The First Stare*, ein berüchtigtes Skandalblatt. Er überflog den

Inhalt… und Wut löschte seine Erregung aus. Mit jedem Satz schlug sein Puls heftiger.

Dieser verdammte Parkington. Der Bastard hatte seinen Tribut gezollt bekommen und war es immer noch nicht zufrieden. Eifriger als ein Grabräuber hatte er diesen Dreck ausgegraben. Er musste wohl die Dienerschaft bestochen haben, um alle schmutzigen Details zu ergattern.

Paul zerknüllte die Zeitung in seiner Faust. „Woher haben Sie das?"

„Jemand hat es vor unsere Haustür gelegt. Das Dienstmädchen brachte es mit meinem Frühstückstablett herauf", geiferte Sparkler. „Nicht, dass ich auch nur einen Bissen herunterbekommen hätte, nachdem ich las, was für einen Schuft meine Tochter geheiratet hat. Haben Sie denn überhaupt kein Schamgefühl? Mit wie vielen Frauen haben Sie denn auf dieser verfluchten Landpartei herumgehurt, auf der Sie dann auch noch meine Charity bloßgestellt haben?"

Scham kroch über Pauls Haut. Charitys sachte Atemzüge drehten ihm den Magen um.

„Laut diesem Artikel, *fünf*." Sparkler warf ihm einen triumphierenden Blick zu. „Leugnen Sie es?"

Paul atmete flach. Er verspürte den heftigen Wunsch, zu lügen und den selbstgefälligen Blick vom Gesicht seines Schwiegervaters zu wischen.

„Paul?" Charitys zitternde Stimme zerriss ihm das Herz.

Weil er nicht lügen konnte... sie nicht belügen konnte.

„Das geschah, ehe wir uns auf der Landpartie getroffen haben", sagte er schroff. „Es war bedeutungslos, Charity. Es war nur..."

Sie erblasste, wischte ihre Handflächen an ihren Röcken ab—Röcke, die er gerade eben nach oben geworfen hatte. Er wollte die Wand schlagen. *Zum Teufel.* Wenn er ihr nur erklären könnte, wie wenig dieses gleichgültige Ficken mit dem zu tun hatte, was sie beide teilten... Doch die stumme Anklage in ihren Augen vertrocknete ihm jedes Wort in der Kehle. In Wahrheit gab es keine Ausflüchte: er war liederlich, willkürlich gewesen, ein Lebemann im schlimmsten Sinne des Wortes.

„Siehst du nun, wen du da geheiratet hast, Tochter?", fragte Sparkler.

Ihr Schweigen sagte alles.

„Charity, das liegt in der Vergangenheit. Jetzt ist alles anders. Ich habe dir Treue geschworen", sagte Paul bestimmt. Sie befeuchtete ihre Lippen, aber bevor sie antworten konnte, mischte Sparkler sich ein.

„Ich gehe heute in den Laden", verkündete er. „Denn den kann ich ihnen ebenso wenig anvertrauen wie meine Tochter."

„Das kannst du nicht, Vater!"

Nun also ergriff Charity das Wort. Freilich tat sie das, wenn es um das Wohl ihres verfluchten Herrn Papa ging, flackerte es bitter in Paul auf. Warum konnte sie nicht einmal *für ihn* einstehen? Er war vielleicht ein abscheulicher Lebemann, aber er hatte sich noch nie verstellt. Und seit sie beide zusammen waren, hatte er rein gar nichts getan, das ein schlechtes Urteil ihrerseits verdient hätte.

„Ich kann sehr wohl, und ich werde auch", sagte Sparkler.

„Aber Dr. Harrison sagte…"

„Für Geld sagt ein Quacksalber viel. Ich kann laufen, also kann ich arbeiten." Sparkler machte sich auf in Richtung Tür. „Ich gehe unverzüglich."

Charity jagte ihm nach. Paul blieb nichts anderes übrig, als zu folgen.

* * *

Im Laden wurde alles nur noch schlimmer.

Sparkler warf einen Blick auf den renovierten Ladenraum und brüllte: „Was soll das hier? Was haben Sie mit meinem Geschäft gemacht?"

„Ich will doch meinen, dass ich es ganz offensichtlich verbessert habe", sagte Paul ruhig.

Er hatte strategische Änderungen vorgenommen, damit der Laden endlich im neunzehnten Jahrhundert ankam. Stilvolle neue Armaturen, einschließlich eines Messingleuchters, heiterten den Trübsinn auf. Cameo-blaue Seide belebte die müden Wände, Indigoteppiche verdeckten geschickt die abgetretenen Stellen auf den Dielen. Neben einer der mit frischem Samt ausgekleideten Vitrinen stand Jameson, reglos wie eine Statue, in seiner schneidigen neuen Uniform.

„Wer hat Ihnen das denn erlaubt?"

„Bitte, beruhige dich." Charity zupfte am Ärmel ihres Vaters. „Paul hat doch nur versucht zu helfen."

Wut und Unglauben verbrühten Paul. *Versucht zu helfen*? Wie ein *Kind*, das den Erwachsenen bei der Arbeit im Wege ist?

„Sie haben mir das erlaubt", spie er aus. „Sie haben mich gebeten, während Ihrer Abwesenheit hier nach dem Rechten zu sehen."

„Ich habe Sie um gar nichts *gebeten*." Speichel flog von Sparklers Lippen, während er sich Charity vorknöpfte, ihre Hand von seinem Ärmel abschüttelte. „Das ist deine Schuld, du treuloses Gör. Du hast mich mit dieser Arznei betäubt, wenn ich doch hier hätte sein sollen. Du steckst mit diesem Gecken unter einer Decke und zusammen habt ihr mein Lebenswerk zerstört!"

Charitys Unterlippe bebte und Paul entglitt langsam die Beherrschung. „Gehen Sie sie nicht so an. Sie hat nichts getan", schnappte er.

„Ich rede mit meiner Tochter, wie es mir beliebt!"

„Sie ist meine *Frau*." Paul streckte eine Hand aus. „Charity, komm her."

Ihr Blick huschte zwischen ihm und ihrem Vater hin und her... und sie zögerte. Ihre Unsicherheit vernichtete seine Selbstbeherrschung. Er vermochte durch die Schlacken aus Groll und Verwirrung nicht mehr klar zu denken. Wie war es hierzu gekommen? Irgendwie hatte er es geschafft, auf der Höhe des Sieges doch wieder auf die Nase zu fallen. Irgendwie—obwohl er sein Bestes getan hatte, *alles verflucht nochmal recht* zu machen—stand er schon wieder als Versager da.

Er ballte seine Hand und ließ sie fallen. „Charity, du siehst doch, dass sich der Laden zum Vorteil verändert hat." Er klang unheimlich ruhig. Vernünftig, obwohl seine innere Stimme schrie, *Verdammt, stell dich doch einmal auf meine Seite. Ich bin im Recht. Das musst du doch wissen.*

„Ich... der Laden sieht wirklich stilvoller aus." Sie biss sich auf die Lippen, sagte zögernd: „Vater meinst du denn nicht, dass der

439

Ausstellungsraum mit den Lichtern und Spiegeln geräumiger wirkt? Und siehst du. wie vorteilhaft die Waren in den neuen Vitrinen zur Geltung kommen?"

Zumindest das hatte sie bemerkt, dachte Paul bitter. *All die verfluchte Arbeit... für die Katz.*

„*Stil.*" Sparkler spuckte das aus, als wäre es ein Schimpfwort. „Auf mehr kommt es einem Lackaffen wie ihm natürlich nicht an. Denke an meine Worte: Er schert sich nicht einen Dreck um das Wesentliche, versteht nichts von guter Qualität. Fort mit dem Alten und her mit dem Neuen, anders kennen es diese hochtrabenden Gecken nicht. Bald wird er dieser Sache müde und jagt der nächsten Laune nach."

Charity erbleichte.

Paul ballte die Fäuste.

„Und was ich auch noch gern wüsste", giftete Sparkler nun Paul an, „ist, wo Sie die Mittel für diese sogenannten Verbesserungen hergenommen haben."

„Das war mein eigenes Geld", sagte Paul durch die Zähne. „Ich habe nicht einen müden Pfennig von Ihnen genommen—was ja bei Ihren leeren

440

Kassen ohnehin nicht möglich gewesen wäre." Obwohl Sparkler seine Kontenbücher unter Verschluss hielt, bedurfte es keiner großen Auffassungsgabe, zu wissen, dass das Geschäft seit Jahren keine Gewinne mehr abgeworfen hatte.

Charity blinzelte rasch und sagte: „Vater, Paul hat getan, was er konnte."

Ihr flehentlicher Ton machte Paul nur noch zorniger. Als ob sie ihren störrischen Esel von einem Vater in *seinem* Namen um Vergebung betteln musste. *Er* hatte *Sparkler* einen Gefallen getan, nicht umgekehrt! Was zum Teufel war nur los mit ihr?

„Gutes Geld zum Fenster hinaus werfen", spottete Sparkler. „Dafür haben Sie freilich ein Talent."

Paul hatte die Nase *voll* von diesem Wahnsinn.

„Dann ist meine Pflicht hier wohl verrichtet. Ich wasche meine Hände in Unschuld, was dieses elende Loch hier betrifft", sagte Paul verbissen. „Wenn Sie so weiter vor sich hin siechen wollen, dann tun Sie es eben. Ich bleibe keinen Augenblick länger hier. Charity, kommst du?"

Ihre graugrünen Augen flehten ihn an. „Können wir nicht darüber reden? Es ist alles nur ein Missverständnis. Vater ist in Wahrheit gar nicht so unverständig—"

„Ich bin *unverständig*, undankbares Gör?", keuchte Sparkler.

„Das meinte ich nicht. Beruhige dich, Vater. Wenn wir einfach alle nach Hause gehen, in Ruhe darüber reden würden..."

Sparkler stocherte einen zittrigen Finger in Richtung Paul. „Dieser Tunichtgut setzt nie mehr einen Fuß in mein Haus!"

„Ausgezeichnet, weil ich mir nämlich die Stiefel nicht mehr an Ihrer Bruchbude beschmutze", knurrte Paul.

Sparkler japste: „Hinaus! Raus aus meinem Geschäft!"

Paul stürmte zur Tür, riss sie auf. Es grüßten ihn Sonnenlicht und ein menschenleerer Bürgersteig —jeder Ort war besser als dieser. Ohne sich umzudrehen, jeden Muskel auf Abflug gespannt, knurrte er: „Charity, kommst du?"

„Wenn du nur kurz warten würdest. Ich muss mich um Vater—"

Er wartete den Rest ihrer Worte nicht ab. Seine Stiefel trafen auf den Bürgersteig, die Stimmen hinter ihm verklangen.

Kapitel 29

Paul schüttelte sich den Schweiß aus den Augen und schwang in wildem Blutrausch auf seinen Gegner. Als der ihn abwehrte, hieb Paul erneut auf ihn ein, eine Barrage von Haken und Schlägen, die seinen Gegner in die Seile zwangen. Paul machte weiter, deckte sich noch nicht einmal gegen die mächtigen Fäuste des anderen, denn der Schmerz fühlte sich gut an, reinigte ihn.

Er hörte kaum die Rufe, die um den Ring herum erschollen, während er einen Hieb nach dem anderen austeilte.

Der verfluchte Sparkler konnte sich sein Geschäft sonst wohin schieben. Sein Schlag traf die Schulter seines Gegners und die Wucht köchelte seinen eigenen Arm hinauf. *Ich muss mich nicht entschuldigen, nicht bei ihm oder sonst irgendwem.*

Ein Haken ließ seinen Kopf nach hinten schnalzen. Vor seinen Augen tanzten Lichter.

Als er wieder sehen konnte, starrte er an die Decke des Boxsaals.

Die anderen Schüler, die dem Übungskampf zusahen, jubelten. Pauls Gegner, der zufällig zugleich der Inhaber der Einrichtung und sein Lehrmeister war, half ihm auf die Beine.

„Bei Gott", lobte Gentleman Jackson. „Gut gemacht."

Paul streifte sich die Handschuhe ab, verneigte sich höflich vor dem bulligen Faustkämpfer, wobei sich ihm alles drehte. „Vielen Dank, Sir. Wie immer war Ihr rechter Haken unbezwinglich."

„Nicht, wenn Sie in Ihrer normalen Verfassung gewesen wären", sagte Jackson.

„Sie meinen?"

Die dunklen Brauen fuhren hoben. „Sie verfügen über eine teuflische Mischung aus meiner Kraft und Mendozas Abwehr. Was Ihnen heute fehlte, war Aufmerksamkeit. Beschäftigt Sie irgendetwas, Fines?"

Pauls Gesicht wurde heiß. War es denn so offensichtlich?

„Nichts, was ich nicht bewältigen kann, Sir", murmelte er.

„Sie werden für das Turnier einen klaren Kopf brauchen. Sie werden es mit Preisboxern wie Jem Barnes aufnehmen müssen, mit Männern, die auf den Sieg aus sind—ohne jegliche Rücksicht auf den Gegner. Wenn Sie auch nur einen Augenblick lang nicht ganz bei der Sache sind, kann es Sie noch viel mehr kosten als nur den einen Kampf", sagte Jackson.

Paul hatte von Barnes gehört. Der berüchtigte Meister hatte drei Titel inne... und jeden seiner Siege begleitete jeweils ein schwer verletzter Gegner. Ein Pechvogel hatte sogar auf einer Seite das Augenlicht an Barnes' mächtigen Haken verloren.

Er erinnerte sich an Charitys Sorge um seine Sicherheit und fühlte ein Stechen in der Brust. Dann meldete sich der Zorn und verdrängte die Reue. Sie sollte gefälligst auf seine Fähigkeiten trauen—auf *ihn*. Sie sollte sich hinter ihren Ehemann stellen und nicht hinter ihren verfluchten Vater. Sie sollte...

„Ein ausgezeichneter Rat, Jackson", ertönten Traymores schroffe Worte.

Um die vierzig Jahre alt, war Viscount Traymore ein Gentleman durch und durch, der sich vor allem dem Sport widmete. Mit seinem zottigen braunen Haar und seiner wachsamen Art erinnerte er Paul an einen Jagdhund. Der Viscount kleidete sich erlesen, war Gründungsmitglied der Fancy und hatte den Gerüchten zufolge noch nie eine Wette ausgeschlagen. Zum Glück war er reich genug, sich einen solchen Lebenswandel leisten zu können.

„Vielleicht können Sie Fines davon überzeugen, mein Angebot anzunehmen", fuhr Traymore fort. „Ich habe vorgeschlagen, dass er sich auf meinem Landsitz vorbereitet, wo ihn nichts ablenkt. Er muss in bester Verfassung sein, um das Turnier zu gewinnen."

„Das wäre kein schlechter Einfall, Fines, wenn Sie dort den Kopf freibekommen", sagte Jackson.

Plötzlich fand Paul an der Idee Gefallen. Als er die Einladung zuvor abgelehnt hatte, hatte er gute Gründe gehabt. Er hatte sich dazu verpflichtet gefühlt, im Laden zu helfen, hatte Charity von allen Sorgen schützen wollen. Er biss die Zähne zusammen. Offensichtlich wurde seine Anwesenheit bei Sparkler's nicht geschätzt, und Charity hatte sich entschieden, bei ihrem Vater zu bleiben. Hatte ihn ihrem eigenen Ehemann vorgezogen.

Das, wie er nun begriff, schmerzte am meisten.

Er hatte seine Turniervorbereitung, seine *Träume* für sie vernachlässigt, und sie hatte es ihm gedankt, indem sie ihm keinerlei Vertrauen schenkte. Was hielt ihn also nun noch davon ab, seine eigenen Ziele zu verfolgen?

Überhaupt *nichts*, verdammt noch mal.

„Lassen Sie mich darüber schlafen", sagte er.

„Das Turnier beginnt in einem Monat", sagte Traymore beharrlich. „Sie haben keine Zeit zu verlieren."

„Ich sage Ihnen Bescheid", sagte Paul entschieden.

Wie würde Charity sich verhalten, wenn er fortginge? Würde sie ihn unterstützen? Würde sie ihn bitten, zu bleiben? Oder vielleicht, dachte er mit schwelendem Zorn, würde sie ja *wollen*, dass er geht, damit sie in Ruhe ihrem Herrn Papa in den Arsch kriechen konnte.

„Was auch immer Sie entscheiden, ich gehe davon aus, dass Sie Erfolg haben werden, Fines", sagte Jackson. „Immerhin habe ich die vielen Neuanmeldungen an meiner Boxschule Ihrem Triumph bei den Schaukämpfen zu verdanken." Er nickte in Richtung eines Trios plumper kleiner Lords. Sie beäugten neugierig die Waage, ein von zwei Seilen hängendes Holzbrett. „Jeder will eine ur-britische Kampfnatur sein."

„Aber Meister der Fancy wird nur einer", sagte Traymore. „Und das werden Sie sein, Fines, wenn von nun an Ihre Vorbereitung Vorrang hat."

„Ich kümmere mich lieber um meine neuen Schüler", seufzte Gentleman Jackson. Kichernd baumelten die kleinen Lords abwechselnd von der vermeintlichen Schaukel. „Die werden was erleben, wenn sie meine Waage kaputt machen", murmelte er im Davongehen.

„Schicken Sie mir gleich morgen früh eine Botschaft an meinen Club", sagte Traymore. „Ich hoffe, Sie treffen die richtige Entscheidung, Fines."

Paul hoffte das ebenso.

Nach dem Abschied von Traymore blieb er noch ein wenig. Der Boxsalon war für ihn immer ein zweites Zuhause gewesen und er genoss diese kleine Atempause. Bellinger und Sands, Kumpanen aus seinen liederlichen Tagen, brachten ihn auf den neuesten Stand der Gerüchteküche und schlugen vor, abends gemeinsam auszugehen.

Was das hieß, wusste er—Wein, Wetten und Weiber. Daher hatte Paul die Geistesgegenwart, abzulehnen. Er verließ den Boxsalon und grübelte darüber nach, was er als Nächstes tun sollte. So sehr er sich auch über Charity ärgerte, musste er dennoch mit ihr reden, so machte das ein besonnener Ehemann eben. Aber in den Laden oder das Haus ihres Vaters setzte er keinen Fuß mehr. Vielleicht würde er ihr eine Botschaft schicken...

Er war so in Gedanken versunken, dass er die Stimme zunächst gar nicht hörte. Sie schwebte über ihn wie ein Echo aus seiner Vergangenheit. Er blieb verwirrt stehen... und vernahm wieder diese vertrauten, seidigen Töne.

„Ich wüsste nur zu gern, was dir durch den Kopf geht, Liebling."

Eine Kutsche hielt neben ihm. Eine Lady schaute aus dem offenen Fenster. Sein Herz begann zu klopfen, als er in ein vollkommen ovales, von nachtschwarzen Locken umrahmtes Antlitz blickte. Exotische fliederfarbene Augen brannten in seine.

Nein, das kann nicht sein...

„Du erinnerst dich doch noch an mich, nicht wahr?" Ihre rosigen Lippen lächelten stürmisch, und erschüttert erinnerte er sich daran, dass er einst alles Erdenkliche getan hätte, um sich in diesem Lächeln zu sonnen. „Weil ich dich nämlich ganz gewiss nicht vergessen habe, mein Liebster."

„Rosalind?", sagte er flach. „Warum bist du nicht in Schottland?"

„Oh, Paul. Du hast dich überhaupt nicht verändert", sagte sie mit ihrem leichten, berauschenden Lachen. „Du bist *genau*, wie ich dich in Erinnerung hatte."

„Aber was... was machst du denn hier?"

„Ich bin hier, um mit dir zu reden."

„Warum?" Er konnte nicht klar denken, war so benebelt, als wäre er sturzbetrunken.

„Es handelt sich um etwas, das man am besten ungestört bespricht." Sie machte ein Handzeichen für einen ihrer livrierten Lakaien, der vom Kutschbock sprang und den Schlag öffnete. „Steig ein, wir fahren ein wenig umher, Liebling."

Paul betrachtete die prächtige, samtige Innenausstattung der Kutsche, die Plüschkissen, die sinnlich fallenden Seidenröcke von Rosalind.

„Ich bin verheiratet", barst es aus ihm heraus.

„Ich weiß." Sie senkte die Wimpern und der einzelne Tropfen, der ihre Wange hinabbrann, marterte ihn mit Schuldgefühlen. „Aber du hast mir auch etwas versprochen. Daran erinnerst du dich doch, nicht wahr? An unseren letzten Tag, auf der Serpentine?"

Er starrte in ihr schönes, nach oben gewandtes Gesicht. Die Frau, die ihn so lange heimgesucht hatte. Er brachte keine zusammenhängende Antwort heraus.

„Ich will nur ein paar Minuten mit dir. So viel kannst du mir doch gewiss gewähren?"

Er rührte sich nicht. „Rosalind, ich weiß nicht."

„Bitte, Paul." Ihr unvergleichlicher Blick schimmerte. „Um der alten Zeiten willen? Nach den Versprechungen, die du gemacht hast, ist es das Mindeste, was du mir schuldest."

Reue lag schwer auf seiner Brust. Er schuldete es ihr fürwahr, dachte er kläglich. Und als er sah, wie die Passanten sie schon begafften, war ihm auch klar, dass hier nicht der rechte Ort war, um alte Wunden aufzureißen. Das Letzte, was er brauchte, war noch mehr hämisches Gerede.

„Ich habe nur kurz Zeit", sagte er.

Ihr strahlendes Lächeln blitzte auf wie die Sonne nach dem Regen. „Es wird nicht lange dauern, versprochen."

Kapitel 30

Am nächsten Morgen rüttelte das Bimmeln der Ladenklingel Charity aus ihrem Trübsinn und sie setzte sich aufrechter auf den Hocker hinter dem Verkaufstresen. Mr. Jameson war ausgegangen, um ein paar Besorgungen zu machen und sie war ein paar Augenblicke allein im Laden. Sie hatte ihm versichert, dass sie der Aufgabe gewachsen war. Sie hatte sich bereit erklärt, heute hier zu sein, denn nur so konnte sie ihren Vater überreden, sich am Vormittag auszuruhen, ehe er am Nachmittag selbst zum Arbeiten herkam.

Sie tupfte sich unauffällig mit einem Taschentuch die Augen ab, während eine Kundin eintrat und sich die Waren ansah. Die Lady trug eine blumenbeladene Haube, die ihr Gesicht verbarg, hinter ihr her trottete ein Trio hochgewachsener Lakaien.

Reiß dich zusammen. Nicht vor den Kunden weinen.

Doch Charity konnte die Sorge nicht verdrängen, die ihr die Eingeweide verdrehte. Paul war letzte Nacht nicht nach Hause gekommen und sie wusste nicht, wo er war. Sie redete sich ein, dass er wohl bei seiner Familie sein musste, bei Mrs. Fines oder Percy. Doch dass er ihr noch nicht einmal Bescheid gegeben hatte, nährte ihre Besorgnis.

Wie wütend war er auf ihren Vater? Auf sie?

Reue nagte an ihr. Sie wusste, dass Vater im Unrecht war, aber sie hatte nicht gewusst, wie sie ihm widersprechen sollte. Das hatte sie noch nie. Und sie hatte sich solche Sorgen um seinen Gesundheitszustand gemacht, dass sie nicht mit Paul mitgegangen war... sie war so zerrissen, so verwirrt gewesen! Die hässlichen Offenbarungen in dem Skandalblatt hatten ihr wehgetan; und obwohl sie immer noch schmerzten, sagte sie sich:

Was geschehen ist, ist geschehen. Sie kannte den Mann, der er vor ihrer Heirat gewesen war. Er hatte Besserung gelobt und soweit sie wusste, hatte er sich auch an seinen Treueschwur gehalten.

Die Vergangenheit lag hinter ihnen, es war Zeit, vorwärts zu gehen. Sie musste Paul erklären, dass sie ihm *wirklich* für all seine Mühen, für seine Kompromisse dankbar war. Sie wusste nur nicht, wie. Töchterliche Ergebenheit verbat es ihr, einfach zu sagen: *Bitte vergib meinem Vater. Es meint es nicht so.*

Aber für sich selbst konnte sie ihn doch um Verzeihung bitten? Paul *würde* ihr doch vergeben, oder nicht? Er würde sie eines Streites wegen doch nicht links liegen lassen, so wie Vater es prophezeite.

Fort ist er, ganz wie ich vorhergesagt habe, hatte Vater gesagt. *Auf zum nächsten Tollerei—oder einem Weibsstück. Gut, dass er weg ist, sage ich.*

„Sind Sie das, Miss Sparkler?"

Charity erschrak. Die Kundin war auf den Tresen zugekommen und lächelte sie forschend an. Da erkannte sie die rotbraunen Locken und die zierlichen, markanten Züge.

„Mrs. Stone." Hastig hüpfte Charity von ihrem Hocker. „Ich bitte um Verzeihung, ich hatte Sie aus der Ferne nicht erkannt."

„Das macht nichts. Sie scheinen gedankenverloren." Wache nussbraune Augen musterten sie. „Fehlt Ihnen etwas?"

Die direkte Art der anderen trieb Charity eine alarmierende Hitze in die Augen. Sie blinzelte rasch und zwang sich zu einem Lächeln.

„Ich war nur geistesabwesend, fürchte ich. Sind Sie, ähm, beim Einkaufen?" Was für eine trottelige Frage. Warum sonst wäre die Schauspielerin denn hier? „Ich will sagen, kann ich Ihnen behilflich sein?"

Mrs. Stone zögerte, ihr Blick ging um den Laden. „Sind denn keine Verkäufer da?"

Verschämt wurde Charity sich bewusst, wie stümperisch sie wirken musste, erst starrte sie ins Leere und dann brabbelte sie Unsinn daher, den Tränen nahe.

Sie straffte die Schultern. Höflich aber bestimmt sagte sie: „Ich bin im Moment die Einzige hier. Ich zeige Ihnen gerne, was auch immer Sie sehen wollen."

„Wenn das so ist, möchte ich gerne das silberne Riechfläschchen ansehen. Das mit dem Efeumotiv."

Charity holte es aus der Vitrine. „Es ist ein ganz reizendes Stück, wie Sie sehen können", sagte sie und hielt es der anderen hin. „Von einem unserer angesehensten Goldschmiede angefertigt. Die Silberarbeit ist robust und doch ausgesprochen filigran. Wenn Sie genau hinsehen, können Sie sogar die Blattadern erkennen."

„Tatsächlich. Ganz reizend."

„Und wenn Ihnen das Riechfläschchen gefällt, gibt es dazu passend auch noch eine Chatelaine."

Ein Lächeln schwebte um den Mund der Schauspielerin. „Na, die sehe ich mir doch auch gleich an."

Etwas später packte Charity die Einkäufe der Kundin ein, recht zufrieden mit sich selbst. Sie überreichte ihr das Paket, und der Blick der Lady blieb an ihrer Hand hängen.

„Das ist aber ein hübscher Ring", bemerkte Mrs. Stone. „Ein Opal, nicht wahr?"

Charitys Herz zog sich schmerzlich zusammen. „Danke, ja. Der stammt allerdings nicht aus unserem Inventar. Mein Mann hat ihn mir geschenkt."

„Sie sind frisch vermählt?"

Charity begann zu nicken... und zu ihrer Scham entkam ihr eine Träne.

„Oh, v-verzeihen Sie mir. Ich glaube, ich habe etwas im Auge..." Sie fingerte an ihrer Rocktasche—wo war nur ihr verflixtes Taschentuch?

„Hier, nehmen Sie meines. Und atmen Sie tief durch."

Charity nahm das Taschentuch an und tupfte sich die Augen ab. Kämpfte ihren ruckelnden Atem nieder.

„So, noch einmal durchschnaufen... geht es nicht schon besser? Atmen beruhigt die Nerven. Das

mache ich immer vor wichtigen Vorstellungen",
sagte Mrs. Stone.

Nach ein paar weiteren Atemzügen brachte
Charity heraus: „Geht schon wieder. Und es tut
mir fürchterlich leid. Ich weiß nicht, was über
mich gekommen ist."

„Seiner Tränen braucht man sich nicht zu
schämen, Liebes. Ist es denn Kummer in der
Ehe?"

Charitys Lippen bebten schon wieder. War es
denn derart offensichtlich?

„Ich war selbst verheiratet", sagte die Lady schief,
„und an jene frühen Tage erinnere ich mich noch.
Voll Feuer und Leidenschaft—dieses verzweifelte,
erschreckende Gefühl, lebendig zu sein."

Charity fühlte ihre Kinnlade herunterkippen.
Nicht weil eine Fremde über Leidenschaft
sprach, sondern weil ihre Worte in ihr eine Saite
rührten. Sie fühlte sich wirklich lebendig—und ja,
es war erschreckend. Sie liebte Paul von ganzem
Herzen, mit ihrer ganzen Seele... doch was, wenn
er ihre Liebe nicht erwiderte? Wenn er ihrer
überdrüssig wurde? Was, wenn er ihrer jetzt

461

schon, in *diesem Augenblick* müde wurde? Was, wenn der gestrige Zwist ihre junge Ehe unwiederbringlich beschädigt hatte?

„Jetzt habe ich Sie erschreckt." Charitys Mienenspiel missdeutend sagte Mrs. Stone: „Verzeihen Sie mir. Als Schauspielerin vergesse ich manchmal, dass Leidenschaft kein alltägliches Gesprächsthema ist. Dass nicht jeder meine Meinung teilt, dass das Leben zu kurz ist, um es für irgendetwas anderes als Glücklichsein zu vergeuden. Wissen Sie, ich—"

Die bimmelnde Ladenglocke schnitt der Schauspielerin das Wort ab. Jameson kam mit Paketen herein. „Guten Tag, die Damen", sagte er auf dem Weg in den Hinterteil des Ladens.

Nachdem Charity seinen Gruß erwiderte, forderte sie auf: „Sie sagten, Mrs. Stone?"

Doch der Blick der anderen Frau war zur Tür gehuscht und eine plötzliche Unruhe war über sie gekommen. „Ich fürchte, ich muss nun gehen. Mir ist gerade eingefallen, dass ich noch eine Verpflichtung habe."

„Oh. Nun, es war schön, Sie zu sehen", sagte Charity. „Beehren Sie uns bald wieder."

„Gerne." Ihr wehmütiges Lächeln verwandelte Mrs. Stones Gesicht in ein Antlitz von unvergesslicher Schönheit. Mit einem anmutigen Kopfnicken verließ sie flankiert von ihren Lakaien den Laden.

Zu spät bemerkte Charity, dass sie ihr das Taschentuch nicht zurückgegeben hatte. Sie blickte auf den edlen Stoff und fuhr mit dem Finger Marietta Stones Initialen nach, die kunstvoll in Silberfaden eingearbeitet waren. Dabei rasten ihr die Worte der Schauspielerin durch den Kopf. *Das Leben ist zu kurz...* Und mit einem Mal wusste sie, was sie tun musste.

* * *

„Ich bin so froh, dass du mich besuchst, Charity."

Percy strahlte in einem sonnigen Kleid, dem man eine ganz leichte Wölbung ansehen konnte. Die beiden saßen auf einem Kanapee in Percys geräumigen Arbeitszimmer, das Mr. Hunt eigens für seine Frau eingerichtet hatte. Es war eine weibliche Version seines eigenen Kontors, mit zierlicheren Möbeln und in hübschen Elfenbein- und Rosatönen. Charity beäugte die Regale voller Bücher, Papierstapel und Schreibgeräte ringsum und mutmaßte, dass Mr. Hunt Percy nicht nur aus reiner Liebe ihren eigenen Raum gegeben hatte: Das Arbeitszimmer enthielt all den Unrat, der sich sonst im ganzen Haus verteilt hätte.

Mr. Hunt hatte einen starken Selbsterhaltungstrieb. Wichtiger noch schien er Percys Macken zu dulden, ebenso wie Percy die seinen. Charity zog sich das Herz zusammen. In ihrer Ehe fehlte solch ein harmonisches Gleichgewicht noch, aber sie gab die Hoffnung noch nicht auf.

„Wie geht es Mr. Sparkler?", fragte Percy.

„Es geht ihm besser. Er steht schon wieder im Laden, gegen das Anraten des Arztes."

„Nun, ich bin erleichtert zu hören, dass er genesen ist. Aber du, meine Liebe, wirkst recht mitgenommen." Percy musterte sie besorgt. „Fehlt dir etwas?"

Natürlich spürte ihre Busenfreundin, wie aufgewühlt sie war.

Charity verknotete die Hände im Schoß. „Hast... hast du Paul gesehen?"

„Nicht in letzter Zeit." Percy runzelte die Stirn, und Charity sank der Mut. „Weißt du denn nicht, wo er ist?"

Charity schüttelte den Kopf und gab mit brüchiger Stimme zu: „Oh, Percy, ich glaube... ich glaube, ich habe ihn verjagt!"

Percy drückte ihr tröstend die Hand. „Erzähl mir alles, meine Liebe."

Nachdem sie stockend die Ereignisse der vergangenen eineinhalb Wochen berichtet hatte, schloss Charity elend: „Ich verstehe, warum Paul mir böse ist. Ich hätte mit ihm gehen sollen, oder ihn zumindest inständiger darum bitten sollen, zu bleiben. Es ist alles meine Schuld—"

„Es ist *nicht* deine Schuld. Es schmerzt dich vielleicht, das zu hören, aber deinen Vater trifft die Schuld", sagte Percy rundheraus. „Er hatte es von Anfang an auf Paul abgesehen. Ich verstehe zwar seine Vorbehalte, angesichts Pauls Rufs und des Fiaskos mit Parkington, ich verstehe aber nicht, warum er Paul nicht wenigstens eine Chance gibt, jetzt wo ihr verheiratet seid. Es hört sich so an, als hätte mein Bruder sein Lebtag nicht so schwer geschuftet."

„Vater macht sich um mich Sorgen. Es waren immer nur wir zwei, und er will nicht, dass mir wehgetan wird", sagte Charity kleinlaut.

„Dann wäre es gescheiter, er hört auf, mit deinem Ehemann Unfrieden zu stiften", sagte Percy herb, „und dich dabei zwischen die Fronten zu stellen. Wenn du etwas falsch machst, meine Liebe, dann dies: Du willst es jemandem recht machen, dem nichts recht ist. Und oft auf Kosten deines eigenen Glücks. Du warst schon immer so, so lange ich dich kenne."

Charity biss sich auf die Lippe. Stimmte das? War sie zu gefällig... zu fügsam? Dachte sie zu wenig an ihre eigenen Gefühle?

„Aber Paul trifft auch etwas Schuld", fuhr Percy fort. „Er hätte dir zumindest eine Nachricht schicken sollen."

„Ich glaube, er ist sehr wütend auf mich."

Ich hätte ihm dafür danken sollen, dass er sich um den Laden gekümmert hat. Dass er sich die Sturheit meines Vaters hat gefallen lassen. Ich hätte ihm sagen sollen, wie stolz ich auf ihn bin: Dass er das Geschäft mit seinem Boxen unter einen Hut bringt, dass er der stärkste und beste Mann ist, den ich kenne.

„Das vergeht schon wieder. Wie Mr. Hunt sagt, wenn man mit einem Fines verheiratet ist, muss man sich eine dicke Haut zulegen." Percy grinste sie aufmunternd an. „Paul ist vielleicht aufbrausend, aber das Gewitter verzieht sich auch rasch wieder, du wirst schon sehen."

Charity putzte sich die Nase. „Ich hoffe, du hast recht."

„Ganz bestimmt. Und ich weiß auch, dass du vollkommen zu meinem Bruder passt: ein wahrer Hafen für seine stürmische See. Bei deiner Treue und Standhaftigkeit—von Spitalfields bis zu der Sache mit Parkington—wie kann er an dir zweifeln?"

Schuldgefühle rauschten in Charity. Sie gab zu: „Paul weiß gar nichts von Spitalfields."

„Du hast ihm nichts gesagt?", rief Percy aus. „Aber wieso denn nicht?"

Sie wusste selbst nicht, warum sie es ihm nicht gestanden hatte, was konnte es denn jetzt noch schaden? Paul würde sich höchstwahrscheinlich entschuldigen. Dennoch wahrte sie das

Geheimnis wie schmutzige Unterwäsche, die niemand sehen sollte. Vielleicht war das der Grund: Sie brachte es nicht über sich, die hässliche Vergangenheit ans Licht zu bringen, wollte nicht, dass ihr Gemahl sich daran erinnerte, wie wenig er einst von ihr hielt... und wie sehr er eine andere geliebt hatte.

Doch das würde sich ändern. Denn Mrs. Stone hatte recht: Das Leben war zu kurz, um Reue mit sich herumzuschleppen. Wenn Charity die Liebe ihres Gemahls wollte, musste sie sie einfordern. Sie konnte ihre Gefühle nicht länger verhehlen. Sie musste das größte Wagnis eingehen: ihm ihre Liebe erklären und seine verlangen.

„Ich bin wahrscheinlich die Letzte, die dir Rat in ehelichen Angelegenheiten geben sollte", sagte Percy, „aber wenn ich eines gelernt habe, dann dass Ehrlichkeit am längsten währt. Wenn Mr. Hunt und ich uns gegenseitig etwas verheimlichen, streiten wir am Ende immer darüber."

„Du und Mr. Hunt, ihr streitet?", fragte Charity überrascht.

Percys blaue Augen leuchteten vor Belustigung. „Aber selbstredend, meine Liebe. Wir sind verheiratet."

„Aber ihr erscheint so"—Charity versuchte, die starke Bindung zu beschreiben, die sie zwischen den beiden wahrnahm—„*glückselig* zusammen."

„Das ist die Folge dessen, was *nach* einem Streit geschieht." Percy räusperte sich und sagte bedacht: „Und deinem Erröten entnehme ich, dass du weißt, von welcher Art von Eheglück ich rede?"

Charity war fest entschlossen, ein neues Blatt zu beschreiben und aufrichtiger zu sein. Also sagte sie schlicht: „Ja, das weiß ich."

„Da bin ich froh. So ungern ich auch frage, wo es doch um meinen Bruder geht",—Percy rümpfte das Stupsnäschen—„ich gehe davon aus, dass er in dieser Hinsicht die Erwartungen erfüllt?"

„Das tut er." Plötzlich blubberte Humor in ihr herauf und sie sagte schief: „*Erfüllen* ist der richtige Ausdruck."

Percy machte große Augen. „Charity Fines, hast du gerade einen unanständigen Witz gemacht?"

„Nun, ja... scheint so."

„Wie keck von dir! Ich bin beeindruckt", sagte Percy vergnügt.

„Paul färbt auf mich ab, fürchte ich." Ihr Lächeln schwand, als Charity sagte: „Und von nun an, habe ich mir vorgenommen, werde ich offener mit ihm sein. In jeder Hinsicht."

„In dem Fall würde ich sagen, suchen wir doch meinen Bruder gemeinsam, damit ihr beide euch auf die althergebrachte Weise versöhnen könnt."

Vorfreude flatterte in Charitys Brust. „Ich denke mal, wir fangen am besten bei deiner Mama an?"

„Großartiger Einfall. Zu dieser Stunde müssen noch ein paar Aprikosenbrötchen von Lisbett übrig sein, und da ich ja für zwei esse"—Percy tätschelte sich grinsend den Bauch—„habe ich einen guten Vorwand, doppelt so viele zu verdrücken wie normalerweise."

Kapitel 31

Paul wurde wach... und wünschte sich, er schliefe noch. Der Hammer des Hades selbst schlug auf seine Schläfen ein. Als er versuchte, sich aufzusetzen, fiel er mit einem winselnden Stöhnen zurück.

Verfluchte Hölle.

Ein paar Sekunden später versuchte er es erneut, öffnete vorsichtig ein Auge. Als sich seine Sicht schärfte und der Schwindel verebbte, sah er rosa Vorhänge, einen Frisiertisch voller bunter Parfümflaschen, ein Schreibpult, auf dem sich Hutschachteln türmten... und seine Eingeweide wurden zu Eis.

Verfluchte *Hölle*—wo war er? Was hatte er angestellt?

Er schoss in Panik hoch. Das Schlafgemach waberte vor seinen Augen und er stieß sich vom Bett auf, stolperte gegen den Frisiertisch. Flaschen klirrten, eine rollte von der Tischfläche und zerbarst auf dem Boden.

Mit hämmerndem Herzen hörte er Schritte nahen.

Die Tür ging auf... Thomas Bellinger steckte den Kopf herein.

„Was für eine Überraschung, dich wach zu sehen, alter Freund. Bei Gott, haben wir es gestern Abend wild getrieben, nicht wahr?"

Obwohl Bellingers Augen blutunterlaufen waren, kniff sich sein sommersprossiges Gesicht in ein Grinsen. „Ich hatte seit Ewigkeiten keinen solchen Brummschädel mehr. Wie in den guten alten Zeiten."

Die Erinnerung kehrte wieder. Paul hatte gestern nach dem qualvollen Vorfall mit Rosalind Bellinger aufgesucht. Er wollte sich in Vergessenheit baden, und mit niemandem sonst konnte man das besser tun als mit seinem

Freund. Mit einem Haufen alter Saufkumpane waren er und Bellinger in die Stadt ausgegangen. Es rumorten ihm die Gedärme, als er sich entsann, wieviel Alkohol er getrunken hatte. Er hatte seinen Schwur der Enthaltsamkeit gebrochen... doch soweit er sich erinnern konnte, keine weiteren Schwüre.

„Wo sind wir?", fragte er heiser.

„Weißt du nicht mehr? Nun, du warst ja sturzbetrunken, da kann ich es dir nicht verübeln", kicherte Bellinger. „Die anderen wollten die Nacht im ‚Kloster' am Covent Garden ausklingen lassen. Die hatten nämlich junges Gemüse vom Lande, gerade frisch eingetroffen."

Bei der Erwähnung von Prostituierten verkrampfte sich Pauls Magen wieder.

Bellinger wackelte mit den Augenbrauen. „Aber die Sauferei hat wohl dein Hirn zu Matsch gemacht, denn du hast dich vor unseren Augen richtiggehend verwandelt."

„Was meinst du?"

„Aus unserem verehrten Lebemann, dem wir alle nacheifern, ist der verfluchte *Prinz der Tugend* geworden!" Bellinger klatschte sich lauthals lachend auf den Schenkel. „Hast dich strikt geweigert, ins Bordell zu gehen, weil du ja unter der Haube bist. Hast irgendeinen Stuss von *Gelübden* gefaselt. Die anderen haben vor Lachen gebrüllt." Er musste erst Atem holen, ehe er stotterte: „Davon erholst du dich *nie wieder*, Fines!"

„Bin ja froh, dass ich zur Unterhaltung des Abends beigetragen habe." Er rieb sich den Nacken und murmelte: „Wie bin ich hierher gekommen? Und wo bin ich überhaupt?"

„Im Zimmer meiner Schwester bei meinem Vater zu Hause. Sie und der Rest der Familie sind bei unserer ewig kränkelnden Großtante in Yorkshire zu Besuch." Bellinger gähnte. „Da das Haus frei war und geräumiger ist als meine Wohnung, habe ich uns hier untergebracht."

Pauls Brust löste sich. Er bemerkte, dass er wieder atmete.

„Nun, was machen wir als Nächstes, hä? Erst mal rasieren und dann auf in den Club?"

„Wie spät ist es?", fragte Paul.

Bellinger blinzelte, als hätte man ihn aufgefordert, eine schwierige Rechenaufgabe zu lösen. „Keine Ahnung. Später Nachmittag vielleicht? Was tut das schon zur Sache?"

Paul wollte die Augen verdrehen, tat es aber nicht, weil sein Kopf bei jeder Regung mörderisch wehtat. „Es tut etwas zur Sache, weil ich noch etwas vorhabe."

„Beim Gentleman Jackson, meinst du?" Bellinger kratzte sich den Kopf und sagte mit einer Grimasse: „Bin mir nicht sicher, ob mein alter Schädel es vertragen würde, jetzt auch noch herumgebeutelt zu werden."

„Nach Boxen ist mir nicht." Paul ging zum Fenster und öffnete die Vorhänge. Er versuchte, sich zu orten und zu entscheiden, was er als Nächstes tun sollte. Er fragte sich, ob Charity sich Sorgen um ihn machte...

„Ah, verstehe", sagte der andere wissend. „Vielleicht hast du ja eine Verabredung mit einer gewissen schottischen Gräfin, hä?"

Pauls Kopf fuhr zu Bellinger herum—*verflixt, das tat weh!* „Warum sagst du das?"

„Ganz ruhig, mein Alter." Bellinger hob schützend die Hände vor sich. „Man braucht kein Genie zu sein, um zu vermuten, dass dir die ehemalige Miss Drummond im Kopf herumgeht. Muss dir ja ganz schön in die Knochen gefahren sein, als sie da urplötzlich in der Kutsche vorgefahren ist."

„Verflucht, *bespitzelst* du mich etwa?"

„Bespitzeln klingt nach Vorsatz, und ich plane nie etwas im Voraus", verteidigte sich Bellinger. „Ich habe euch beide rein zufällig vom Fenster des Boxsaals aus gesehen; die holde Rosalind fällt einem ja schon immer ins Auge. Es haben sogar mehrere Kerle ihre Kämpfe unterbrochen, um sie sich näher anzusehen."

Auch das noch. Genau, was Paul brauchte: ein Zimmer voller junger Spunde, die sich an den Fensterscheiben die Nasen plattdrückten und alles, was sie sahen, begeistert und ausgeschmückt weitergeben würden.

„Da war nichts", knurrte Paul. „Um Himmels Willen, ich bin *verheiratet*."

Sein Freund zuckte mit den Schultern. „Das ist sie auch. Aber verändert hat sie sich kaum, oder?"

Nein, hatte sie nicht. Was ihn jedoch noch mehr überraschte, war die Tatsache, dass *er* sich verändert hatte. Und zwar dermaßen, dass er gar nichts empfunden hatte, als sie ihm während der Kutschfahrt vorgeschlagen hatte, die Freiheiten auszukosten, die ihre jeweiligen Ehen ihnen gestatteten. Nein, ‚nichts' war das falsche Wort.

Er hatte Abscheu empfunden. Abscheu für sich selbst.

Dafür, dass er jemals geglaubt hatte, Rosalind zu lieben, und dass er sich ihretwegen wie ein verdammter Narr aufgeführt hatte. War er denn wirklich so oberflächlich gewesen, dass er nicht an ihrer Schönheit vorbei in ihre Seele hatte blicken können? Beim Gedanken, dass er sich jahrelang an einen Wahn geklammert hatte— dass er sich und das Familienvermögen dabei beinahe zugrunde gerichtet hätte—wurde ihm speiübel. Sollte Rosalind ruhig außerehelichen Vergnügungen nachgehen; Ehefrauen hatten ständig Affären.

Nur nicht die Art Ehefrau, die er wollte.

Beim Gedanken an Charity knäulte sich sein Magen zusammen. Er wusste, dass er alles vermasselte. Seine Ehe war wie eine Kutsche mit durchgegangenen Pferden, die Zügel waren ihm entglitten. Sein Austausch mit Rosalind steigerte nur das Gefühl, dass ihm großes Unheil bevorstand. Obwohl er ihren Vorschlag so gelinde wie möglich abgelehnt hatte, war sie in Tränen ausgebrochen.

Er hatte sich linkisch und schuldig gefühlt und ihr sein Taschentuch gegeben. Ihr schimmernder Blick und Süßholzraspeln hatten ihm nur noch größeres Unbehagen verursacht.

Schließlich hatte sie sich mit seinem Taschentuch die Augen abgetupft und gesagt: „Du bist ein Lügner, Paul Fines. Und ein Narr. Weißt du denn, wie viele Gentlemen sich alle Beine dafür ausreißen würden, mit mir eine Affäre zu haben?"

Er wusste nicht, was er darauf erwidern sollte. Also hatte er gesagt: „Es tut mir leid, dich enttäuscht zu haben."

„Wem willst du denn etwas vormachen, wenn du den tugendhaften Gatten vorgaukelst?"

„Ich gaukle gar nichts vor." Dennoch hatte sein Herz zu pochen begonnen, seine innere Stimme gehöhnt: *Du bist ein Hochstapler, das sieht doch jeder.*

„Dein graues Mäuschen wird dir schon bald langweilig werden."

„Nenn sie nicht so", hatte er zähneknirschend gesagt.

Rosalind hatte silbrig gelacht und ihre dunklen Locken nach hinten geworfen. Hatte er ihr geziertes Gehabe wirklich einst als angenehm empfunden? Bei näherem Hinsehen hatte er die leichten Falten wahrgenommen, die ihre Schönheit verhärteten—und die Eitelkeit, die sie ganz zu zerstören drohte.

„Charity Sparkler... ein ironischer Name, nicht wahr?" Gehässigkeit knarzte nun in Rosalinds Stimme „Ich weiß kaum noch, wie sie aussieht, außer diesen unseligen Pusteln. Du hast mir einmal gesagt, wie leid sie dir tut—wie deine Schwester dich *genötigt* hat, mit ihr zu tanzen."

Selbstverachtung hatte ihn von innen versengt. Hatte er so etwas Grausames wirklich gesagt? Vermutlich schon, er war ja so ein Bastard gewesen. In diesem Augenblick verabscheute er sich wahrlich selbst. Gedankenlos und blind, der Schurke, für den Uriah Sparkler ihn hielt.

„Sie hat sich verändert", sagte er verbissen, „und wichtiger noch, ich mich auch."

„Ein Gepard behält sein Leben lang die gleichen Flecken", hatte Rosalind gespreizt erwidert. „Du bist der, der du schon immer warst. Der einzige Unterschied ist, dass du dir nun einbildest, edelmütig zu sein." Sie fuhr ihm mit dem Finger das Kinn entlang. „Wie ich den Mann vermisse, der sich selbst kannte... Mein alter Paul hätte die schlichte Wahrheit erkannt: Du bist zum Liebhaber geboren, nicht zum Ehemann. Man kann sich mit dir vergnügen, zu viel mehr taugst du nicht."

Nun rieb er sich die Schläfen und versuchte, diese unangenehmen Gedanken zu verdrängen, einen klaren Kopf zu bekommen. Er wehrte sich gegen das Bedürfnis, einen einfacheren Weg zu nehmen... wie zum Beispiel, sich eine Flasche Whiskey hinter die Binde zu kippen. Aber nein, er würde nicht alles noch verschlimmern, indem er sich jetzt wieder betrank. Soviel Beherrschung hatte er doch.

„Ich muss zu Charity", sagte er schließlich.

Bellinger blinzelte. „Wieso?"

„Sie ist meine Frau, Mensch." Paul starrte ihn böse an.

„Hm. Nun, ich bin Junggeselle, was verstehe ich schon davon." Bellinger sah ihn von oben bis unten an. „Wie dem auch sei, würde ich aber vorschlagen, dass du deiner Lady nicht in diesem Zustand unter die Augen trittst."

„Warum? Was ist denn mit mir?" *Abgesehen davon, dass ich ein abscheulicher Taugenichts bin.*

Bellinger hob eine Augenbraue und antwortete mit einer Gegenfrage: „Wie sehe *ich* denn aus?"

Pauls Blick wanderte über die zerknitterte Kleidung und struppige Erscheinung seines Freundes. „Wie etwas, das die Katze..."—ihm stieg ein Geruch in die Nase und er zog eine Grimasse—„aus der Themse gezogen hat. Nun gut." Er fuhr sich mit den Händen durchs eigene Haar. „So schlimm sehe ich auch aus?"

„Schlimmer", sagte Bellinger vergnügt. „Denn *ich* bin ja in keine Schlägerei mit diesen Kerlen aus Oxford geraten." Paul sah seine Hände an— Blutergüsse zierten seine Fingerknöchel. Er berührte seinen Kiefer und machte eine

Grimasse, als er die Schwellung fühlte. Kein Wunder, dass sein ganzer Kopf dröhnte.

„Verflucht", murmelte er. „Sie darf mich so nicht sehen."

„Warte doch mit deiner Minne bis morgen früh", riet im Bellinger. „Wenn du erst einmal gut ausgeschlafen hast, hast du dein Engelsgesicht wieder. Du willst ihr vielleicht auch ein Gedicht schreiben, denn ich glaube, du wirst sämtliche Register ziehen müssen."

Paul war der Ansicht, dass Bellinger ausnahmsweise einmal recht hatte. „Wann bist du denn so weise geworden?"

Bellinger grinste. „Wie glaubst du denn, habe ich mir bis jetzt das Junggesellentum bewahrt? Man muss es schon schlau anstellen, wenn man der Mausefalle entkommen will."

Und noch viel schlauer, dachte Paul verdrießlich, um herauszukriegen, wie diese Sache mit der Ehe denn funktionierte. Aber irgendwie musste er das—denn dieses Mal würde er die Folgen eines Scheiterns nicht verkraften.

Kapitel 32

Charity kehrte um halb fünf in den Laden zurück. Obwohl der Besuch bei Mrs. Fines nichts Neues über Pauls Verbleib ans Licht gebracht hatte, fühlte sie sich dennoch von den Gesprächen mit ihrer Freundin und Schwiegermutter beruhigt. Es machte ihr Mut, dass selbst ein glückseliges Paar wie Percy und Mr. Hunt ihre Höhen und Tiefen erlebte. Und Mrs. Fines hatte gestanden, dass sie und ihr geliebter Jeremiah als Jungvermählte mitunter wie *Hund und Katz* miteinander gestritten hatten.

Charity wurde etwas bewusst: Sie war im Streiten völlig unerfahren. Was sie über die Jahre gelernt hatte, vor allem mit ihrem Vater, war das

Stillhalten. Aber vielleicht war es ja nicht so gut, immer alles unter den Teppich zu kehren. Vielleicht machte das den Streit, der dann doch unweigerlich ausbrach, nur noch schlimmer.

In Momenten wie diesen vermisste Charity eine Mama mehr denn je. Eine unendliche Quelle weiblicher Weisheit, die einen durch schwierige Zeiten trug.

Sie hatte freilich ihren Vater. Aber was ihre ehelichen Sorgen betraf, war er nicht gerade einfühlsam.

„Zeitverschwendung", brummte er, als sie erklärte, wo sie gewesen war. „Diesem Schuft hinterherzurennen, wenn das Geschäft dich doch braucht. Wenn ich dich brauche."

Sofort prickelten sie Schuldgefühle, allerdings mischte sich noch ein anderes Gefühl dazu: wachsender Groll. Und ausnahmsweise einmal war sie es leid, ihn zu unterdrücken.

„Ich tue mein Bestes", sagte sie trotzig. „Es ist nicht leicht, Tochter und Gemahlin zugleich zu sein. Aber ich bin jetzt verheiratet, und schulde meinem Mann das Seine."

Ihrem Vater klappte das Kinn herunter. „Das *Seine*? Du wagst es, mir derart ungezogen zu widersprechen—dem, der dich erzogen hat?"

„Ich bin dankbar für alles, was du für mich getan hast. Wahrlich. Aber es muss mir auch gestattet sein, meine eigenen Entscheidungen zu treffen." Sie atmete tief durch, ihre Lunge dehnte sich befreiend. „Ich bin kein kleines Mädchen mehr."

„Bei Gott, ich wünschte du wärst es noch."

Der schroffe Ton ihres Papas überraschte sie; Gefühlsduselei war sonst nicht seine Art.

„Jeder muss einmal erwachsen werden", sagte sie leise, „und ich bin und bleibe immer deine Tochter."

„Aber beschützen kann ich dich nicht mehr." Die Runzeln auf seiner Stirn vertieften sich, und sein düsterer grauer Blick lag eindringlich auf ihr. „Du weißt nichts von der Welt, nicht so wie ich, Charity, du weißt nicht, wie schäbig Menschen wie du und ich behandelt werden. Menschen, die nicht schön sind, deren einzige Waffen Fleiß und Bescheidenheit sind." Seine Hand tastete nach ihrer. „Leute wie wir werden *verletzt*, verstehst du nicht?"

Ehe Charity antworten konnte, läutete die Ladenglocke. Eine erlesen gekleidete Frau betrat den Laden, ihr Profil war unter einer schicken grünen Strohhaube verborgen. Ihr Spazierkleid schmiegte sich an die Kurven ihrer makellosen Figur, die Borten wippten sinnlich mit jedem Schritt mit. Als sie auf sie zu glitt, konnte Charity ihr Gesicht sehen.

Es schnürte ihr die Lunge zu. Sie kannte dieses Gesicht. Die unvergesslichen fliederfarbenen Augen, die dramatischen schwarzen Locken, die sahneweiche Haut. Rosalind Drummond—nein, Lady Monteith... was tat sie hier?

„Wie kann ich Ihnen heute behilflich sein?" Ihr Vater ging eifrig auf sie zu.

Rosalind wedelte einen zarten rosafarbenen Handschuh in seine Richtung, als verscheuchte sie ein lästiges Insekt. „Ich bin nicht für Sie hier. Wen ich zu sprechen wünsche ist"—vollkommene rosa Lippen verzogen sich zu einem harten Lächeln—„Mrs. Fines."

Charity trat hinter der Theke hervor. „Ja, bitte?"

„Sie wissen, wer ich bin?" Eine rabenschwarze Braue hob sich.

Charity entsann sich ihrer guten Manieren und tauchte in einen raschen Knicks. „Ja, natürlich. Guten Tag, Gräfin Monteith." Vom Augenwinkel aus sah sie den verwirrten Ausdruck ihres Vaters. Was wollte denn eine adelige Lady von ihr? Obwohl Charity es selbst nicht wusste, sickerte Furcht durch sie. Sie fragte: „Wie kann ich Ihnen helfen?"

Hochmütige Augen fegten über sie hinweg. „Meine Güte, Sie haben sich *tatsächlich* verändert."

Sie aber nicht. Sie sind genauso schön wie eh und je, dachte Charity mit einem flauen Gefühl. Paul fand das gewiss auch.

„Sie suchen P—ich meine, Mr. Fines?", fragte sie ruhig. „Er ist leider nicht zugeg—"

Rosalind machte eine lässige Handbewegung. „Oh, ihn habe ich bereits getroffen. Ich lege großen Wert darauf, bei meinen Besuchen in der Stadt meine ältesten und besten Freunde zu besuchen."

Das Leuchten in den Augen der anderen Frau zerriss Charity das Herz. Es war ein körperlicher Schmerz, als schnitte ein Chirurg ihr mit scharfer

Klinge ins tiefste Innere ihres Wesens. Sie konnte nicht sprechen, weil sie davor Angst hatte, was ihr vielleicht entfahren könnte: der Schrei eines verletzten Tieres, ein elendes, seelentiefes Geräusch.

„Das ist ja eben der Grund meines Besuchs. Ich glaube, ich habe etwas, das Ihnen gehört." Mit einem Grinsen nahm Rosalind ein Taschentuch aus ihrem Beutel. „Er hat dies hier bei unserem... Treffen vergessen. Solch feine Stickereien—die stammen doch von Ihnen?"

Charity blieb nichts anders übrig, als das Taschentuch zu nehmen. Sie fühlte Pauls Initialen auf ihrer Handfläche brennen.

„Männer sind eben Männer", lachte Rosalind beschwingt. „Die belanglosen Dinge vergessen sie immer, nicht wahr? Lassen sie einfach achtlos liegen."

„Das reicht, Sie Flittchen!" Ihr Vater meldete sich zu Wort, und sogar durch den Schleier der Taubheit konnte Charity die Wut in seiner Stimme hören. „Schämen Sie sich, dass Sie hier Ihre Sünden zur Schau stellen. Adel hin oder her, Leute wie Sie werden bei Sparkler's nicht bedient—raus aus meinen Laden mit Ihnen!"

Immer noch lächelnd schlenderte Rosalind zur Tür. „Machen Sie sich keine Vorwürfe. Es grenzt ja schon an ein Wunder, dass Sie ihn sich überhaupt geangelt haben. Aber Mitleid war schon immer seine Schwäche. Er hat mit mir immer darüber gescherzt, wie seine Schwester ihn stets genötigt hat, mit Ihnen zu tanzen.“

Diese Spitze verhakte sich tief in Charitys Seele. Sie presste die Hand gegen den Mund, damit ihr kein erstickter Ton entkam.

„Nun, ich würde mir keine Sorgen machen“, sagte Rosalind. „Mir wird schnell langweilig. Sie haben ihn also bestimmt bald wieder.“

Die Glocke bimmelte, als sie ging, dann... Stille.

„Setz dich, Tochter.“

Charity blieb stehen, Körper und Geist eingefroren.

„Charity?“

Sie fühlte etwas an ihrem Arm zupfen. Sie sah ihren Vater an. Sah ihren Schmerz in seinem verwitterten Gesicht widergespiegelt. Mit belegter Stimme sagte er: „Genau davor wollte ich dich schützen. Vor der hässlichen Welt. Die ist kein Ort für uns."

„Vater?", flüsterte sie.

Er legte zögerlich die Hand auf ihre Schulter. Ein seltenes Zeichen der Zuneigung, des Trostes in einer Zeit der Kummers. Schmerz breitete sich langsam in ihrer Kehle aus.

„Ich gehe und mache uns eine Kanne Tee. Kopf hoch, so wie ich es dir beigebracht habe. Du wirst das schon durchstehen." Er tätschelte sie unbeholfen. „Sei froh, dass du diese Lektion beizeiten gelernt hast, mein Kind."

Sie blickte ihrem davonhumpelndem Vater nach und dachte betäubt: *Beizeiten ist schon vorbei. Es ist schon viel zu spät.*

Kapitel 33

Am nächsten Morgen klingelte die Ladenglocke und Charity wusste, dass es Paul war. Offenbar wusste das auch ihr unerwarteter Besuch, denn Percy und Helena sagten wie aus einem Munde: „Wir müssen jetzt gehen."

Sie schaffte es, ihre Maske der Ruhe aufzubehalten. Sie hatte sie schon die vergangene halbe Stunde über getragen, während ihre Gäste ihr die schlechten Nachrichten überbracht hatten. Weil sie wussten, dass Charity die Klatschspalten nicht las, waren Percy und Helena gekommen, um ihr die schmutzigen Neuigkeiten zu eröffnen, ehe sie sie von weniger wohlmeinenden Quellen hörte.

Sie hatten versucht, den Schlag in Charitys Magengrube etwas zu mildern.

Percy hatte darauf beharrt, dass der Artikel in *The Times*, der über eine neu entfachte Flamme zwischen einem gewissen Mr. F. und einer Lady M. berichtete, nichts weiter war als üble Verleumdung. Helena war der Ansicht gewesen, es handelte sich um ein Missverständnis, eine zufällige Begegnung, die nun aufgebauscht wurde.

Charity hatte sich das alles angehört... und nichts dabei empfunden.

Denn sie wusste ja bereits, dass alles wahr war. Paul liebte Rosalind; das hatte er schon immer. Er hatte Charity nur aus Pflichtgefühl geheiratet. Und als sie glaubte, es entwickelte sich etwas zwischen ihnen, musste das ein Hirngespinst gewesen sein. Oder vielleicht war es nur körperliche Wollust gewesen.

Was ihr Herz endgültig abgestumpft hatte, war, dass er sie angelogen hatte. Er hatte sein Treuegelübde ihr gegenüber gebrochen. Und obwohl sie hausbacken, unbedeutend und nicht die Frau seiner Wahl war, hatte sie das alles dennoch nicht verdient.

Paul kam ins Zimmer, suchte Blickkontakt mit ihr. Mit einem seltsamen Gefühl der Distanz bemerkte sie, dass er nicht, wie gewohnt, tadellos daherkam. Es war, als hätte man ihm den göttlichen Lack abgeschabt, und ein sterblicher Mensch kam zum Vorschein, der ganz eindeutig irdischen Beschäftigungen nachgegangen war. Eine rotblaue Prellung zierte eine Seite seines Kinns und dunkle Schatten hingen unter seinen Augen. Sein Haar war zerzauster als die gegenwärtige Mode es verlangte, als hätte er sich die goldenen Wellen wiederholt gerauft. Sogar seine Krawatte war nicht so einwandfrei gebunden wie sonst.

Er stutzte beim Anblick von Percy und Helena, die zur Flucht bereit dastanden.

„Guten Morgen." Er verneigte sich flüchtig. „Störe ich?"

„Du weißt genau, warum wir hier sind." Percy blickte ihn finster an. „Verflucht, Paul, was geht hier vor? Warum sind die Zeitungen voll mit diesem Unsinn über dich und—"

„Ganz ruhig, meine Liebe." Helena nahm Percy beim Arm und geleitete sie zur Tür. „Wir lassen die beiden lieber allein. Wir sehen euch beide bald, hoffe ich?"

„Danke, Milady", sagte Charity.

„Ihr Diener", sagte Paul kurz.

Dann waren sie und Paul allein. Noch vor kurzem hätte das Meer der Stille und Spannung sie eingeschüchtert, doch jetzt empfand sie eine seltsame Ruhe. In diesem schäbigen Wohnzimmer dieses schäbigen Hauses war sie, wo sie hingehörte. Sie musste nicht länger verbergen, wer und was sie war. Es war eine bittersüße Freiheit, ihrem strengen Dutt und unansehnlichem Kleid wohnte eine gewisse Macht inne.

Warum sollte ich versuchen, ihm zu gefallen? Er will mich doch so oder so nicht.

Er machte einen Schritt auf sie zu und blieb dann stehen, als wüsste er nicht recht, was er tun sollte. Er räusperte sich, dann sagte er: „Charity, du weißt, dass es nicht wahr ist."

Oh Gott, wie lange hatte sie sich selbst betrogen, hatte leere Träume über ihre gemeinsame Zukunft gesponnen? „Gar nichts weiß ich", sagte sie kühl und tonlos.

Er zuckte zusammen, doch er sagte: „Ich habe dir mein Wort gege—"

„Und ich war dumm genug, es zu glauben. Ich weiß." Sie hielt ihren Blick und ihren Ton stetig. „Aber damit ist es nun vorbei."

„Das... das meinst du nicht ernst."

Warum klang er so niedergeschlagen? Sie war doch diejenige, die das größte Leid seines Verrats, seiner Lügen traf. Wut glitt wie eine Eisscholle durch ihre Adern, betäubte sie, schützte sie vor Bedauern, kühlte ihre Worte.

„Mein Vater hatte recht: Du *bist* selbstsüchtig und unverantwortlich, unfähig, deine Versprechen zu halten. Da gibt es nichts schönzureden."

Seine Augen blitzten. „Das ist so verflucht ungerecht! Ich habe mich an meinen Treueeid gehalten—"

„Hast du das?" Ihre Augenbrauen hoben sich. „Du warst also gestern Abend nicht betrunken, und das da auf deiner Wange ist kein Souvenir von einer trunkenen Prügelei?"

Seine Brust hob sich, seine hohen Wangen wurden rot. „Das ist doch etwas ganz anderes! Verdammt, gestern Abend war das erste Mal, dass ich etwas getrunken habe, seit... seit....“

„Seit du geschworen hast, nie wieder zu trinken?“

„Ja! Ich meine, *nein*“—seine Hände ballten sich zu Fäusten—„Ich kann alles erklären, wenn du mich nur anhörst—“

„Ich bin es *leid*, dir zuzuhören.“ Ihre Stimme zitterte plötzlich heftig und sie musste tief Luft holen, ehe sie in der Lage war, etwas ruhiger zu sagen: „Ich bin es leid, enttäuscht zu werden. Und ich sehe nun, was diese Ehe birgt: Nichts als Enttäuschung für dich... und mich.“

„Ich habe nie gesagt, ich sei enttäuscht!“

Sie zuckte die Achseln. „Taten sprechen lauter als Worte. So laut sogar...“—sie wies auf die Zeitung auf dem Tisch, die Percy und Helena ihr gebracht hatten—„dass es scheinbar die ganze Stadt mitbekommen hat.“

Der Schmerz in ihrer Brust spitzte sich zu und es bedurfte ihrer ganzen Selbstbeherrschung, sich dagegen zu stemmen. Während sie ihn überall gesucht hatte, um sich für ihr Verhalten zu entschuldigen, hatte er sich mit Rosalind *vergnügt*. Hatte seine Daphne verfolgt, die Schönheit, die ihm auf ewig im Kopf herumgeistern würde. Nein, sie war mehr als ein Hirngespinst, denn sie war ja aus Fleisch und Blut. Bei der Vorstellung von Rosalind in Pauls Armen stockte Charity qualvoll der Atem. Zwei wunderschöne Menschen, wie füreinander geschaffen.

„Das stimmt nicht. Nichts davon ist wahr. Und wenn mir nur eine Minute gibst, damit ich erklären kann—" Paul tat einen weiteren Schritt auf sie zu, streckte seine Hand aus, aber sie unterbrach ihn.

„Warst du in Gesellschaft von Lady Monteith oder nicht?"

„Das... war ich. Aber nicht so, wie du denkst." Seine Hand fiel schlaff hinab, als er mit zusammengebissenen Zähnen sagte: „Es ist nichts vorgefallen! Ich schwöre es bei meiner Ehre."

Charity konnte seine Lügen nicht mehr aushalten. Sie war so kalt, tief im Inneren, wie eine Schicht Eis voller Risse. Sie empfand eine

Wut wie noch nie zuvor, bis tief in die Knochen, ein frostklirrender Sturm, der alles hinfort fegte, bis auf den Drang, zwischen sich und dem Verursacher ihrer Qual eine Wand aus Eis zu bauen.

„Du schwörst? So wie du dem Trinken abgeschworen hast?", sagte sie. „Wie du geschworen hast, meinen Vater zu helfen? Oder vielleicht, wie du geschworen hast, dass Rosalind niemals unsere Ehe stören würde?" Sie warf ihm einen vernichtenden Blick zu. „Ich bin es leid, mir deine Erklärungen anzuhören. Mein Vater hatte recht: Du bist ehrlos, schamlos, und ich glaube dir nie wieder auch nur ein Wort."

In Pauls Brust tobte ein Schmerz, der alles übertraf, was er zuvor gefühlt hatte. Er war schlimmer als die Enttäuschung mit Rosalind, schlimmer noch als die schärfsten Verurteilungen seines Vaters. Weil er es nicht erwartet hatte. Nicht von Charity, von seinem Fels in der Brandung. Zu spät erkannte er, dass ihr Vertrauen in ihn ein Leuchtturm gewesen war, und dessen Licht war nun verloschen. In ihren kalten, undurchdringlichen Augen fand er keine Spur von Verständnis.

Er trieb verloren auf hoher See.

Allein.

Panik schnürte ihm die Kehle zu. *Was erwartest du, du Narr? Du hast sie vor aller Augen beschämt, das wird sie dir nie verzeihen. Du hast alles verdorben, wie du schon geahnt hast.*

Doch irgendwie sprach er trotzdem weiter: „Es tut mir leid, dass ich dich in Verlegenheit gebracht habe, aber dieser Artikel—hinter dem gewiss Parkington steckt— ist reine Verleumdung. Ja, ich habe Rosalind getroffen. Sie ist auf mich zugekommen, sie hat mich um... eine Unterredung gebeten."

Charity sagte nichts, biss nur die Lippen zusammen.

„Und ich ging mit ihr mit, weil ich..."—er suchte angestrengt nach einem passenden Ausdruck— „weil ich dachte, ich schuldete ihr das. Ja, das ist es. Weil ich so lange geglaubt hatte, in sie verliebt zu sein, weißt du..."

Charitys Wangen wurden nur noch blutleerer, und er wollte sich die Zunge abbeißen. *Wie dumm bist du eigentlich! Du sagtest soeben deiner Gemahlin, dass du in eine andere Frau verliebt zu sein glaubtest, du Trottel.*

„Aber das ich bin nicht", sagte er eilig, „also wies ich sie ab."

„Du bist nicht in sie verliebt." Er hatte Charitys Stimme noch nie so kalt und unversöhnlich gehört. Sie ließ ihn bis ins Innerste frösteln und es packte ihn der Drang, vor dieser eisigen Böe zu fliehen. Doch er tat es nicht, machte tapfer weiter, selbst als sie vernichtend und ungläubig fragte: „Seit wann denn das?"

Verwirrung peitschte ihn. „Es wurde mir... eben dann bewusst. Dass sie nicht die war, die ich in ihr zu sehen glaubte. Dass sie nicht war, was ich wollte." Das war ein Teil der Wahrheit, doch da war noch mehr, was er selbst noch nicht ganz verstand. Mit einem gespannten Atemzug raffte er Mut für das größte Wagnis seines Lebens auf und sagte: „Und dass ich vielleicht... Gefühle für dich entwickle."

„Wie nett von dir."

Ihre Gleichgültigkeit ließ ihn zusammenzucken. Hier stand er, offenbarte ihr sein Herz… und sie machte sich über ihn lustig? Wer war denn *diese* Charity? Unsicherheit fröstelte ihn bis ins Mark, ebenso wie die eisigen Finger des Selbstzweifels. Er hatte geglaubt, dass er sich langsam in sie verliebte, aber kannte er denn seine Frau überhaupt? Hatte er seine Gefühle doch wieder falsch eingeschätzt? Bei Rosalind war das gewiss der Fall gewesen.

Rosalinds höhnische Worte kamen ihm: *Du bist zum Liebhaber geboren, nicht zum Ehemann. Man kann sich mit dir vergnügen, zu viel mehr taugst du nicht.*

Plötzlich packte ihn die Wut. Er hatte doch nichts falsch gemacht, warum also war er derjenige, der sich ständig bei Charity entschuldigte? Warum musste er am Ende immer am Boden kriechen, die ganze Schuld auf sich nehmen? Zum Teufel, er war es leid, immer der Verlierer zu sein!

„Wie ich sehe, steht dein Entschluss fest", sagte er in einem Ton, der ebenso eisig war wie ihrer, „und dass es nichts bringt, weiter zu debattieren."

501

Ihre Lippen waren wie ein Strich, was ihn noch weiter erzürnte. „Da stimme ich dir zu."

„Vergiss, was ich eben über meine Gefühle für dich sagte", sagte er herb. „Ich habe mich wohl geirrt."

„Ich habe nichts von dem, was du sagtest, ernst genommen." Sie sprach mit zusammengebissenen Zähnen. „Warum sollte ich auch? Du bist so unbeständig wie das Wetter."

„Und du bist so stur wie ein Felsbrocken", knurrte er. „Bist von dem großen alten Felsen abgebröckelt."

„Zieh meinen Vater da nicht mit rein."

„Das tut er doch selbst, indem er sich ständig in unsere verfluchten Angelegenheiten mischt, wo er nur kann." Brodelnd ließ Paul seinem aufgestauten Groll freien Lauf. „Er behandelt mich wie der letzte Dreck und dich wie seine verdammte Leibeigene. Doch du lässt dich mit Freuden von ihm geißeln, unterwirfst dich jeder seiner Forderungen—was zum Teufel ist nur los mit dir? Hast du denn kein Rückgrat?"

„Mein Vater liebt mich, er will nur das Beste für mich", sagte sie zittrig.

„Dass er das behauptet, heißt nicht, dass es stimmt."

Sie sah aus, als hätte er sie geschlagen. Reue durchlöcherte seine Wut, doch was sie als Nächstes sagte, ruhig und deutlich, löschte sie sogleich wieder aus: „Willst du die Wahrheit wissen? Du weißt gar nicht, was Liebe *ist*. Du kümmerst dich allein um dich selbst."

„Ich habe meine verfluchte Turniervorbereitung für dich aufgegeben!", brüllte er.

„Darum habe ich dich nicht gebeten. Ebenso wenig habe ich um irgendwelche albernen Hüte gebeten, oder eine Zofe, oder Konten bei all den protzigen Geschäften. Das waren *deine* Wünsche, nicht meine." Sie hob trotzig das Kinn. „Du willst aus mir jemanden machen, der ich nicht bin."

Das war so unwahr, verdrehte seine wahren Absichten dermaßen, dass er nun wirklich rot sah. Er konnte nicht mehr denken; seine Lunge brannte, seine Brust wogte, als hätte er gerade zwanzig Runden geboxt.

Doch sie war noch nicht fertig.

„Dich zu heiraten war der größte Fehler meines Lebens. Ich möchte, dass du gehst", sagte sie.

„Gut", rief er über das Pochen in den Ohren, „das werde ich. Ich werde mich dem Turnier widmen, wie ich es von Anfang an hätte tun sollen, statt meine Zeit in diesem Dreckloch von einem Laden zu vergeuden—und mit dir!"

„Geh doch zu deinem dummen Boxen. Oder gleich zur Hölle, es ist mir gleich", schnappte sie.

Vor Wut konnte er kaum mehr sehen. In diesem Augenblick verkörperte sie jedes Versagen seines Lebens, und er konnte sich gar nicht schnell genug davonmachen. Er drehte sich um und ging ohne ein weiteres Wort.

Kapitel 34

„Ich gehe dann." Mr. Jameson steckte den Kopf durch den Vorhang zum Hinterzimmer.

Über sein Kontenbuch gebeugt winkte ihr Vater seinem Angestellten geistesabwesend zu.

Charity sagte eilig: „Danke, dass Sie so lange geblieben sind. Ich begleite Sie noch hinaus, Mr. Jameson."

Während sie gemeinsam auf den Ausgang zugingen, sagte der Verkäufer gedämpft: „Wurde denn Ihr Vater in letzter Zeit von einem Arzt untersucht? Er scheint noch nicht ganz der Alte zu sein."

Charity schüttelte verdrossen den Kopf. „Er weigert sich, Dr. Harrison kommen zu lassen. Er isst und schläft nicht gut. Die Sorge um die Zukunft des Geschäfts raubt ihm den Schlaf."

„Haben Sie etwas von Mr. Fines gehört?", fragte Jameson hoffnungsvoll.

Die Frage traf Charitys Herz wie ein Pfeil. Paul war seit über einem Monat weg. Er hatte nicht geschrieben, und selbst wenn sie ihm einen Brief schicken wollte, wüsste sie nicht, wohin. Das Turnier der Fancy hatte begonnen, die Kämpfe fanden im Wechsel in verschiedenen Grafschaften statt. Die Austragungsorte wurden bis zum letzten Moment geheim gehalten, weil Preisboxen streng genommen nicht erlaubt und den örtlichen Behörden ein Dorn im Auge war. Laut der Zeitung kamen zu den Kämpfen Tausende Besucher und es wurden Wetten in Höhe von Hunderttausenden aufgenommen.

Und was würde sie Paul denn schon schreiben? Ihr Zorn war zwar verebbt, doch der Schmerz blieb. Sie brachte es nicht über sich, sich zu entschuldigen, obwohl sie ihren Anteil an dem Streit bereute. Sie hatte sich nicht gut verhalten.

In tiefer Scham erinnerte sie sich, wie bösartig sie auf ihn eingedroschen hatte, damit er denselben Schmerz fühlte, den sie über seine Untreue empfunden hatte.

Doch *war* denn mit Rosalind etwas vorgefallen?

Immer, wenn sie sich diese Frage stellte—und das war oft—empfand sie eine flüchtige Mischung aus Wut, Bitterkeit und Sehnsucht. Paul hatte geleugnet, eine Affäre mit seiner ehemaligen Flamme gehabt zu haben; konnte sie das glauben, ihn beim Wort nehmen? Sie versuchte es mit Vernunft. Sie stellte die kostbaren Erinnerungen an Chudleigh Crest der hässlichen Begegnung mit Rosalind gegenüber, versuchte zu entscheiden, welches Ereignis wahr gewesen war.

Zauber gegen Wirklichkeit; was war wahrscheinlicher?

Wie die Tage vergingen, schwand ihre Hoffnung.

„Nein", sagte sie leise. „Keine Neuigkeiten""

Jameson tätschelte ihren Arm. „Ich bin mir sicher, dass er einfach sehr beschäftigt ist. Er hat ja alle verblüfft, wie er quasi aus dem Nichts gekommen ist und all diese Kämpfe gewonnen hat." Im tränigen Blick des alten Mannes tanzte Begeisterung. „Was man so in der Zeitung liest, hat er jetzt echte Aussichten auf die Meisterschaft. Noch ein Sieg und er steht in zwei Wochen im Endkampf."

Sie zwang sich zu einem Lächeln. „Ja, er schlägt sich wacker."

Jetzt kann er seine wahren Träume verfolgen. Warum sollte er denn überhaupt je zurückkommen?

„Hier hätte er sich auch wacker geschlagen, wenn man ihn gelassen hätte, aber die Bemerkung steht mir ja eigentlich nicht zu." Jameson zog seine Mütze auf und tippte sich an die Krempe. „Gute Nacht, Mrs. Fines, wir sehen uns morgen."

Von der Tür aus sah Charity der gebeugten Gestalt des Angestellten nach, bis sie am Ende der Straße verschwand. Die laue Nachtluft fühlte sich gut an, eine kurze Flucht aus der erstickenden Enge des Ladens. Es war halb zehn und die anderen Ladenbesitzer hatten längst zugemacht. Die Straße war bis auf das verlassene Wägelchen eines Händlers in der

Ferne finster und leer.

Sie und ihr Vater waren schon seit über zwölf Stunden im Laden, ihre Muskeln schmerzten vor Müdigkeit, sie wollte nach Hause. Obwohl der Gedanke an das leere Heim, das kalte Bett, das sie erwartete, nicht gerade ihre Stimmung hob. Seltsam, ihr war zuvor nie aufgefallen, wie öde ihr Dasein war, bis Paul gekommen war. Für eine kurze Zeit hatte er ihre Welt erhellt.

Sie kämpfte schon wieder gegen die Tränen an. Wie so oft schalt sie sich, nicht so rührselig zu sein. Sie schloss die Tür und wollte absperren. Vergeblich durchwühlte sie ihre Rocktaschen nach dem Schlüssel. Auch das noch. Jetzt war sie also ein Dussel *und* eine Heulsuse. Wenn sie das entsprechende Aussehen hätte, könnte sie die Debütantin des Jahres sein.

Als sie sich auf den Weg ins Hinterzimmer machte, um den Schlüssel zu holen, hörte sie hinter sich die Ladenklingel läuten. Sie setzte sich ein Lächeln auf, drehte sich um und sagte: „Ich fürchte, wir haben geschlossen…"

Ihr Satz blieb ihr im Halse stecken. Ihr Gehirn versuchte, den Anblick der drei großen Bestien zu verarbeiten, die bedrohlich in schwarzen

Mänteln im Laden standen. *Ganoven*? Ehe sie schreien konnte, packte sie einer von ihnen, sein dicker Lederhandschuh erstickte ihre Schreie.

„Stopf ihr det Maul", sagte er. „Wo is der Alte?"

Sie wehrte sich verzweifelt, warnte erstickt ihren Vater. Panik hämmerte in ihrer Brust, während ihr Vater erschien. Großer Gott, was würden sie ihm antun...

Der Anblick einer Pistole in seiner Hand erschütterte sie noch mehr.

Vater... mit einer *Schusswaffe*?

„Was wollen Sie?", verlangte ihr Vater zu wissen.

Einer der Bösewichte trat vor, ein riesiger Mann mit dunklem Backenbart. Der Anführer? „Bringense sich nüscht in noch mehr Schwierigkeiten als se schon haben, Sparkler. Legense de verfluchte Knarre weg. Wir sind nur zum Plaudern da."

„Hat Garrity Sie geschickt?", fragte Vater.

Charitys japste an das erstickende Leder. Mr. Garrity? Was hatte er mit diesen Schurken zu tun?

„Mr. Garrity hat nüscht von Ihnen jehört", sagte der Bärtige, schüttelte tadelnd den Kopf. „Und unser Auftraggeber mag et nüscht, wenn man ihm wat schuldet. Darum sind wir und de Jungens hier—een bisschen Überzeugungsarbeit leisten, sehense?"

Die beiden anderen lachten und der erbarmungslose Klang ließ Charity schaudern.

„Lassen Sie meine Tochter los." Ihr Vater klang schwach und ohnmächtig. Die Waffe zitterte in seinem gebrechlichen Griff. „Sie hat mit alledem nichts zu tun."

„Na, det würde ick aber nüscht sagen." Der Bärtige ging zu ihr hinüber. Als sich seine bullige Hand nach ihr ausstreckte, wich sie zurück, doch sein Komplize hielt sie fest. Sie schrie auf, als der Anführer an ihrem Dutt zerrte. Ihr Haar fiel herab und sie stand hilflos bebend da, während er eine lange gewellte Haarsträhne befingerte.

„Hübschet kleenet Ding." Bei seinem anzüglichen Grinsen bekam sie Gänsehaut. „Und ein wertvolles Faustpfand, wat?"

„Ich warne Sie, *lassen Sie sie los*. Sonst... schieße ich!"

Die Pistole zappelte wild in der Hand ihres Papas und eine neue Welle der Angst rollte über Charity. Soweit sie wusste, hatte er in seinem Leben noch keine Waffe abgefeuert—war kein einziges Mal auf der Jagd gewesen. Was, wenn er sich versehentlich selbst verletzte?

Dem Anführer musste der gleiche Gedanke gekommen sein, denn er kniff seine wachsamen Augen zusammen. „Legense de verfluchte Knarre weg, ehe Se sich selber oder Ihr jeliebtet Töchterchen erschießen. Wir wollen niemand wehtun—aber wir tuns, wennse nüscht aufhören, mit dem verdammten Ding rumzufuchteln."

„Was wollen Sie?", fragte Vater zittrig.

„Einfordern, wat jeschuldet wird. Wo is der Zaster?"

„Ich... ich habe das Geld nicht. Noch nicht." Ein dünnes Rinnsal aus Schweiß rann über die blasse Stirn ihres Vaters. „Aber bald, wenn Garrity nur—"

„Unser Auftraggeber war mehr als jeduldig mit Ihnen. Se haben sich ja zuvor schon nüscht an Abmachungen jehalten",—der Schurke warf einen wissenden Blick auf Charity. Es kam ihr ein plötzlicher schrecklicher Verdacht, worin diese Abmachung wohl bestanden hatte—„und nun habense det Glück, det Se ne zweite Chance bekommen haben, aber de Zeit ist um, Sparkler. Mr. Garrity will seene dreißigtausend Pfund."

Charity hielt den Atem an. Ihr Papa schuldete Mr. Garrity *dreißigtausend* Pfund?

Ihr Vater war beunruhigend fahl. Er stammelte: „Ich habe f-fünftausend. Den Rest liefere ich bald, versprochen—"

„Mr. Garrity isses leid, zu warten. Unsere Anweisung war, det Geld abzuholen." Der Anführer gab den anderen Schurken ein Zeichen. „Kommt schon, Jungs, packt ein. So viel in den Wagen passt. Fangen wir mit dem Schmuck an."

Charity wurde zur Seite geschleudert. Während sie sich an einer der Vitrinen abfing, holte ihr Peiniger einen Knüppel aus seinem Mantel. Er trat zu einer Vitrine mit Halsketten und hieb ohne zu zögern mit der eisenbeschlagenen Spitze zu. Glas splitterte, die Scherben klirrten auf den Samt. Er griff hinein und schaufelte den Inhalt in einen Sack. Der andere

Halsabschneider tat es ihm nach, sie plünderten den ganzen Laden.

„Nein, hören Sie auf! Aufhören, sage ich! Nicht mein Geschäft!"

Vor Charitys fassungslosen Augen warf sich ihr Vater ins Geschehen und auf den Anführer. Der Schurke grunzte, packte ihn bei der Kehle und schüttelte ihn so, dass die Pistole aus seiner Hand flog. Ihr Papa baumelte wie an einer Schlinge, seine Füße zuckten.

„Lassen Sie meinen Vater los!" Sie stürzte nach vorne und ein feuriger Schmerz ging ihr über die Kopfhaut.

Einer der Banditen hatte sie bei den Haaren gepackt. Sein teuflischer Griff wurde noch fester und er lachte, als sie sich hilflos wehrte, wie eine Maus, die man vom Schwanz baumeln lässt. „Dets is Männerarbeit, kleenet Luder. Halt dir da raus."

Sie achtete nicht auf den Schmerz, versuchte sich loszureißen. Versuchte, zu ihrem Vater zu gelangen, dessen Augen glasig aus den Höhlen traten, der sich verzweifelt mit den Händen an die Brust fasste.

„Hören Sie auf, er ist krank!", schrie sie. „Sie tun ihm weh!"

Ihr Papa gab ein keuchendes Geräusch von sich... und erschlaffte im Griff seines Häschers.

„Was zur Hölle?" Der Mann ließ ihn los.

Vater fiel zu Boden und rührte sich nicht.

„Vater!" Der Griff um sie lockerte sich und Charity stürzte an die Seite ihres Papas. Sie hob seinen Kopf auf ihren Schoß, legte eine zitternde Hand an seinem Hals. Sein Puls flatterte so leicht wie die Flügel einer Motte.

Seine Augen gingen auf. „Tochter?"

„Ja, Vater, ich bin hier", sagte sie erstickt.

„Es... tut... mir..."

„Nein, heb dir deine Kraft auf. Wir rufen Dr. Harrison—"

„Zu... spät." Mit sichtlicher Anstrengung hob er eine Hand an ihre Wange. „Meine arme Charity... was wird nun aus dir?"

„Alles wird gut, Vater. Wir werden zusammen sein, wir zwei, wie immer."

„Ich muss... dir etwas sagen."

Seine Hand fiel herab, sein Kopf rollte zur Seite. Verzweifelt tastete sie seine Brust ab, suchte nach einem Herzschlag, einem Zeichen. Aber da war... nichts.

„Nein", flüsterte sie.

„Det war ick nüscht." Die bebende Stimme des Anführers drang an ihr Ohr. „Det war nüscht meene Schuld. Der blöde Kerl kam oof mir zujerannt, ick hab ihn nur aufjehalten."

Ihr Kopf fuhr zu ihm herum. *Mörder!*"

„Für Mord krieg ick nüscht jenug bezahlt", murmelte einer der anderen. „Ick mach mir aus dem Staub."

Zwei von ihnen stürzten aus dem Laden. Der Anführer warf noch einen Blick auf ihr Gesicht und ging rückwärts, die Hände beschwichtigend vor sich gehoben. „Ick hab niemand umjebracht."

„Hau ab!", schrie sie.

Er rannte davon.

Und so waren es wieder nur sie beide… gemeinsam im Laden. Sie klammerte sich an seine Hand, während die Kälte sie beide überkam.

Kapitel 35

„Wir lassen deine Sachen packen", sagte Percy, „und du wohnst bei mir."

Charitys Aufmerksamkeit galt ganz dem schwarzen gerippten Band, von dem sie Stücke abschnitt. Sie wand es um einen frischen Zweig Rosmarin, band es in eine ordentliche Schleife und legte das Trauergesteck zu dem Haufen, der schon auf dem Couchtisch lag. Sie hob ihren Blick zu ihren Freundinnen, die alle dunkle Kleider und besorgte Gesichtsausdrücke trugen.

Sie zwang sich zu einem Lächeln. „Nicht nötig. Es geht schon."

Mrs. Fines sagte ruhig: „Es ist nicht gut, nach einem Verlust alleine zu sein, meine Liebe. Du brauchst Gesellschaft. Und Ruhe—du hast in den vergangenen Tagen kaum geschlafen."

Charity hielt inne und sah sich in der mit schwarzem Flor verhängten Stube um. Hier hatte sie Totenwache gehalten, war bis zum Trauergottesdient heute Nachmittag beim Leichnam ihres Vaters gesessen. Das Begräbnis war eine stille Angelegenheit mit weniger als einem Dutzend Trauergästen gewesen. Percy, Mrs. Fines, Helena und Marianne hatten sie danach mit nach Hause begleitet.

Sie spürte einen Kloß im Hals, doch sie weinte nicht. Sie fühlte sich hohl und leer wie eine Hülse. Sie hatte Kopfweh und in ihr summte taube, ruhelose Energie herum. Sie nahm sich die Stoffschere und schnitt weiter Stücke vom Band ab.

„Ich schätze eure Besorgnis, wirklich", sagte sie, den Blick auf ihre Aufgabe gerichtet, „aber ich möchte hier bleiben."

„Isst du denn zumindest etwas?" Helena hielt ihr von der anderen Seite des Couchtischs einen

Teller mit belegten Broten hin. „Du hast heute außer Tee nichts zu dir genommen."

Obwohl sie keinen Appetit hatte, sah Charity die Sorge in den Gesichtern der anderen Ladies. Also legte sie die Schere weg und nahm den Teller. Das Sandwich schmeckte wie Sägespäne.

„Wir sollten auch etwas heiße Milch bringen lassen", sagte Mrs. Fines.

„Ich glaube, in dieser Lage braucht es etwas Stärkeres." Dies kam von Marianne, die eine silberne Flasche aus ihrem mit Edelsteinen besetzten Beutel hervorholte. Sie goss eine bernsteinfarbene Flüssigkeit in eine Teetasse und gab sie Charity.

Charity schnüffelte daran. „Was ist *das denn*?"

„Cognac", sagte Marianne.

„Ich glaube nicht—"

„Trink."

Mit einer Grimasse hielt Charity den Atem an und kippte sich das Getränk hinunter. Feuer brannte ihre Speiseröhre hinab. Dann legte sich das Brennen und wärmte ihren Magen, von dem sie gar nicht gewusst hatte, wie kalt er gewesen war.

„Besser?", fragte Marianne.

„Ja", sagte Charity.

„Dann weiter zu den Einzelheiten. Erstens"—als Marianne ganz untypisch zögerte, spannte Charity sich unwillkürlich an—„weiß jemand, wie wir Mr. Fines finden?"

„Mr. Hunt sucht ihn schon", sagte Percy. „Er denkt, mein Bruder könnte in Yorkshire sein." Charitys Kopf fuhr hoch. Davon hatte ihre Freundin ihr noch gar nichts gesagt.

„Du hast schon genug um die Ohren", sagte ihr Percy, „und ehe du widersprichst, ja, Paul muss erfahren, was geschehen ist. Du liegst ihm so am Herzen."

„Percy hat recht. Dieser Unsinn der Vergangenheit muss beigelegt werden, meine Liebe. In Zeiten wie diesen brauchst du deinen Mann, und ich bin mir sicher, mein Sohn braucht auch dich", sagte Mrs. Fines bestimmt.

Charity war sich da nicht so sicher. Paul kam bestimmt ganz gut ohne sie zurecht. Sie drehte an dem Ring an ihrem Finger, in der finsteren Stube erschien der Opal milchig weiß, gedämpft.

Die vergangenen drei Tage über hatte sie viel Zeit mit nüchternem Nachdenken zugebracht. Warum hatte ihr Vater ihr nicht gesagt, wie gewaltig seine Schulden waren? Warum hatte er diese Last alleine mit sich herumgeschleppt und dafür mit seiner Gesundheit... ja, mit seinem Leben bezahlt? Durch den Schleier der Trauer konnte sie nun die Wahrheit erkennen: Sie war die Tochter ihres Vaters. Sie begriff nun, wie Stolz und Angst ihn geblendet hatten, so wie sie auch sie geblendet hatten.

Sodass sie beide die Wahrheit nicht sehen konnten.

Denn ihre Ehe war echt gewesen, und es lohnte sich, darum zu kämpfen, egal was Paul getan hatte. Und als sie daran dachte, wie sehr er seine Unschuld beteuert hatte, glaubte sie langsam, dass sie einen schweren Fehler begangen hatte. Indem sie ihm nicht geglaubt hatte—ihn noch nicht einmal angehört hatte. Und nun war er zu spät.

So, wie es für ihren Papa zu spät gewesen war.

Ihre Finger griffen unwillkürlich nach ihrem silbernen Anhänger. Aber er war nicht da. Sie hatte ihn ihrem Vater in den Sarg gelegt, damit er nicht alleine darin war.

Ihre Schläfen pochten. Ihre Gedanken verschwammen. Mit einem verstörenden Pieken fragte sie sich, ob sie sich den Haarknoten zu fest gebunden hatte, wofür Paul sie immer geneckt hatte.

Seine Stimme drang zu ihr: „Warum versteckst du dich?"

Die Wahrheit dröhnte in ihrem Kopf. *Weil ich solche Angst habe. Solche Angst, dass du mich siehst, wie ich wirklich bin... und ich dann allein bin.*

Aber war sie das nicht schon?

Es klingelte.

„Besuch zu dieser Zeit, wo doch an der Tür ein Trauerkranz hängt?", murmelte Mrs. Fines.

Stimmen und Schritte hallten, die Tür zur Stube ging auf.

Mrs. Doppler kam zuerst herein, sie versperrte den Eingang. „Mrs. Fines", keuchte die

Haushälterin. „Ich habe dem Herrn gesagt, dass Sie keinen Besuch empfangen, aber er hat einfach nicht—"

Charity keuchte, als Mr. Garrity im Türrahmen erschien. Er schob die arme Haushälterin beiseite und ging in das Zimmer. Sein dunkler Anzug passte zu seinen pechschwarzen Augen.

„Ich bin hier, um mein Beileid zu bekunden", sagte er mit einer Verneigung. Mit einem Satz war Charity auf den Beinen. „Wie wagen Sie es, ins Haus meines Vaters zu kommen", sagte sie zittrig.

„Gehen Sie lieber, Mr. Garrity, bevor wir Sie hinauswerfen lassen." Percy erhob sich neben Charity und funkelte ihn finster an. „Sie sind hier nicht willkommen."

„Ich bleibe nicht lange. Ich bin lediglich hier, um mein Beileid auszusprechen." Sein Lächeln war messerscharf. „Und um die Angelegenheit der Schulden Ihres Vaters beizulegen."

„Haben Sie denn keinen Anstand, Sir?", fragte Mrs. Fines. „Wir sind in Trauer."

„Die Geschäfte warten nicht, gnädige Frau." Er zog ein Paket aus der Tasche und hielt es

Charity hin. „Hierin finden Sie die Einzelheiten unserer geschäftlichen Vereinbarung. Ihr Vater hat im letzten Jahr eine beträchtliche Summe von mir geliehen."

Charity schnappte ihm das Papier aus seiner Hand. Ihre Kinnlade fiel herunter, als sie den Inhalt überflog. „Zu einem Zinssatz von *sechzig* Prozent?"

„Er hatte Glück, dass ihm überhaupt jemand einen Kredit gewährt hat, bei dem schlechten Umsatz, den Sparkler's machte. Ich bin da ein großes Wagnis für ihn eingegangen. Aber törichterweise glaubte er, er könnte sein Schicksal wenden, indem er das Geld investiert. Bergbauschwindel und derlei Unsinn." Garrity glättete seine Handschuhe. „Verzeihen Sie das Wortspiel, aber er hat sich in ein immer tieferes Loch gegraben. Nun, geht mich ja nichts an. Wenn Ihr Vater seinen Teil der Abmachung eingehalten hätte",—sein schwarzer Blick wanderte über sie und brachte sie zum Schaudern, nicht vor Kälte, sondern vor Wut— „dann wäre ich nachsichtiger mit ihm gewesen. Familienbande und so weiter."

„Sie sind verabscheuungswürdig", sagte sie mit geballten Fäusten.

Garrity kniff die Augen zusammen. „Und Sie stecken in Schulden. Dreißigtausend Pfund, um genau zu sein."

Die erschreckende Zahl ließ Helena und Marianne nach Luft schnappen. Percy, die die unheilvollen Nachrichten bereits zuvor von Charity erfahren hatte, sagte kämpferisch: „So eine Summe kann man unmöglich kurzfristig auftreiben."

„Ich gebe Ihnen einen Monat", sagte Garrity, „als Abschiedsgeschenk an Ihren Vater, sozusagen, aber hören Sie mir gut zu: Wenn ich meine dreißigtausend Pfund nicht binnen dieser Frist bekomme, nehme ich mir den Laden, dieses Haus, und alles, was Sie sonst noch so besitzen, bis die Schuld abgegolten ist." Er verbeugte sich. „Guten Tag, die Damen."

Charity stand wie erstarrt, während er ging.

„Diese Schlange!", rief Percy. „Wenn Mr. Hunt wieder da ist, soll er diesem schleimigen Schuft einmal einen Besuch abstatten."

„Wenn Harteford und Hunt die Köpfe zusammenstecken", mutmaßte Helena, „können sie vielleicht eine Art Darlehen arrangieren..."

„Nein." Dumpf sagte Charity: „Das ist eine gewaltige Summe, die ich nie und nimmer zurückzahlen kann. Ich will niemand anderen da hineinziehen."

Stille legte sich über sie. Charity wusste, dass auch die anderen grübelten, wie sie selbst. Sie hatte schon ihren Vater und ihren Mann verloren. Nun würde sie das Geschäft, ihr Heim, ihre ganze Existenz verlieren...

Sie hörte die anderen reden, mögliche Lösungen erörtern, und alles schien aus weiter Ferne zu kommen. Ihr wurde schwindlig, ein seltsames, wahnsinniges Gefühl überkam sie, als ob sie jeden Moment aus ihrer Haut fahren könnte. Als ob sie es *wollte*. Verrückt zu werden erschien ihr plötzlich besser, als sich an ihren Verstand zu klammern. Besser, als die Gefühle zu unterdrücken, die aus den Nähten zu platzen drohten. Was für eine Erleichterung es wäre, wenn sie sich einfach gehen lassen könnte...

„Oh, du armes Liebes", sagte Percy verzweifelt. „Komm, setz dich hin—"

Es klingelte erneut.

Mariannes Augenbrauen schossen in die Höhe. „Mein Gott, was ist denn *nun*?"

Sie brauchten nicht lange zu warten. Mrs. Doppler erschien, ihre Hände zwirbelten nervös ihre Schürze. „Verzeihung, Mrs. Fines, aber es ist eine Lady für Sie da. Ich wollte sie erst nicht reinlassen, aber sie behauptet... sie sagt, sie sei..."

„Treten Sie doch bitte beiseite", befahl eine neue Stimme.

Die Haushälterin wich zurück und eine Dame in einem marineblauen Kleid kam hereingefegt. In ihrem verstörten Zustand brauchte Charity eine Sekunde, um sie zu erkennen.

„Mrs. Stone?", fragte sie blinzelnd. „Was... was machen Sie denn hier?"

„Meine liebste Charity." Die Augen der Schauspielerin flammten. „Ich bin hier, weil ich deine Mutter bin."

Kapitel 36

Charity starrte die Schauspielerin an. „Wie bitte?"

„Es ist die Wahrheit", sagte Mrs. Stone. „Nach all den Jahren kann ich endlich zu dir kommen. Meine geliebte Tochter, wie habe ich mich nach diesem Moment gesehnt."

„Heilige Mutter Gottes", hauchte Percy.

„Sie l-lügen", stammelte Charity.

„Nein, dein Vater war derjenige, der dich angelogen hat, Gott hab ihn selig", sagte Mrs. Stone unbeirrt. „Wie du sehen kannst, bin ich nicht tot."

Charitys Ohren begannen zu klingeln. Die Stimme der Schauspielerin drang blechern an ihr Ohr, in ihrem Kopf schlug es Funken. Ihre Sinne wankten, als die Wirklichkeit sich wie ein Faden aufzutrennen begann.

„Charity, setz dich lieber."

War das Percys Stimme? Mariannes? Sie konnte es nicht sagen, konnte nur die Frau anstarren, die behauptete, ihre Mutter zu sein, von den Toten auferstanden.

„Aber warum?", brach es aus ihr heraus. „Warum hast du uns verlassen? Wo bist du gewesen?"

Schmerz durchzuckte das Gesicht der Schauspielerin und verstörend deutlich nahm Charity in deren zierlichen Zügen ihre eigene Nase wahr, ihr eigenes Kinn…

„Ich musste gehen, meine Liebe. Ich hatte keine andere Wahl." Die marineblauen Federn auf Mrs. Stones Hut zitterten. „Ich wäre umgekommen, wenn ich geblieben wäre… mir wäre die Seele aus dem Leib gesickert."

Charitys Herz schlug schwindelerregend heftig.

„Ich wollte immer Schauspielerin werden. Aber mein Vater hat mich gegen meinen Willen mit Uriah verheiratet. Ich wusste von Anfang an, dass unsere Ehe zum Scheitern verdammt war." Ihre Stimme bebte vor Betroffenheit. „Unser Glück, so wenig wir auch davon hatten, war nicht von langer Dauer. Nach einem Jahr brachte ich dich zur Welt—ich war selbst noch ein Kind—und mein Leben begann, mich zu ersticken. Ich war ganz allein auf mich gestellt, niemand war da, mir zu helfen, ich konnte weder schlafen noch essen. Mir fiel die Decke auf den Kopf."

„Ich... habe dich erstickt", sagte Charity betäubt.

„Nein—nein, mein liebes Mädchen, nicht du. Mein *Leben*. Mit Uriah, der mich nie verstand..." Mrs. Stone ballte die Fäuste. „Zuerst hat ihn mein leidenschaftliches Wesen ja angezogen, doch bald fürchtete er es—meinen Tatendrang, meinen Ehrgeiz. Er versuchte, mich zu gängeln, mir die Flügel zu stutzen, mich herabzuwürdigen."

„Also... bist du einfach gegangen?"

„Ich bedaure nur, dass ich nicht die Kraft hatte, dich mitzunehmen. Ich konnte mich kaum selbst über Wasser halten, wie hätte ich mich um ein kleines Kind kümmern und mir gleichzeitig als Schauspielerin einen Namen machen können?" Sie atmete aus. „Trotz allem, was zwischen Uriah und mir vorgefallen ist, habe ich dich *immer* geliebt. Kein Augenblick ist vergangen, in dem ich nicht an dich gedacht habe."

„In dem *du* nicht an *mich* gedacht hast?" Eine Böe der Wut trieb Charity aus ihrem eigenen Körper. Ihr war, als beobachtete sie alles von oben, hörte Worte von ihren Lippen kommen, die sie aber nicht fühlen konnte. „Weißt du denn, wie viele Stunden ich damit zugebracht habe, an *dich* zu denken? Wie sehr ich mich all die Jahre nach einer Mutter gesehnt habe?"

„Ich habe mich auch nach dir gesehnt", sagte die andere flehentlich. „Deshalb bin ich dir jahrelang heimlich gefolgt. Aus der Ferne habe ich zugesehen, wie zu der schönen Frau heranwuchst, die du heute bist. Als ich die Einladung der Hartefords erhielt, wusste ich: Die Zeit war gekommen, dass wir uns wieder begegnen."

Mrs. Stone tat einen Schritt auf sie zu; Charity wich zurück.

„Meine geliebte Tochter, ich habe dir schweres Unrecht getan. Aber ich bin nun für dich da, jetzt wo du mich brauchst, und ich werde alles in meiner Macht stehende tun, es wiedergutzumachen. Kannst du mir verzeihen?"

Mit hellem Blick streckte die Schauspielerin die Arme nach ihr aus.

„Scher dich fort von mir", flüsterte Charity.

Ihre Schläfen hämmerten. Schmerz packte ihre Kopfhaut, ihr Schädel schien jeden Moment zu bersten. *So viel Druck.* Sie strauchelte, stieß mit den Kniekehlen an den Couchtisch. Gegenstände rasselten. Ihr Blick fiel auf die Schere. Im nächsten Augenblick hielt sie sie in den Händen. Kühles Silber. Es versprach glitzernd Erleichterung.

„Charity, was machst du—"

„Nicht—"

Sie konnte die Qual keinen Augenblick länger ertragen. Stimmengewirr brach um sie herum aus, sie schloss die Augen. Hob die Klinge.

Als sie fertig war, sah sie Stücke von sich selbst auf dem Boden liegen. Ihren alten braunen

Locken… fort. Sie gehörten nicht mehr zu ihr. Ihr Kopf fühlte sich leicht, schwerelos an.

Sie blickte auf, war umringt von blassen Gesichtern.

Mrs. Stone brach als Erste das Schweigen.

„Oh, mein liebes Mädchen…", sagte sie erstickt.

„Raus", sagte Charity tonlos. „Ich will dich nie wieder sehen."

„Ein Hoch auf den künftigen Meister!", verkündete der Viscount Traymore.

Während die Menge in der überfüllten verrauchten Taverne jubelte, hob Paul am Kopfende des Tischs seinen schäumenden Krug.

„Vielen Dank, Jungs." Über die Pfiffe und das Stampfen hinweg grölte er: „Hoffentlich verläuft der nächste Kampf so reibungslos wie der letzte!"

Der tosende Beifall ließ die niedrigen Deckenbalken erzittern, es folgten weitere trunkene Hochrufe und Glückwünsche. Paul ließ sich auf den Rücken klopfen, nahm aber keines der ihm angebotenen Biere an und keiner stellte es in Frage. Wahrscheinlich glaubte man, er sei eben exzentrisch oder abergläubisch, wie so viele in diesem Sport. Ross Anderson, der Kerl, den er am Nachmittag in der achten Runde geschlagen hatte, trug eine wahre Hecke von einem Bart, weil er offenbar fürchtete, er könnte sich sein Glück abrasieren.

Nun, heute Abend konnte der arme Tropf ruhig zum Rasiermesser greifen. Denn mit diesem letzten Sieg hatte Paul alle anderen aus dem Turnier verdrängt und stand jetzt im Rennen um den Titel. Jem Barnes war sein letzter Gegner. So fürchterlich dieser Preisboxer auch war— Barnes' letzten Herausforderer hatte man aus dem Ring tragen müssen—konnte Paul dennoch diese letzte Schlacht kaum erwarten. Zehn Tage noch.

Er war gesammelt, voller Kraft, wusste, dass er gewinnen konnte.

In den letzten Wochen unerbittlicher körperlicher Ertüchtigung und enthaltsamen Lebenswandels hatte er mehr als seine Muskulatur aufgebaut. Das asketische Dasein hatte ihm überraschender

Weise ein gewisses Maß an Frieden geschenkt. Zum ersten Mal in seinem Leben war Pauls Kopf frei. Wie er so einen Kampf nach dem anderen gewonnen, die schwierigen Momente verwunden und niemals aufgegeben hatte, hatte er langsam wahres Selbstvertrauen gewonnen. Er war nicht dazu bestimmt, ein wertloser Taugenichts zu sein. Er war zu dem bestimmt, was auch immer er sein wollte.

Er war der Schmied seines eigenen Glücks, und im Ring gelang ihm das ausgesprochen gut. Was seine Ehe anbelangte, hatte er noch einen weiten Weg vor sich. Es wurde ihm eng um die Brust.

Wenn nur Charity hier sein, mich siegen sehen könnte…

„Ehe du gehst, Schätzchen. Nur det Beste für den Mann der Stunde." Zwinkernd stellte eine dralle Bedienung eine Platte mit gebratenem Fleisch vor ihn hin. „Und wenn de sonst irjendwat probieren willst", gurrte sie, beugte sich über ihn und zeigte, was auf ihrer Speisekarte stand, „musst du et nur sagen."

„Danke, ich habe, was ich brauche", sagte er.

Mit einer gutmütigen Schnute ging sie weiter, um ihren Charme an seinem Wasserträger Stickley zu versuchen. Dessen zerklüftetes Gesicht erhellte sich interessiert. Paul brütete weiter über dem Bier, das er nicht angerührt hatte. Die Feier um ihn herum steigerte nur seine Einsamkeit. Denn er hatte keinerlei Interesse an Zechen, Liebäugeln oder dem allgemeinen Trubel.

Was er wollte, war... Charity.

Er vermisste ihre sanfte Stimme, ihren schiefen Humor, die Art, wie sich ihr weicher, süßer Körper vollkommen an seinen schmiegte. Wie hatte er nur zulassen können, dass seine Vergangenheit seine Zukunft verwüstete? Es war eine grässliche Angelegenheit, doch hatte er erst fortgehen müssen, um zu begreifen, was er da Wertvolles zurückgelassen hatte.

Obwohl Charitys Anschuldigungen ihn zutiefst verletzt hatten, erkannte er jetzt, dass sie nicht Unrecht gehabt hatte. Jedenfalls nicht ganz. Er war zwar jeglicher Fehltritte mit Rosalind unschuldig, aber *leichtfertig* war er gewiss gewesen. *Feige* war er gewesen. Wieder einmal war er vor Schwierigkeiten davongelaufen, statt sich ihnen zu stellen. Er hatte seine Ehe aufgegeben, ehe sie sich voll entfalten konnte… wo er doch tief in seiner Seele wusste, dass das möglich war.

Verflucht, nach ihrer Hochzeitsreise hatten sie es doch schon halb geschafft.

Entschlossenheit durchdrang ihn, zerstreute die Trostlosigkeit. Er würde mit Charity alles ins Reine bringen. Wenn er es mit den unbezwingbarsten Boxern Englands aufnehmen konnte, dann konnte er doch gewiss seine süße kleine Gemahlin zurückerobern. Egal, was dazu nötig war, er würde alles tun, um ihr Vertrauen wieder zu gewinnen und ihre Ehe auf die rechte Bahn zu bringen… auch wenn es bedeutete, dass er mit ihrem verfluchten Vater Frieden schließen musste. Bei dem Gedanken verzog er das Gesicht.

Gleich morgen früh würde er nach London reisen. Er hatte zehn Tage vor seinem letzten Kampf in den Banstead Downs; er würde die Zeit nutzen, seine Ehe zu retten. Wenn alles gut ging, würde seine Frau beim Endkampf gegen Barnes an seiner Seite sein. Entschlossen ging Paul zu seinem Gastgeber, um sich zu verabschieden.

Der hatte einen Krug in der Hand und eine Dirne auf dem Schoß.

„So früh schon zu Bett? Aber wir haben doch noch so viel zu feiern", widersprach der Viscount Traymore.

„Ich fahre morgen früh nach London. Ich habe etwas zu erledigen", sagte Paul.

Der Viscount runzelte die Stirn und stand so rasch auf, dass die Dirne beinahe zu Boden gepurzelt wäre, hätte Paul sie nicht aufgefangen und auf die Füße gestellt.

„Die Endrunde ist in zehn Tagen", sagte Traymore. „Sie sollten weiter üben, bei der Sache bleiben. Alles andere kann warten."

„Ich habe lange genug gewartet." *Zu lange*. Paul schnürte es die Kehle zu, und er musste sich räuspern, ehe er sagten konnte: „Machen Sie sich keine Sorgen. Ich sehe Sie in Banstead."

„Aber die Meisterschaft ist zu wichtig..."

Paul hörte gar nicht mehr, was der andere sagte, denn seine Aufmerksamkeit galt dem Kopf, der sich gerade unter dem Türrahmen in die Taverne hineinduckte. Selbst aus dieser Entfernung erkannte er die gezackte Narbe auf dem Gesicht des Mannes. Was zum Teufel tat *Hunt* hier?

Eine plötzliche Vorahnung veranlasste ihn, sich durch die Menge zu drängeln. Sie trafen sich auf halbem Weg.

„Was machst du hier? Stimmt etwas nicht?", fragte Paul angespannt.

„Du bist verdammt schwierig zu finden, weißt du das?", antwortete sein Schwager.

„Ist es Charity—geht es ihr gut?"

Hunts eindringlicher Ausdruck lähmte Paul vor Furcht.

„Im Moment geht es", sagte der andere Mann. „Lass uns unter vier Augen reden."

Kapitel 37

Fünf Tage später stand Percy mit Marianne und Helena in einer Ecke von Sparkler's. Alle drei beobachteten das nachmittägliche Treiben im Laden.

„Sieh nur die ganze Kundschaft an", sagte Percy. „Die Ware fliegt nur so von den Regalen. Das Geschäft hat nie besser ausgesehen."

Marianne hob eine Braue. „Das Gleiche könnte man von der Inhaberin sagen. Sie hätte schon vor Jahren die Schere anlegen sollen."

„Das Burschikose steht ihr ganz reizend", pflichtete Helena ihr bei.

Alle drei sahen Charity an, die bei einer Vitrine mit Herrenschmuck stand. Charity trug nun einen kurzen, glänzenden, zerzausten Knabenschopf. Ohne das ganze Haar kam ihr Elfengesicht keck und unvergesslich zur Geltung. Ihre Augen leuchteten mit dem gleichen geheimnisvollen Feuer wie ihr Opalring, ihr einziger Schmuck. Sie trug ein elegantes schwarzes Kleid mit weißem Spitzenkragen und die Strenge ihrer Kleidung betonte ihre schlanke, verletzliche Weiblichkeit.

Percy fand, ihre Freundin sah aus, als sei sie einem gotischen Roman entsprungen.

Das fanden offenbar auch die jungen Spunde, die um Charitys Aufmerksamkeit wetteiferten. Sobald Charity ein Zahnstocheretui oder eine Schnupftabakdose auf das Vorführtuch legte, schnappte es einer von ihnen eifrig auf. Sie schien die ganze Aufmerksamkeit gar nicht wahrzunehmen, war ganz mit dem Verkaufen beschäftigt. Wann immer sie einen Kauf abwickelte, tat sie das mit einem höflichen, unergründlichen Gesichtsausdruck, der ihre Kunden in einen regelrechten Kaufrausch versetzte.

„Meine Liebe, unsere kleine Charity lässt Caro Lamb wie eine *Matrone* aussehen", sagte Marianne gedehnt. „Wenn das so weiter geht, geht dem Laden bald das Inventar aus."

Percy wusste, dass die Verwandlung ihrer Freundin nicht nur äußerlich war. Tief in *Charity* selbst hatte sich etwas Wesentliches verändert. Es war, als wäre Charity ein Pulverfass gewesen, und ihre Lunte war endlich entzündet worden. Diese Schere hatte mehr als einen Haarknoten abgetrennt: Jahre der Angst und Selbstverleugnung waren von Charity abgefallen und aus der Asche war die wahre Charity emporgestiegen.

Percys Herz schmerzte beim Gedanken an das Leid, den Schmerz ihrer Freundin, von der eigenen Mutter verlassen worden zu sein. Sie machte Charity überhaupt keinen Vorwurf, Mrs. Stone zurückgewiesen zu haben.

„Ich bin fast in Ohnmacht gefallen, als Charity die Schere nahm", sagte Percy schaudernd, „und war so erleichtert, als ich begriff, dass sie nur ihr Haar abschneiden wollte. Aber meint ihr denn, dass es ihr wirklich... nun, gut geht?"

„Sie hat ihren Vater verloren, dreißigtausend Pfund Schulden geerbt und erfahren, dass ihre Mutter lebt und eine Schauspielerin ist", sagte Marianne. „Dafür schlägt sie sich ganz wacker."

„Die Ärmste", murmelte Helena. „Und so tapfer. Ich kann nicht glauben, dass sie durch all das hindurch gearbeitet hat."

Nachdem sich Charity die Haare abgeschnitten und Mrs. Stone ihres Hauses verwiesen hatte, hatte sie mit einem harten Funkeln im Blick verkündet, dass sie Sparkler's *nicht* verlieren würde, weder an Garrity noch sonst jemanden. Der Laden gehörte nun ihr, und sie würde sein Fortbestehen sichern, egal wie. Seither hatte sie unermüdlich gearbeitet.

Percy biss sich auf die Lippe. „Ja, aber dreißigtausend Pfund..."

Sie musste den Satz nicht zu Ende führen. Die anderen dachten dasselbe. Es war eine fast unmögliche Aufgabe, eine solche Summe aufzubringen, egal wie gut das Geschäft ging. Doch Charity blieb wie besessen bei ihrer Aufgabe und keiner von ihnen brachte es übers Herz, sie davon abzubringen.

„Nun, wir müssen ihr helfen, wo wir können", sagte Helena.

„Eure Beziehungen haben bereits geholfen", sagte Percy. Die vergangene Woche waren die Hartefords von einem gesellschaftlichen Ereignis zum anderen gegangen und hatten dabei Waren von Sparkler's zur Schau getragen. „Es gibt keine bessere Werbung als mündliche Empfehlung."

Helena berührte die feine Miniaturbrosche, die an ihrer kastanienbraunen Reitjacke steckte. „Die Waren sprechen für sich selbst—es wusste nur keiner, wo sie zu haben waren. Und Harteford hat genauso viel geholfen wie ich." Mit einem schiefen Lächeln sagte sie: „Ich hätte nie geglaubt, ihn jemals mit einer Schnupftabakdose herumlaufen zu sehen."

„Liebling, dein Mann tut, was auch immer du willst", bemerkte Marianne trocken.

Helena senkte schüchtern die Augen, doch auf ihren Wangen lag ein Grinsen.

„Und du hast auch geholfen, Marianne", sagte Percy. „Du hast Charitys Äußeres auf Vordermann gebracht."

„Nicht der Rede wert", zwinkerte Marianne. „Madame Rousseau und Signore Antonio haben lediglich Charitys natürliche Schönheit zum Vorschein gebracht. Die Wahrheit ist, Percy, dass du mehr getan hast als jeder andere."

„Ich konnte Charity ja nicht *alles* alleine machen lassen", sagte Percy.

Damit ihre Freundin nicht die ganze Last alleine schultern musste, hatte Percy zwei neue Verkäufer angestellt, ebenso wie einen Mitarbeiter von Gavins einstigem Club. William McLeod, ein ehemaliger Soldat mit wüstem Auftreten und weichem Herz hatte sich als sehr nützlich erwiesen; er half heikle Angelegenheiten zu vermeiden und das Geschäft allgemein zu schützen. Nach Garritys Schurken wollte Percy ihre Freundin keinen weiteren Gefahren aussetzen. Zurzeit stand McLeod an der Tür und beobachtete die Menge wie ein Falke.

„Ich mache mir Sorgen um Charity", gab Percy zu. „Weißt du, dass ich sie seit Mr. Sparklers Tod nicht habe weinen sehen?"

„Jeder trauert anders. Charity bewältigt ihren Kummer offensichtlich durch Arbeit; wenn der Schreck erst einmal verflogen ist, werden sich ihre Gefühle zweifellos melden und dann wird sie uns mehr brauchen denn je", sagte Marianne. „In der Zwischenzeit, Percy, darfst du es nicht übertreiben. Wahrlich, ich weiß nicht, wo du in deinem Zustand die Kraft hernimmst. Ich bin schon erschöpft, wenn ich aufwache."

„Morgendliche Übelkeit?", fragte Percy mitfühlend.

„Es ist die Hölle. Ich erinnere mich nicht, dass es mir bei meinem ersten Kind derart schlecht ging."

„Mach dir um Marianne keine Sorgen. Sie genießt es, dass Mr. Kent sie auf Händen trägt", neckte Helena.

„Ambrose verwöhnt mich, ob ich schwanger bin oder nicht", sagte ihre Freundin mit einem schwachen Lächeln. „Wie ein Mann das eben tun sollte. Nebenbei bemerkt, was gibt es Neues von deinem Bruder, Percy?"

„Ich habe vor drei Tagen Nachricht von Gavin erhalten. Er hat Paul in der Nähe von Ripon gefunden und sie befinden sich auf dem Heimweg."

Gavins Botschaft war, wie üblich, kurz und knapp gewesen: *Komme bald mit Fines. Bett ohne dich kalt, Täubchen.*

Percy fühlte einen Stich. Gavin war unmittelbar nach der Beerdigung aufgebrochen und sie vermisste ihn ebenso.

„Wann glaubst du, dass Mr. Hunt und Mr. Fines ankommen?", fragte Helena.

„Spätestens morgen, hoffe ich. Ich kann den Gedanken nicht ertragen, dass Charity das alles ohne Paul durchmacht." Leise fügte Percy hinzu: „Nach ihrer Hochzeitsreise schienen die beiden so *glücklich*. Ich glaube keine Sekunde lang, dass mein Bruder wirklich so töricht wäre, jetzt nach Rosalind zu lechzen, wo er doch Charity hat. Und ich weiß ganz gewiss, dass er seinen Schwur *niemals* brechen würde."

„Gewiss müssen die beiden sich einfach aussprechen", sagte Helena. „An das Eheleben muss man sich erst gewöhnen. Harteford und ich hatten anfangs auch unsere Höhen und Tiefen."

„Hauptsächlich Höhen, wenn man Harteford fragt", grinste Marianne. „Und wenn man vom Teufel spricht, kommt er auch schon."

Nicholas kam auf sie zu. Er verneigte sich und drückte dann Helena einen Kuss auf die Schläfe.

„Gibt es Neues von Hunt und Fines?", fragte er.

Percy schüttelte den Kopf.

„So wie ich Hunt kenne, werden sie bald kommen", sagte er beruhigend. Er wandte sich an seine Frau. „Ich bin frühzeitig vom Lagerhaus aufgebrochen und dachte mir, ich sehe mal, ob du auch bereit bist, nach Hause zu gehen."

„Ja, ich denke Charity hat alles im Griff." Helena lächelte zu ihm auf. „Es ist noch hell. Vielleicht können wir mit den Jungs in den Park gehen?"

„Hmm." Nicholas klang unverbindlich. „Ich hatte eigentlich etwas anderes vor."

„Was denn?"

„Das erläutere ich auf der Fahrt nach Hause."

Helenas Wangen wurden rosig. „Oh. Na, ja. Ähm, wir sehen uns also später?" Obwohl die Frage sich an Percy und Marianne wandte, hatte Helena nur Augen für ihren Mann. Nach einer weiteren raschen Verbeugung steuerte Nicholas sie zur Tür, die Hand besitzergreifend auf ihrem Rücken.

„Die beiden bleiben wohl auf ewig jungvermählt", sagte Marianne liebevoll. „Was mich erinnert: Ambrose kommt jeden Moment nach Hause, ich muss also auch gehen. Soll ich dich nach Hause bringen, meine Liebe?"

Percy schüttelte den Kopf. „Ich bleibe noch. Charity könnte mich brauchen."

„Sie scheint in bester Gesellschaft zu sein." Marianne warf einen spitzen Blick hinüber zu Charity und der ständig wachsenden Schar männlicher Kunden. McLeod hatte eine beschützende Haltung eingenommen, schwebte hinter ihr.

„Charity braucht ihren Mann", sagte Percy bestimmt.

Und verflucht, Paul, wo bist du bloß?

Kapitel 38

„Vom Herumtänzeln werden die Pferde auch nicht schneller", bemerkte Hunt. „Ich allerdings bekomme *selber* noch Nervensausen, wenn ich dir dabei zusehen muss."

Mit finsterer Miene bändigte Paul seinen kribbeligen Fuß. Er fräße eher seinen Stiefel, als dass er seinem Schwager seine Nervosität eingestand. „Ich habe kein Nervensausen."

Hunt zog eine skeptische Augenbraue hoch.

„Habe ich nicht", betonte Paul.

„Also freust du dich schon darauf, auf dem Boden zu kriechen?"

„Ich werde nicht kriechen müssen." *Verdammt, oder etwa doch?* Schweiß sickerte in seinen Kragen. Paul sagte: „Meine Gemahlin ist eine vernünftige Frau. Wir müssen die Sache einfach bereden."

„Deine Gemahlin könnte sich ja in deiner Abwesenheit verändert haben", gab der andere geheimnisvoll zur Antwort.

„Was zum Teufel soll das denn heißen?"

„Trauer verändert Menschen. Ich weiß das aus Erfahrung und du auch." Hunt zuckte mit den Schultern. „Ich sage nur, mach dich auf etwas gefasst."

Paul kniff die Augen zusammen. „Ich weiß nicht, ob du mir helfen oder mir Angst einjagen willst."

„Manchmal ist das ein und dasselbe." Hunts Mund verzog sich zu etwas wie einem Lächeln. „Sagen wir einfach, ich fühle mit dir, Fines. Hab das Gleiche durchgemacht."

„Das hast du?"

Hunt zuckte kurz mit dem Kinn. „Ich habe Percy einmal fast verloren. Also weiß ich, wie es ist, wenn einem die eigene Dummheit das Schicksal durchkreuzt. Hebt einem nicht gerade die Stimmung, oder?"

„Ich habe meine Ehe aber nicht verbockt." *Bitte, Gott, lass das wahr sein.* „Ich weiß nicht, was Percy dir erzählt hat..."

„Ich weiß von Lady Monteith", sagte Hunt selbstgefällig.

Mit verspanntem Kiefer sagte Paul: „Dann weißt du ja auch, dass *nichts passiert* ist. Ich habe überhaupt nichts gemacht, doch Charity wollte mir nicht glauben. Sie hat mir nicht einmal zugehört."

Ihr Misstrauen hatte ihn am meisten geschmerzt.

„Willst du mir etwa weismachen, dass *du* im umgekehrten Fall nicht an die Decke gehen würdest?" Hunt hob eine Augenbraue. „Wenn sie mit irgendeinem Kerl aus ihrer Vergangenheit ein Stelldichein gehabt hätte und es in aller Munde wäre, was würdest du denn tun?"

Ich würde dem Schuft den Kopf abreißen. Charity ist mein. Sie gehört mir.

„Frauen haben ebenso viel Stolz wie Männer—
sie zeigen es nur anders", sagte Hunt. „Wenn ich
wütend bin, will ich auf etwas einprügeln."

„Ich auch." Paul hätte nichts dagegen, gleich mit
dem Gesicht seines Schwagers anzufangen.

„Wenn sich Percy aber ärgert, schenkt sie mir
stattdessen einfach keine Beachtung, verstehst
du? Sie zeigt mir die kalte Schulter." Mit
glitzernden Augen fügte Hunt hinzu: „Nicht, dass
das Gör mir lange widerstehen könnte."

„Kommst du irgendwann zum Punkt?", sagte
Paul. „Von deinem scheinbar unwiderstehlichen
Charme brauchst du nicht herzufaseln."

„Mein Punkt ist, dass Gemüter eben aufbrausen.
Ehefrauen und Ehemänner sagen im Zorn Dinge,
die sie nicht meinen. Man lernt, darüber
hinwegzukommen."

„Ich soll also einfach über die Tatsache
hinwegkommen, dass Charity mir Untreue
vorgeworfen hat? Wo ich doch Rosalind gar nicht
angerührt habe?"

Hunt sah ihn abschätzend an. „Warum hast du es
eigentlich nicht?"

„Wie bitte?", fragte Paul empört.

„Laut Percy verzehrst du dich schon seit Jahren nach diesem hochnäsigen Weibsbild. Und dann bietet sich dir eine Gelegenheit, sie zu vögeln, und du lehnst ab?"

„Willst du wirklich darüber reden?", sagte Paul ungläubig.

Hunt lehnte sich zurück und streckte die langen Beine aus. „Wir haben ja nichts Besseres zu tun."

Wunderbar. Ein trautes Gespräch mit seinem ehemaligen Erzfeind. Aber vielleicht war es ja gar keine so schlechte Idee, sich alles von der Seele zu reden—ein wenig von seinem schmorenden Groll abzuladen, ehe er sich Charity stellte. Wenn er es jetzt herausbekam, ginge es mit ihr vielleicht etwas reibungsloser.

„Als ich Rosalind wieder getroffen habe, da war alles, ich weiß nicht... anders", murmelte er.

„Ist sie wohl gealtert wie eine Pflaume?"

„Nein, sie war immer noch schön. Ich hatte einfach nicht die gleichen Gefühle für sie. Liebte sie nicht wie früher. Oder vielleicht habe ich..." Er fand es schwer, die Wahrheit laut zugeben.

„Vielleicht hast du sie überhaupt nie geliebt?"

„Ist das nicht erbärmlich?", sagte er grimmig. „Nachdem ich mich und meine Familie ihretwegen fast zugrunde gerichtet habe."

„Du warst noch ein Knabe. Und Knaben neigen dazu, mit dem Schwanz zu denken", sagte Hunt.

War es also einfach Geilheit gewesen?

„Als sie einen anderen heiratete, war ich so… niedergeschlagen." Paul raufte sich die Haare. „Und das Merkwürdigste—es war, als hätte ich die ganze Zeit über geahnt, dass ich sie verlieren würde. Dass ich versagen würde, genau wie ich…" Er schluckte. *Bei allem anderen in meinem Leben versagt habe.*

Ein Augenblick verging.

„Man findet, was man sucht, Fines."

Paul runzelte die Stirn. „Bitte?"

„Lass es mich so erklären: Ich glaubte einst, ein Scheusal zu sein", sagte Hunt nüchtern. „Also habe ich abscheuliche Dinge getan, und am Ende wurde ich, was ich zu sein glaubte: Ein verfluchter Ganove. Siehst du?"

Paul dachte darüber nach. „Also, weil ich mich selbst für einen Versager hielt... habe ich mich zu einer aussichtslosen Liebe zu Rosalind hingezogen gefühlt?"

„Das musst du schon selbst wissen."

Auf seltsame, wenn auch verschrobene Art ergab das für ihn Sinn.

Paul atmete aus und sah seinen Schwager an: „Du bist also überhaupt kein Scheusal?"

„Das habe ich nicht gesagt. Aber ich bin nicht halb so schlimm, wie ich glaubte", sagte Hunt. „Die Liebe hat mich verändert."

Paul starrte den vernarbten ehemaligen Halsabschneider an. Dieser bedrohliche Kerl, der die Londoner Unterwelt nicht nur überlebt, sondern in ihr gediehen war, sprach von *Liebe*?

Ohne eine Spur von Unbehagen sagte Hunt: „Es gefällt mir, die Art von Kerl zu sein, an dem eine Frau wie Percy Gefallen findet. Dass ich nun Vater werde, freut mich auch. Anständig sein macht nicht immer Spaß, aber besser als Gaunertum ist es allemal."

Mit klopfendem Herzen dachte Paul an die Tugenden, die ihn zu Charity hinzogen: ihre Süße, ihre standhafte Treue, die Art, wie sie von Anfang an an ihn geglaubt hatte. In ihrer Gegenwart fühlte er sich nicht wie ein Versager... er fühlte sich wie der Mann, der er sein wollte.

Ein Ehrenmann, der zu etwas taugte.

Ein Mann, der eine Frau wie Charity verdiente.

Er sagte plötzlich: „Ich liebe sie."

Oh Gott. Das tat er. So verdammt sehr. Warum hatte er es nicht früher erkannt?

„Wir Männer stellen uns in Sache Liebe oft schrecklich dumm an", sagte Hunt, nicht ohne Mitgefühl. „Behauptet Percy zumindest."

„Was, wenn Charity mich nicht liebt?", fragte Paul plötzlich.

Er hatte ihr so viele Gründe gegeben, ihn *nicht* zu lieben. Selbsthass wirbelte wie Säure in seinem Bauch. Er hatte sie nicht nur einmal, sondern zweimal Hohn und Häme ausgesetzt. Er hatte sie im Stich gelassen und war jetzt nicht bei ihr, wo sie ihn am meisten brauchte. Mit zugeschnürter Kehle dachte er darüber nach, wie sehr sie wohl trauerte, wie einsam sie sich wohl fühlen musste.

„Du tust einfach alles, was nötig ist, um ihr Herz zu gewinnen und scherst dich einen Dreck um den Rest."

Paul zog die Schultern hoch. Genau das hatte er vor.

Er warf seinem Schwager einen Seitenblick zu. „Ich hatte den Eindruck, dass wir nicht auf dem besten Fuße miteinander stehen. Warum hilfst du mir nun—ist es wegen Percy?"

„Natürlich will ich, dass Percy glücklich ist." Hunt verschränkte seine stämmigen Arme. „Aber ich bin auch zu der Überzeugung gelangt, dass du gar nicht so übel bist. Nicht jeder kommt nach einem Reinfall wieder auf die Beine und kämpft weiter, wie du es geschafft hast."

Pauls Augenbrauen schossen in die Höhe. „Höre ich da einen Hauch von Achtung heraus?"

„Eher Eigeninteresse." Ein Grinsen huschte über Hunts raue Züge. „Ich habe deine Kämpfe verfolgt, Fines, und du hast mir ein hübsches Sümmchen eingebracht."

„Du wettest auf meine Siege?" Paul sah ihn ungläubig an.

„Das tue ich."

Die Vorstellung, dass *Hunt* ihn für einen Sieger hielt, verblüffte ihn. „Aber *warum*?"

„Ein Fines ist ein Fines." Hunts Lippen zuckten. „Da ich ja mit einer verheiratet bin, weiß ich, dass ihr stures Pack ungern verliert."

* * *

Um sieben Uhr fertigte Charity den letzten Kunden ab und schickte die Angestellten nach Hause. Percy und Mr. McLeod blieben, um bei den letzten Verrichtungen zu helfen.

„Kann das nicht bis morgen warten?", sagte Percy. „Um Himmels willen, du schuftest schon seit dem Morgengrauen, Charity."

„Ich bin nicht müde."

Das war sie auch nicht. Obwohl sie kaum schlief oder aß, summte ein seltsamer Tatendrang durch ihre Adern. Es war, als blickte sie durch einen Tunnel und alles, was sie sehen konnte, war das Ziel am Ende: den Laden ihres Vaters retten. Allerdings sah sie mit Bedauern, dass Percy ein Gähnen unterdrückte und sich den Rücken rieb.

„Oh Percy, für eine Lady in deinen Umständen hast du dich schon viel zu sehr angestrengt", sagte sie. „Geh augenblicklich heim."

„Ich lasse dich doch nicht alleine hier", widersprach ihre Freundin.

„Ich bin nicht allein. Mr. McLeod ist ja da und er wird mir beim Abschließen helfen, nicht wahr?"

Charity nickte dem stoischen ehemaligen Soldaten zu. Mit seinen schroffen Zügen und bulligem Körperbau wirkte er einschüchternd, aber sie hatte inzwischen festgestellt, dass er ein sanfter Hüne war. Er sprach nicht viel und in seiner Schweigsamkeit ähnelte er ihr auf gewisse Weise. Als ob auch er seine Gründe hatte, sich ausschließlich seiner Arbeit zu widmen.

Er nickte mit seinem dunklen, struppigen Kopf. „Ich bringe Sie sicher nach Hause, Mrs. Fines."

„Aber—"

„Kein Aber, Percy. Geh nach Hause." Charity steuerte ihre Freundin nach draußen zu der wartenden Kutsche. „Was würde Mr. Hunt sagen, wenn du nicht gut auf dich und das Kindlein achtest?"

Percy verweilte noch, während der Kutscher schon die Stufen herabließ. „Versprich mir, dass du auch nicht mehr lange bleibst."

„Geh, du Glucke. Ich komme bestens zurecht."

Nachdem sie Percy verabschiedet hatte, ging Charity wieder hinein und schloss die Tür hinter sich ab. „Lassen Sie uns mit dem Nachbestücken beginnen", sagte sie entschieden. „Es sind noch Kisten mit Waren zu sortieren, und ich will unseren ganzen Warenbestand auf dem Boden auslegen."

McLeod folgte ihr, wobei sein übliches Hinken seinen Schritt kaum drosselte. Sie betraten das enge Hinterzimmer, das zugleich als Kontor und Lager diente. Zwei Wände entlang standen Kisten auf den Regalen, vom Boden bis zur Decke hinauf. McLeod holte eine Leiter und stellte sie an das höchste Regal. Als er einen großen Stiefel auf die unterste Sprosse setzte, knarzte die klapprige Gerätschaft gefährlich.

„Warten Sie", sagte Charity. „Es ist wohl besser, ich steige hinauf."

McLeod schüttelte den Kopf. „Es ist nicht sicher."

„Sicherer, als wenn Sie hinaufsteigen." Sie prüfte die erste Sprosse mit ihrem gesamten Gewicht; sie quietschte nicht. Zierlich zu sein hatte auch seine Vorteile. „Ich reiche Ihnen die Kisten herunter."

Von der vierten Stufe aus konnte sie das oberste Regal erreichen. Sie nahm eine Schachtel und reichte sie vorsichtig zu McLeods ausgestreckten Händen hinab.

„Haben Sie sie, Mr. McLeod?"

„Will", sagte er, während er die Schachtel entgegennahm.

Sie reichte ihm die nächste. „Wie bitte?"

Sein samtig brauner Blick traf ihren. „Sie können mich Will nennen. Das tut fast jeder."

„Wie auch immer Sie möchten." Sie fuhr damit fort, die Kisten vom Regal zu räumen, bis nur noch eine Schachtel übrig war. Die stand in der hintersten Ecke, wie ein Apfel, der vom äußersten Ende eines Zweiges baumelte. Sie hielt mit einer Hand die Leiter fest und streckte die andere danach aus. Fast da...

„Seien Sie vorsichtig, Mrs. Fines—"

Wills Warnung kam zu spät. Eben als ihre Finger die Ecke der Kiste fassten, verlor sie das Gleichgewicht und ihren Griff. Sie schrie auf und purzelte rücklings durch die Luft.

* * *

Paul schloss die Tür zu Sparkler's auf—und vernahm einen gellenden Schrei.

„Charity!", schrie er.

Er rannte in den hinteren Teil des Ladens, schob den Vorhang beiseite. Mit hämmerndem Herzschlag heftete sich sein Blick auf Charity... die in den Armen eines Fremden lag. Ein hochgewachsener, dunkelhaariger Mann wiegte sie an seine Brust und murmelte ihren Namen. Zwei Tatsachen trafen ihn wie ein Blitz.

Erstens war Charity unversehrt.

Und zweitens, wer auch immer dieser Fremde war, er war ein *toter Mann*.

Pauls Sicht schwand ihm, er hörte sich brüllen: *„Lass meine Frau los*!" Im gleichen Augenblick stürzte er sich auf ihn.

Kapitel 39

In einem Augenblick stürzte Charity ins Nichts...
und im nächsten landete sie sicher. Während sie
versuchte, genug Atem zu schnappen, um sich
bei Will zu bedanken, kam Paul in den Raum
gestürzt. Ehe sie ihr Gleichgewicht wiederfinden
konnte, zerrte er sie hoch, setzte sie auf einen
Stuhl und ging auf Will los.

Sie sprang auf die Füße. „Was machst du da?"

Keiner der beiden Männer hörte sie. Sie waren
zu sehr damit beschäftigt, Faustschläge
auszutauschen. Trotz Wills massigem Körperbau
war Paul klar im Vorteil, seine Fäuste droschen
mit tödlicher Geschwindigkeit und Wucht auf

seinen Gegner ein, drängten ihn gegen die Wand.

„Hört auf!" Charity hastete auf sie zu. „Paul, hör auf, Will zu verprügeln!"

„*Will*?" Pauls Kopf zuckte zurück, als hätte er einen Schlag abbekommen.

Da hatte sie sich wohl ungeschickt ausgedrückt. Paul blickte sie finster an, und die blauen Flammen, die in seinen Augen tanzten, ließen ihr den Atem stocken. Diese kurzzeitige Ablenkung musste Paul büßen; er bekam Wills Faust in die Magengrube. Sie schrie auf, doch Paul grunzte nur und vergalt den Schlag, landete einen Querhaken, der Wills Kopf nach hinten schnalzen ließ.

Nun war aber genug.

Charity packte den erstbesten Gegenstand, den sie in die Finger bekam—eine Teekanne—und schleuderte sie an die Wand. Das tosende Klirren erfüllte den Raum.

„Verdammt noch mal, Schluss damit!", rief sie. „Oder ich rufe den verfluchten Amtsrichter!"

Paul hielt mitten im Schlag inne. Will ebenfalls. Beide starrten sie an.

„Hast du gerade geflucht?", fragte Paul.

„Zweimal", sagte Will.

„Ich tue noch viel mehr, wenn ihr nicht aufhört, euch wie zwei Narren aufzuführen", sagte Charity durch die Zähne. „Was in Gottes Namen machst du hier, Paul? Und warum gehst du auf Will los?"

Paul blickte finster drein. Hielt den anderen immer noch beim Kragen.

„Er hat dich angefasst. Meine verdammte *Frau*", knurrte er Will an.

Paul war... eifersüchtig? Ihretwegen?

Trotz ihres Ärgers verspürte Charity einen verräterischen Nervenkitzel. Sie schob das Gefühl rasch beiseite.

„Er hat mich aufgefangen, als ich von der Leiter gestürzt bin", sagte sie kühl.

„Jemand musste es ja machen", fügte Will feindselig hinzu.

Mit hochrotem Kopf schüttelte Paul den Mann noch einmal. „Wer zum Teufel sind Sie überhaupt?"

„Mrs. Hunt hat mich als Wachmann für Sparkler's angeheuert."

„*Percy* hat Sie angeheuert?" Pauls Blick schoss zu Charity.

Sie nickte bestätigend.

„Für den Fall, dass Garritys Schergen noch einmal hier auftauchen. Mrs. Fines ist ja ganz auf sich gestellt, wehrlos",—Will warf einen weiteren bösen Blick auf Paul—„und Mrs. Hunt wollte, dass ich ein Auge auf sie und das Geschäft habe."

Paul lockerte seinen Griff um Wills Jackett. Die beiden standen sich gegenüber und starrten sich an, nur einen Herzschlag von einer weiteren Schlägerei entfernt: zwei Männer, bereit, das zu verteidigen, was sie beide als ihr Territorium erachteten.

Was lächerlich war.

Charity wollte die Augen verdrehen, verbat es sich aber und sagte: „Vielen Dank für Ihre Hilfe, Will, und insbesondere, dass Sie mich gerade eben vor diesem Sturz bewahrt haben." Sie lächelte ihn an. „Aber es geht mir gut und es ist schon spät, also denke ich, Sie gehen nun am besten."

Will ließ Paul nicht aus den Augen. „Sind Sie sicher, dass das ein guter Einfall ist?"

Paul knurrte: „Sie ist *meine* Frau. Ich kümmere mich schon um sie."

„So wie in den letzten Wochen?", sagte Will.

Um Himmels Willen. Sie sah Pauls Kiefer unheilvoll zucken.

„Bitte gehen Sie, Will", sagte sie. „Ich sehe Sie dann morgen."

Ein paar Augenblicke vergingen. Der Wachmann neigte seinen dunklen Kopf. „Sie können sich darauf verlassen, Mrs. Fines."

Will verließ den Laden, und die Gereiztheit, die mit ihm ging, wurde durch eine andere, noch viel stärkere Anspannung ersetzt, die geradezu in der Luft pulsierte, als sich ihre Blicke trafen. Ihr Hals schnürte sich zu. Sie wusste nicht, was sie sagen sollte. Seit dem Tod ihres Vaters war ein

Mantel der Taubheit um sie gehüllt gewesen, und sie hatte sich an diesen Schutz gewöhnt.

Jetzt war Paul hier. Nach all diesen Wochen. Er und sie blieben ein paar Meter voneinander entfernt stehen. Er sah so unsicher aus, wie sie sich fühlte.

„Ich... wie geht es dir?", sagte er.

Sie wusste nicht, was sie auf diese banale Eröffnung erwidern sollte. Sie entschied sich für: „Gut."

„Du siehst anders aus", sagte er. „Dein Haar... es steht dir. Bezaubernd und einzigartig."

Bei seinem zaghaften Lächeln rann ihr ein Tröpfchen Sinnlichkeit den Rücken hinunter.

„Es war Zeit für eine Veränderung", sagte sie.

Seine Augen weiteten sich ein wenig, und es platzte aus ihm heraus: „Ich kam so schnell ich konnte. Als ich erfahren habe... Es tut mir leid wegen deines Vaters. Ich weiß, wie sehr du ihn liebtest."

Sie nickte angespannt.

„Und mir tut noch mehr leid. Ich hätte hier sein sollen." Er strich sich mit der Hand über den Mund. „Stattdessen bin ich bei den ersten Anzeichen von Schwierigkeiten zwischen uns weggelaufen wie ein Feigling."

Es prickelte warnend in ihrer Brust, wie ein eingeschlafenes Bein kribbelnd erwacht.

Er machte einen Schritt auf sie zu. „Ich habe dir so viel zu sagen, ich weiß gar nicht, wo ich anfangen soll. Aber ich glaube, ich muss mit Rosalind beginnen."

Oh ja, sie fühlte wieder, denn die Erwähnung dieses Namens verknotete Charity den Magen.

Mit geballten Fäusten sagte Paul: „Rosalind wollte eine Affäre mit mir."

Der Knoten zwirbelte sich schmerzhaft.

„Ich habe sie abgewiesen", sagte er. „Ich weiß, du hast keinen Grund, mir zu glauben, aber ich schwöre beim Namen meiner Mutter, dass nichts vorgefallen ist."

Charity schluckte. Sie wusste, wie sehr Paul seine Mutter liebte. So einen Schwur würde er nicht leichtfertig machen. Knospen der Hoffnung brachen durch das Eis.

„Warum?", sagte sie durch trockene Lippen. „Wo du Rosalind doch so lange geliebt hast—"

„Ich glaubte, Liebe für sie zu empfinden, aber ich habe mich geirrt." Er kam näher, nahe genug, dass sein wohlbekannter männlicher Duft ihr in die darbenden Sinne steigen konnte. „Ich war liebestoll, ja, aber ich war ein Narr, das mit echter Liebe zu verwechseln. Und ein noch größerer Narr, dass ich diesen Wahn so lange genährt habe. Und obwohl ich dich dafür und für so viele andere Dinge um Vergebung bitten muss, trifft dich aber auch Schuld, Süße."

Das Kosewort verschob etwas in ihr, wie ein Riss, der sich langsam durch eine Eisschicht ausbreitet.

„Wofür?", brachte sie hervor.

„Dass du mir nicht schon früher gezeigt hast, was wahre Liebe ist. Du warst doch die ganze Zeit da, Charity, und ich habe dich nie gesehen. Warum hast du dich vor mir versteckt?" Sein schönes Gesicht sah so *eindringlich* aus. „Wie sonst konnte ich einen solchen Schatz übersehen?"

Heftige Fluten wüteten an ihrem Bollwerk, doch sie sagte: „Du hattest doch nur Augen für Rosalind. Ich mache dir keine Vorwürfe. Sie ist immer noch so schön wie eh und je."

„Augenblick... woher weißt du, wie sie jetzt aussieht?"

Charitys Puls machte einen Satz.

Er runzelte die Stirn. „Hast du Rosalind *gesehen*?"

Sie konnte nicht lügen, also holte Charity Luft und erzählte ihm von Rosalinds Besuch im Laden.

„Diese verlogene *Schlampe*."

Es verblüffte sie, wie heftig er klang. Noch mehr aber erstaunte sie, dass sie plötzlich hochgehoben und zum nächsten Stuhl getragen wurde. Er setzte sich und wiegte sie auf seinem Schoß, seine Hand auf ihrem Nacken, sodass ihr nichts anderes übrig blieb, als in seine verzweifelten, brennenden Augen zu sehen.

„Ich schulde dir eine Erklärung, meine Liebe, und du musst mir zuhören. Teilweise ist sie nicht angenehm, und ich werde mich ganz bestimmt nicht sehr gut anstellen, weil ich selbst noch nicht alles begreife. Aber ich würde gerne mit dir reden, so wie ich es schon längst hätte tun sollen—statt einfach zu gehen." Sein Ton war bestimmt, doch seine Augen flehend. „Kannst du mir diese Chance gewähren? Kannst du mit deinem Urteil abwarten, bis ich ausgeredet habe?"

Sie nickte kurz.

„Rosalind kam gleich nach dem Streit mit deinem Vater auf mich zu", sagte er angespannt. „Ich war wütend auf ihn... und auf dich. Ich hatte so schwer gearbeitet, um alles recht zu machen, weißt du, und—ich will nicht schlecht von den Toten reden oder dir weitere Schmerzen bereiten—aber Sparkler war derart darauf erpicht, mich als Versager hinzustellen. Er hat gab mir nicht die geringste Chance."

Das *war* schmerzhaft. Und es war auch die Wahrheit.

„Was dich betrifft",—er zuckte selbstverächtlich mit den Schultern—„wollte ich dich einfach auf meiner Seite haben. Wollte, dass du dich neben mich gegen deinen Vater stellst. Doch nun weiß ich, dass das eine Zumutung war, dass ich dich in eine unmögliche Lage gebracht habe."

Seine Ehrlichkeit ließ ihr Herz schneller schlagen.

„Als ich darüber nachgedacht habe—und mir scheint, ich habe meine ganze Abwesenheit über nichts anderes getan—habe ich eingesehen, dass Wut nur ein kleiner Teil davon war, was ich fühlte." Er schwieg kurz. „Ich hatte vor allem Angst."

„Angst?", wagte sie zu fragen.

Unter ihren Röcken wurden seine muskulösen Schenkel hart. Seine Arme schlangen sich fester um sie. „Ich habe so oft im Leben versagt. Ich war verantwortungslos, ziellos, unvernünftig. Alles Gute in meinem Leben habe ich entweder zerstört oder in Gefahr gebracht." Er biss die Zähne zusammen. „Tief drinnen glaubte ich, das Gleiche wird auch mit dem Besten passieren, was ich im Leben habe: mit dir."

Nun konnte sie nichts mehr sagen, selbst wenn sie wollte. Rührung schnürte ihr die Kehle zu.

„Charity, die Woche in Chudleigh Crest—war zauberhaft für mich", sagte er heiser. „Noch nie zuvor war ich so glücklich, so vollends zufrieden gewesen. Doch kämpfte ich immer noch gegen meine geheimen Ängste an: Dass etwas schief geht, dass *ich* etwas falsch mache, dass du mich so siehst, wie ich bin. Meine Mäkel, meine Misserfolge."

„Du bist *kein* Versager." Die aufgestauten Worte brachen aus ihr heraus: „So habe ich dich nie gesehen. Mein Vater war im Unrecht, und es tut mir leid, dass ich dich nicht gebührlich verteidigt habe. Diese schrecklichen Dinge sagte ich im Zorn, wegen Rosalind. Aus Angst, dass du sie mir wieder vorgezogen h—"

„*Niemals*, mein Schatz." Seine Hände waren so stark, und doch zitterten sie, als sie ihr Gesicht fassten. „Du bist meine *Frau*. Ich liebe dich."

Eine Träne entkam ihr. Eine Freudenträne.

Er wischte sie zärtlich fort. „Ich war ein Narr, dass ich das nicht eher begriffen habe. Ich glaubte früher immer, Liebe sei ein Sturm, tosend, unberechenbar, eine wilde Laune des Schicksals, der ich hilflos ausgesetzt war. Ich hätte nie gedacht, dass Liebe schlicht und gut sein könnte. Wie der Sonnenschein erhellst du ruhig und heiter jeden meiner Tage. Deine bloße Gegenwart macht alles heller, schöner. Schatz, du hast mir einen Frieden gebracht, den ich gar nicht für möglich hielt."

Nun flossen die Tränen richtig. Sie konnte sie nicht aufhalten. Kummer, Trauer, Glück... alles, was sich in den letzten Wochen aufgestaut hatte, flutete sie nun.

„Liebes, ich komme ja gar nicht hinterher", sagte er heiser, während er mit einem Taschentuch ihre Wangen wischte. „Habe ich etwas Falsches gesagt? Ich schwafle daher wie ein aufgeregter Schuljunge."

Sie brachte heraus: „U-und einer so gewöhnlichen Sache wie Sonnenschein wirst du nicht ü-überdrüssig?"

„*Gewöhnlich*? Oh je, ich stelle mich ja wirklich furchtbar an, wenn du das glaubst. Charity, mein Engel, meine Liebe", sagte er verzweifelnd, „ohne dich bin ich *verloren*. Ein Schiffbrüchiger. Du bist der Stern, der mir den Weg leuchtet."

Endlich überzeugten seine Augen sie. All die Jahre hatte sie diesen Blick studiert und noch nie hatte sie ihn so gesehen, so klar und inständig, glimmend vor tiefen Gefühlen. Sie spiegelte sich in seinen Augen wider... und ihr Abbild war schön.

„Das ist aber sehr bildreich gesprochen", schniefte sie.

„Ich habe noch mehr Metaphern auf Lager. Dutzende", sagte er ernst. „Ich werde Loblieder auf deine funkelnden Augen schreiben, auf deine elfenhafte Gestalt, deine honigsüßen Küsse—"

„Hör bitte auf", sagte sie zwischen Lachen und Weinen. „Ich wollte nie einen Dichter als Gemahl."

Pauls Augen suchten ihre, in seinem wunderschönen Gesicht stand Entschlossenheit. „Was auch immer du willst, dieser Mann kann ich für dich sein. Ich kann mir deine Liebe verdienen. Ich werde für dich sorgen und nie wieder weglaufen. Wenn du mir noch eine Chance gibst, schwöre ich, ich werde der Mann, den du verdienst."

Ihr Herz schwoll. Sie legte ihre Hand auf seinen verspannten Kiefer.

„Das bist du schon", sagte sie. „Und ich bin an unserem Zerwürfnis genauso schuld wie du."

„Charity", sagte er heiser.

„Ich liebe dich, das habe ich schon immer." Die Wahrheit sprang wie ein Korken aus ihr, berauschend und befreiend. „Ich hätte nie gedacht, dass du mich auch lieben könntest."

„Das tue ich. Mehr als mein Leben. Ich werde alles tun, was nötig ist, um dich davon zu überzeugen", sagte er mit so leidenschaftlicher Inbrunst, dass sie unter Tränen lachen musste.

„Du musst keine Berge versetzen", flüsterte sie. „Es gibt aber etwas, was du tun könntest..."

„Alles. Sag es mir nur."

„Könntest du mich vielleicht, nach Beendigung des Gesprächs... küssen?"

Seine Augen loderten heller als der Himmel. Dann nahm er ihre Lippen und ihr Kuss war süßer, leidenschaftlicher als all ihre Träume zusammen.

Als er den Kopf hob, waren sie beide atemlos.

„Ich habe so viel gutzumachen, und ich möchte gleich heute Abend anfangen." Mit einem Hauch Verletzlichkeit, für die sie ihn nur noch mehr liebte, sagte er sich räuspernd: „Darf ich zu dir mit nach Hause kommen, Mrs. Fines?"

Sie lächelte zittrig und antwortete von Herzen: „Immer."

Kapitel 40

Als sie zum Heim der Sparklers zurückkehrten, hob Paul Charity ungeachtet ihrer verlegenen Einwände hoch und trug sie in ihr Zimmer. Er blieb nur kurz bei der erstaunten Haushälterin stehen und bat sie, ein Bad und eine Mahlzeit vorzubereiten. Er meinte es ernst: Er war entschlossen, sich um Charity zu kümmern, seine kostbare Frau, die ihn irgendwie trotz seiner Fehler und Torheiten liebte.

Als das Bad bereit war, half er ihr beim Ausziehen. Der Anblick ihres schlanken, nackten Körpers machte ihn sofort härter als Granit, dennoch pflegte er sie mit sanften Händen, wollte eher beruhigen als erregen. Er war fast sechs Wochen lang fort gewesen, als sie ihn am meisten gebraucht hätte. Er hatte nicht vor, noch eins obendrauf zu setzen, indem er sich wie ein Lustmolch auf sie stürzte.

Auch wenn sein Schwanz in seiner Unterhose rumorte.

Er sollte dankbar sein—und das war er auch, *ganz ehrlich*—dass sie ihm überhaupt gestattete, sie zu berühren. Ihm wurde warm ums Herz, wie vertrauensvoll sie sich seiner Pflege hingab. Er hatte ein Riesenglück, eine so nachsichtige Frau zu haben, die ihm nichts nachtrug. Ihre Süße weckte seinen Beschützerinstinkt, er wollte einfach alles über sie erfahren, eins mit ihrem Körper und ihrer Seele werden.

Er begehrte sie so sehr, und auf so viele verschiedene Weisen, dass er gar nicht wusste, wo er anfangen sollte. Er kuschelte sie in ihren Morgenmantel, setzte sie auf das schmale Bett. Im Stehen trocknete er ihr mit einem Handtuch das Haar—ihre so entzückend *gestutzten* Locken —und beschloss, damit anzufangen.

„Dein Haar ist ganz zauberhaft", sagte er, „aber darf ich fragen, was dich zu dieser Veränderung bewogen hat?"

Ihr Busen hob sich unter einem tiefen Atemzug und sie erzählte es ihm. Von Hunt hatte er bereits von Garrity und den astronomischen Schulden erfahren. Aber dass Mrs. Stone Charitys *Mutter* war, hörte er gerade zum ersten Mal.

„Sie hatte die Frechheit, ins Haus meines Vaters zu kommen, während die Erde auf seinem Grab noch frisch war, und mich um *Vergebung* zu bitten? Nachdem sie uns verlassen hatte... erwartete sie, dass ich ihre Visitenkarte entgegennehme und sie mit offenen Armen begrüße?" Charitys Stimme zitterte. „Ich will sie *nie* wieder sehen."

„Und das musst du auch nicht", sagte er. „Mein armer Liebling, wie hast du das nur alles verkraftet?"

„Das habe ich noch gar nicht wirklich, glaube ich", sagte Charity stockend. „Ich habe mich wie eine Marionette durch die letzten Wochen bewegt. Ich wusste nicht einmal, was ich da tat, als ich mir die Haare abschnitt. Alles—Vaters Tod, die Schulden, Mrs. Stone—prasselte auf einmal auf mich ein, und mein Leben schien plötzlich nichts mehr als... eine *Farce*. Ich hatte so lange unter der Last der Verstellung gelebt, dass ich es keinen Augenblick länger ertragen konnte, ich *musste* es einfach loswerden." Sie biss sich auf die Lippe. „Klingt verrückt, nicht wahr?"

„Nein, meine Liebe", sagte er. „Du hast eine Feuerprobe überstanden und bist daraus auferstanden wie ein Phönix aus der Asche. Ich bin so stolz auf dich—auf deine Kraft und deinen Mut. Ich bedaure nur, dass ich nicht an deiner Seite war." Die Matratze quietschte, als er sich neben sie setzte und seine vom Kämpfen hornhäutigen Finger in ihre so viel zierlichere Hand verschränkte. „Aber ich schwöre, dass ich von nun an für dich da bin. Ich berufe ein Treffen mit Garrity ein und handle mit ihm eine Vereinbarung aus. Traust du mir das zu?"

„Ich vertraue dir", sagte sie leise.

Freude hob sein Herz. Er legte einen leidenschaftlichen Kuss auf ihre zarte Hand. „Danke, dass du an mich glaubst, Süße. Dass du *mir selbst* den Glauben schenkst, ein besserer Mensch sein zu können."

„Du bist vollkommen, wie du bist", sagte sie.

„Vollkommen... trotz meiner Unzulänglichkeiten?", sagte er heiser.

„Vollkommen unvollkommen." Sie lächelte. „Wir passen ganz offenbar zusammen."

Er strich mit den Fingerknöcheln ihr weiches Kinn entlang. „Nicht in dieser Hinsicht. Du, meine Süße, bist die Güte selbst. Dein einziger Fehler ist mangelnde Urteilskraft—in der Wahl deines Gemahls."

„Das stimmt nicht." Sie holte Atem. „Ich bin ein Feigling gewesen. Auch ich habe ein Geständnis zu machen."

Die Schwere in ihrem Ton ließ ihn aufhorchen. „Nur zu."

„Ich liebe dich schon, seit wir uns zum ersten Mal begegnet sind."

„Aber das ist doch Jahre her." Er runzelte die Stirn und dachte zurück. „Als du und Percy zusammen zur Schule gingt."

„Das genaue Datum war der 29. September 1813", kam Charitys verblüffende Antwort. „Du warst für das Michaelisfest von Eton zu Hause. Du hattest eine neue karierte Weste an, auf die du übermäßig stolz warst. Bis du einen Fleck Gänsefett darauf bekamst."

Er konnte sich nur noch vage daran erinnern. „Du erinnerst dich an all das?", fragte er überrascht.

„Ich erinnere mich an jede einzelne Begegnung. Jedes Mal, wenn Percy dich bat, mit mir zu tanzen, jedes beiläufige Gespräch", sagte sie leise. „Das eine Mal, als ich diese schrecklichen Pusteln hatte und allein auf einem Ball stand, und du auf mich zukamst und mir Wordsworth zitiert hast."

Plötzlich kam ihm eine Erinnerung an Charity, ein schüchternes Veilchen in einem Feld voller Mauerblümchen.

„*Wo man begangnen Weg verließ*", dämmerte es ihm.

Sie lächelte zittrig. „Ich habe den ganzen Band auswendig gelernt."

Er konnte nicht fassen, was sie da sagte. „Ich hatte keine Ahnung. Und du hast *nichts* gesagt..."

„Wie konnte ich? Du warst so weit außerhalb meiner Reichweite." Sie starrte auf ihre verschränkten Hände. „In Wahrheit habe ich dich vergöttert, dich auf einen Sockel gestellt, als wärst du dein Namenspatron selbst."

Vor Verwirrung fand er keine Worte. Die ganze Zeit... war er so töricht und blind gewesen...

„Da gibt es noch etwas." Sie schlug die Wimpern zu ihm auf und sagte: „Es hat mit Spitalfields zu tun. Da war ich nämlich auch."

Er zuckte zusammen. „Was?"

„Percy wollte nach dir sehen, doch sie machte sich Sorgen, dass Mr. Hunt ihr dorthin folgt. Also bot ich an, dass ich gehe."

„Du warst da?" Es drehte sich ihm der Kopf, sein Magen wurde flau vor plötzlicher Scham. „Dann hast du mich ja... in diesem verabscheuungswürdigen Zustand gesehen..." Eine weitere Erinnerung barst in seinen Kopf— ein plötzliches Wissen traf ihn so hart, als hätte man ihn in den Magen geschlagen. „Ist... etwas zwischen uns geschehen?"

Sie nickte kurz. „Wir haben uns geküsst. Und, ähm, ein bisschen mehr."

„Heilige Hölle, warum hast du nichts *gesagt*?"

„Ich hatte Angst. Ich wusste, dass es dir leid tun würde und du darauf bestehen würdest, das Rechtschaffene zu tun. Ich wollte nicht, dass du mich aus Pflichtgefühl heiratest."

Fassungslos starrte er sie an. Dann kam ihm ein anderer Gedanke. „Weiß Percy davon?" Denn wenn seine Schwester auch noch in all dem verwickelt war, so hilf ihm Gott...

Charity schüttelte eilig den Kopf. „Dass etwas zwischen uns vorgefallen ist, weiß sie nicht. Und ich ließ sie schwören, keiner Menschenseele davon zu erzählen, dass ich bei dir war."

Paul rieb sich den Nacken. Er konnte nicht mehr klar denken. Wusste nicht, auf wen er wütender war—sie oder sich selbst. „Zum Teufel, ich habe dich ruiniert und wusste es nicht einmal. Weißt du, was für einen Bastard mich das macht?"

„Einen völligen ahnungslosen?"

Er starrte sie an. „Das ist nicht zum Lachen."

„Ich weiß." Sie schenkte ihm ein kleines Lächeln. „Jetzt, da wir verheiratet sind, können wir die Vergangenheit ja auf sich beruhen lassen, oder nicht?"

„Allmächtiger, Charity—"

Sie legte ihre Finger beschwichtigend auf seine Lippen. „Jetzt hörst du einmal mir zu, Paul. Es *war* falsch von mir, dir das zu verheimlichen, und ich entschuldige mich aufrichtig. Aber ich möchte, dass du verstehst, warum ich es tat."

Er wurde still.

„Ich wollte zwar wirklich nicht, dass du dich zu etwas verpflichtet fühlst, aber mehr noch habe ich aus Angst gehandelt. Ich fühlte mich deiner nicht würdig. Ich war mir sicher, dass du mich zurückweisen würdest."

Eher er dagegen halten konnte, sagte sie: „Mein Vater sagte mir immer, dass ich unansehnlich sei, klein und nichtssagend." Ihre Stimme brach ein wenig. „Er sagte mir, ich solle den Kopf gesenkt halten und vernünftig sein, denn mehr konnte ein Mädchen wie ich nicht tun."

„Das ist absoluter Unsinn." Paul konnte die Wut in seiner Stimme nicht zügeln. „Dein Vater wusste ja rein gar nichts über dich—"

„Jetzt verstehe ich, dass er mich beschützen wollte, weil er *selbst* verletzt worden war. Von meiner Mutter. Es war wohl sehr qualvoll, und weil er die Wunde immer verdeckt hielt, eiterte sie die ganzen Jahre in seiner Seele." Charity atmete aus. „Und während ich mit den Methoden meines Vaters nicht einverstanden bin, glaube ich, er tat sein Bestes. Was ich mit all dem sagen will: Verstehst du nun, warum ich mir zu unscheinbar, zu unsichtbar vorkam, um deine Aufmerksamkeit zu verdienen?"

Er verstand, obwohl es ihn sehr schmerzte. Schlimmer noch war die Tatsache, dass er vielleicht zu ihrem Selbstbild beigetragen hatte. Es nahm ihr kleines Gesicht in die Hand und sagte: „Solange du weißt, dass es nicht stimmt. Dass du in Wahrheit kostbar und einzigartig bist, und jede Facette von dir unvergleichlich schön ist."

Sie flüsterte: „Deinetwegen fühle ich mich so."

„Und ich fühle mich würdig... deinetwegen", sagte er verblüfft.

Liebe war *fürwahr* Magie.

„Ich werde mich nicht mehr verstecken", sagte sie.

„Das würde ich auch gar nicht erlauben. Du, meine Süße, bist dazu bestimmt, zu glänzen."

Das letzte Wort entkam ihm eher atemlos, weil sie ihn so liebevoll ansah... und weil ihre Finger flink an seiner Krawatte arbeiteten. Durch den plötzlichen Schleier der Lust erinnerte er sich, dass er den Tag auf Reisen verbracht hatte. „Süße, ich habe noch nicht gebadet...“

Sie warf seine Krawatte beiseite. Ihre Augen glänzten wie ihr Opalring und ihr Mund lächelte ungemein erotisch. Und er wusste, dieser Moment würde ewig in seiner Erinnerung lodern: Der Moment, in dem sich seine Frau vollends von dem süßen, schüchtern leidenschaftlichen Mädchen... in eine wollüstige Nymphe voll sinnlicher Kraft verwandelt hatte.

Die Frau, die sie eigentlich sein sollte.

„Das ist mir scheißegal“, sagte sie.

Sein Atem stockte und sein Schwanz wurde härter als Stein.

Kapitel 41

Das Wissen, geliebt und geschätzt zu werden, erfüllte sie mit einem berauschenden Gefühl der Macht.

Ihr Ehemann, dieses göttliche Wesen, beobachtete sie mit schweren Augenlidern und die offensichtliche Beule in seiner Hose entging ihr auch nicht. Er begehrte sie, fand sie unvergleichlich schön. Seine Liebe durchströmte sie heiß, machte sie kühn, sie konnte es nicht erwarten, ihm zu zeigen, wie sehr sie ihn liebte.

Kein Verstecken mehr.

Damit war es vorbei.

Sie öffnete einen Westenknopf nach dem anderen. „Ich habe dich vermisst, Paul." Selbst ihre Stimme klang anders, heiß und funkelnd vor Leidenschaft.

„Nicht so sehr, wie ich dich vermisst habe, mein Liebling."

Es gefiel ihr, wie seine Stimme raspelte, wie sein Kehlkopf sich regte, während sie ihm die Weste aufriss. Sie tat das gleiche mit Hemd und Krawatte, warf sie auf den Boden.

Nach Ordentlichkeit stand ihr nicht der Sinn.

„Was hast du an mir vermisst?", fragte sie.

„Alles. Gott, Charity"—ächzte er, während sie mit den Händen seine wie gemeißelte, vollkommene Brust entlangfuhr—„jede Einzelheit."

„Du bist kräftiger geworden." Er war immer schlank und sehnig gewesen; nun, nach Wochen als Berufsboxer kräuselten sich seine Muskeln unter ihrer Berührung. Sie legte ihre Hand flach auf das feste Brett seiner Bauchmuskeln, folgte dem köstlichen Pfad seiner Behaarung. Er atmete scharf ein, als sie nach seinem Schritt griff und zudrückte. „Und auch härter."

Im nächsten Augenblick hatte er sie auf seinen Schoß gezogen, sie saß ihm zugewandt auf seinen Schenkeln.

„Und du, geliebte Frau, bist neckisch geworden", knurrte er.

Sie zitterte, als er an ihrer Sehne knabberte und dann die Stelle tröstend leckte. Seine Hände fassten ihre Hüften, die Berührung wogte ihr geradewegs durch den Morgenmantel. Sie war versucht, ihn einfach machen zu lassen wie gewohnt... aber noch mehr reizte sie etwas anderes. Als er die Kordel ihres Morgenrocks löste, fing sie seine Hand ein.

„Nein. Dieses Mal", sagte sie, „möchte ich dich befriedigen."

Seine Nasenflügel bebten, seine Augen funkelten wie Saphire. „Bei Gott, das machst du doch immer. Ich muss seit Wochen ohne dich auskommen. Schluss mit den Neckereien, kleine Nymphe, sonst gehe ich los wie ein Feuerwerkskörper."

Die Vorstellung gefiel ihr.

„Dann musst du eben an dich halten." Als ob sie das zulassen würde. „Nun sei ein braver Ehemann und lehn dich an das Kopfende."

Obwohl er misstrauisch die Augen zusammenkniff, konnte sie sehen, wie ihm der Rausch der Lust die hohen Wangen erhitzte. „Kommandierst du mich etwa herum, du freches Weib?"

„Nur dieses eine Mal." Sie sah ihn mit all der Liebe an, die sie fühlte. „Bitte?"

„Du bist keine Nymphe, du bist eine Sirene. Zweifellos", murmelte er.

Er tat, wie ihm geheißen, seine drahtigen Arme stützten sich an das Brett und seine Schenkel spreizten sich in einer sündhaft männlichen Pose. Sie bewunderte ihn einen Moment lang: Er war ein Gott aus Fleisch und Blut, seine mächtige Brust wogte vor Begierde, seine Augen waren dunkel vor Verlangen. Und er gehörte allein *ihr*.

Sie kniete sich zwischen seine Beine und beugte sich vor, drückte ihm einen Kuss auf die unrasierte Wange. Sie arbeitete sich abwärts, über seinen Adamsapfel, der unter ihren Lippen zuckte. Sie schmeckte ihn, salzig und männlich, und wurde noch begieriger. Verzehrte sich nach ihm. Sie erreichte eine Brustwarze, umkreiste die flache Scheibe mit der Zunge; hörte seinen Atem schroff gehen, saugte an ihm. Biss sanft zu.

„Allmächtiger, Weib, willst du mich in den Wahnsinn treiben?"

Sie leckte die andere Brustwarze, blickte zu ihm auf. „Glaubst du denn, das schaffe ich?"

Er stöhnte, während sie seinen harten Bauch mit Küssen spickte. „Zur Hölle, Charity, tu was auch immer du willst. Du bist das entschlossenste Gör, das ich kenne."

Lächelnd fand sie seine Hosenknöpfe. Sie öffnete den Hosenschlitz und zog beherzt seine Unterhose nach unten. Sein Schwanz sprang in ihre Hände wie ein Rennpferd am Start. Der männliche Schaft bebte, die Spitze glänzte feucht. Verträumt beugte sie sich hinab und rieb ihre Wange an ihn. In heiße Seide gehülltes Eisen.

„Süße", sagte er angespannt, „was machst du da?"

Sie sah zu ihm auf und sein bewundernder Blick schenkte ihr Selbstvertrauen.

„Ich erkunde nur", sagte sie. „Ich dachte mir, ich versuche es mal mit weniger Vernunft und mehr Sinnlichkeit. Was hältst du zum Beispiel hiervon?"

Sie schob seine Vorhaut zurück und legte einen sanften Kuss auf die empfindliche Spitze.

Er verbiss sich einen Fluch. „Wunderbar—wenn es denn deine Absicht ist, mich zu foltern."

Wie zur Bestätigung quoll eine Träne aus seiner Eichel. Die glänzende Perle war so schön, dass sie sie einfach lecken musste. Sein salziger, männlicher Geschmack entlockte ihr ein Summen.

„Köstlich", murmelte sie.

„Davon gibt es noch reichlich mehr." Trotz des raspeligen Humors in seiner Stimme fasste er ihre Wangen, seine raue Handfläche ruhte sanft auf ihrer Haut. „Liebes, du sollst nichts tun, das dir nicht angenehm ist."

„In Ordnung", stimmte sie zu.

Sie stülpte ihren Mund über die Spitze, saugte sanft.

„Verfluchte Scheiße."

Seine hemmungslose Erwiderung entzückte sie. Sein Rücken krümmte sich, seine Hüfte stieß mit tierischer Kraft nach oben. Unwillkürlich entspannte sie ihren Kiefer, sodass sie mehr von seinem mächtigen Schaft aufnehmen konnte. Das Gefühl, wie er ihren Mund erfüllte, gefiel ihr. Egal wo er sie erfüllte. Ihre Scheide wurde heiß, als sie versuchte, ihn noch tiefer in sich einzulassen. Ihre Hände streichelten, was nicht in ihren Mund passte.

Er stöhnte ihren Namen, seine Finger fuhren in ihre Locken und führten ihren Kopf in einer zuckenden Bewegung. „Hölle, das ist gut. So verflucht *tief*. Süße, du bringst mich um..."

Konnte sie ihren Gott denn wirklich vor Lust dahinraffen?

Nun, sie würde es auf jeden Fall *versuchen*.

Durch die Nase atmend entspannte sie ihren Rachen noch weiter und er glitt noch tiefer in sie hinein. Er schrie auf, als seine Eichel an eine Barriere stieß, so tief in ihr, dass sie

599

hochkommen und nach Luft schnappen musste. Aber sie machte sich gleich wieder ans Werk, atemlos von der Herausforderung, von der unbeschreiblichen Intimität, ihren Mann auf diese verruchte Weise zu beglücken.

Sie achtete genau auf alles, was seine Wollust zu steigern schien. Er schloss die Augen, als sie seine Hoden berührte, die samtigen Gewichte sanft drückte, während sie saugte. Er stieß eine Reihe von Flüchen aus, als sie ihn so tief nahm, dass seine Schamhaare sie in ihrer Nase kitzelten. Seine Freude nährte ihre eigene. Hitze prickelte über ihre Haut, und ihr Kern schmolz, sickerte zwischen ihre Beine. Verzweifelt begehrte sie mehr von ihm, wollte ihn überall berühren, brauchte auch jeden letzten Zoll von ihm...

Er zog sie von seinem Glied hoch und das nasse, schmatzende Geräusch ließ ihn aus tiefster Brust stöhnen. Ehe sie ihm widersprechen konnte, zog er sie auf seinen Schoß und ihr Rückgrat krümmte sich, als er sie langsam, dehnend durchdrang. Ihr Kopf fiel zurück, ihre Wimpern flatterten, während sich sein Schwanz in ihren klammen Schacht bohrte.

„Sieh mich an", befahl er.

Ihr Blick flog zu seinem und sie versank in der schwelenden Mitternacht seines Blicks.

„Ich will deine schönen Augen sehen, während ich dich nehme." Seine Hände fassten ihre Hüften, lenkten ihre Bewegung. „Während du auf meinem Schwanz reitest, meine süße Frau."

Sie stützte sich auf seinen Schultern ab, kam auf die Knie und sank dann nach unten, spießte sich auf seiner pochenden Männlichkeit auf. Seine Berührung, seine erdigen Befehle—alles, was er tat, ließ ihr Blut nur noch heißer durch ihre Adern rauschen. *Nimm mich tiefer.* Sie tat es und sein Schwanz streifte ihre Perle mit jedem Stoß, sandte einen Ruck der Freude in ihre Beine. *Fester.* Er zerrte sie nieder, Haut klatschte auf Haut, und sie mahlte sich gegen ihn, ritt ihn voller Verzweiflung, war so wild nach ihm wie er nach ihr.

Als er ihre Brustwarze in den Mund nahm und fest daran lutschte, schrie sie auf. Weiße Sterne barsten vor ihren Augen und ihr Körper zog sich zusammen, während ein mächtiges Beben über sie kam. Er pumpte stöhnend in ihr zuckendes Fleisch, und gerade als sie ihrem Höhepunkt entgegen schwebte, gruben seine Finger sich in ihren Hintern.

„Alles, was ich jemals wollte", hauchte er. „Ich liebe dich, Charity."

Ihr Herz barst im Gleichklang mit seinem Erguss, sein Samen schoss so heiß in ihren Leib, dass ihre Welt noch einmal erbebte. Worte flogen ihr von den Lippen, fingen Feuer in seinem Kuss. Sie brannten zusammen, und wie sie so vergingen, schmolzen sie zu einem einzigen Körper, verband ihre Liebe sie zu einer einzigen Seele.

Kapitel 42

Am nächsten Nachmittag saß Charity Hand in Hand mit Paul im Salon der Huntschen Stadtresidenz, wo die Hunts, Hartefords und Mrs. Fines versammelt waren. Die Kents hatten sich entschuldigen lassen: Ihre Tochter lag mit einer Erkältung im Bett und sie waren zu Hause geblieben, um sie zu pflegen.

„Zunächst einmal möchte ich allen danken, dass ihr euch während meiner Abwesenheit um Charity gekümmert habt", sagte Paul.

„Jemand musste es ja." Seine Mutter sandte ihm über ihre Brille hinweg einen strengen Blick. „Nun, da du verheiratet bist, trägst du

Verantwortung. Du kannst nicht einfach zu diesem oder jenem Boxkampf davonwieseln."

Charity hielt still, unsicher, wie ihr Mann den Tadel aufnehmen würde. Er drückte ihre Hand.

„Ich weiß, Mama", sagte er ruhig.

Hunt räusperte sich. „Aber den Endkampf in drei Tagen bestreitest du doch noch, nicht wahr, Fines? Ich hab den einen oder anderen Wetteinsatz auf dich." Als Percy ihn mit dem Ellbogen anrempelte, hob er die Augenbrauen hoch, als wollte er sagen: *Hab ich was Falsches gesagt?*

Charity meldete sich zu Wort: „Natürlich wird er kämpfen. Er hat es so weit gebracht, er kann jetzt nicht aufhören."

„Bist du sicher, dass du nichts dagegen hast, meine Liebe?", fragte Mrs. Fines.

„Ganz und gar nicht." Charity wischte ihrem Mann die ewig widerspenstige Stirnlocke aus den Augen und lächelte ihn an. „Mir gefällt der Gedanke, mit dem besten Preisboxer in ganz England verheiratet zu sein."

„Tatsächlich?", murmelte Paul. „In diesem Fall muss ich ja einfach gewinnen. Weil ich für dich ja alles tun würde, Süße."

Verzückte Frauenseufzer erhoben sich im Raum, als er sich zu ihr lehnte und sie küsste.

„Wenn ich allerdings die Turteltäubchen kurz unterbrechen dürfte", erhob sich Hartefords trockene Stimme. „ Ich glaube, wir haben eine gewisse Geldschuld zu besprechen?"

„Ja, gewiss." Errötend versuchte Charity ihre wirbelnden Sinne zu sammeln. Der Gedanke an das über ihr schwebende Verhängnis vertrieb ihr den Frohsinn ein wenig. „Zunächst einmal haben sich dank eurer Hilfe die Umsätze von Sparkler's stark verbessert. Ich danke euch von Herzen dafür."

„Leider war es zu wenig zu spät", sagte Paul unverblümt. „Sparkler's steckt schon seit Jahren in Schwierigkeiten. Trotz eurer Hilfe und des außergewöhnlichen Geschäftssinns meiner Frau reicht es immer noch nicht."

Paul hatte den Vormittag damit verbracht, über den Kontenbüchern zu brüten und sie hatte beobachtet, wie sich dabei seine Miene zunehmend verfinsterte. Sie selbst akzeptierte langsam die traurige Wahrheit, dass eine Summe von dreißigtausend Pfund zu gewaltig war, um sie in einem Monat anzusparen, vielleicht sogar in Jahren.

Ihr wurde es eng um die Brust. Garritys Frist in zwei Wochen würde sie unmöglich einhalten können. Was bedeutete… dass sie Sparkler's verlieren würde.

Das Vermächtnis ihres Vaters.

„Wie viel fehlt euch denn?", fragte Hunt.

„Sparkler hatte Ersparnisse in Höhe von fünftausend Pfund und Charity hat bislang eintausend Pfund Gewinn gemacht. Ich habe noch ein paar Tausend in Anlagen und Preisgeldern, doch selbst damit kommen wir nur auf ein Drittel des Betrags", erläuterte Paul nüchtern.

Blicke jagten durch den Raum.

Harteford sprach zuerst. „Hunt und ich haben miteinander geredet, und wir wollen tun, was wir können. Wir können zumindest einen Teil anbieten—"

„Das kann ich nicht annehmen", sagte Charity bestimmt.

„Nicht einmal ein Darlehen?", fragte Percy.

„Ich werde es ja nicht zurückzahlen können. Ich kann nicht zulassen, dass ihr gutes Geld in den Sand setzt", sagte Charity. „Außerdem hat Mr. Garrity deutlich gesagt, dass er alles oder nichts will; er wird keine geringere Summe als dreißigtausend annehmen."

„Vielleicht kann ich ihn umstimmen", sagte Paul. „Ich treffe ihn heute Abend."

„Ist das nicht gefährlich, Paul? Mit so einem Mann zu verhandeln?" Mrs. Fines runzelte die Stirn.

„Ich biete ihm Rückendeckung", sagte Hunt.

„Ich ebenso", sagte Harteford.

Charity legte eine Hand auf Pauls Arm. „Du wirst vorsichtig sein, nicht wahr?"

„Ich werde alles für dich ins Lot bringen, Schatz." Entschlossenheit glitzerte in seinem Blick. „Vertrau mir, es gibt nichts zu befürchten. Das ist nicht das erste Mal, dass ich mit Halsabschneidern zu tun habe."

Mr. Hunt schnaubte.

* * *

Garritys Anwesen erwies sich als überraschend stattliches Gebäude nur wenige Straßen von Sparkler's entfernt. Ganz in der Nähe der Bank of England und der Royal Exchange gelegen, war es bestens für einen Geldverleiher geeignet. Paul vermutete, dass die elegante palladianische Villa einst einer vornehmen Familie gehört hatte, die der aufblühende Kommerz in der Gegend vertrieben hatte, weil sie sich wie so viele vornehme Familien nicht mit dem Makel des Handels beschmutzen wollten.

„Die Geschäfte laufen augenscheinlich ganz gut", sagte Nicholas, während er die Treppe hinaufstieg.

„Überrascht dich das, bei einem Zinssatz von sechzig Prozent?", sagte Hunt. „Wir sind eindeutig in der falschen Branche tätig."

Paul klingelte. Als die Tür geöffnet wurde, überreichte er dem Butler seine Karte.

„Guten Abend, Sir. Mr. Garrity erwartet Sie bereits." Der Diener warf einen abschätzenden

Blick auf Pauls Gefährten. „Gäste hat er allerdings nicht erwähnt."

„Der Marquis von Harteford und Mr. Hunt sind Freunde von mir", sagte Paul, „und wir warten nicht gerne draußen in der Kälte."

Der Butler verbeugte sich tief. „Natürlich. Folgen Sie mir, wenn ich bitten darf."

Die drei wurden durch ein getäfeltes Foyer in einen mit Seide tapezierten Flur geleitet. Auf halbem Weg blieb der Butler an einer offenen Tür stehen und kündigte sie an. Paul ging zuerst hinein. Das Arbeitszimmer war imposant ausgestattet. Adelsbildnisse zierten die Wände—darunter, wie es schien, auch mehrere Gemälde des georgianischen Gesellschaftsmalers Benjamin West. Sie kamen Paul wie Trophäen vor: ölfarbene Bildnisse derer, von denen sie als Faustpfand geschröpft worden waren.

Im Arbeitszimmer hing eine Aura des Reichtums und selbstgefälliger Opulenz. Ganz wie der Mann, der nun zu ihrer Begrüßung lässig von einem genoppten Ohrensessel aufstand. Garrity war förmlich in Schwarz gekleidet, der Rubin auf seiner Krawattennadel glitzerte wie ein Tropfen Blut.

„Sie sind ja pünktlich, Mr. Fines", sagte er.

Der Ton seines Gastgebers war eiskalt, so wie Paul ihn in Erinnerung hatte. Er ging nicht auf die Provokation ein, sondern sagte: „Sie erinnern sich an Lord Harteford und Mr. Hunt?"

„Die waren bei unserer letzten Begegnung zugegen." Garritys Lippen wurden schmal. „Eine garstige Angelegenheit."

„Ganz wie die, die wir heute Abend bereden", sagte Paul.

„Im Gegenteil, dies heute werde ich genießen." Garrity bedeutete ihnen, beim prasselnden Feuer Platz zu nehmen. „Ich ernte sozusagen die Früchte meiner Arbeit."

„Ihre Ernte sollen Sie haben", sagte Paul, „doch wünsche ich den Zeitrahmen der Zahlung zu besprechen."

„Ihre Frau kennt den zeitlichen Rahmen, der wohlgemerkt sehr großzügig ist. Sie haben noch zwei Wochen, um mir mein Geld zu liefern."

„Das ist nicht genug Zeit, und das wissen Sie auch." Aus der Jackentasche holte Paul das dicke Bündel von Banknoten, das Charity ihm gegeben hatte—ihre und Uriahs gesamten Ersparnisse. Er legte das Geld auf den Tisch zwischen ihm und Garrity. „Das sind schon einmal sechstausend Pfund. In ein paar Tagen gibt es die nächste Rate."

Garrity blickte nicht einmal auf das Geld. „Dreißigtausend, Fines. Das wird mir geschuldet, und nur diesen Betrag nehme ich an."

„Ich kann aber in zwei Wochen keine dreißigtausend Pfund auftreiben. Entweder wir verhandeln Ratenzahlungen oder einen Nachlass—"

„Ich verhandle nicht, Mr. Fines."

„Warum zur Hölle denn nicht?", mischte sich Hunt ein. „Ich habe noch nie einen Geldverleiher getroffen, der nicht bezahlt werden wollte. Geben Sie Fines eine Chance, und Sie bekommen Ihren Zaster bis auf den letzten Penny zurück. Er ist ein Mann seines Wortes."

Paul hob bei diesem Kompliment die Brauen. Sein Schwager klang fast... als meinte er es wirklich.

„Andernfalls bekommen sie ein Geschäft, das kurz vor dem Bankrott steht, und ein mittelmäßiges Anwesen, das nicht annähernd dreißigtausend Pfund wert ist. Warum würden Sie sich auf einen Verlusthandel einlassen?" Hunts goldbraune Augen verengten sich misstrauisch.

„Vielleicht geht es Mr. Garrity ja um etwas anderes als Geld", sagte Harteford.

Etwas flackerte in Garritys rabenschwarzen Augen. Zorn.

Da begriff Paul. „Es geht um Charity. Weil sie mich geheiratet hat und nicht Sie?"

„Sie war *mein.*" Frost klirrte in Garritys Worten. „Ich hatte sie aus einer Reihe von Heiratskandidatinnen ausgewählt. Ich habe Zeit und Mühe investiert, zu Uriah Sparkler eine Beziehung aufzubauen. Wir hatten eine Vereinbarung, er und ich—und Sie haben alles verleidet."

Wenn Garrity so etwas wie Bedauern ausgedrückt hätte, dass ihm Charity entgangen war, hätte Paul womöglich noch Mitleid mit ihm gehabt. Denn Paul wusste ja, was für ein Kleinod sie war—und es schauderte ihm bei dem Gedanken, dass auch er sie hätte verlieren können. Was er allerdings in dem Geldverleiher wahrnahm, war kein Gefühl, sondern verletzter Stolz.

Wie ein Kind, das sich über den Verlust eines begehrten Spielzeugs ärgerte.

„Und wenn Sie sagen, *eine Beziehung aufbauen*, dann meinen Sie damit, dass Sie Sparkler in ein hinterhältiges Darlehen verstrickt haben", schoss Paul zurück. „So haben Sie ihn eingefangen, nicht wahr? Sie wollten, dass er bei Ihnen in der Schuld steht, damit er sich auf Ihren schändlichen Handel einlässt."

Garritys Fingerknöchel zeichneten sich weiß gegen die Lehne seines Sessels ab. „Er brauchte Geld und ich habe es bereitgestellt. Er hatte noch Glück, denn kein anderer Geldgeber hätte ihm ein Darlehen gewährt." Er schien sich zu fangen, lehnte sich zurück, sein Griff entspannte sich. „Man schuldet mir also, und ich werde meinen Anspruch einfordern."

Wut schmorte in Pauls Brust. „Charity war nie Teil des Handels."

„Alles ist Teil des Handels." Garritys Lächeln machte seinen Gesichtsausdruck noch unheimlicher. „Wenn Sie das begreifen würden, Sie rührseliger Narr, würden Sie viel klüger verhandeln. Und deswegen sind Sie doch hier, oder? Zum Verhandeln?"

Reiz ihn nicht noch weiter. Um Charitys willen musst du das Geschäft retten.

Paul nickte knapp.

„Ich erörtere meine Geschäfte nicht in der Öffentlichkeit." Garrity warf einen Seitenblick auf die anderen Männer.

„Fines?" Harteford hob eine Augenbraue.

„Wartet in der Kutsche auf mich" sagte Paul. „Ich komme gleich."

Die beiden gingen und Paul saß Garrity gegenüber am Couchtisch.

„Wir sind allein, wie Sie wollten. Also, was kann ich Ihnen bieten, damit Sie die Bedingungen der Rückzahlung überdenken?", sagte Paul ruhig.

„Sie sind beharrlich. Nicht überraschend, nach dem, was man so von Ihnen hört. So kämpfen Sie auch, nicht wahr—lassen immer die Fäuste fliegen, machen nie einen Rückzieher."

Paul kniff die Augen zusammen. Er verstand die Selbstgefälligkeit in Garritys Tonfall zwar noch nicht, war sich aber sicher, dass er es bald herausfinden würde. „Worauf wollen Sie hinaus?"

„Ich verfolge Ihre Kämpfe."

„Und was soll das heißen? Sie sind ein Anhänger von mir?", sagte Paul hämisch.

Garrity machte ein Geräusch, das fast als Lachen durchgehen konnte. „Soweit würde ich nun auch wieder nicht gehen. Aber wie jeder Gentleman genieße ich Wetten—und genauer gesagt, Wetten gewinnen. Und Sie haben mir einen schönen Gewinn eingebracht."

„Freut mich. Dann wollen Sie vielleicht den Gefallen erwidern und Ihre Wettgewinne von Sparkler's Darlehensbetrag abziehen?"

„Ich verbinde nie das Angenehme mit dem Nützlichen." Garritys Reptilienblick stellte Paul die Nackenhaare auf. „Es sei denn, es wird mir zugesichert, dass Ersteres zu Letzterem führt."

„Ich kann Ihnen nicht folgen."

„Die Meisterschaft findet in drei Tagen statt, nicht wahr?"

Die Frage war rhetorisch. Garrity kannte sich ganz offensichtlich aus; die Frage war nur, was wollte der Geldverleiher?

Angespannt sagte Paul: „Ja, und?"

„Ich erwäge, auf das Ergebnis zu wetten. Und da ich von Natur aus konservativ bin, würde ich gern auf den Gewinner setzen. Das Ergebnis muss aber sozusagen narrensicher sein."

„Ich werde alles geben, um zu gewinnen", sagte Paul stirnrunzelnd, „aber für einen Sieg bürgen kann ich nicht—"

„Natürlich nicht. Für einen Sieg kann niemand bürgen." Garrity schnippte sich einen Fussel vom Ärmel. „Aber für eine Niederlage durchaus, oder?"

Das Begreifen traf Paul mitten in die Magengrube. „Sie wollen, dass ich den Kampf *absichtlich* verliere?"

„So einfach ist es auch wieder nicht. Ich will nicht nur, dass Sie verlieren, sondern"—Garrity lehnte sich nach vorne—„dass Sie *aufsehenerregend* verlieren."

„Nie und nimmer." Ehe er es sich versah, war Paul auf den Beinen, starrte die Schlange von einem Mann finster an. „Für was für eine Art Mann halten Sie mich?"

Garrity lächelte dünn. „Für einen verzweifelten Mann."

„Nicht verzweifelt genug, dass ich meine Ehre und meinen Ruf als Gentleman und Boxer beschmutze." Pauls Brust brannte vor Empörung.

„Da habe ich Sie also vielleicht missverstanden. Ich dachte, Sie wollten das Lädchen Ihrer Frau retten." Garrity lehnte sich in seinen Sessel zurück. „Oder sind Ihnen vielleicht die eigenen Träume wichtiger als ihre?"

Die Worte des Bastards rührten eine schmerzhafte Saite in Paul. Sein Zorn verwandelte sich in einen inneren Kampf, heftiger als alles, was er je erlebt hatte. War es das... stellte er sich selbst vor Charity? War er schon wieder selbstsüchtig?

Das Preiskämpfen hatte ihm einen Daseinszweck gegeben, eine Identität, Selbstwertgefühl. Es hatte ihm den Weg zur Besserung gebahnt. Die ganze Zeit über war er davon überzeugt gewesen, dass ein Sieg im Endkampf ihm die ersehnte Zukunft schenken würde.

Doch dann blitzte ihm Charity in den Sinn. Bei dem Gedanken, dass sie zu allem Unglück auch noch ihr Vermächtnis verlieren könnte, drehte sich ihm der Magen um. Seine Frau hatte schon zu viel durchlitten, und er war nicht da gewesen, um sie in dieser Zeit der Not zu unterstützen. *Er war nicht da gewesen*—und er hatte doch ihr und sich selbst geschworen, dass er es von nun wäre.

Er hatte ihr gesagt, dass er sie liebte.

Leere Worte, wenn er nicht auch danach handelte.

Sein ganzes Leben lang hatte er danach gestrebt, ein würdiger Ehrenmann zu sein. Hier bot sich ihm nun die Gelegenheit dazu. Denn seinen eigenen Traum für Charity aufzugeben war das Einzige, was er ihr geben konnte, der wahre Beweis, wie tief seine Gefühle für sie waren. Und im Vergleich zu dem, was sie ihm geschenkt hatte—ihre leuchtende, stetige Liebe, die die ganzen Jahre über nicht gewankt hatte— war es immer noch ein armseliges Geschenk.

In ihr, nicht in der Meisterschaft, lag seine wahre Zukunft.

Seine Kehle wurde eng.

„Nun?", fragte Garrity.

„Was heißt aufsehenerregend?", fragte Paul tonlos.

„Zwanzig Runden. Sie gewinnen fünf hier und da, damit es nach einem echten Kampf aussieht. Aber dann überlassen Sie Jem Barnes den Rest."

Pauls Muskeln verspannten sich. „Barnes hat den gewaltigsten Aufwärtshaken im ganzen Turnier. Wenn ich ihm einen Vorteil gebe, kann er mich leicht bewusstlos schlagen, ehe zwanzig Runden vorüber sind. Was dann?"

Die Regeln des Preisboxens waren einfach: Man kämpfte, bis man nicht mehr konnte. Bestimmte Manöver—wie unter die Gürtellinie schlagen— waren verboten, aber alles andere galt als erlaubt, von Fußtritten bis hin zu Finger in die Augen bohren. Eine Runde endete damit, dass ein Gegner zu Boden ging. Damit die nächste Runde beginnen konnte, musste er sich binnen einer halben Minute wieder aufrappeln und an die Linie treten. Und so ging es weiter, bis entweder ein Gegner nicht mehr aufstehen konnte, oder sein Gehilfe ihn für geschlagen erklärte.

Der Kampf war also mitunter lang und blutrünstig. Paul liebte den urmenschlichen Rausch, der ihn dabei überkam. Seine Strategie, die sich als erfolgreich erwiesen hatte, bestand hauptsächlich darin, den Gegner zu erschöpfen. Er rieb seinen Gegner erst auf, dann ging er auf ihn los. Seine Kämpfe dauerten im Durchschnitt weniger als zehn Runden und dank seiner guten Abwehr war er ohne schwere Verletzungen davongekommen... bislang.

Bei Garritys Vorschlag könnte er ernsthaft verletzt werden—oder schlimmer.

Pauls Nacken wurde kalt, als er sich daran erinnerte, wie einer von Barnes' Gegnern blutverschmiert und regungslos aus dem Ring getragen wurde. Dieser Kampf hatte nur sechs Runden gedauert. Zwanzig Runden gegen Barnes zu überleben würde an ein Wunder grenzen.

„Sie müssen es eben irgendwie zustande bringen, Prügel einzustecken und dennoch immer wieder auf die Beine zu kommen." Garrity grinste. „Freilich sind die Aussichten gering, dass jemand so lange gegen Barnes aushält— was heißt, dass meine Wette äußerst einträglich sein wird. Also kommen wir beide auf unsere Kosten."

Der Bastard redete sich leicht. Für den, der im Dreck liegen würde, war es nicht so einfach.

Einen Moment lang erwog Paul, den Vorschlag auszuschlagen. Er konnte ja stattdessen sein eigenes Geld darauf setzen, dass *er* gewann. Sein Kampfgeist regte sich bei dem Gedanken.

Aber eine sichere Sache wäre es keineswegs. Barnes war ein gnadenloser und gewalttätiger Raufbold, er wurde als Favorit gehandelt. Paul glaubte zwar, dass er gewinnen konnte—doch gewiss wusste er es nicht. Er ballte missmutig die Fäuste.

Er konnte Charitys Glück nicht für den eigenen Stolz aufs Spiel setzen.

Einen Kampf zu verlieren bedeutete gar nichts, wenn er damit die Sorge aus ihren schönen Augen wischen konnte. Er musste lediglich Barnes' mörderische Haken irgendwie überleben...

„Ich nehme Ihr Angebot an", sagte er grimmig. „Aber das bleibt unter vier Augen."

Er kannte Charity, sie würde es nie zulassen, dass er ihretwegen verlor, was hieß... dass sie es nie erfahren durfte.

„Abgemacht. Mir selbst ist ja auch nicht daran gelegen, dass die Buchmacher hiervon erfahren." Grinsend hielt Garrity ihm eine wohlgepflegte Hand hin.

Ihre Hände trafen sich in einem festen Druck. Der Teufelspakt war geschlossen.

Kapitel 43

Als er nach Hause zurückkehrte, erwartete Charity ihn bereits. Sie war in einen Flanellmantel gehüllt, ihre glänzenden Locken umrahmten ihr zierliches Gesicht. Sie führte ihn in die Stube, wo ein Feuer fröhlich knisterte. Sie kümmerte sich rührend und beflissen um ihn, half ihm aus Stiefeln und Mantel. Eine Tasse beruhigender Tee und eine Platte mit Fleisch und Käse standen schon auf dem Tisch bereit.

Erst als er es sich bequem gemacht hatte, setzte sie sich neben ihm auf das Sofa und fragte: „Wie ist es gelaufen?"

Er spulte eine einstudierte Version der Ereignisse ab—das Gleiche, was er auch

Nicholas und Hunt erzählt hatte. Er log zwar nur widerwillig, doch wusste Paul, dass seine Frau und seine Freunde versuchen würden, ihn von seinem Vorhaben abzubringen, und das konnte er nicht zulassen. Nur ein Kampf, und sie hätten Garrity ein für alle Mal vom Hals. Ein Kampf für ein Leben voller Glück mit Charity.

Ein Wagnis, das er tausendfach eingehen würde.

„Mr. Garrity hat also die sechstausend Pfund als Anzahlung angenommen? Er erlaubt uns, den Rest in Raten zu tilgen?" Charity blinzelte ihn an. „Wirklich?"

„Er hat auch einem angemesseneren Zinssatz zugestimmt", sagte Paul. „So haben wir das Darlehen also bald abbezahlt. Nicht schlecht für einen Abend der Mühe, was?"

Sie runzelte die Stirn, wie er schon geahnt hatte. „Aber *warum* sollte Garrity sich darauf einlassen? Er hat sich zuvor nie vernünftig verhalten."

„Er weiß, dass er sonst seine dreißigtausend Pfund nie wieder sieht", sagte Paul wendig, „und letztlich hat er begriffen, dass etwas besser ist als gar nichts. Mit unserer neuen Vereinbarung bekommt er sein Geld zurück—und eine gesunde Zinszahlung."

Er hielt den Atem an, während sie ihn forschend ansah.

Dann warf sie die Arme um seinen Hals. „Ich weiß nicht, was ich sagen soll..."

Er atmete den sauberen Duft ihrer Haare ein, seine Arme schlossen sich um ihren schlanken Rücken.

„Du musst gar nichts sagen", krächzte er.

„Doch." Ihr Kopf kippte zurück und ihre strahlenden Augen raubten ihm den Atem. Ihm war gar nicht bewusst gewesen, wie sehr er sich danach gesehnt hatte, wieder so von ihr angesehen zu werden: Als ob er ihr den Mond und die Sterne vom Himmel holen könnte—was er ja tun würde, wen sie ihn darum bäte.

Denn es gab *nichts*, was er nicht für sie tun würde.

Er redete sich ein, dass er den Kampf gegen Jem Barnes überleben würde. Obwohl es ihm beim Gedanken an den tödlichen Kampfstil seines Gegners eiskalt wurde, sagte er sich, er würde es schon schaffen. Irgendwie. Damit er Charity immer so halten konnte wie jetzt.

Ihre Hand legte sich auf sein Kinn. „Du bist zurückgekommen. Du hast das Vermächtnis meines Vaters gerettet, obwohl er dir wenig Anlass dafür gab. Du, Apollo Fines, bist mein Held."

Das Leuchten ihrer Liebe vertrieb die Schatten. Komme, was wolle. Diesen Moment wollte er mit seiner Frau genießen.

„Das gefällt mir", murmelte er.

„Ich habe noch etwas, das dir gefallen wird." Sie stand auf, stellte sich vor ihn hin und zog an der Kordel ihres Mantels. Der dicke Flanell fiel hinab und übrig blieb nichts als... Charity. Seine frauliche Nymphe, ihre zarte Haut errötet und ihr Blick glänzend vor Leidenschaft.

Er japste. Warf einen Blick auf die geschlossene Tür, die die Zofe oder die Haushälterin jeden Moment öffnen konnte. „Liebling, lass uns hoch gehen—"

„Ich liebe dich", sagte sie. „Von ganzem Herzen und aus ganzer Seele."

Zum Kuckuck mit den Dienstmädchen.

Lust überkam ihn, ein brennendes Bedürfnis, im Angesicht der drohenden Gefahr das Leben zu bejahen. Er nahm sie in die Arme. Er spürte ihre Überraschung, als er sie am Sofa vorbei zu der Bank dahinter trug. Sie hatte keine Rückenlehne, nur zwei gedrechselte Seitenlehnen, und Charitys zierliche Gestalt passte gerade so auf das Sitzpolster. Er breitete sie darauf aus wie ein Festmahl, kniete sich neben ihr hin.

Es entzückte ihn, wie empfänglich sie für ihn war, wie ihr Körper allein schon seinen Blick erwiderte, als wäre er eine Liebkosung: Unter seinen besitzergreifenden Augen verhärteten sich ihre rosa Brustwarzen, reckten sich ihm entgegen. Die weiche Kuhle ihres Bauchs erzitterte. Und weiter unten... seine Nasenflügel bebten beim prächtigen Anblick ihres taubenetzten Schamhaars.

Sie verlor ein wenig von ihrer Kühnheit, verschränkte die Arme vor ihrer Brust.

Er hielt ihre Arme fest—umfasste ihre Handgelenke und führte sie über ihren Kopf. Vorsichtig legte er ihre Hände um die Lehne der Bank.

„Halt dich da fest", befahl er heiser. „Du bist prächtig, Liebes. Ich will mich an dir sattsehen."

Ihr Busen hob und senkte sich heftig. Aber sie rührte sich nicht. Liebe und Vertrauen erhellten ihr Gesicht wie ein Leuchtfeuer. Da war es fast schon um ihn geschehen.

Er legte seine Hände flach auf ihren Hals, fuhr zwischen ihren kleinen, wogenden Brüsten hinab, über ihren zarten Brustkorb, ihren seidigen Nabel. Er fasste ihr Geschlecht—hielt seine Hand einfach dort, genoss, wie üppig sie war, wie sie sich seiner Berührung entgegenkrümmte.

„Mein", sagte er. „All das. Alles von dir."

„Ja", flüsterte sie.

Er schob einen Finger in sie, sein Herzschlag holperte, als ihre Muskeln sich um ihn herum zusammenzogen und ihn tiefer in sie hineinsogen. Er kam ihr entgegen, rieb sie stetig.

„Du bist völlig nass", hauchte er, „so süß und eng. Willst du mehr?"

Ihre Hüften flehten so inständig wie ihre Worte. „Ja. Oh, bitte, *ja*."

Er fuhr mit zwei Fingern hinein und klatschte mit der Handfläche gegen den Gipfel ihrer Lust. Mit jedem Stoß wurde sie feuchter, heißer, ihre Sahne tropfte auf seine Handfläche. Sie wand sich gegen die Kissen, ihre Fingerknöchel zeichneten sich weiß gegen das Mahagoni ab. Er beugte sich hinab, nahm ihre Brustwarze in den Mund, lutschte, schnalzte noch einmal scharf ihren Kitzler. Ihre Hüfte zuckte, ihre Scheide kniff ihn mit ekstatischer Kraft. Sie ließ die Bank los, als ihr erleichterter Aufschrei frohlockend wie eine Bachkantate gen Himmel stieg und sein Herz und seinen prallen, pochenden Schwanz vor Feuereifer entbrennen ließ.

Er drehte sie um, beugte sie quer über die Bank. Er war schon viel zu entflammt, um sich noch um seine Stiefel und Hose zu kümmern, er riss sich einfach den Hosenstall auf und nahm seinen Schwanz in die Faust, stöhnte, während er ihn ihren nassen Schlitz entlang rieb. Dann packte er ihre Hüfte und rammte sie von hinten. Sein Rücken krümmte sich, während ihre enge Scheide ihn empfing, ihn melkte, ihn bis zu den Hoden in sich aufnahm.

„Himmel, ich ficke dich so verflucht gern." Er stieß hart und tief. „Ich werde nie genug bekommen."

Ihre Hüfte drängte seinen Stößen entgegen. Sie blickte sich zu ihm um, ihre Augen voller Feuer und Liebe. „Gut, denn ich habe dich so gern in mir... werde so gern von dir gefickt..."—ihre Augen gingen zu, als er sie noch fester rammte— „so gern von dir geliebt."

„Ich werde dich immer lieben", sagte er leidenschaftlich. „Bis zu meinem letzten Atemzug."

Ihr Kopf kippte nach vorne, ein verträumtes Lächeln auf ihren Lippen, während sie sich ihrem Liebesspiel hingab. Er wollte es hinauszögern, ihre Leidenschaft verlängern, aber der Anblick ihres milchigen, von seinen Stößen rot werdenden Hinterteils raubte ihm die Beherrschung. Als er sah, wie sein Schwanz ihre geschwollenen Schamlippen ausbreitete, verging ihm Hören und Sehen, er fühlte ihre Hüfte unter seinen Handflächen vibrieren, während seine Hoden gegen ihr Geschlecht klatschten.

Zu viel.

Sein Höhepunkt wütete über ihn. Hitze rauschte aus seinen Hoden, brandete schaudernd, heftig seinen Schanz hoch. Stöhnend ergoss er sich in ihr, gab ihr alles, was er war, als ob es das letzte Mal auf Erden wäre.

Als er wieder Atem schöpfte, nahm er sie in die Arme und hielt sie fest. Seine Augen waren feucht. Denn jetzt, wo er den Himmel gefunden hatte, wollte er sie nie wieder loslassen.

Kapitel 44

„Ich wünschte, du ließest mich mitkommen", sagte Charity.

Paul nickte seinem Kammerdiener zu, der gerade mit den Reisekoffern das Schlafgemach verließ. Paul war im Aufbruch nach Banstead Downs, eine dreistündige Kutschfahrt südlich von London. Der Kampf war morgen Nachmittag, und er hatte vor, schon einen Tag vorher anzureisen, damit er sich in Ruhe auf den Kampf gegen Barnes vorbereiten konnte.

Er fasste die Schultern seiner Frau und setzte ihr einen Kuss auf die zierliche Nasenspitze.

„Wir haben das doch schon besprochen", sagte er. „Ich kann mir keine Ablenkung leisten."

„Aber ich würde dir nicht in die Quere kommen, versprochen—"

„Nein, meine Liebe", sagte er sanft, aber bestimmt. So ungern er sich auch von ihr trennte, konnte er nicht zulassen, dass sie Zeugin dieses unvermeidlichen Blutbads wurde. Er zwang sich zu einem Lächeln und sagte: „Es bringt angeblich Unglück, wenn die eigene Frau dem Kampf zusieht. Ich werde mir solche Sorgen um dich in diesem verrohten Publikum machen, dass ich vom Kampf abgelenkt werde. Glaub mir, dieser Ort wimmelt nur so von Wüstlingen, die jeden Augenblick zu plündern und randalieren anfangen könnten." Soviel war zumindest wahr. „Ein Kampf ist kein Ort für eine Lady und das weißt du."

Sie atmete schnaubend aus. „Gut. Verbanne mich also vom wichtigsten Ereignis deines Lebens."

Ihr Gesichtsausdruck lag einem Schmollen näher, als er je an ihr gesehen hatte, und sein Lächeln vertiefte sich zu einem echten Grinsen. „Zumindest wirst du nicht die Einzige sein. Percy sagt, Hunt hat ihr auch verboten, mitzukommen, und seither grollt sie ihm."

„Man kann Mr. Hunt für seinen Beschützersinn keinen Vorwurf machen", murmelte Charity und hielt die Augen dabei auf Pauls Jackenaufschlag gerichtet. „Percy ist schließlich in anderen Umständen und darf keine Wagnisse eingehen."

„Genau. Willst du mir also zum Vorwurf machen, dass auch ich mich um das Wohlergehen meiner Gemahlin sorge?"

„Das ist etwas anderes. Ich bin ja nicht..." Sie errötete entzückend.

Und das sollte sie auch. Denn bei der Häufigkeit, mit der sie beide Liebe machten, war es nämlich gar nicht auszuschließen, dass sie nicht selbst auch in anderen Umständen war. Sein Brustkorb schwoll ihm bei dem Bild von Charity mit einem von ihm geschwängerten runden Bauch. Er hatte sich selbst noch nie als Vater vorgestellt, aber ein kleines Mädchen mit den Augen der Mama... oder ein Knabe, den er das Boxen und Reiten lehren konnte...

Entschlossenheit durchströmte ihn.

Er würde den verdammten Kampf überleben. Er würde zu Charity zurückkehren.

Und dann konnten sie wirklich ihr gemeinsames Leben beginnen.

„Wir arbeiten ja daran, nicht wahr?", murmelte er. Er zog sie an sich, atmete noch einmal ihren himmlischen Duft ein. „Ich muss los, Süße. Nun sei eine gute Frau und gib mir einen Glückskuss."

Ihre Lippen waren süß und leidenschaftlich, alles, was er sich nur wünschen konnte. Am Ende musste er sich aus dem Kuss lösen. Denn sonst, fürchtete er, könnte ihn noch der Mut verlassen.

„Viel Glück", sagte sie zittrig. „Sei vorsichtig, mein Liebling."

Er fuhr mit der Hand über ihre seidigen Locken, fasste ihren Nacken.

„Vergiss nie, wie sehr ich dich liebe", sagte er.

Er drückte ihr die Lippen auf die Stirn und ging.

Charity erwachte abrupt, hielt ihre Bettlaken umklammert, ihre Brust hob und senkte sich rasch und flach. Sie rieb sich ihr feuchtes Gesicht, sagte sich, dass sie nur schlecht geträumt hatte. Sie konnte sich nicht an die Einzelheiten des Alptraums erinnern, aber die Angst rankte sich immer noch durch sie.

Du bist überreizt. Paul macht das schon. Er wird heute gewinnen und gesund und munter nach Hause kommen.

Dennoch ging ihr ein Schaudern über den Nacken.

Sie schalt sich selbst dafür als albern, stieg aus dem Bett und zündete die Lampe an. Es war noch dunkel, mindestens eine Stunde vor der Morgendämmerung. Ruhelosigkeit summte durch sie, und sie wusste, dass sie sich irgendwie beschäftigen musste. Sie wusch sich, zog ein altes Kleid an und ging ins Gästezimmer.

Sie stellte ihre Lampe ab und sah sich in dem beengten Zimmer um. Paul hatte es als Ankleidezimmer genutzt und seine Habseligkeiten lagen überall herum. Kopfschüttelnd hob Charity eine zerknitterte Krawatte vom Boden auf. Sie drückte sie an ihre

Nase. Pauls holziger Duft beruhigte sie und steigerte zugleich ihre Sehnsucht.

Während sie seine Sachen aufräumte, gelangte sie zu der Erkenntnis, dass Paul recht hatte. Sie mussten rasch eine eigene Bleibe finden. Er brauchte mehr Platz, und obwohl sie es geschafft hatten, sich zu zweit in ihr enges Bett zu kuscheln wie zwei Löffel in einer Schublade, böte ihnen ein größeres Bett doch mehr Platz zum Schlafen... und auch für andere Zeitvertreibe. Mit einem wehmütigen Lächeln hob sie ein Paar Manschettenknöpfe von der Bettdecke auf, auf die er sie achtlos geworfen hatte.

Ja, es war an der Zeit. Wenn sie noch nicht bereit waren, ein eigenes Heim zu kaufen, konnten sie vorerst eine Wohnung oder ein Häuschen mieten. Ein Ort, der ganz ihr eigen war, an dem sie ihr neues Leben zusammen beginnen konnten. Der Gedanke, das Haus ihres Vaters zu verlassen, schmerzte sie nicht mehr.

Es tut mir leid, dass man dir wehgetan hat, Vater, und ich wünschte, du hättest Glück finden können. Und dass du hier sein und Zeuge meines Glücks sein könntest, dachte sie mit einem Stich. *Dass du erfahren könntest, dass auch wir Sparklers Liebe verdienen.*

Sobald Paul zurückkehrte, würde sie ihm sagen, dass sie dieses Haus verkaufen und neu beginnen wollte.

Der Gedanke an ihre Zukunft erfüllte sie mit Vorfreude.

Die Manschettenknöpfe in der Hand suchte sie nach der großen Lederschatulle, in die sein Herrenschmuck gehörte. Er hatte sein handlicheres Reisenecessaire nach Banstead mitgenommen, also war sie sicher, dass die Schatulle irgendwo hier war. Sie hatte sie gestern auf dem Schreibtisch gesehen, aber jetzt lagen da nur einige Fläschchen und Pflegeutensilien.

Sie runzelte die Stirn. *Seltsam. Sie muss hier doch irgendwo sein.*

Weil das Zimmer so klein war, gab es nicht allzu viele Möglichkeiten. Sie suchte in dem kleinen Schrank, ohne Erfolg. Sie dachte einen Augenblick nach... und ging in die Hocke, um unter dem Bett nachzusehen. *Voilà.* Sie zog die Schatulle hervor, halb amüsiert, halb verzweifelt.

So wie sie ihren Mann kannte, hatte er sie einfach nachlässig dahin gestoßen.

Sie zerrte die Schatulle auf die Matratze, öffnete den Deckel, hob die oberste Schale mit den Anstecknadeln heraus... und ihr Herz setzte aus. Sie begriff nicht, was da vor ihr lag. Mit zitternden Händen nahm sie die vertrauten Stapel Banknoten in die Hand. Sie zählte sie, zweimal, fand die gesamte Summe vor, die sie Paul gegeben hatte. Der Betrag, von dem er behauptet hatte, Garrity hätte ihn als Anzahlung akzeptiert.

Warum hat Paul mich angelogen?

Erregung ergriff sie, die formlose Panik aus ihrem Traum nahm nun die Gestalt sehr wirklicher Fragen an. Sie ging im Zimmer umher, ihre Gedanken rasten. Warum hatte Paul gelogen? Wenn er das Geld nicht Garrity gegeben hatte, wie hatte er dann erfolgreich um Sparkler's verhandelt? Was hatte er als Verhandlungsmasse eingesetzt... und warum hatte er ihr nicht die Wahrheit gesagt?

Angst versetzte ihr Herz in einen rasenden Galopp. Sie eilte aus der Kammer, die Banknoten verkrampft in der Hand. Sie ließ die

639

Kutsche rufen, schnappte ihren Beutel und eilte hinaus.

* * *

„Mr. Garrity ist nicht zu Hause." Der Butler sah sie geringschätzig an. „Selbst wenn er zugegen wäre, glaube ich kaum, dass er zu so früher Stunde ungeladene Besucher empfangen würde."

Charity richtete sich auf. „Dies ist eine Angelegenheit von größter Wichtigkeit. Wo kann ich ihn finden?"

„Das darf ich Ihnen nicht mitteilen."

Sie ließ eine Geldbörse von den Fingern baumeln und die Münzen darin klingeln. „Würde das hier Ihre Meinung ändern?"

Sie hatte den Butler richtig eingeschätzt. Sein Blick huschte erst umher, dann streckte er die Hand aus. Sie öffnete die Kordel und legte eine Guineemünze in seine Handfläche.

„Mr. Garrity ist schon im Morgengrauen nach Banstead Downs aufgebrochen", bestätigte der Diener ihre Befürchtungen. „Er hat auf den

Kampf dort gewettet. Ein todsicherer Gewinn, sagte er."

Charity zwang sich, ruhig zu klingen. „Auf wen hat er denn gesetzt?"

Der Butler hob die Augenbrauen, streckte die Hand aus.

Sie gab ihm eine weitere Münze.

„Der Meister sagt, Jem Barnes wird siegen und der Kampf wird in die Geschichte eingehen", sagte er.

„In die Geschichte? Warum?", sagte sie mit schwankender Stimme.

Als er nicht antwortete, schob sie ihm die ganze Geldbörse zu.

„Mr. Garrity sagt ein Blutbad voraus, und er hat in solchen Dingen immer recht." Das Geld verschwand in der Jacke des Dieners. Mit einem Hauch von Wehmut in der Stimme fügte er hinzu: „Ich wünschte, ich könnte dabei sein. Ein Gemetzel seh ich immer gern."

Die Tür schloss sich.

Charity stand auf der Treppe, die Wahrheit hämmerte in ihrer eiskalten Brust.

Pauls Faustpfand für Garrity war der Endkampf gewesen. Er hatte vor, *absichtlich* zu *verlieren* und so mit der Meisterschaft die Schulden des Geschäfts abzuzahlen. Er hatte vor, sich besiegen zu lassen, sich dabei wahrscheinlich *verletzen* zu lassen, alles für... sie.

Den Teufel würde er tun.

Während ihre Liebe zu ihrem Mann ins Unendliche anschwoll, stieg gleichzeitig wilde Entschlossenheit in ihr auf. Sie drehte sich um und hastete die Stufen hinunter. Weil sie nämlich wusste, was sie zu tun hatte. Sie hoffte nur, es war noch nicht zu spät.

* * *

Kurze Zeit später gelangte Charity an der malerischen italienischen Villa in St. John's Wood an. Sie hatte noch nie Gelegenheit gehabt, dieses elegante und eher anrüchige Viertel im Nordwesten von London zu besuchen. Der ländliche Schein mit den Gärten und Hütten trog: Hier lebten die Mätressen der Reichen, berühmte Künstler und so ziemlich alle, die das Geld und das Bedürfnis hatten, vor neugierigen Blicken verschont zu leben.

Charity klingelte.

Die Tür öffnete sich und der hochgewachsene Lakai sagte: „Ja, Miss? Wie kann ich Ihnen helfen?"

Charity holte tief Atem. „Sagen Sie Mrs. Stone, dass ihre Tochter hier ist und sie zu sprechen wünscht."

Der Mann blinzelte nicht einmal. „Hier entlang", sagte er.

Er führte Charity in einen Salon, der dramatisch in Smaragd- und Goldtönen aufgemacht war. Sie lehnte die vom Lakai angebotenen Erfrischungen ab und stellte sich ans Fenster. Der friedliche Blick auf den Garten besänftigte ihre innere Aufregung kein bisschen.

Augenblicke später betrat Mrs. Stone den Salon. Sie war nicht angekleidet, trug einen prächtigen roten Seidenmantel mit chinesischen Stickereien. Mit offenem Haar und ungeschminktem Gesicht wirkte sie jünger, verletzlicher als in ihrem üblichen, herausgeputzten Zustand. Die Hoffnung, die in ihren braunen Augen schimmerte, durchbohrte Charity bis ins Innerste. Wut spritzte auf, dickflüssig und dunkel wie Öl.

Wie konntest du mich verlassen, Mutter?

„Charity, meine Liebe", sagte sie, „was für ein schöne Überraschung—"

„Dies ist kein höflicher Besuch. Ich bin aus einem bestimmten Grund hier. Ich..."— schluckend zwang Charity sich zu sagen— „brauche deine Hilfe."

„Alles", sagte Mrs. Stone. „Was auch immer du brauchst."

„Ich möchte, dass du weißt, dass sich nichts zwischen uns ändern wird, selbst wenn du mir hilfst", sagte Charity mit pochendem Herzen. „Ich kann dir das, was du getan hast, nie verzeihen."

Das Leuchten in den Augen der Schauspielerin verlosch. „Ich weiß. Da sind wir schon zwei." Sie atmete tief durch und fragte: „Wie kann ich dir behilflich sein, meine Liebe?"

Kapitel 45

Obwohl der Kampf noch gar nicht begonnen hatte, war der Tumult des Pöbels bereits ohrenbetäubend, sogar im Wagen, wo Paul wartete. Der Mob hier in den Banstead Downs war größer als alles, was er bei seinen früheren Kämpfen gesehen hatte. Neben dem Wagen wurde der Ring aufgebaut: Zwischen vier Pfählen gespannte Seile von je zweieinhalb Metern Länge formten das Quadrat, in dem die letzte Schlacht stattfinden würde. Auf der gegenüberliegenden Seite des Rings stand Barnes' Wagen, glänzend, riesig und schwarz, mit zugezogenen karminroten Vorhängen.

Rund um den Ring standen Männer, soweit das Auge reichte—die meisten betrunken und sich noch weiter betrinkend. Das Publikum hatte das staubige Feld eingenommen wie ein Termitenschwarm. Traymore hatte mit über zehntausend Zuschauern gerechnet, und noch viel mehr Pfund würden heute den Besitzer wechseln.

Paul blickte in die Menge und konnte die Buchmacher ausmachen. Es zogen sich immer größer werdende Kreise um sie, als wären sie ins Wasser geworfene Kieselsteine. Männer schrien und winkten ihre Mützen, machten ihre Einsätze. Der Anblick ließ Paul die Galle hochkommen. Die armen Tröpfe, die auf ihn wetteten, hatten keine Chance. Und alles wegen dieses Bastards Garrity.

Paul ballte die Fäuste. Was würde er nicht dafür geben, einen fairen Kampf bestreiten, sich Barnes auf seine eigene Art und Weise stellen zu können.

Als ob er seine Anspannung fühlte, sagte sein Gehilfe Fogg: „Son bisschen Nervensausen is ganz normal. Det is ne richtig große Menge.

Beim Kampf Mendoza gegen Owens letztet Jahr waren nüscht halb so viele da."

„Weil Mendoza und Owens schon olle Käuze sind", schnaubte Stickley, der die Wasserflaschen und Orangen vorbereitete, mit denen er Paul während des Kampfes erfrischen würde. „Vertrauense mir, Sie brauchen sich um nüscht Sorgen zu machen, Sir. Vergessense die Menge. Kämpfense einfach wie immer. Sie machen Hackfleisch aus Barnes. Er ist doch nüscht weiter als ein Raufbold, und een wahrer Boxer wie Sie jewinnt jedet Mal."

Pauls Magen rollte sich zusammen. Er nickte knapp.

„Barnes is ne Bestie", pflichtete Fogg ihm bei, „also seiense wachsam. Er kommt gern von oben, und sein Aufwärtshaken hat schon bei mehr als eenem de Glocken bimmeln lassen."

Paul hoffte, sein Schädel war hart genug, um Barnes' Glockengeläut zu überleben.

Die Wagentür öffnete sich und zusammen mit einer Welle von Lärm kam Traymore herein.

Das Gesicht des Viscounts glänzte rot vor Aufregung. „Nun, ist das aber eine Menge!", sagte er. „Bei meiner Ehre, die Fancy hatte noch nie solche Zuschauerzahlen. Die Kerle draußen sind ganz wild nach einem Kampf. Den Sie auch liefern werden, nicht wahr, Fines?"

„Ich werde tun, was ich kann", sagte Paul. *Am Leben bleiben.*

„Barnes hat nicht den Hauch einer Chance. Wie die alle schauen werden, wenn ich bei White's erscheine, um meine Wettgewinne einzustreichen", krähte Traymore. „Es standen mehrere Seiten voller Einsätze gegen mich im Wettbuch."

Paul kämpfte gegen die Flut der Schuld und Scham an. Ein manipulierter Kampf war höchst unfein, doch was blieb ihm denn anderes übrig? Für Männer wie Traymore war das alles hier nur Jux und Tollerei, ein paar tausend Pfund Verlust bedeutete ihm nichts außer verletzten Stolz.

Charity Vermächtnis und Zukunft hingen von Paul ab. Sie war seine Frau, die einzige Frau, die er jemals geliebt hatte, und er würde alles dafür opfern, die Dinge für sie richtigzustellen.

Sogar seine Ehre.

Sogar sein... Leben.

Seine Finger schlossen sich um den Gürtel, den Charity für ihn genäht hatte. Der gängigen Mode nach trugen Preisboxer eine farbige Schärpe um die Taille, und sie hatte seine in kräftig blauen und goldenen Streifen gewirkt. *Die Farben Apollos*, hatte sie gesagt.

Seine Brust pochte. Er musste es wieder zu ihr nach Hause schaffen. Er musste einfach.

Eine plötzliche Stille fiel in den Wagen, als ob die Luft daraus gesaugt worden wäre. Es folgte ein Gebrüll, das die Glasscheiben erzittern ließ. Paul sah aus dem Fenster.

Jem Barnes war aus seinem Wagen gestiegen. Der Preisboxer war publikumswirksam ohne Hemd erschienen, bot den bewundernden Horden seine riesige, behaarte Brust dar. Er war ein Koloss von einem Mann, über einen Meter achtzig groß und mindestens drei Stone schwerer als Paul—und das alles in Muskeln. Barnes hob die riesigen Fäuste, boxte in die Luft, und das Gemenge wurde wahnsinnig.

„Er besteht nur aus roher Kraft und nichts dahinter. Sie schaffen das schon, Fines", sagte Traymore.

Es war völlig einerlei, wozu er *in der Lage* war; ihm waren buchstäblich die Hände gebunden.

Paul biss die Zähne zusammen. „Dann wollen wir mal", sagte er kurz angebunden.

Traymore öffnete die Tür zu der tosenden Menge.

Die Kutsche kam zum Stehen. Mit klopfendem Herzen erblickte Charity in der Ferne den Kampfring. Sie war zu weit weg, um die Gesichter der Kämpfer auszumachen, aber als sie die Augen zusammenkniff, sah sie etwas Blaues an der Taille des schlankeren Mannes. *Paul.* Ihre Hände klammerten sich an den Kutschenschlag, als sie den Goliath nahen sah. Im nächsten Augenblick ging der Hüne auf Paul los, hob ihn hoch und *warf* ihn quer durch den Ring. Charitys Lunge verkrampfte sich. Die Menge jubelte, während Paul sich aufrappelte.

„Warum geht es nicht voran?", schrie Charity.

Mrs. Stone öffnete das Fenster. „Was ist los, Jim?", rief sie.

„Näher komme ich nicht ran", schrie der Fahrer zurück. „Zu viele Kutschen und Menschen im Weg."

„Vielleicht, wenn wir noch ein bisschen warten—Charity, was machst du da?", rief Mrs. Stone.

Charitys geborgte Männerstiefel kamen auf dem Boden auf. „Ich gehe zu meinem Mann."

„Der Männeraufzug schützt dich nur vor Anzüglichkeiten, nicht davor, totgetrampelt zu werden." Mit einem Satz gesellte sich die andere —vollkommen überzeugend als mondäner blonder Edelmann—zu ihr auf den Boden. Die Stimme der Schauspielerin wurde eine verblüffend männliche Oktave tiefer. „Die Jungs und ich kommen mit dir."

Die „Jungs", womit sie das Trio stämmiger Lakaien meinte, kletterten nun aus dem Wagen und flankierten ihre Herrin. Sie waren die Leibwächter der berühmten Schauspielerin, die selbst oft mit ausschweifendem Publikum zu tun hatte. Mit ihrem muskulösen Körperbau, das musste Charity zugeben, würden sie sich heute bestimmt als nützlich erweisen.

„Wir gehen voran, Miss", sagte einer der großen Männer.

Ein anderer Lakai rempelte ihn an. „Die ganze Verkleidung nützt ihr gar nüscht, wenn du se weiterhin als Miss bezeichnest", sagte er. „Von nun an heißt et Bursche oder Sir."

Charitys Hände fuhren zu ihrem Kopf und ihrer Lippe. Sowohl der Hut als auch der Schnurrbart—den ihr Mrs. Stone verschafft hatte—saßen noch.

„Lassen Sie uns gehen", drängte sie.

„Vergiss nicht, die Stimme zu verstellen", sagte Mrs. Stone.

Charity nickte und die drei Lakaien bildeten ein schützendes Dreieck um sie und Mrs. Stone. Zusammen schnitten sie eine Schneise durch die dichte Menschenmenge. Grölen und Gedränge begleiteten ihren Weg, doch den Leibwächtern gelang es, sich langsam aber stetig voranzuarbeiten. Charity wurde bange, als sich der Mob um sie herum schloss. Weil sie so klein war, konnte sie die Bühne nicht sehen, konnte gar nichts sehen außer einem Meer von Leibern. Oben brannte die Sonne, der Gestank nach ungewaschener Haut und stechenden

Likören biss sie. Schweiß rann unter ihre Krawatte und Flecken tanzten vor ihren Augen.

Eine Hand schloss sich um ihren Arm. Mrs. Stone warf ihr einen scharfen Blick zu. „Kannst du das wirklich?"

„Ja." Charity kämpfte gegen einen Brechreiz an, während sie sich langsam weiter voran arbeitete. „Ich muss zu Paul gelangen."

„Du bist eine starke Frau, meine Liebe, und man sollte dich nie unterschätzen." Mrs. Stone hielt inne. „Du willst es vielleicht nicht hören, aber in dieser Hinsicht schlägst du nach mir."

Der andere hatte recht, Charity wollte es *wirklich* nicht hören.

„Uriah hatte Angst vor meiner Stärke, weißt du", sagte die Schauspielerin im Plauderton. „Er wollte mein Feuer löschen, und meine größte Angst war, dass er das Gleiche mit dir versuchen würde."

Warum hast du mich dann verlassen? Doch Charity hielt den Mund.

„Ich bat ihn, mich zu dir zu lassen, aber er weigerte sich. Drohte mir, dass er dich mit

653

Lügen über mich vergiften würde, wenn ich versuchen würde, mit dir in Verbindung zu treten und—"

„Ich will nicht darüber reden", sagte Charity tonlos. „Warum geht es nicht schneller voran?"

Mrs. Stone seufzte. „Jedenfalls freue ich mich, dass du mich heute um Hilfe gebeten hast."

„Ich hatte keine andere Wahl", schoss Charity zurück. „Du warst die Einzige, zu der ich gehen konnte."

„Was ist mit deiner Busenfreundin, dieser blonden Unruhestifterin... deiner Schwägerin?"

Sie wusste von ihrer Freundschaft mit Percy?

Man sah ihr ihre Überraschung wohl an, denn Mrs. Stone sagte: „Wie ich bereits erwähnt habe, habe ich dich aus der Ferne beobachtet. Dir beim Wachsen und Erblühen zugesehen. Und mir dabei gewünscht... ich könnte dabei sein."

Im Vergleich zu dem Tumult in Charity war der Trubel ringsum still. Sie konnte das ergreifende Bedauern in den Worten von Mrs. Stone hören... doch hatte sie kein Recht, einfach wieder in ihr Leben zu marschieren und so etwas zu sagen!

Während sie sich zentimeterweise durch die Massen bewegte, steckten ihr Worte im Halse, die sie noch nicht zu sagen bereit war.

Stattdessen sagte sie: „Percy ist schwanger und ich würde sie nie in Gefahr bringen." Dann stieß sie hervor: „Sie ist eine *treue Seele*, verstehst du, und selbst wenn sie kurz vor der Niederkunft stünde, würde sie darauf bestehen, mich zu begleiten. Sie würde mich nie im Stich lassen."

Schmerz plätscherte über Mrs. Stones Gesicht und Charity empfand eine schändliche Genugtuung dabei.

„Rom wurde nicht an einem Tag erbaut." Die Schauspielerin nickte kurz. „Wir nähern uns dem Ring."

Charity blinzelte. Sie stellte sich auf die Zehenspitzen, reckte den Hals—und erblickte Paul. Ihr Herz hämmerte gegen ihren Brustkorb. Sogar aus der Entfernung sah sie das Blut: So *viel* davon, es triefte in scharlachroten Streifen über sein Gesicht und seine Brust: Er wich einem Schlag aus und verschwand aus ihrem Blickfeld. Sie hüpfte auf und ab, versuchte verzweifelt, noch einen Blick auf ihn zu erhaschen.

„Kannst du Paul sehen?", klagte sie. „Lieber Gott, verliert er denn?"

„Deine Stimme", zischte Mrs. Stone.

„Äh, ich meine, was zum Teufel ist los?", sagte Charity in ihrem schroffsten Tonfall.

„Der verdammte Fines wird umjebracht, das is los." Die verwaschene Stimme gehörte dem ungepflegten Kerl ein paar Schritte rechts von ihr. Sein Blick war glasig und finster, er war eindeutig betrunken. „Hab nen Monatslohn auf den Kerl gesetzt, und nun bekomm ick zu Hause heillosen Ärger. Meene Alte ist ja schon an den besten Tagen ne Furie. Und heute Abend? Reißt se mir den Kopf ab."

In Panik fragte Charity: „Wie schlecht sieht es denn für Fines aus?"

„Der Schuft hat schon fünf von acht Runden verloren. Aber die letzten drei Runden waren een Massaker. Barnes hatte ihn in den Seilen und einfach auf ihn einjedroschen." Der Mann nahm einen Schluck aus seiner Flasche und fügte säuerlich hinzu: „Hätte ick bloß nüscht auf den Außenseiter jesetzt."

„Fines ist ein *Sieger*", sagte Charity heftig.

„Der Bastard kann von Glück reden, wenn er da lebend rauskommt." Der Mann rülpste. „Was mir scheißegal ist, nachdem, wie viel er mir jekostet hat."

Ehe Charity etwas erwidern konnte, ging ein Keuchen durch die Menge.

„Was ist passiert?", rief sie und dachte gerade noch so daran, ihre Stimme tief zu halten.

Einer der Lakaien von Mrs. Stone drehte sich zu ihr um. „Fines ist gerade zu Boden gegangen. Er hat dreißig Sekunden, um wieder an die Startlinie zu kommen oder er hat verloren."

Angst lähmte sie. *Bitte Gott, lass Paul nicht verletzt sein...*

„Der Bastard steht wieder!" Eine Stimme erscholl in der Masse. „Gut so, Junge! Der Kampf ist noch nicht vorbei!"

„Können wir nicht näher kommen?", rief Charity dem Diener vorne zu.

„Wir tun unser Bestes, Mi—ich meine, Sir." Schweiß tropfte das Gesicht des Mannes hinab. „Die Menge ist so dicht gedrängt, man kann kaum atmen, geschweige denn, sich bewegen."

Charity suchte verzweifelt nach einem Weg zum Ring. Während ihr Blick die paar Meter absuchte, die sie von Paul trennten, blieb ihr Blick an einer Gestalt hängen, die auf halbem Weg zwischen ihnen stand. Ein Mann, elegant ganz in Schwarz gekleidet, umgeben von einem Kreis von Gefolgsleuten. Sie knirschte mit den Zähnen.

Sie packte den Arm des führenden Lakaien und deutete auf ihr Ziel. „Bringen Sie mich da rüber!"

Der Wachmann nickte. Augenblicke später erreichte sie Garrity.

Seine kalten schwarzen Augen wurden zu Schlitzen, als er sie erkannte. Er winkte seine Schergen davon. „Mrs. Fines", sagte er verächtlich. „Wie unkonventionell Sie heute sind."

„Und wie heimtückisch *Sie* sind", schnappte sie. „Was haben Sie mit Paul gemacht?"

„Ich weiß nicht, was Sie meinen."

Sie hörte die Selbstgefälligkeit in seinem Tonfall. „Sie zwingen ihn, zu verlieren", sagte sie stürmisch. „Er tilgt die Schulden meines Vaters, indem er diesen Kampf absichtlich verliert—"

Garrity packte sie am Arm, sah sich mit stechendem Blick um. „Wenn Sie so weiter reden", zischte er gedämpft, „haben Sie einen Aufruhr am Hals. Und glauben Sie mir, Ihrem Mann geht es als Erstes an den Kragen."

Charity schluckte, aber gab nicht klein bei. „Warum tun Sie das?"

„Schon mal den Ausdruck *Aug um Auge* gehört? Er hat genommen, was mir zustand."

„Sie kennen mich doch nicht einmal. Es kann Ihnen unmöglich etwas bedeuten, dass ich jemand anderen geheiratet habe!"

„Sie bedeuten mir nichts", sagte Garrity eisig, „aber dass Fines die Frechheit besaß, mir etwas unter der Nase wegzuschnappen, das schon. Ich vergesse nie ein Unrecht."

„Ich habe Ihnen doch nie gehört. Entlassen Sie Paul aus diesem Teufelspakt!"

„Was geschehen ist, kann nicht mehr rückgängig gemacht werden", sagte Garrity.

„Das werden wir ja sehen", sagte Charity.

Sie rempelte einen der Lakaien von Mrs. Stone an. „Heben Sie mich hoch."

Der Mann blinzelte. Im nächsten Augenblick saß sie schon auf seinen massigen Schultern. Aus dieser Höhe erlebte sie, wie Barnes' Faust auf Pauls Kiefer prallte. Schmerz zersplitterte ihr die Brust, während Paul in die Seile sackte, sein Gesicht zerschlagen und blutig, ein Auge zugeschwollen. Das Publikum stampfte und höhnte.

Die Verzweiflung gab ihr Kraft. Mit barscher Stimme erklärte sie: „Apollo Fines wird gewinnen!"

Buhrufe und heiseres Gegröle begrüßte sie.

„Hör doch auf mit dem Unsinn!"

„Der Kerl hat keine Chance. Der kann ja kaum noch stehen."

„Nun denn, wer steht hier zu seiner Meinung?", rief sie zurück. „Wer nimmt meine Wette an? Ich wette Geld darauf, dass Fines den Kampf gewinnt!"

Ein Raunen ging durch die Menge. Sie wusste, was sie dachten: ein kleiner Lord mit vollen Taschen und leerem Oberstübchen. Ein Täubchen, zum Rupfen bereit. Ein paar Meter vom Ring entfernt schoss eine Hand in die Luft und winkte mit einem Wettheft.

Ein Buchmacher.

„Lassen Sie den Burschen durch", schrie er. „Er soll hier rüber kommen!"

Das Publikum, das ganz offensichtlich sehen wollte, wie ein aufgeblasener Grünschnabel den Kopf gewaschen bekommt, teilte sich und ließ sie passieren. Doch den Lakaien und Mrs. Stone versperrten sie den Weg. Sie rief ihr nach: „Sei vorsichtig!"

Charity nickte jäh und wand sich zwischen den Leibern durch.

Ich muss zu Paul... ich bin fast da …

Hände packten sie, kurz bevor sie den Ring erreichte.

Der Buchmacher war klein und dick, seine Weste spannte an den Nähten. Er hätte fast onkelhaft gewirkt, wäre er nicht von brutalen Schergen und einem Gehilfen flankiert gewesen. Die Aufgabe des Letzteren schien es zu sein, als Schreibtisch zu fungieren, denn er war gebückt, auf seinem

Rücken lag ein offenes Buch, und in einer ausgestreckten Hand hielt er ein Fass Tinte.

Der Buchmacher hielt eine Feder über die Seite.

„Welchen Betrag wollen Sie einsetzen, Sir?", sagte er seidig.

„Äh, sechstausend Pfund", sagte Charity in ihrer besten Männerstimme.

Der Mann zuckte nicht einmal mit der Wimper. „Sie müssen sich ganz sicher sein, denn wenn ich die Wette erst einmal aufzeichne, gibt es kein Zurück mehr." Ein Tropfen Tinte leckte von der Spitze seiner Feder und spritzte auf die Seite. „Und Sie müssen jetzt sofort den gesamten Betrag entrichten."

Ihr Blick zuckte zum Ring. Die Boxer ruhten gerade zwischen zwei Runden, und sie sah Pauls verschwitzten, zuckenden Rücken, während er auf dem Knie seines Gehilfen saß. Plötzlich beugte er sich vor und würgte.

Sie holte die Banknoten hervor und schob sie dem Buchmacher zu.

„Ich bin mir ganz sicher", sagte sie.

Der Buchmacher zählte das Geld gemächlich, ehe er es in seinem Wettbuch vermerkte. „Ihre Chancen stehen zwölf zu eins." Er grinste, als er ihr die Feder hinhielt. „Unterzeichnen Sie hier."

Sie unterschrieb.

Mit der Quittung in Händen stürzte sie sich nach vorne. Sie quetschte sich zwischen Zuschauern hindurch und drängelte sich bis zum Ring vor. Als sie sich der Ecke von Paul näherte, packte sie jemand.

„Nicht näher", sagte der Wächter.

Verzweifelt sah sie zu, wie Paul mit dem Kopf zwischen den Knien sitzen blieb. War es zu spät? Konnte er seine Kräfte noch einmal sammeln?

„Paul" schrie sie verzweifelt.

Er drehte sich nicht um.

Sie gab es auf, wie ein Mann klingen zu wollen. Sie schrie so laut sie konnte: „Paul, ich bin es, Charity! Du musst gewinnen, hörst du? Unsere Zukunft hängt davon ab!"

Kapitel 46

Pauls Welt bestand nur noch aus Schmerz. Sein Kopf dröhnte und er konnte aus dem zugeschwollenen linken Auge nichts sehen. Sein Magen verkrampfte sich in wilden Zuckungen, sogar noch, nachdem er sich erbrochen hatte. Und all das rührte daher, dass er sich als menschlicher Boxsack missbrauchen ließ. Er gurgelte etwas Wasser, versuchte, eine Orangenscheibe zu essen, die Fogg ihm an den Mund hielt. Die Fruchtsäure brannte ihm auf der aufgeplatzten Lippe.

Und verflucht, nun hörte er auch noch Stimmen. Er hätte schwören können...

„Paul, ich bin es, Charity! Hinter dir! Schau zu mir!"

Er schreckte hoch. Kam strauchelnd auf die Füße. Er wirbelte herum und sah... der Hieb in den Margen war noch schlimmer als der, den Barnes ihm versetzt hatte.

„Was machst du hier?", brüllte er.

„Ich bin hier, um dich siegen zu sehen!", schrie seine Frau zurück. Sie wehrte sich gegen einen der Wächter, der den Ring beschützen sollte.

Der Anblick von Männerhänden auf seiner Frau ließ brutzelnd neue Energie durch Pauls Blut strömen. Er stürzte nach vorne, ein Knurren in der Kehle. Mit vereinten Kräften gelang es Fogg und Stickley, ihn zurückzuhalten.

„Seiense nüscht töricht", sagte Letzterer. „Wennse jetzt den Ring verlassen, gebense den Kampf auf."

„Paul, du musst den Kampf *gewinnen*, hörst du mich?" Charitys kleines Gesicht tanzte in der Menge. „Garrity soll sich zum Teufel scheren— ich habe unsere Zukunft darauf gewettet, die ganzen sechstausend Pfund! Du musst gewinnen, mein Liebster—ich weiß, du kannst es!"

Paul schwirrte der Kopf, als hätte er einen Haken abbekommen. Ihr ganzes Vermögen... hatte sie auf ihn gesetzt.

Weil sie mich liebt.

„Gewinne, und wir sind frei, mein Schatz!" Ihre Schreie gingen in emsigem Gemenge unter, denn das Publikum verlangte grölend mehr Blutvergießen. „Ich glaube an dich, Apollo Fines!"

Sie glaubt an mich.

„Fünfzehn Sekunden", warnte Stickley.

„Richte mir das Auge", sagte Paul angespannt. „Blind kann ich nicht kämpfen."

Der Wasserträger holte eine Rasierklinge hervor und brachte sie mit methodischer Genauigkeit zum Einsatz. Ein winziger, rascher Schnitt ließ das Blut aus Paul Augenlid sickern. Stickley puderte die Stelle und schubste ihn auf den Kreidestrich in der Mitte des Rings zu. Er stolperte in letzter Sekunde an den Start.

Er hatte keine Zeit, nachzudenken. Sein wartender Gegner ragte über ihm auf.

„Bereit für mehr Prügel?", höhnte Barnes und ließ die blutbefleckten Fingerknöchel krachen. Ermattet beäugte Paul seinen Gegner. Der Goliath glänzte nur so, ein Berg schweißgebadeter Muskeln, sein Blick irr vor Blutrausch. Im Gegensatz dazu tat Paul alles weh, seine Kraft schwand. Doch Charitys Stimme, ihr Elan, belebte ihn wieder. Energie surrte durch seine pochenden Muskeln. Klarheit brannte den Nebel der Erschöpfung hinfort.

Sie glaubt an mich. Ich kann sie nicht enttäuschen. Ich muss gewinnen.

Er kannte Barnes' Schwächen. Der Mann bestand nur aus Muskeln, hatte kein Hirn. Er hatte mächtige Fäuste, doch er war weder wendig noch flink. Nichts weiter als ein sich selbst überschätzender Raufbold. Paul dachte an seine Vorbereitungen, die vielen Tage, die er vor Morgengrauen aufgestanden war, um auf den Boxsack einzuschlagen, die hügelige Landschaft auf und ab zu rennen. *Ein wahrer Boxer schlägt immer einen Raufbold.* Paul musste lediglich die Kraft des anderen zu seinem Vorteil einsetzen.

Ich kann das.

„Ja, ich bin bereit", sagte Paul zähneknirschend. „Ich bin bereit, dich in Grund und Boden zu stampfen."

Mit einem Knurren schwang Barnes die Fäuste.

Paul duckte sich, Barnes' Faust fuhr durch die Luft, wo eben noch Pauls Kopf gewesen war. Blitzschnell versetzte er Barnes einen tiefen Schlag in den Magen. Es war, als schlüge er auf einen Felsbrocken ein, Schmerz fuhr ihm den Arm hinauf. Er achtete nicht darauf, setzte noch ein paar schnelle abwechselnde Hiebe obendrauf, fand die Schwächen in der Abwehr seines Gegners. Er duckte sich unter den Schlägen des anderen, drängte ihn rücklings in die Seile. Ein rechter Querhaken aufs Kinn erledigte den Rest. Mit einem Ausdruck des Erstaunens fiel Barnes zu Boden.

„Die Runde geht an Fines!", rief einer der Schiedsrichter.

Barnes war binnen Sekunden wieder auf den Beinen. Er wischte sich den Schweiß aus den Augen und stürmte wie ein wütender Stier los.

Paul wich zur Seite und der andere flog an ihm vorbei, prallte in die Seile.

„Du verdammter Floh! Dich zerquetsche ich!", brüllte Barnes.

Paul antwortete mit einer neckenden Geste. Barnes kam wieder auf ihn zu, schwang die Fäuste, die Bäume ausreißen könnten. Paul hopste auf den Fußballen, wich aus, was seinen Gegner in den Wahnsinn zu treiben schien, denn er schlug noch fester, noch hastiger zu, Schweiß rann in Strömen über sein Gesicht. Paul führte den Tanz fort, und Barnes vergeudete immer mehr von seiner Kraft.

Bald wurden Barnes' Schläge langsamer, verloren an Schwung. In diesem Moment schlug Paul zu, ballerte schnelle, stampfende Schläge auf den Oberkörper von Barnes, der erneut zu Boden ging.

Paul gewann diese Runde und die nächste. Sie lagen nun Kopf an Kopf, jeder hatte acht Runden gewonnen.

Aber Barnes blieb nicht liegen.

Barnes kam mit einem rechten Haken auf ihn zu. Paul hob den Arm, um den Schlag abzuwehren und erkannte im selben Augenblick seinen Fehler—dass nämlich Barnes nur angetäuscht hatte, und er darauf hereingefallen war—zu spät. Barnes' Aufwärtshaken traf ihn mitten aufs Kinn.

Pauls Sicht durchzog sich mit schwarzen Streifen; er schwankte.

Er wich dem nächsten Angriff aus, der Luftzug des wuchtigen Querschlags streifte sein Gesicht. Er schüttelte den Kopf, um zu Sinnen zu kommen, wehrte einen weiteren Angriff ab. Barnes nahm ihn in den Schwitzkasten, hieb unerbittlich auf seine Nieren ein.

„Der Sieg ist mein, nutzloser Lümmel", schrie der andere.

Plötzlich entbrannte ein Feuer in Paul. Mit letzter Kraft wand er sich aus Barnes' Griff und pflügte seine Faust in die Magengrube seines Gegners.

„Ich. Bin. Nicht. Nutzlos", fauchte er und sprang auf die Füße.

Der Lärm des Publikums war mittlerweile ohrenbetäubend; Paul hörte nicht hin. Seine Gedanken öffneten ein Portal zu einer anderen Welt, in der Licht und Stille herrschten. Charitys

Duft, ihre Berührung huschten durch ihn wie eine elektrische Ladung. Die süße Kunst des Boxens floss durch sein Wesen und er gab sich ihr ganz hin. Seine Muskeln summten vor Macht, sein Instinkt lenkte jede seiner Bewegungen. Er schwebte, seine Füße berührten kaum den Boden, bevor er wieder vom Ring abhob, tänzelte, auswich. Seine Fäuste hinterließen ihre Spuren mit der tödlichen Geschwindigkeit eines Bienenstichs.

Zwei Haken ins Gesicht.

Er hörte Knochen krachen.

Rechter Querhaken.

Blut floss.

Zuschlagen, Abwehren, in den Schwitzkasten nehmen.

Barnes waberte, stand nur mehr unsicher auf den Beinen, und Paul ging auf ihn los, schloss seinen Arm um den Hals des größeren Mannes. Er hielt Barnes fest, während er seine Faust in das Gesicht des anderen rammte. Immer und immer wieder, bis der andere auf die Knie sackte, sich nicht mehr wehrte.

Paul ließ ihn los.

Die Schwerkraft tat das ihre.

Barnes sackte stöhnend zu Boden.

Seine Lunge brannte, Schweiß strömte über Pauls Gesicht, während er abwartete, wie Barnes angezählt wurde. Barnes' Gehilfe kauerte neben dem gefallenen Kämpfer, stupste ihn an, ohne Erfolg.

„Die Zeit ist um. Jem Barnes ist besiegt!", rief einer der Schiedsrichter.

Der andere Schiedsrichter ergriff Pauls Arm und hielt ihn hoch. „Der Sieger des Kampfes—und der Meister der Fancy—ist Apollo Fines!"

Ein höllischer Tumult brach aus.

Und Paul bekam nichts davon mit.

Er rempelte sich durch die Menge, die nach vorne drängte, um ihm zu gratulieren. Er sprang über das Seil, sein Blick suchte wild.

„Charity!", rief er in die Menge. „Charity—wo bist du?"

„Hier!"

Er entdeckte sie, sie winkte ihm zu, ein kleines Gesicht, das wie ein Leuchtfeuer in der Menge schien. Er hastete an drängelnden Leibern vorbei zu ihr. In dem Augenblick, als er sie in die Arme nahm, schwand die Welt um ihn herum, und er sah nur noch die Liebe in ihren Augen.

„Ich habe gewonnen", sagte er heiser.

„Habe ich doch gewusst", sagte sie.

Als er ihr die Wange streichelte, zitterte seine Hand vor Rührung. „Ein hünenhafter Raufbold wie Barnes kann mich nicht unterkriegen, aber du, meine süße Nymphe, raffst mich mit einem einzigen Blick dahin. Mit einem einzigem Lächeln. Mit einer Berührung." Er wischte mit dem Daumen ihre Tränen weg. „Selbst wenn wir nicht zusammen sind, werde immer deine Kraft in mir fühlen. Ich liebe dich. Mehr als alles andere."

„Und ich liebe dich, mein Apollo", flüsterte sie.

„Bevor ich dich küsse", sagte er, „hast du etwas dagegen, wenn ich zuerst etwas tue?"

Sie lächelte ihn an. „Was auch immer du tun willst."

Mit einem schnellen Ruck entfernte er ihren falschen Schnurrbart. Sie quietschte auf.

„Ich küsse dir den Schmerz weg", versprach er.

Er war ein Mann seines Wortes.

Mit dem süßesten aller Seufzer schmolz seine Frau in seine Arme.

Kapitel 47

Die nächste Stunde verging wie im Flug.

Charity sah stolz zu, wie Paul die Glückwünsche der Fancy entgegennahm. Sie überreichten ihm einen schönen silbernen Pokal und ein ebenso stattliches Preisgeld von fünftausend Pfund—das er sich mit Lord Traymore teilen würde, der von einem Ohr bis zum anderen grinste, während seine Freunde ihm auf den Rücken klopften.

Danach hatte Charity allerdings ihre eigene Transaktion abzuschließen. Der nicht allzu erfreute Buchmacher führte sie zu seinem Wagen und zählte ihr das Geld hin. Ihr Gewinn, zuzüglich ihres ursprünglichen Einsatzes, belief sich auf achtundsiebzigtausend Pfund.

Ein *Vermögen*.

Sie war so benommen, dass sie gar nicht wusste, was sonderbarer war: Die Tatsache, dass der Buchmacher den Stapel Banknoten auf sie zuschob... oder, dass seine Geldtruhe nach der Auszahlung an sie fast noch genauso voll war wie zuvor.

Mrs. Stone, ihre Männer und Paul warteten draußen beim Ring—oder bei dem, was davon übrig war. Die Pfosten waren schon aus der Erde gezogen worden, die Kreide fortgewischt. Das einzige Überbleibsel des Kampfes waren vier Löcher und nasse dunkle Flecken auf dem staubigen Boden.

Charity schauderte beim Anblick der Flecken. Sie blickte in das lächelnde Gesicht ihres Mannes: Sein linkes Auge war wieder zugeschwollen, allerlei Blutergüsse zierten Wangen und Kinn. Sie schlang ihre Arme um seine Taille, legte ihr Gesicht auf seine Brust.

„Es ist nicht so schlimm, wie es aussieht", murmelte er in ihr Haar.

„Das ist gut", sagte sie gedämpft, „weil es nämlich schrecklich aussieht. Ich habe die Salbe dabei."

„Ein oder zwei Fässer davon sollten reichen", sagte er, ein Lächeln in der Stimme.

„Ihr beide habt heute Bemerkenswertes geleistet und ich wage zu behaupten, es ist Zeit, nach Hause zu gehen" bemerkte Mrs. Stone.

Charity hob den Kopf und sah die Schauspielerin an, die wieder wie eine Frau angezogen war. Die goldenen Quasten auf ihrem Gehkleid *à la militaire* wippten und glänzten im Schein der Abenddämmerung.

„Ende gut, alles gut", sagte Mrs. Stone. „Jetzt, wo die Aufregung ist vorbei, mache ich mich auf den Weg und lasse euch Turteltäubchen in Ruhe feiern."

Charity holte Luft. „Ehe du gehst, muss ich etwas sagen."

„Tatsächlich?" Der Tonfall der anderen war sachlich; allein ihre leicht versteiften Schultern verrieten ihre Unruhe. „Ich meine doch, dass du dich vorhin deutlich ausgedrückt hast. Keine

Sorge, meine Liebe. Ich weiß, dass sich zwischen uns nichts ändert,"

„Ich kann die Vergangenheit nicht vergessen", sagte Charity.

„Das verstehe ich. Es war dumm von mir, etwas anderes zu erwarten."

„Was du meinem Vater—und mir—angetan hast, war abscheulich."

„Ohne Zweifel habe ich mich an dir versündigt. Aber an Uriah?" Mrs. Stone zuckte mit den Schultern. „Da bin ich anderer Meinung."

Charity schluckte. „Ich sehe dich nicht als Mutter."

„Warum auch?" Mrs. Stones Mund verzog sich. „Ich war dir ja auch keine."

„Aber vielleicht..." Auf einem hastigen Atemzug sagte Charity: „Vielleicht werden wir ja eines Tages Freundinnen."

Marietta Stone blinzelte. Dann schloss sie die Augen, und als sie sie wieder öffnete, rann eine einzelne Träne über ihre Wange. „Das würde mich überaus glücklich machen", flüsterte sie.

„Ah, Mr. Fines." Eine unheimliche Stimme verbannte den zarten Moment. „Sie habe ich gerade gesucht."

Charity wirbelte herum zu Garrity, der auf sie zukam. Seine Schergen folgten ihm auf dem Fuße.

Paul schob sie und Mrs. Stone hinter sich. Die Lakaien von Mrs. Stone taten es ihm gleich, bildeten eine Mauer gegen die nahende Bedrohung. Aber Garrity war zweifellos im Vorteil: Er hatte ihren vier Männern mindestens ein Dutzend entgegenzusetzen.

„Diese Angelegenheit betrifft nur Mr. Fines", sagte Garrity. „Sie anderen können ruhig gehen."

Charity spähte über Pauls Schulter. „Ich weiche meinem Mann nicht von der Seite."

„Und ich meiner Tochter nicht", sagte Mrs. Stone.

„Wie rührend", sagte Garrity verächtlich.

„Allerdings", ertönte eine neue Stimme.

Erleichterung ging durch Charity, als sie Mr. Hunt mit seinen Männern nahen sah.

„Was für ein Wahnsinnskampf, Fines." Er rempelte Pauls Arm, ein Grinsen auf seinem vernarbten Gesicht.

Paul zuckte zusammen und rieb sich den Arm. „Pass verflucht noch mal auf, Mensch."

„Harteford lässt auch seine Glückwünsche ausrichten", sagte Hunt. „Er kommt gleich. Gebrochene Wagenachse."

„Fines, das geht nur Sie und mich etwas an", sagte Garrity zwischen den Zähnen hindurch.

„Fines gehört zu meiner Familie. Und was meine Familie betrifft, betrifft auch mich", sagte Hunt.

„Sie haben sich nicht an Ihren Teil unserer Abmachung gehalten, Fines", knurrte Garrity. „Jetzt haben Sie mir schon zweimal meine Pläne durchkreuzt. Heute zahlen Sie—so oder so."

Beunruhigt hörte Charity die bedrohlichen Worte, sah, wie sämtliche Männer sich anspannten und manche an ihre Jackentaschen griffen.

Eilig rief sie: „Was sind wir Ihnen schuldig?"

„Was machst du da? Bleib zurück", zischte Paul.

„Wie viel?", wiederholte sie.

Garrity nagelte sie mit einem eisigen Blick fest. „Ihr Vater schuldete mir dreißigtausend Pfund. Und ich habe weitere fünftausend auf eine Niederlage Ihres Mannes gewettet."

„Fünfunddreißigtausend also, und wir sind quitt?"

„Ich bin mit meiner Geduld am Ende. Ich fordere meine Schuld *jetzt sofort* zurück." Garrity gab seinen Schergen ein Zeichen. Die schritten mit eifriger Bedrohlichkeit voran.

Paul und die anderen machten sich für die Begegnung bereit.

„Wartet!" Charity zog ein Bündel Banknoten aus ihrer Jacke, schwenkte es wie eine Fahne. „Ich habe Ihr Geld hier!"

Garrity hob die Hand; seine Männer wichen zurück.

„Bringen Sie es her", sagte er.

„Charity", knurrte Paul.

„Lass mich gehen. Ich weiß, was ich tue, mein Liebster." Sie lächelte ihn beschwichtigend an; Gefühle widerstritten sich auf seinem Gesicht, dann senkte er langsam den Arm.

Sie schlüpfte hindurch und ging auf Garrity zu. Sie zählte ihm das Geld hin und überreichte es.

Er zählte natürlich noch einmal nach. „Das sind vierzigtausend", sagte er schroff.

„Das ist für Ihre Unannehmlichkeiten. Ich möchte reinen Tisch zwischen uns."

Sein Mund verzog sich. „Und Sie glauben, den Tisch bekommen Sie mit Geld rein?"

„Mein Vater hätte meine Zukunft nicht als Verhandlungsmasse einsetzen sollen, denn das stand ihm nicht zu. Sie hätten Ihre Schergen nicht auf ihn hetzen sollen." Mit gefasstem Blick sagte sie: „Also, ja, ich würde durchaus sagen, dass wir quitt sind. Nehmen Sie das Geld, das ist ja schließlich, was Sie wollten."

Sein Blick schweifte über sie. Dann steckte er die Summe ein.

Er beugte sich zu ihr und sagte leise: „Nicht *alles*, was ich wollte."

Charity blinzelte.

Mit einer kurzen Verneigung ging er gefolgt von seinen Männern davon.

Im nächsten Augenblick nahm Paul sie in die Arme.

„Was hat Garrity zu dir gesagt?", wollte er wissen.

„Nichts von Bedeutung." Sie blickte in sein schönes, arg mitgenommenes und finster dreinblickendes Gesicht und wagte ein Lächeln. „Können wir bitte nach Hause gehen? Ich bin nun ein bisschen erschöpft."

„Meine Frau geht in Männerkleidung zu einem Boxkampf, verwettet ihre Zukunft, stellt sich einem Halsabschneider—und *nun* ist sie ein bisschen erschöpft", murmelte Paul.

Doch sogleich hob er sie hoch und schritt mit ihr auf ihre Kutsche zu.

Gelächter erscholl hinter ihnen.

Errötend protestierte sie: „Lass mich runter. Deine Verletzungen—dir muss doch alles fürchterlich wehtun."

„Vor allem an einer Stelle." Sein Kuss war voll Lachen und Liebe und der Süße ihrer Zukunft. Gegen ihre Lippen murmelte er: „Aber ich kann mich doch darauf verlassen, dass du meine

Schmerzen linderst, oder, mein getreuer Liebling?"

„Gewiss", sagte sie.

Sie verbrachte die Heimfahrt damit, ihm zu beweisen, dass sie dazu durchaus in der Lage war... und mehr.

Epilog

Das größte Problem bei Landpartien, fand Paul, war der Schlafmangel. Die ganze Nacht lang gingen Türen auf und zu, während die Gäste sich auf die Suche nach abendlicher Unterhaltung machten. Man brachte kaum ein Auge zu. Die weibliche Gesellschaft in seinem eigenen Bett gar nicht mitgezählt. Die beiden hatten ihm auch kaum Schlaf gegönnt.

Dann wiederum, dachte er grinsend, lohnte sich der Schlafmangel vollauf.

Er drückte einen Kuss auf den flauschigen Kopf seiner Tochter, die sicher geborgen in seiner Armbeuge schlief. Der Mund von Miss Prudence Anna Fines, niedlich wie eine Rosenknospe, verzog sich unwillkürlich, doch sie wachte nicht auf... *Gott sei Dank*.

Trotz ihrer engelgleichen Erscheinung war das vier Monate alte Gör durchaus fähig, einen Höllenlärm zu veranstalten, und gestern Abend hatte sie es wieder bewiesen. Am Ende ihrer Weisheit hatte die erschöpfte Amme an ihre Tür geklopft, den untröstlichen Säugling auf dem Arm. Sobald sich Pru in die Arme ihres Vaters gekuschelt hatte, hatte sie sich beruhigt, gegurrt und ihre unglaublich langen Wimpern zu ihm aufflattern lassen.

Da schlug sie ganz nach der Mutter.

Lächelnd drehte Paul den Kopf auf die andere Seite und seine Brust schwoll noch weiter an. Charity lag schlafend in seinem anderen Arm. Ihre kurzen, seidigen Locken fielen über seine Schulter, und ihre Brust hob und senkte sich in tiefen, gleichmäßigen Bewegungen. Wie immer bereitete ihm der Anblick seiner Frau stille Freude, tiefe innere Zufriedenheit.

Dank ihr war das vergangene Jahr das glücklichste seines Lebens gewesen.

Nachdem er die Meisterschaft gewonnen hatte, hatte er sich vom Berufsboxkampf zurückgezogen. Da Charity ihre sämtlichen Ersparnisse auf ihn gewettet und gewonnen hatte, waren sie nun reich, selbst nachdem sie Garrity ausgezahlt hatten. So konnten sie nun frei über ihr Schicksal walten, sich das gönnen, was sie sich für ihre gemeinsame Zukunft am meisten ersehnten.

Sie hatten sich ein Haus in der Nähe seiner Mama gekauft.

Sie hatten ein prächtiges Kind gezeugt.

Paul hatte seinen eigenen Boxsalon eröffnet und Charity hatte beschlossen, Sparkler's zu schließen.

Als sie ihm erstmals mitgeteilt hatte, dass sie das Geschäft verkaufen wollte, war Paul fassungslos gewesen.

„Bist du sicher, Süße?", hatte er gesagt. „Ich dachte, du willst den Laden und das Vermächtnis deines Vaters erhalten."

„Das dachte ich auch zuerst. Jetzt aber erkenne ich, dass es nicht das Geschäft an sich ist, das ich will, sondern ein Zuhause. Und das wahre

Erbe, das ich weitergeben möchte, ist Liebe.“ Ihre Hand hatte auf ihrem gewölbten Bauch geruht und sie hatte ihn angelächelt. „Jetzt, da ich beides habe, brauche ich das Geschäft nicht.“

Sie hatte Mr. Jameson eine großzügige Pension gewährt und die Türen von Sparkler's für immer geschlossen. Seither war seine Frau noch mehr aufgeblüht. Befreit von den Sorgen, die sie seit ihren Mädchentagen belastet hatten, nahm sie das Leben mit neuem Schwung in Angriff. Sie war schon immer anstellig gewesen, jetzt widmete sie ihr Geschick Unternehmungen, die ihr wirklich am Herzen lagen.

Ihr Zuhause war ein Meisterwerk der Behaglichkeit und Ordnung. Ihre erlesenen Stickereien verschönten jedes Zimmer. Und sie hatte sogar Zeit für eine neue Unternehmung gefunden.

Der Gürtel, den sie für seinen Endkampf entworfen hatte, war bei der feinen Gesellschaft heiß begehrt. Jeder mondäne Lebemann in London wollte nun einen haben. Charity hatte sich mit Madame Rousseau zusammengetan, und obwohl deren ganze Schar von Näherinnen im Einsatz war, kamen sie der Nachfrage nicht hinterher.

Lächelnd blickte Paul auf seine schlafende Gemahlin. Das Leben mit ihr war nie langweilig. Sie war zweifellos eine Naturgewalt, die man nicht unterschätzen durfte.

Vorsichtig, damit er sie nicht weckte, stand er mit seiner Tochter in den Armen auf. Er legte Pru in die Wiege im Salon, kehrte ins Schlafgemach zurück und schloss leise die Tür hinter sich. Er stieg ins Bett, versuchte, Charity nicht zu stören, und doch regte sie sich. Sie hob die Wimpern und wie immer war er völlig eingenommen von den glänzenden Tiefen, in die er blickte.

„Bin ich eingenickt? Schläft Pru?", murmelte Charity.

„Ja." Er konnte nicht widerstehen, liebkoste ihr Ohr. Sie roch nach allem, was sauber und gut war. Nach allem, was er sich nur wünschen konnte. „Ich hab sie hingelegt und hoffentlich bleibt sie auch ein Weilchen liegen."

„Wie ihr Papa bleibt sie nie lange liegen", gähnte seine Frau.

„Seltsam, dass du das gerade jetzt erwähnst." Er nahm ihre Hand und führte sie zu seinem Morgenständer.

„Ich meinte dich im Boxring", lachte sie unterdrückt.

Aber ihre Hand glitt geübt an ihm auf und ab.

Auf der Seite liegend gab er sich dem Vergnügen eines morgendlichen Wichsens von seiner Frau hin. Er war zweifellos der glücklichste Mensch auf Erden. Lust entfaltete sich in seinem Bauch, als er dabei zusah, wie ihre kleinen Hände sich seiner annahmen. Sie wusste genau, wie sie ihn berühren musste, nahm sein Glied in eine Hand, während die andere sich sanft um seine Hoden legte. Und dazu der Ausdruck auf ihrem Gesicht, so süß wollüstig... dafür allein weinte sein Schwanz eine Freudenträne.

Er beugte sich vor und forderte ihren Mund in einem schläfrigen, leidenschaftlichen Kuss. Sie rollten sinnlich über die Laken, ihre Zungen und Gliedmaßen verschlangen sich, ihre Morgenmäntel blieben auf der Strecke. Er knabberte ihr Ohr, ihren Hals, bahnte sich seinen Weg zu ihrem Busen. Er war fasziniert von der Veränderung, die die Schwangerschaft bei seiner kleinen Nymphe bewirkt hatte. Ihre Titten waren voller, ihre Brustwarzen empfindlicher geworden. Als er die frechen Spitzen leckte, schauderte sie.

Als er ein Tröpfchen feuchte Süße von ihr nuckelte, stöhnte sie.

Er spielte müßig mit ihren Brüsten, während sie eindeutig ihre eigenen Vorstellungen hatte. Ihre Hände fanden seinen Schwanz wieder, und seine Hüfte zuckte in hilfloser Freude ihren Liebkosungen entgegen. Es war zu schön, zu schnell und zu früh...

„Süße, lange halte ich es nicht aus, wenn du so weiter machst", murmelte er.

Sie sah ihn mit stetigen, liebevollen Augen an. „Ich will dich küssen. Und zwar hier", sagte sie kehlig und umkreiste dabei mit dem Daumen seine feuchte Schwanzspitze. „Darf ich bitte?"

Zum Teufel aber auch. Seine Temperatur schoss noch weiter nach oben; er hatte Glück, dass er nicht auf der Stelle zerbarst.

„Es gibt nichts, was mir mehr gefallen würde", sagte er. „Nur..."

„Ja?"

„Ich will dich auch schmecken."

Sie runzelte niedlich die Stirn. „Na, dann schlage ich vor, wir... wechseln uns ab?"

„Und ich dachte, du bist hier die Einfallsreiche", tadelte er sie.

„Was meinst du...?"

Sie bekam ihren Satz nicht zu Ende, denn er hob sie hoch und bugsierte sie in die Stellung, die ihm vorschwebte. Nun lag sie oben auf ihm, ihre Lippen schwebten über seinem zitternden Schwanz... und ihre süße Scheide über seinem hungrigen Mund. In jeder Hinsicht eine gewinnbringende Lage.

„Das ist so... verrucht", hauchte seine Frau an seinen Schwanz.

„Ich wusste, dass es dir gefallen würde", sagte er.

Dann wand er seine Hände um ihre schlanken Oberschenkel und gab sich ihr stöhnend hin. Es artete in ein dekadentes Spiel der Lust aus, ein sinnliches Katz-und-Maus. Als er ihren Schlitz leckte, lutschte sie seinen Schwanz von der Wurzel bis zur Spitze. Als er ihren Kitzler neckte, nuckelte sie an seiner empfindlichen Eichel. Als er seine Zunge in ihr Loch tauchte, nahm sie ihn bis zu den Hoden in den Mund. Und so ging es weiter, bis sie schwer atmend aneinander drängten, gefesselt von der heißen, rasenden Intimität...

Als er auf seinen Höhepunkt zu tobte, hatte er gerade noch genug Geistesgegenwart, sie von sich zu schieben und zu keuchen: „Schatz, ich bin fast—"

Doch sie ließ sich nicht beirren. Saugte einfach weiter an ihm, und so, wie ihre Hüften auffordernd wackelten, erwartete sie wohl, dass er es ihr gleichtat.

Glücklichster. Mann. *Auf der Welt.*

Mit einem lustvollen Seufzer tauchte er wieder in sie hinein.

Sie kamen zusammen in einer tiefen, Körper und Seele erschütternden Ekstase. Danach nahm er sie in die Arme. Ihr Kopf ruhte auf seiner Brust, ihre Gliedmaßen waren verschlungen und ihre Herzen schlugen im Gleichtakt. Der Moment war so schön, dass Paul ewig so liegen bleiben wollte.

Diese Ewigkeit währte etwa zwei Minuten.

Weinen erklang aus dem Salon.

Charity seufzte. „Wir holen Pru lieber, ehe sie das ganze Haus weckt."

„Sind doch sowieso alle wach." Paul verdeckte sich mit dem Arm die Augen, während seine Frau aus dem Bett stieg. „Ich bin mir ziemlich sicher, dass das meine Nichte war, die da vor etwa einer Stunde einen höllischen Krach gemacht hat." Er tröstete sich damit, dass zumindest Hunt auch kein Auge zubekam. „Und der kleine Kent lässt bestimmt auch nicht lange auf sich warten."

„Wenn ohnehin alle wach sind, können wir sie ja besuchen gehen", sagte Charity. „Deine Mama und Marietta lauern wahrscheinlich schon. Du weißt ja, wie sie in Pru vernarrt sind. Mit diesen zwei Großmüttern wird uns Pru noch ein verzogener Fratz, wenn wir nicht aufpassen."

„Ein bisschen Verwöhnen hat noch nie jemandem geschadet", sagte er. „Mir lässt du doch alles durchgehen und ich bin ganz gut geraten, oder?"

Paul grinste, als Charity ihm eine Grimasse zog. Während sie sich ankleidete, legte er sich zurück ins Bett und ergötzte sich an ihrem Anblick. Er würde es nie leid werden, dieses schlichte Vergnügen, einfach jeden Tag seine Frau ansehen zu können. Er wusste, dass ihm dieses Privileg nie selbstverständlich werden würde, solange er lebte.

„Wirst du mich den ganzen Tag anstarren oder stehst du auf?", fragte sie.

„Anstarren", sagte er.

Er lächelte, als sie erfolglos versuchte, einen verärgerten Blick aufzusetzen. Er stand auf, schlenderte zu ihr, fasste ihren Nacken und küsste sie, bis sie sich wieder an ihn schmiegte.

„Wofür war das?", fragte sie atemlos.

„Einfach dafür, dass du *du* bist", sagte er. „Mein Sonnenschein, mein Herz und meine Heimat."

Ihr strahlendes Lächeln sprach lauter als Worte. Ihre Hand glitt in seine und gemeinsam gingen sie ihre Tochter holen. Um ihre Zukunft zu begrüßen: voll Liebe und Chaos.

Der Herzog, der zu viel wusste

DETEKTIVE AUS
LEIDENSCHAFT, Buch 1

aus dem Englischen von Annika Mirwald

Nie wieder Liebe

Alaric McLeod, Herzog von Strathaven, ist wegen
seines frevelhaften Verhaltens weithin nur als
der *teuflische Herzog* bekannt. Aufgrund seiner
schmerzhaften Vergangenheit hütet Alaric sich,
jemals wieder einer Frau zu vertrauen, und doch

gerät er in den Bann einer hitzköpfigen, tugendhaften Jungfrau – die ihn auch noch eines Verbrechens beschuldigt, das er nicht begangen hat. Ist sie etwa sein schlimmster Albtraum ... oder seine Erlösung?

Erwachende Leidenschaft

Emma Kent ist eine eigensinnige Schönheit vom Lande, die sich unwillkürlich in der Londoner High Society, der *ton*, wiederfindet. Eine Begegnung mit einem arroganten Wüstling bringt sie in eine brenzlige Lage, doch Emma ist stets darauf bedacht, das Richtige zu tun. Aber als eine aufkeimende Leidenschaft ihren Gerechtigkeitssinn ins Schwanken bringt, muss sie sich fragen: Kann sie ihrem Herz auf der Suche nach der Wahrheit wirklich trauen?

Gefangen zwischen Lust und Gefahr

Alaric und Emma liefern sich eine Schlacht des Geistes und des Willens. Während die Anziehung zwischen den beiden Sturköpfen wächst, verfolgt der wahre Feind sie auf Schritt und Tritt. Wird es den beiden im Angesicht der lauernden Gefahr gelingen, das Rätsel zu lösen und die wahre Liebe zu finden, bevor es zu spät ist?

Danksagungen

Meinen Lesern und Fans: Danke, dass ihr ‚Mieder in Mayfair' unterstützt habt. Ich hoffe, euch hat diese Welt als Leser genauso viel Vergnügen bereitet wie mir als Schriftstellerin. Eure Ermutigungen haben mir geholfen, buchstäblich meine Träume zu verfolgen. Ich danke euch allen von ganzem Herzen!

Meiner Schreib-Gang: Tina Folsom, beste Freundin und Schreibpartnerin—ich liebe unsere wöchentlichen Treffen, bei denen wir arbeiten und einfach rumhängen! Danke, dass du mir eine Stütze und Inspiration bist. Virna De Paul, brillante Autorin und Freundin—danke für deine Ehrlichkeit, deine Hilfe bei meiner Arbeit und deine Freundschaft. Diane Pershing, meine außerordentliche Lektorin—deinetwegen ist dieses Buch noch besser geworden. Und an Brian, der es fertig bringt, perfekter Ehemann und Lektor zugleich zu sein ... was für eine Wahnsinnsleistung!

An das Team, dass meine Arbeit unterstützt: Carrie, du machst meine Bücher wunderschön und es macht mir solche Freude, mit dir zu arbeiten. Melissa, danke, dass du meinen Newsletter (und mich) auf der rechten Bahn hältst. John, zum Glück bist du so ein begnadeter Techniker ... also muss ich es nicht sein!

An meine ganze Familie: ich küsse und umarme euch dafür, dass ihr mich auf dieser verrückten und wunderbaren Reise begleitet. Ich liebe euch alle!

Schließlich widme ich dieses Buch Brian ... denn ich wollte nämlich *schon* einen Dichter als Mann. Ich liebe dich, Baby.

Über die Autorin

Die internationale *USA-Today*-Bestsellerautorin Grace Callaway schreibt heiße, herzerwärmende, historische Liebesromane voller Spannung und Abenteuer. Ihr Debütroman schaffte es unter die Finalisten der Romance Writers of America®, Golden Heart® sowie auf Platz eins der National Regency Bestseller, und ihre weiterführenden Romane führen regelmäßig die nationalen und internationalen Bestsellerlisten an. Aktuell ist sie Gewinnerin des Daphne du Maurier Award for Excellence in Mystery and Suspense, des Maggie Award for Excellence in Historical Romance, des Golden Leaf sowie des Passionate Plume Award. Sie hat einen Doktorabschluss in klinischer Psychologie von der University of Michigan und lebt mit ihrer Familie und ihrem Adoptivhund in einem Tal nahe dem Meer. In ihrer Freizeit liebt sie es zu tanzen, in gemütlichen Restaurants zu essen und mit ihrem Sohn Abenteuer zu erleben, die auf dessen sonderpädagogische Bedürfnisse angepasst sind.

Erfahren Sie mehr über Grace:

Deutscher Newsletter:

https://gracecallaway.com/deutschernewsletter

Website: www.gracecallaway.com

facebook.com/GraceCallawayBooks

instagram.com/gracecallawaybooks

Milton Keynes UK
Ingram Content Group UK Ltd.
UKHW010849280923
429557UK00002B/119

9 781960 956125